느세의
칼

난세의 칼 5 부관참시

지 은 이 / 신 봉 승
발 행 인 / 김 윤 태
발 행 처 / 도서출판 善
편   집 / 고   연
출   력 / 으뜸 애드래픽
인   쇄 / 대원 인쇄

등록번호 / 15-201
등록날짜 / 1995. 3. 27

초판 제1쇄 인쇄 2006. 1. 23
초판 제1쇄 발행 2006. 1. 25

주   소 / 서울시 종로구 돈의동 114-1호 초동교회 206호
          Tel 02-762-3335・Fax 02-762-3371

정   가 / 10,000원

ISBN 89-86509-76-8 03810
ISBN 89-86509-71-7 (세트)

5

부관참시

산

두 번 죽고도 또 살아난 사버

임금과 신하가 동반자의 관계를 돈독히 유지하여 성공한 예가 있다면 세조와 한명회의 관계라고 해도 무리가 없다. 세조는 임금이 되기 전인 수양대군 시절에 한명회라는 걸출한 막료를 거느릴 수가 있었기에 '계유정란'이라는 피바람을 일으키며, 임금의 자리에 오르는 파란만장을 넘어설 수가 있었다.

쿠데타에 의해 정권을 탈취한 사람에게는 위기가 따르게 마련이다. 살생에 대한 원한은 언제나 시련이 되어 돌아온다. 세조를 위해하려는 음모가 끊임없이 되풀이 되는 것은 세조의 손을 떠났던 원한의 화살이 자신을 향해 되돌아오기 때문이다. 그런 위기 때마다 한명회는 마치 기다리고 있었다는 듯 위기일발에서 세조의 목숨을 구해내곤 했다.

세조는 한명회에게 '공은 나의 장자방이다.'라는 칭송을 아끼지 않았다. 말로만 그랬던 것이 아니라 벼슬도 그가 원하는 자리면 뭣이던지 마다하지 않고 맡겼다. 세조는 한명회와 사돈이 되기를 원했다. 그의 딸을 며느리로 맞아서 다음 대의 왕비를 보장해 주는 것으로 그의 은혜에 보답하고자 했던 것으로 믿어진다.

한명회에게는 딸이 넷 있었다. 큰 딸은 죽마고우 신숙주의 맏며느리로 보냈고, 둘째 딸이 윤사로의 맏며느리로 갔으며, 셋째 딸이 세조의 며느리가 되어 왕비를 보장받게 되지만, 그런 인위적인 거래가 모두 복되게 풀린다는 보장은 없다. 파란을 동반하는 호걸들에게는 범상한 사람들이 상상도 할 수 없는 비운이 따르는 것도 세상의 이치가 될 수 있다.

세조의 두 아들은 다음 대의 왕위를 이어갈 보장을 받고서도 스무 살 한참 나이에 세상을 뜬다. 큰 아들 장(暲: 덕종으로 추존)은 세자의 지위로 세상을 버렸고, 둘째 아들 광(珖: 예종)은 임금의 자리에 오른 지 겨우 1년 만에 세상을 뜬다. 두 사람 모두 스무 살 때의 일이다. 여기에 한명회의 두 딸도 스무 살 안팎에 세상을 버렸다면 어찌되는가.

운명인가, 하늘의 형벌인가. 왜 이들 두 사람의 아들딸이 이토록 단명해야 하는지 아는 사람은 없다. 그러나 이들이 지은 원한을 하늘이 갚았다는 뼈아픈 말이 돌아도 평범한 사람들은 고개를 끄덕이는 것으로 그만이다. 그러나 이럴 때 꼭 읽어두어야 할 명구는 있다.

…난세가 되면 하늘은 호걸을 소명하여 부리지만, 그들의 임무가 끝났다고 믿으면 가차 없이 버린다!

쿠데타를 주도한 사람들이 편안한 여생을 마치기가 어려운 것은 이런 구절들이 살아서 꿈틀거리기 때문이다.

오기가 치밀어서일까. 세조는 다시 한명회에게 넷째 딸을 자신에게 줄 것을 강청한다. 이번에는 며느리가 아니라 손자며느리로 부른다. 불행하게도 이 넷째 딸도 왕비(성종비)는 되었다가 스무 살 안쪽에 세상을 버린다.

천하의 한명회도 두 번 죽는 파란을 겪는다. 첫 번째 죽음은 73세를 일기로 병석에서 눈을 감은 것이었고, 두 번째 죽음은 그의 무덤을 파서 그 뼈에 칼질을 하는 '부관참시'였다. 그런데도 한명회는 지금 다시 살아나서 우리 곁으로 다가오고 있다.

역사소설 『한명회』는 1992년에 전7권으로 처음 발간되었었다. 벌써 12년 전에 있었던 일인데, 아직도 그때의 감동을 이어가는 〈소설 한명회를 읽는 모임〉이라는 포럼이 건재하다는 소식에 접했다. 내게는 무척도 반갑고 놀라운 일이 아닐 수 없다. 그들 멤버에는 고위공직자도 있고, 은행가도 있으며 중소기업을 하는 CEO들도 있다고 들었다.

역사소설 『한명회』를 다시 손질하여 『난세의 칼』로 재출간하게 된 것은 지금이야 말로 '역사인식'을 짚어가야 할 때라는 그분들의 간청을 뿌리칠 수가 없었기 때문이다.

한명회의 일대기는 가장 불우했던 인간이 가장 화려한 삶을 만들어가는 '입지전'의 전형이면서도 후대를 사는 사람들에게는 훈훈한 교훈과 넉넉한 가르침을 준다.

이젠 서기 몇 년에 무슨 일이 있었다는 식의 역사소설보다 그 안에 담긴 사람들의 마음을 읽어야 할 때라고 생각되어 이미 나왔던 소설에 다시 손을 대보기로 했음을 고백한다.

艸堂書室에서 신 봉 승

5 부관참시

느세의
칼

나라에 정도正道가 서 있을 때는 녹祿을 먹되, 나라에 정도가
서 있지 않는데도 녹을 먹는 것은 수치스러운 일이다.
― 공자孔子

서출 유자광

1.

양정의 처형이 끝나자 한명회는 근 열흘 동안을 술로 지새우며 보낸다. 술잔에 잠긴 양정의 순박했던 얼굴은 마셔도 마셔도 지워지지 않는다. 게다가 양정을 살리라던 홍달손의 목소리가 귓전을 맴돌면서 그의 뇌리를 어지럽힌다.

'더 험한 꼴을 보지 않아서 다행이지.'

한명회는 양정의 원혼을 위로하듯 중얼거린다. 위기는 이미 눈앞에까지 와 있다. 자신에게 그것을 수습해야 하는 책무가 주어졌다면 살아 있다 해도 죽음보다 나을 게 없다.

양정의 비참한 종말이 있은 날로부터 열하루째가 되는 6월 23일 저녁, 한명회의 집 대문이 박살이 난다. 그것은 천둥소리를 방불케 하는 난동이나 다름이 없다. 한명회는 술잔을 비우면서 미동도 하지 않는다. 다급한 발자국 소리가 울리면서 만득의 숨찬 목소리가 들린다.

"대감마님, 큰일났사옵니다요!"

"알고 있느니라."

"그것이 아니옵고, 도끼를 휘둘러서 대문을 마구 때려 부수는데…."

"윤성이 짓거리가 아니더냐."

만득은 몸을 움츠린다. 도끼를 휘두른 사람이 홍윤성임을 알고 있는 한명회의 태연함이 두려워서다. 그리고 잠시 후 대문에서의 소란함이 잦아든다.

"그래서 후련해진다면 적선인 것을…."

"…?"

"정승 집 대문이 아니더냐. 새것으로 개비하렷다."

"서두르면 다시 부술 기세였사옵니다요."

"도리 없느니. 그래도 서두를밖에…."

"알겠습니다요, 대감마님."

만득이가 엉거주춤 물러가자 한명회는 술잔을 비우면서 태산 같은 한숨을 쏟아 놓는다. 한명회는 알고 있다. 이날 홍윤성이 홍산에서 돌아왔다는 것을. 양정의 소식을 들었으면 게거품을 물고 달려오리라는 것도 알고 있었던 한명회다. 그런데 애꿎은 대문만 부수고 돌아간 모양이다. 차마 한명회에게는 대들 수 없는 처지라 화풀이를 대문짝에다 했을 것이리라.

이후로 한명회, 신숙주와 홍윤성, 홍달손의 사이는 서먹서먹해져 가기만 한다. 사사로운 왕래가 그친 것은 물론이요, 대궐에서 만나도 서로 외면하기가 예사다. 한명회가 주청하여 양정을 끝내 죽이고 만 일을 홍윤성과 홍달손은 용납할 수가 없다. 혈맹들 사이에도 틈이 생겨나고 있음이다.

여기서 이들의 처지를 잠깐 비교해 보자. 네 사람 모두가 지금은 군호君號만이 붙어 있었으나, 신숙주는 이미 영상을 지낸 뒤였고, 한명회도 좌상을 역임했다. 그러나 홍윤성, 홍달손은 판서와 판중추원사를 지냈을 뿐, 정승의 반열에는 올라 보지 못한 처지다. 한 품계 차이라지만, 정승을 지낸 사람과 못 지낸 사람은 그 예우가 엄청나게 다르다. 죽은 양정의 처지 또한 홍윤성 등과 다르지 않았으니, 이들이 반발한 이유에는 이 같은 불만도 숨어 있다고 보아야 한다.

충격이 컸던 탓일까? 8월이 되자 세조는 고열에 신음하며 앓아눕는다. 다행히 곧 회복하기는 했지만 언제 다시 와병할지 모르게 세조의 옥체는 급격히 쇠약해지고 있다.

가을이 성큼 다가온 8월 19일. 수빈의 장남인 월산군 정이 병조참판 박중선朴仲善의 딸과 혼인을 한다. 그런데 그것보다도 그 뒤를 이어 일어난 혼담이 세인의 이목을 집중시키고도 남는다. 그것은 바로 월산군의 동생인 자산군 혈의 혼담이다. 물망에 오른 규수는 누구인가. 예상했던 대로 한명회의 넷째 딸 송이임에랴.

월산군의 혼인날 저녁, 한명회는 세조의 부름을 받는다.

"경하 드리옵니다, 전하."

한명회는 우선 하례의 말부터 올린다.

"허허, 고맙소, 상당군. 그 어리던 것이 장가를 가다니 어찌나 대견한지, 중전과 나는 사복시 담 밑에다 누대를 세우고, 친영하러 가는 행렬을 구경까지 하지 않았겠소, 허허허."

"거듭 경하드리옵니다."

"고마워요. 그런데 상당군."

"예, 전하."

"아무래도 경이 다시 이 나라 왕실에 경사 하나를 베풀어 주어야겠소이다그려."

"무슨 하교이신지요?"

"허허, 좋아요. 경과 나 사이에 이리저리 둘러서 말할 것까지 없겠지.

경의 딸을 내 손자며느리로 주시오."

한명회는 소스라치듯 놀란다. 언젠가 수빈 한씨가 그런 말을 비친 이후로 가끔씩 생각해 보지 않은 것은 아니지만, 세조가 몸소 입에 담는 현실의 일로 다가설 줄이야 어찌 짐작했던가.

"자산과 경의 넷째 딸이라면 좋은 배필이 될 듯하오."

"하오나 창졸간의 일이라…."

"허허, 하지만 이쪽에선 심사숙고를 해 온 일이에요. 수빈이 몸소 내게 청을 해 왔다니까."

역시 예상했던 대로다. 수빈 한씨와 자산군의 얼굴을 떠올려 보는 한명회의 가슴은 순간, 뿌듯하게 부풀어 오른다. 감히 발설할 수 없는 어떤 의미가 한명회에게는 어렴풋이나마 전달되고 있었기 때문이다.

"나이도 걸맞고, 그 인물이나 자질이 가히 천생연분이라 할 만하다고 들었어요."

"황공하옵니다, 전하."

"이미 여식 하나를 왕실에 바친 경에게 나는 늘 미안한 마음을 갖고 있었어요. 손자며느리에게는 내 며느리가 못다 누린 복을 다 누리게 해 줄 것이오."

"…."

"자, 속 시원하게 대답을 하시오, 상당군. 피차 서로의 마음을 모르지 않을 터이니, 이러니저러니 할 것이 없지 않소?"

"전하, 신의 집안에는 더없는 광영이오나, 미거한 여식이 자칫 왕실에 누를 끼치지나 않을지 심히 염려되옵니다."

"허허허. 되었어요, 되었어. 역시 상당군과 나의 인연은 끊으려야 끊을 수가 없는 모양이오. 허허허."

"망극하옵니다."

정말로 운명이라는 것이 있는 것일까. 아무리 왕실의 일이라 해도 어찌 같은 아버지의 두 딸을 며느리와 손자며느리로 맞을 수가 있는가. 하지만 세조는 흡족하게 웃었고, 한명회는 지난날 딸을 세자빈으로 달라는 말을 들었을 때에는 그렇게도 꺼림칙하더니, 이번엔 이상하게도 그렇지가 않다. 아니, 오히려 꼭 이렇게 되어야 하는 일이 아니었던가 하는 생각마저 든다.

수빈 한씨와 한명회, 그리고 자산군과 송이. 그야말로 운명적인 어우러짐이 아니고 무엇인가. 한명회에게는 그들 사이에서 무언가 대단한 일이 빚어질 것만 같은 예감도 든다.

몇 잔의 술을 받아 마시고 퇴궐한 한명회는 곧장 수빈의 처소인 옛 수양대군 저로 향한다. 그의 발걸음은 가볍고 빠르다. 형언할 수는 없지만 서광이 비치고 있다는 기대에 부풀어 있었기 때문이다.

수빈은 이미 짐작한 듯이 한명회를 기다리고 있다. 수빈 한씨는 수인사를 끝내자 내심의 일단을 거침없이 피력한다.

"이제 정말로 사돈이 되었습니다. 전부터 저는 언젠가는 대감과 사돈이 되는 날이 오리라고 생각하고 있었지요."

수빈은 아예 단정적으로 말하고 있다. 세조와의 대화를 다 알기라도 하는 것처럼.

"서로가 척분의 처지인데도 미거한 여식을 거두어 주신다니 송구할 뿐입니다."

"당치 않으십니다. 월산이 오늘 혼인을 해서 영순군永順君 댁에 머물러 있습니다만, 사실대로 말하자면 나는 오늘의 경사보다도 대감 댁과의 혼담이 몇 배 더 소중한 것을요."

"…!"

"대감, 저는 비록 지금 이렇게 기박한 신세가 되었다지만, 자식들에게 앞날을 걸고 살아왔습니다. 그중에서도 월산보다는 역시 자산이 재목인 듯도 싶었고요 그래서 자산의 배필은 대감의 여식이 아니면 아니 된다고 생각했던 것이지요."

한명회는 수빈이 말하는 뜻을 어렴풋이 짐작할 수 있다.

"대감 앞이니 더 털어놓을까요? 나는 중전은 못하지만 대비는 되어볼 생각입니다."

아, 한명회의 온몸에 소름이 돋는다. 그리고 전신의 맥이 풀리는 짜릿한 전율감에 젖는다. 무섭다는 생각도 든다. 9년여간 독수공방을 해 온 수빈 한씨의 입에서 흘러나온 '대비는 되어 볼 생각입니다'라는 말이 무엇을 뜻하는가!

세조의 사후를 말하고 있음이 아닌가. 세조가 세상을 등지면 보위는 세자로 이어진다. 그 세자에게 소생이 있으나 아직 어리지 않은가. 세자가 병약하여 보위에 오래 있지 못할 것이라면, 그다음의 왕통은 어디로 이어질 것인가? 어린 세손 대신 자신의 둘째 아들인 자산군으로 보위를 이어 가게 하고 싶다. 수빈 한씨는 이 엄청난 사실을 장차 사돈이 될 한명회에게 발설하고 있다.

'안 될 것도 없겠지요.'

그렇게 대답을 하고 싶으면서도 한명회는 입을 열지 못한다.

수빈 한씨는 싸느란 웃음을 입가에 담으면서 다시 입을 열어서 다짐한다.

"박복한 과부의 망상일까요?"

"수빈 마마."

"대감의 의향을 듣고 싶습니다."

천하의 한명회도 몸을 떨 수밖에 없다. 여기에 동조하면 역모가 된다. 또 수긍하고자 해도 그것을 입에 담을 수는 없었기 때문이다.

"대답을 아니 하신다면 도리 없지요. 다만 제 소망이 그러하다는 것만 알아주셨으면 합니다."

"마마, 그때의 일을 지금 논의할 수는 없는 일이옵니다."

"이 방에는 아무도 없습니다."

"…."

"사돈만 믿겠습니다."

"…."

"자산군의 학문이나 재질은 내가 보증합니다."

"그야…."

"고맙습니다."

수빈 한씨의 결기는 사다리를 밟고 오르듯 하나의 뚜렷한 결론을 내려놓고야 만다. 한명회는 일찍이 이렇게 당혹해 본 일이 없다. 자신과 관계된 일은 언제나 남에게 의지하지 않고 주도해 왔는데, 오늘만은 수빈 한씨에게 짓눌리고 있다는 생각까지 든다. 그때 최 상궁의 소리가 들린다.

"마마, 자산군 모셨사옵니다."

"들라 이르세요."

자산군이 들어선다. 방 안이 밝아질 만큼 어린 자산군의 모습이 수려하게 느껴진다.

"문안 여쭈어라. 네 빙부 되실 상당군 대감이시니라."

자산군은 절을 하고 앉는다. 나이에 비해서 퍽 어른스럽게 보일 만큼 빈틈이 없다.

"아녀자에게 배운 글을 학문이랄 수야 있겠습니까만, 서책 대하는 일을 싫어하지 않아서 늘 다행으로 여기고 있습니다."

"아, 예."

자산군을 찬찬히 살펴 가는 한명회의 가슴이 두근거린다. 수빈 한씨의 뜻이 이루어진다면 장차의 임금 앞에 앉아 있는 격이 아닌가.

'국구가 된다!'

한명회는 자신의 야망도 꿈틀거리고 있음을 느낄 수가 있다. 수빈 한씨의 회한에 찬 소망을 이루기 위해 자산군을 보위에 밀어 올리는 일은, 지금까지 걸어온 피바람 소용돌이치던 험로에 비한다면 그리 어렵지 않을 것이라는 생각도 든다.

수빈 한씨는 한명회의 술잔을 채운다. 수빈의 눈빛은 총기를 뿜어내고 있다. 주고받은 말은 짧았어도 이심전심의 골은 깊어지기만 한다.

밤이 이슥해서야 한명회는 세조의 잠저를 나선다. 그는 자비를 타지 않고 걷기로 한다. 더위는 이미 가셔 있다. 서늘한 한기까지 느껴지는 밤바람을 맞으며 그는 앞날의 일을 생각하면서 걷는다.

세조 사후의 시대, 과연 그 시대까지 자신이 주도해 갈 수 있을 것인지, 그는 옷깃을 여미는 심정으로 어둠을 헤쳐 가고 있다.

2.

낙엽을 태우면서 피어오르는 연기에는 향긋한 냄새가 배어 있다. 바람이 없었던 탓으로 연기는 기둥을 만들어 보이면서 운치 있게 허공으로 솟아오른다. 한명회는 마당을 서성이면서 미지의 앞날을 설계하기 위해 골똘히 생각을 굴려 보고 있다.

"나는 중전은 못 하지만, 대비는 되어 볼 생각입니다."

수빈 한씨의 회한에 찬 결기를 뇌리에 새겨 두고, 거기에 매달려 있은 지도 어언 두 달이 되어 간다. 곧 자신의 서랑이 될 자산군을 보위에 밀어 올리고서만이 이루어질 수 있는 일이었으므로 누구에게도 발설할 수가 없다.

그같이 엄청난 말을 스스럼없이 입에 담던 수빈 한씨의 모습에는 너무도 간절한 소망이 담겨 있음을 한명회가 모를 까닭이 있을까. 그렇다고 세조와 세자의 단명을 기원할 수도 없는 노릇이다. 그러기에 한명회의 고통은 더해 갈 수밖에 없다. 게다가 수빈 한씨의 소망이 이루어진다면 자신은 국구의 자리에 오르는 일이었기에 벙어리 냉가슴 앓는 격이다.

세조와 세자의 불행을 전제로 하는 일이라면 목숨을 담보해야 하는 불충이 아니고 무엇인가. 불경한 생각은 떨쳐 내야 한다. 그러나 떨쳐 내리라고 다짐하면 수빈 한씨의 모습이 더욱 선명하게 떠오른다.

수빈 한씨로부터 그 같은 소망을 들은 날로부터 꼭 두 달째 되는 10월 19일에 한명회는 세조의 부름을 받는다. 그는 죄인이 된 심정으로 강녕전으로 든다.

뜻밖으로 중전 윤씨가 동석해 있다. 한명회는 감히 세조의 용안을 바라볼 용기가 나지 않는다. 만에 하나라도 세조가 자신의 내심을 읽고 있다면 어찌 되는가. 죄책감의 골이 깊어지고 있을 때, 세조가 환하게 웃으면서 입을 연다.

"공이 영상을 맡아 주시오."

"…!"

"하도 기쁜 자리라 중전을 불렀어요."

"전하!"

"보은의 뜻이 아님을 명심하시오."

"성은이 망극하옵니다."

한명회는 사양하지 않은 채 상체를 깊게 숙여 보인다. 아무리 정해진 길이었다 해도 영의정이 어떤 자리인가. 일인지하요 만인지상이라는 사대부 최상의 광영 된 자리가 아니던가.

중전 윤씨가 치하의 말을 입에 담는다.

"대감, 하례드립니다. 탑전이기는 합니다만, 나는 이 같은 날이 있기를 손꼽아 기다리고 있은 것을요."

"중전마마, 가없는 성은을 내려 주시니 몸 둘 바를 모르겠사옵니다."

"장순빈이 살아 있다면 얼마나 기뻐했겠습니까."

"감읍, 감읍하옵니다."

한명회는 중전 윤씨의 자상한 마음 씀이 뼈에 사무치도록 고맙게 느껴진다. 급기야 세조는 파탈을 시도하고 나선다.

"헛헛헛, 역대 어느 왕조에 칠삭둥이 수상이 있었던가. 오직 공이기에 차지할 수 있는 것을….."

"종사에 누가 되지 않을까 심히 염려되옵니다, 전하."

한명회는 송구해지는 심정을 씻어 내지 못한다. 수빈 한씨의 소망으로 인한 불경한 생각들이 새삼 죄스럽게 상기되어서다.

곧 어주상이 든다. 세조가 몸소 은주전자를 들면서 말한다.

"나의 장자방이 수상의 자리에 올랐으니, 사양 말고 받으시오."

"전하."

"받으세요, 영상 대감."

수상의 자리에 오른 것만도 광영스러운데 하례의 첫 잔을 세조로부터 받는 것은 영광을 더하는 일이 아니고 무엇인가. 게다가 '영상 대감'이라는 존칭을 중전으로부터 처음 들었으니 어찌 가슴 설렌다고 아니 하랴.

세조는 한명회가 첫 잔을 비우기를 기다렸다가 진정에서 우러나는 내심을 토로한다.

"이젠 공에게 의지할 수밖에 없어요."

"망극하옵니다."

"내가 공의 보좌를 받아 온 지가 어언 열다섯 해, 그간에 세상을 떠나간 사람도 많았고, 상처받은 사람도 많았는데, 오직 경만이 내 곁을 지켜 주지 않았는가."

"…."

"경과의 인연은 하늘의 뜻이었음을 믿지 않을 수가 없어. 또 두 딸을 왕실에 주게 되었지 않았는가."

"성은이 망극하옵니다."

"세자의 나이 아직 어리니, 나를 대신하여 왕재로 다듬어 주어야 할 것이오."

"그렇다마다요. 이젠 더욱 남남이 아니질 않습니까."

중전 윤씨의 새삼스러운 당부도 세조 못지않다. 한명회는 몸 둘 바를 몰라 하면서도 결기를 다짐해 보인다.

"충절을 다해 어의를 받들 것이옵니다. 신을 믿어 주오소서."

"고맙소. 다짐의 잔을 받으시오."

세조는 다시 한명회의 술잔을 채우고, 중전 윤씨의 덕담은 멈추지 않는다.

"정경부인을 입궐하게 해 주셨으면 합니다. 다시 사돈 된 감회를 나누고 싶어서요."

"감읍하옵니다, 중전마마."

한명회는 거나하게 취한 모습으로 강녕전을 물러 나온다. 허리 굽히는 상궁, 내시들의 모습도 유난하게 밝아 보인다. 그는 길쭉한 당나귀 상에 절묘한 웃음을 지어 보이며 영추문으로 발걸음을 옮긴다. 불우했던 지난날의 일들이 주마등처럼 뇌리를 스치며 흐른다.

왕자가 아닌 다음에야 보위에 오르는 일은 불가능하다. 그러기에 사대부가 누릴 수 있는 마지막 입신의 자리가 영의정이다. 한명회의 처지는 다른 사람들과 사뭇 달랐기에 풍성한 화제를 불러일으킬 것이 분명하다.

"영상 대감!"

문직갑사 유자광이 그에게로 다가서며 허리를 굽힌다. 대궐 안의 입방아가 얼마나 빨랐으면 강녕전에서의 일이 벌써 궐문까지 전해졌을까.

"킬킬킬, 상번이었던가?"

"하례드리옵니다."

"고맙기는 하네만, 내가 수상의 자리에 이르렀어도 자넬 과장으로 인도할 수 없음이 안타까운 지경일세."

"시생도 과장을 거치지 아니하고 환로에 들 것이옵니다. 심려치 마오소서."

"…!"

"다만 시생과 같은 불우한 처지에서 보면 대감께서 가시는 길은 가위 귀감일 뿐이옵니다."

한명회는 할 말이 없다. 그렇다고 유자광을 탓할 생각도 없다. 다만 그의 내심을 읽기 어렵다는 것이 작으나마 미궁일 뿐이다.

"킬킬킬, 자네가 환로로 들어서면, 나는 퇴물이 되어 있을 것이네."

"당치 않으시옵니다. 그때도 대감께서는 영상으로 계실 것이옵니다."

"킬킬킬, 그래?"

"송구하옵니다만, 이걸 한번 보오소서."

유자광은 바른손의 손바닥을 펴서 한명회의 면전으로 내민다. 순간 한명회의 온몸에 소름이 끼치고 지나간다. 그때가 언제던가. 한명회도 수양대군의 면전에서 지금의 유자광처럼 손바닥을 펼쳐 보이질 않았던가.

"시생 또한 세상이 이 안에 있음이라 여기고 있사옵니다."

한명회는 불길함을 느꼈으나 내색하지 않는다. 유자광은 부연해서 말을 잇는다.

"시생은 영상 대감의 도움을 청하고 있사옵니다. 유념해 주소서."

"도움이라니?"

"곧 아시게 되실 것이옵니다. 하해와 같은 은혜를 내려 주오소서."

"도리 없겠지. 성사 되기를 바라네."

"큰 은혜로 간직하오리다. 성심으로 수상의 지위에 오르신 것을 하례 드리옵니다."

"고마우이."

한명회는 허리 굽히는 유자광을 뒤에 두고 영추문을 나와서 대기하고 있는 자비에 몸을 싣는다.

"하례드리옵니다요, 대감마님!"

만득이도 굽신거린다. 한명회는 자비 위에서 흔들거리며 유자광의 해괴한 언동을 이리저리 곱씹어 보았지만 그의 내심을 헤아릴 수가 없다. 서자의 처지이면서 과장을 거치지 아니하고 환로에 나선다면 대체 어떤 방도가 있는 것일까. 그것은 미궁일 수밖에 없다.

'영의정은 칠삭둥이.' 장안에 화제가 만발한다. 그것이 설혹 남의 일이라 하더라도 찌든 삶에 쪼들리는 민초들에게는 위안이 되는 일이고도 남는다. 그가 어디 예사 칠삭둥이던가. 서른일곱 살이나 되어 경덕궁 직으로 나섰던 당나귀 상이었음에랴. 한명회가 영의정의 자리에 오른 지 석 달 하고 이틀이 지나서 다시 한번 도성 안은 그로 인하여 들끓기 시작한다.

날씨는 청명했어도 추위는 칼날과도 같은 날이다. 연화방에 자리 잡은 영의정 한명회의 집은 내객들로 붐빈다. 그 내객을 어찌 예사 내객이라 하랴. 온통 의정부를 옮겨 놓은 듯한 관복의 물결이 출렁거린다. 한명회가 수빈 한씨의 막내아들인 자산군을 사위로 맞이하는 날이기 때문이다.

세조 13년(1467) 1월 21일, 도성이 떠들썩한 것도 무리는 아니다. 신숙주, 정창손 등의 원로는 물론이요, 좌의정 심회, 우의정 황수신을 비롯한 당대의 공경대부들이 한명회의 집으로 몰려들었으니 이들의 자비꾼은 또 얼마겠는가.

신랑은 세조의 손자이자 수빈 한씨의 막내아들이요, 신부는 수상의 막내딸이다. 한명회는 시임 영의정에 세조의 장자방이요, 지난 10여 년 세월을 그의 뜻대로 조정을 주물러 온 사람이 아니던가. 세조가 기뻐하는 혼사임도 사실이다. 수빈 한씨는 잠저에 물러 나와 있어도 세조에게는 맏며느리다. 이렇게 되면 한명회의 집 경사이자 왕실의 경사가 된다. 한명회의 지위가 만천하에 다시 한번 알려지는 경사이기도 하다.

신부 송이가 12세, 신랑 자산군이 11세. 이들의 나이 아직 어렸어도 수빈 한씨와 한명회의 감회는 짙고도 깊다. 그들 두 사람은 미구에 있을 모든 일을 확약해 놓고 있음이나 다를 바가 없었기 때문이다.

법석을 떨던 내객들이 돌아가자 한명회는 비로소 혼자 있게 된다. 문틈으로 스며드는 한기가 싸늘하게 느껴지는 밤이다. 그는 이날 밤 많은 것을 생각한다. 주로 자신이 걸어온 지난날에 관한 일들이 뇌리를 스쳐 간다.

한명회의 일생은 크게 둘로 나누어 볼 수가 있다. 첫째가 수양대군을 만날 때까지의 암울했던 시절이다. 일곱 달 만에 세상에 태어난 한명회는 그때 이미 남다른 수난을 겪는다. 갓 태어난 한명회의 몸뚱이는 정상이랄 수가 없다. 식솔들은 그런 한명회를 내다 버리려 했다. 버림받을 뻔했던 한명회가 솜뭉치에 싸여진 채 몸이 영글었다면 그것이 타의에 의해 살아난 것이라 하더라도 하늘의 은혜를 입은 것이 분명하다. 그때부터 그는 칠삭둥이라고 불리면서 천대를 받는다. 그 천대에서 벗어나려는 그의 노력이 스승 유방선으로부터 인정을 받았고, 학문에 통달하면서부터 세상 일과 세상 사람들을 꿰뚫어 보는 안목을 갖추게 된다. 음서의 혜택을 받을 수 있는 신분에 있었으면서도 경덕궁 직을 지낼 만큼 그는 순리에 따를 줄 알았다.

죽마고우인 권람의 소개로 수양대군을 만난 다음부터 그의 삶은 빛을 보기 시작한다. 이때가 그의 두 번째 인생이 시작되는 순간이다. 그것은 암울한 시절에서 광명의 시기로 접어드는, 한명회의 시대가 창조되는 새로운 출발이기도 하다. 그로부터 15년여의 세월이 흐른 지금, 한명회는 당당 수상의 자리에 올라 있다.

'정작은 이제부턴가!'

한명회는 자신의 인생이 세 번째 전기를 맞고 있다는 결론을 얻는다. 물론 그것은 세조 사후의 일이다.

'평탄해야 할 텐데.'

그는 애써 그렇게 생각하면서도 골똘해질 수밖에 없다.

3.

시대의 흐름은 한명회와 같은 특정한 부류들에게만 넘나드는 것이 아니다. 세조가 병석에 있고, 세자가 아직 성년에 이르지 못하고 있다. 게다가 세손이 강보에 싸여 있는 왕실이고 보면, 이에 따르는 혼란이 있으리라는 것쯤 누구에게나 짐작되는 일이다.

3월이 되자 한명회는 뜻밖의 내방객을 맞는다. 유자광이 찾아왔다. 한명회는 섬뜩한 생각이 들었으나 그래도 반갑게 맞는다.

"하찮은 갑사의 처지로 일국의 영의정 대감을 찾아뵙는 것이 송구스럽기 한량없사오나…."

유자광은 한명회의 얼굴을 흘낏 쳐다보면서 말을 멈춘다.

"괘념하지 말게. 나도 지난날 경덕궁 직의 처지로 수양대군을 만난 일이 있질 않았는가."

"시생도 잠시 전 영상 대감의 전철을 밟는 것 같다는 생각이 들었사옵니다만…."

"자네도 세상일이 자네의 손바닥에 있다고 했었지?"

"그 또한…."

"그럴 수 있겠지, 그래 무슨 일로…?"

한명회는 유자광의 내심을 읽고 싶다. 그의 안광에 심상치 않은 빛이 담겨 있음을 보았고, 그래서 되도록 그의 마음을 편하게 해 주고 있다.

"오늘은 대감께 한 가지 귀띔을 해 드릴까 하여 찾아뵈었사옵니다."

"귀띔?"

"그러하옵니다. 근자에 대감에 대한 불만이 쌓여 가고 있음을 아시고 계신지요?"

순간 한명회는 귓전이 찢어지는 듯한 울림을 듣는다. 그 울림이 스쳐 간 다음, 한명회의 가슴은 감당하기 어려울 만큼 두근거리고 있다. 유자광은 당혹해하는 한명회의 모습에서 시선을 떼지 않고 있다. 한명회는 진흙 구덩이에서 빠져나오려는 듯 안간힘을 쓰며 입을 연다.

"내게 대한 불만이라니? 어느 놈이, 무슨 연유로!"

"영상이 되시었고, 자산군을 사위로 맞으셨고, 지금은 전하를 대신하여 서사를 관장하고 계시질 않습니까."

"…!"

"더구나 대감께서는 지난번 양산군을 논죄할 때 앞장을 서셨소이다. 들리는 말로는 귀찮은 놈은 모조리 죽여 버리고, 대감과 고령군 두 사람의 세상을 만들어 가고 있다고들 하오이다."

"당치 않아!"

한명회는 그답지 않게 언성을 높이면서 완강히 부정한다. 그러나 유자광은 싸늘하게 부연한다.

"옳고 그른 것을 말씀드리는 것이 아니오이다. 그것이 민심이면 그렇게 되는 것이 아닐는지요. 지난날 대감께서도 유언비어를 만들어서 그것이 마치 세론인 듯이 기정사실로 몰아간 일이 계셨질 않소이까."

유자광의 지적이 날카로워지자 한명회의 심중은 흐느적거릴 수밖에 없다. 수렁에 빠진 사람이 살아나려고 애를 쓰면 쓸수록 몸은 점점 깊은 곳으로 빠져 들어가게 된다. 한명회는 그런 초라한 자신의 모습이 눈에 선하게 보인다.

'저 놈이 뭘 말하고자 하는지….'

한명회는 안간힘을 쓰듯 유자광을 노려보고 있었지만, 힘에 부친다는 생각이 들 만큼 유자광의 시선도 만만치가 않다.

"그리고 또…."

한명회는 숨 막히는 긴장감에 젖는다.

'대감은 수빈 마마와 함께 장차의 일을 도모하고 있질 않소이까. 그건 용서받지 못할 불궤오이다!'

유자광이 이렇게 말한다면 어찌하는가? 그때는 유자광을 살려 둘 수가 없다. 한명회의 생각이 비약하고 있을 때, 유자광이 말을 이어 간다.

"대감, 요즈음은 인산군 대감이나 남양군 대감과도 뜨악하시지 않사옵니까."

"그렇기는 하지."

"왠지 아시오이까?"

"…?"

"모두들 정승 한 자리는 해야 할 분들이 아니오니까. 좌찬성 최항 대감도 그렇고요."

"하면?"

"괸 물은 썩습니다. 흘러가게 해야지요."

"…!"

"대감께서 영상의 자리에서 쉬 물러나리라고 생각하는 사람이 있겠습니까."

"난 영상의 자리에 있은 지 이제 겨우 여섯 달일세."

"아니지요. 지난 열세 해 동안 영상보다 더한 세도를 누리셨지를 않습니까."

"…!"

"물러나셔야 할 것으로 아옵니다."

위급한 상황인데도 한명회는 유자광의 진의를 살펴본다.

"자넨, 내가 영상의 자리에 있을 때 환로에 나서겠다고 했네."

"그야 당연하지요. 그러나 그 일은 장차의 일이옵니다. 퇴진을 자청하소서."

"…!"

"대감을 위해서 진언드립니다."

"자네는… 무서운 사람일세."

한명회는 망연히 중얼거린다. 과장을 거치지 아니하고 환로에 들겠다는 결기를 보였던 서자 유자광이다. 자신에게 도움을 청하겠다는 그가 아니었던가. 물론 짐작하고 있었던 일이기는 했으나 유자광의 입을 통하여 사태가 어떻게 되어 가고 있는지를 알 수 있었다면 아이러니가 아닐 수 없다. 그런 만큼 이 유자광이란 사내를 다시 보지 않을 수 없다. 일개 문직갑사로 어찌 이와 같은 일을 알며, 어찌 영상을 찾아와 이런 이야기를 할 수가 있는가.

"하오면 이만 남원으로 물러가옵니다."

"남원이라니?"

"시생이 남원으로 밀려나는 것을 대감의 뜻으로 보지는 않사옵니다."

절을 하고 나가는 유자광의 비장한 모습을 보면서 한명회는 숨 막히는 전율감에 젖는다. 그가 남원으로 밀려난 연유는 무엇일까? 누구의 모함 때문인가? 한명회는 그와의 기연을 뇌리에 새겨 둘 수밖에 없다. 그러곤 골똘한 생각에 사로잡힌다.

유자광의 지적은 정확하다. 홍윤성, 홍달손과의 사이가 벌어진 것도 단순히 양정의 일 때문이라 여겼었는데 그게 아니다. 그랬다. 홍윤성, 홍달손, 최항 등은 이제 정승의 반열에 오를 차례가 되었다. 그런데 자신이 영상의 자리에 올라 서사를 대신하기까지 하게 되었으니, 누가 보아도 오래 지킬 자리임이 분명하다. 영상이 물러나지 않으면 좌상, 우상 또한 움직이지 않을 것이 아니겠는가. 그리 되면 홍윤성 등이 정승을 지낼 기회는 까마득하게 멀어지고 만다.

'실수로고….'

자신의 실책임을 자인하지 않을 수 없다. 임금의 환후와 변해 가는 심기만을 걱정하고 앞날의 포석만을 생각했지, 바로 한 자리 아래의 인물들에 대한 배려를 하지 않고 있었던 게 불찰이다. 지나친 독주라 여겨 불만을 가지는 자가 있는 것도 당연하다. 정리로 보아도 못할 짓이었고, 정치의 정도로도 서툰 짓이 아닐 수 없다. 임금인 세조가 이미 성격적인 파탄을 보이고 있는데, 그들의 반발이 표면화되기라도 하면 어찌 되는가. 조정이 분열될 것이 틀림없다.

'흐음!'

한명회는 순간적으로 결단을 내린다. 영상의 자리에서 물러나기로. 불행한 일이었지만 정승의 자리가 돌려 먹기 식이 되더라도 모두에게 정승이 될 수 있는 기회를 주어야 한다는 생각이 들어서다.

이심전심이었을까.

"어마마마, 상당군을 영상의 자리에서 물러나게 하심이 옳은 줄로 아옵니다."

수빈 한씨가 중전을 찾아와 간절히 주청한 것도 같은 무렵이다.

"무슨 소리야, 그게? 아바마마의 환후가 심상치 않으신데 상당군이 물러난다면 그 막중한 자리를 누구에게 맡긴단 말이더냐?"

"민심의 동향이 심상치 않다 하옵니다."

"민심의 동향이라니? 상당군이 영상의 자리에 계신 건 고작 여섯 달이 아니더냐?"

"어마마마, 제 소망을 거두어 주오소서."

"…?"

"상당군께서 영상의 자리에 오래 머무르시면, 불미한 퇴진을 하시게 될 것이옵니다."

"불미하다니?"

"영상의 자리에서 물러나 계신다 해도 서사는 보좌하실 수 있사옵니다. 고령군처럼 말씀이옵니다."

칠삭둥이 한명회가 수상의 자리에 올랐는데 민심의 동향이 심상치 않은 것은 그가 칠삭둥이이기 때문이 아니다. 그의 세도가 막강한 것이 백성들보다는 오히려 대소 신료들의 불만을 불러일으켰던 것이 분명하다.

정치적 갈등은 권부에서 시작된다. 오합지졸의 처지로 뜻을 같이한 사람들이 쿠데타와 같이 불법으로 권세를 잡게 되면 필연적으로 균열이 생기는 것은 동서고금을 통해서 다를 바가 없다. 거기에는 권력의 핵심에 남으려는 야욕과 명리도 있을 것이나, 사소한 감정이 앞서는 경우도 허다하다.

한명회가 영의정이 되는 것은 기정사실이었는데도 그것이 정변의 불씨가 되는 것이 권력의 생리가 아니고 무엇이겠는가. 역사가 얼마간의 주기를 두고 같은 일을 반복해 가는 것이 바로 이런 경우가 아니겠는가!

4.

흐르는 물은 앞을 다투지 않는 법이라고 주장해 온 한명회다. 그러나 영의정의 지위에 있고 보면 더 높은 곳으로 오를 자리가 없는 것도 당연하다. 게다가 지금은 세조의 심기가 전과 같지를 않다. 영의정 자리에서 물러나고서도 전과 같은 위세를 누릴 수 있다는 보장은 전혀 없었기에 물러나리라고 다짐하면서도 서둘러 사임 상소를 올리지 못하고 있는 한명회다.

"대감답지 않으시옵니다. 미련을 버리오소서."

난이도 들려오는 풍문을 들은 모양이다. 난이는 고언을 입에 담을 줄 안다.

"미련이 아닐세."

"아니시면요?"

"내가 물러난 뒤를 생각하고 있으이."

"공연한 심려인 줄로 아옵니다."

"…?"

"대감의 눈으로만 후진을 보지 마오소서. 공자님 말씀에 후진가외後進可畏라고 하시질 않았사옵니까."

"뒤따르는 후진이 두렵다? 킬킬킬, 자네 용한 말을 했네그려."

"서운하시옵니까?"

"그렇지는 않으이."

유자광의 당돌한 말을 빌리자면 한명회는 지난 열세 해 동안 영의정보다 더한 위세를 누려 온 사람이다. 그렇다면 서운할 것이 없다 해야 옳을 테지만 사람의 마음이란 그렇게 단순하지가 않은 것이 인지상정이 아니겠는가. 난이는 기어이 한마디 더 하고야 만다.

"후진을 위해 길을 터 준다는 명분이옵니다. 대감다운 퇴진이 될 것으로 아옵니다."

한명회는 조용히 고개를 끄덕인다.

'여섯 달이라….'

한명회는 착잡한 감회에 젖는다. 그에게는 세조 사후의 수습을 맡아야 한다는 집념이 있다. 영의정 자리에서 물러난 다음에 국상을 당한다면 예기치 않은 혼란이 있을지도 모른다는 부담이 있다.

세조의 변덕에 또다시 바람이 일었다.

4월 6일. 한명회는 여섯 달 만에 영의정 자리에서 체직된다. 한명회를 영의정으로 제수할 때 중전 윤씨까지 동석케 하고, 오직 공에게 의지하겠다던 세조가 아니었던가. 그러나 세조는 물러나는 한명회에게 아쉬워하는 우의도 보이지 않는다.

한 가지 다행인 것이 있다면 한명회가 물러남으로써 후진들에게 승차의 숨통을 열어 주었다는 당당한 명분이 있었다는 점뿐이다.

의정부가 새로운 진영으로 개편된다. 영의정 황수신, 좌의정 심회, 우의정 최항.

최항이 정승의 반열에 오른 것은 홍달손이나 홍윤성에게는 희망을 가질 수 있는 쾌거임에는 분명하다. 이렇게 되면 술렁거리던 민심도 가라앉을 수밖에 없다.

천만다행한 것은 세조의 환후가 이때부터 차도를 보여 서사를 친재할 수 있었다는 점이다. 수상의 자리에서 물러난 한명회의 마음이 그나마 홀가분해질 수 있었던 것은 이 때문이다.

"어려운 결단을 내렸어."

고령군 신숙주가 찾아와 위로한다.

"어느 사인가 사람들의 표적이 되고 말았어."

한명회의 심정은 착잡하다.

"그 점은 나도 마찬가지가 아닌가."

"하긴 그렇지, 어언 13년 세월이 아니던가."

"때가 어려워지고 있으이."

신숙주도 수긍을 한다. 한명회와 신숙주는 어느 사인가 오십 초반으로 조정의 원로가 되어 있다. 경륜이나 나이로써가 아니라 세조의 신임이 이들을 그렇게 만들어 놓은 것이나 다름이 없다.

"주상께서도 표적을 삼을지 몰라."

한명회가 한숨처럼 토해 낼 때 신숙주도 고개를 끄덕이며 수긍하고 있다. 환후에 시달려 온 세조는 날로 판단력이 흐려 가고 있다. 이 같은 세조의 변덕을 두 사람 또한 몹시 두려워하고 있다. 한명회와 신숙주의 우려는 마침내 현실의 문제가 되어 닥쳐오고야 만다.

5월 16일, 함길도에서 급보가 날아든다. 전 회령절제사 이시애李施愛가 반역의 군사를 일으켰다는 흉보다. 반역을 다스리는 일로 점철되었던 세조의 치세에 또다시 반역이 기도됐다는 것은 견딜 수 없는 고통이 아닐 수 없다.

이른바 '이시애의 난'으로 기록되는 이 일의 발단은 느닷없이 일어난 것이 아니다. 이보다 한 달가량 앞선 4월 중순경에 이미 함길도에서 심상치 않은 기운이 돌았다. 이때의 기록을 살펴보면 다음과 같다.

4월 14일, 관찰사 오응吳凝이 장계를 올렸다. "국경 밖 후라토도厚羅土島에 정체 모를 배 13척이 머물러 있다는 첩보가 있는데, 신이 생각하기로는 지난번 경상도 당포唐浦에 나타났던 왜선倭船이 아닌가 합니다. 그러므로 연해의 주민들을 피난케 하고, 절도사 강효문으로 하여금 방어를 견고히 하게 하였습니다."

조정에서 내린 비답은 다음과 같다.

후라토도에 정박한 배를 무엇으로 왜선이라 단정하는가? 함부로 민심을 동요케 함은 불가하니, 속히 진정시키라.

그리고 4월 22일에는 도승지 신면을 함길도관찰사로 삼고, 오응은 해임하여 도성으로 돌아오도록 한다. 그런데 5월 3일에는 오응과 강효문이 서로 상반되는 장계를 올려서 조정의 판단을 혼란하게 하는 일이 생긴다. 먼저 오응의 장계는 이러하다.

충청도의 사노 고읍동古邑同이란 자가 길주에서 붙잡혔는데, 그 언동이 매우 의심스럽습니다. 그가 말하기를, "충청도 연산현連山懸에서 살다가 지난해 12월 수군절도사 영營 앞에서 나장에게 붙들려 강제로 배에 타게 되었는데, 그 배에는 진무鎭撫 하수장들 40명이 타고 있었으며 같은 배가 10척이었습니다. 함길도에 가서 오랑캐를 방어한다 하기도 하고, 올적합과 합세하여 함길도의 주민을 모두 죽인다는 말도 있는 가운데, 금년 3월에 어느 이름을 알 수 없는 곳에 정박하여, 물을 긷기 위하여 5명이 내렸는데 갑자기 4명이 도망하므로 행방을 알지 못하고 홀로 헤매다가 붙잡힌 바 되었습니다."라고 하였습니다. 그 말이 허망하기는 합니다만, 고읍동을 가두고 충청도에 이문移文하여 진위를 따지게 하였습니다.

반면에 절도사 강효문의 장계는 전혀 상반된 내용이다.

지난번 오응이 아뢴 후라토도의 배는, 신이 조사한 바로는 그 성안에 선박이라곤 있은 적이 없다 하니, 반드시 허사虛事인 듯하옵니다.

이때는 또한 세조의 명으로 강효문이 강 밖 야인의 땅에서 대규모의 관병觀兵을 실시한 후이다. 이것이 오해를 불러일으켜서, 절도사가 함길도의 주민을 모두 죽인다는 풍문이 나돌기도 하고, 강효문이 모반한다고 고변해 오는 자까지 있다.

이 같은 연유로 민심이 날로 흉흉해지자, 세조는 5월 12일에 우찬성 윤자운을 함길도체찰사로 보내 민심을 안정시키도록 한다. 그런데도 끝내 변이 나고 만다.

정말 알 수 없다. 혼란은 그렇게 오는가. 북변에서의 변고를 처음 알려 온 자가 바로 이시애 자신이라면 어찌 되는가. 즉 이시애는 바로 5월 16일에 지인知印 이극지李克枝를 보내어 장계를 올린다.

올량합 등이 여러 번 적선이 후라토도에 정박하였다고 고하였는데도 강효문이 묻지 아니하고, 충청도의 사노 고읍동이 붙잡혀서 수상한 기미를 말하였는데도 자세히 문초하지 않을 뿐만이 아니라, 지금이 한창 농사철인데도 제진諸鎭의 정병을 많이 거느리고 길주에 와서 이르기를, "너희들이 협력하면 경중京中의 대신과 내응하여 대사를 이룰 수 있다." 하였습니다. 또한 그 휘하의 군관 현득리玄得利가 말하기를, "내가 일찍이 세

차례나 상경한 것은, 절도사 강효문이 후라토도의 적과 도내의 군사들을 거느리고 상경하고자 하여, 한명회와 신숙주, 김국광, 노사신, 한계회 등에게 통서通書하여 약속을 정하려고 함이었는데, 글을 이들에게 다 주어서 모두 응낙하여, 이내 돌아와서 강효문에게 밀보하였다."라고 하였습니다. 강효문이 5진에서 군사를 더 뽑도록 하고 이달 10일에 길주에 도착하였기에, 신이 이미 강효문 등을 잡아 죽이고, 이시합李施合으로 하여금 여러 진장鎭將들을 잡아 죽이도록 하고, 현득리와 고읍동 등을 모두 가두어 놓고 친문親問을 기다리옵니다.

정말 기막힌 사연이다. 강효문이 신숙주, 한명회 등과 짜고 모반하려 하므로 이시애 자신이 강효문을 죽였노라는 장계가 아니던가.

세조는 놀라지 않을 수가 없다. 가뜩이나 의심하려 했던 신숙주와 한명회가 밀계를 꾀하였다면 어찌 되는가.

'역시 짐작대로였어!'

세조는 곧 능성군 구치관, 좌찬성 조석문, 도승지 윤필상으로 하여금 이극지를 심문하도록 한다. 이극지는 자신이 가져온 이시애의 장계가 사실임을 주장했으나, 그 진위가 의심스럽다고 구치관은 세조에게 고한다.

"이시애가 모반한 것이라 여겨지옵니다. 강효문이 군사를 충원하고 강 건너에서 관병을 한 것은 모두 전하께옵서 어명으로 내리신 일이 아니옵니까. 이들이 지레 겁을 먹고 일을 저지른 것이라 보옵니다."

"그러나 난을 일으킨 이시애가 이렇게 장계를 올리는 까닭은 무엇이겠는가?"

"조정을 속여 방심하게 하자는 생각일 것이옵니다."

"그럴 법도 하나 이시애의 말이 사실인지도 모를 일이 아닌가."

"아직은 모르옵니다. 곧 다른 장계가 당도할 것이오니, 하루 이틀만 더 기다려 주오소서."

결국 이날은 사태에 대해 정확한 판단을 내리지 못한 채로 논의를 파한다.

다음 날인 17일에 함길도관찰사로 부임 중이던 신면의 장계가 올라온다.

　　단천端川의 상호군 최자상崔自祥이 이시애의 편간片簡(편지)을 받고 군수 윤경안尹敬安을 잡아 죽였고, 또한 군관 강덕경姜德慶이 점마별감을 노리고 있기에 둘을 모두 처단하였사옵니다.

이로써 이시애가 모반한 것이 뚜렷해진다. 정말 역모를 평정키 위해 일어났다면 민심을 수습해야 할 것인데, 각지의 수령방백 등을 모두 죽이고 있음이 확연해지지 않았는가.

세조는 중신과 종친들을 모두 대조전에 모은다. 빠진 것은 한명회 하나였으니, 단종丹腫을 앓기 때문이다. 이 자리에서 또 한 번의 북정이 결의된다.

함길·강원·평안·황해 4도 병마도총사에 귀성군 준, 그리고 부사에 조석문을 제수한다. 나어린 신진을 기용한 참으로 놀라운 인사가 아닐 수 없다. 훈신들은 당혹감을 감추지 못했으나, 세조로서는 가장 믿을 만한 인물을 내세웠다고 자부한다.

세조는 새로 떠나게 되는 귀성군에게 군장 등의 물품을 하사하고 다음 날로 떠나도록 서둔다. 그리고 부임 중인 체찰사 윤자운과 신면에게는 속히 귀경하라는 유시가 내려졌고, 죽은 강효문을 대신할 절도사로는 허종이 다시 임명된다.

18일에 다시 신면의 장계가 날아든다.

　　이시애가 이달 10일에 유서를 사칭하여 강효문과 설정신薛丁新 등을 죽이고, 11일에는 사람을 보내어 윤경안을 죽였으니, 반역한 것이 분명합니다. 만약 이시애가 길주 이북의 군사를 징발하여 남향하면 이를 방어하기가 어려울 것이니, 속히 남도의 군사를 징발하여 먼저 마운령摩雲嶺, 마천령摩天嶺의 험한 곳을 점거하소서. 신은 비록 군무에 참예하지 못하였으나, 적세가 이에 이르렀으니 우선 정평定平 이남의 군사를 징발하여 함흥부에 모아서 변란에 대비하려 하옵니다. 또한 절도사의 발병부發兵符는 모두 이시애에게 빼앗겼으므로, 제읍諸邑에 이문하여 발병부를 가진 자는 모두 잡아 가두게 하소서.

일은 다급하게 진행되고 있다. 귀성군 준이 거느린 토벌군은 그날로 도성을 떠난다. 여기에는 남이도 종군하고 있다. 다음 날인 19일, 급기야 세조는 천만뜻밖의 변덕으로 조정을 들쑤셔 놓는다.

"근자에 신숙주와 한명회 등이 백관의 장으로 있으면서 뭇사람의 입에 구설감이 되었으니, 비록 반역한 것은 아닐지라도, 반종伴從을 신칙申飭하지 못하고 인군을 배반하였다는 악명을 받아서 원근의 의혹을 일으킨 것은 진실로 모두 스스로 취한 것이다. 나도 또한 어리석고 나약하여 위엄이 없는데, 백성들의 말을 따르지 않고 방편을 생각하지 않음은 옳지 못한지라, 우선 이들을 가두어 두는 것이 옳겠다."

그러곤 곧 신숙주와 그 아들 신찬申澯, 신정申瀞, 신준申浚, 신부申溥 등을 의금부에 가두게 하고, 의금부진무 김기金琦를 보내서 신면을 잡아오도록 한다. 한명회는 병이 있으므로 보병 30여 명으로 하여금 그의 집을 연금 감시케 하고, 아들 보와 사위 윤반을 잡아 가둔다.

또한 도총사 준, 부사 조석문, 체찰사 윤자운, 절도사 허종에게 유시를 내린다.

이시애가 만약 반역에 간여하지 않았으면 장려하고 효유해서 데려오

고, 반역한 정상이 명백하게 드러나도 죽이지 말고 반드시 사로잡아 오
되, 이시애와 강효문의 공사에 연루된 자 또한 모두 잡아 오도록 하라.

신료들을 의심하는 세조의 성격 파탄이 극악하게 도진 것이 아니고
무엇인가. 그것은 이시애의 말이 사실일지도 모른다는 의심을 떨쳐 내지
못하고 있음이나 다름이 없다. 정말로 신숙주와 한명회가 강효문과 내통
하고 역모를 꾀했을지도 모른다는 의심, 토벌군을 보내면서도 이러한 의
혹을 버리지 못한다면 딱한 일을 넘어서는 한심한 지경이 아닐 수 없다.
이시애를 꼭 살려서 잡아 오라는 것은 무슨 뜻인가. 그것은 역모설의 진
위를 세조 스스로가 확인해 보겠다는 뜻이리라.

함길도에선 이시애가 맹위를 떨쳐, 과연 진압이 될지도 확실치 않은
터에, 조정에서는 총신 중의 총신이라 할 두 사람이 역모의 혐의를 받고
있었으니, 세조 치세의 말기 현상은 이와 같았다. 그러나 누구 한 사람
나서서 이들의 결백을 주장해 주는 사람이 없다. 아니, 오히려 잘되었다
는 표정을 짓는 이들이 많다. 천하에 두려울 것이 없던 한명회와 신숙주
의 권세도 드디어 기우는가 싶다. 기우는 데서 그치는 것이 아니라 참혹
한 최후를 맞게 될지도 모를 일이다.

이런 와중에 다시 삼정승의 이동이 있다. 영의정이던 황수신이 물러나
고 심회가 영의정으로 승진하였으며, 최항이 좌의정 그리고 홍윤성이 정
승의 반열인 우의정으로 제수된다.

한명회가 양정의 논죄에 앞장섰다 하여 사저의 대문을 때려 부수고
돌아갔던 홍윤성이 우의정의 자리에 오를 때 한명회가 연금되어 있었다
면 한 치 앞도 가늠할 수 없는 혼미의 시대가 아니겠는가!

함길도에서는 이시애가 난을 일으켜 조정에서 파견한 관원을 마구 살
해하고 있고, 도성에서는 신숙주와 한명회가 반역을 꾀할지도 모른다 하
여 신숙주는 하옥, 한명회는 연금, 그리고 조정은 의정부를 개편하고 있

었다면, 이 무렵의 세조시대는 혼돈과 암울의 혼조로 들어서고 있었음이 아니고 무엇이랴.

5.

이시애의 난이 발발되어 조정에 보고되는 과정은 앞에서 잠시 기록해 둔 바가 있으나, 그 근원적인 문제를 밝히지 않을 수가 없다.

이시애는 길주吉州의 호족豪族이다. 그가 관직에 등용된 것은 조선조 초기의 북방인 회유 정책에 의해서다. 문종 1년(1451) 호군護軍이 되었고, 세조 4년(1458)에는 경흥진慶興鎭의 병마절제사를 거쳐 첨지중추부사, 그리고 회령부사會寧府使까지 지낸다.

호패법이 정착되어 가자 세조는 북방민의 등용을 억제하면서 지방의 관리를 조정에서 파견하게 하는 중앙집권체제를 강화해 가기 시작한다. 이때까지 북방에는 지방 유지들의 자치기구인 유향소留鄕所가 있었는데, 도성에서 나온 경관京官들이 이를 감시하고 감독하기에 이르자 북방민들의 불만이 점차 고조되기에 이른다.

모친상을 당하여 집에 돌아와 있던 이시애는 바로 그와 같은 북방민들의 불만을 등에 업고 경관들을 퇴치하려는 심중을 굳히게 된다.

"이를 어찌 그냥 보고 있으리. 북방은 북방 사람으로도 얼마든지 다스릴 수가 있지 않은가. 경관들이 무엇이기에 남의 땅에까지 와서 세도를 부리려 들어!"

북방민들에게는 이시애의 주장이 마음에 드는 것이 당연하다. 이에 동조한 사람이 이시애의 동생인 이시합과 매부 이명효李明孝다.

이시애의 두뇌는 명석했다.

'함길도절도사 강효문이 도성에 있는 신숙주, 한명회 등과 역모를 꾀

하고 있다.'

이 같은 대의명분을 내세우면서 불만에 들끓는 북방민을 선동하여 절도사 강효문과 길주목사吉州牧使 설정신薛丁新을 살해했다. 그리고 '남도의 군대가 바다와 육지로 쳐들어와 함길도 군민을 다 죽이려 한다'는 유언비어를 퍼뜨리고, '모든 북방민은 유향소를 중심으로 일치단결하여 경관들을 몰아내야 한다'라는 구호를 내세운다. 불만에 차 있던 함길도 군민들은 일제히 봉기하여 조정에서 보낸 경관들을 무자비하게 살해하기 시작한다.

이시애는 여기서 한술 더 떠서 앞에서 소개한 바와 같은 상소를 올린다. 그것을 다시 요약하면 '신숙주, 한명회와 결탁한 강효문이 반역을 꾀하고 있으므로 이를 살해했다. 지금 함길도의 민심이 흉흉하니 함길도 사람으로 고을의 수령을 삼아 주기를 바란다'는 주장이다. 이에 조정은 토벌군을 보내는 한편 반역에 연루되었다는 신숙주와 그의 아들들을 잡아들여 의금부에 하옥케 하고, 한명회는 단종을 앓는다 하여 사저에 연금을 시키기에 이르니 딱한 노릇이 아닐 수 없다.

결국 세조의 줏대가 흔들리면서 온 조정이 이시애의 농간에 말려들고 말았으니 그 수습이 쉬울 까닭이 없다. 함길도에서의 혼란은 다시 기술하겠거니와 먼저 도성 안의 딱한 사정부터 살펴보기로 한다.

연화방에 있는 한명회의 집은 30여 명의 병사들에 의해 물샐틈없이 지켜지고 있다. 그나마도 신숙주와 함께 하옥이 되지 않은 것은 그가 단종을 앓고 있었기 때문이다.

6월 염천에 종기를 앓는 것은 대단한 고통이다. 종기가 더할 때에는 견딜 수 없는 고열과 갈증으로 목이 말라 터질 것만 같은 고통에 시달린다. 그러나 지금의 한명회에게는 단종으로 인한 고열보다는 세조로부터 버림을 받은 마음의 고통이 훨씬 더 크지 않을 수 없다.

'이럴 수가 있나!'

조정의 어느 누구도 자신의 결백을 주장해 주지 않았고, 수빈 한씨에게 인편을 보내고자 해도 집을 지키는 병사들이 이를 허용해 주지 않는다. 귀양 중에서도 죄인의 출입이 허용되지 않는 위리안치圍籬安置와 다를 바가 없다.

"주안상 어찌 되었느냐!"

한명회가 벼락같이 소리친다. 간병으로 수척해진 난이가 들어와 앉는다.

"자넬 보자는 게 아니야! 주안상 내라는데도!"

"아니 되옵니다, 대감."

"당장 내라는데도!"

"단종에는 술이 상극이 아니옵니까."

"단종을 앓고 있음이 아니라, 마음의 병을 앓고 있어!"

"분부 받자올 수가 없사옵니다."

한명회의 얼굴은 땀으로 흥건히 젖어 있다. 난이는 합죽선을 들어 부치기 시작한다. 한명회는 한숨만을 토해 낼 뿐 기력을 잃은 모습이다.

어찌 이럴 수가 있다는 말인가. 다른 사람도 아닌 자신과 신숙주를 반역의 주동자로 매도하다니···. 한 번 사실 여부를 물어보지도 않고 한 사람은 유폐요, 한 사람은 하옥이라. 그뿐인가. 아들이며 사위까지 잡아들였으니, 철저하게 역적 취급을 당하고 있는 한명회로서는 배신감을 느끼지 않을 수가 없다. 의심이 많아지는 세조의 성격이 파탄되는 것을 염려하여 늘 자중해 왔건만 끝내 여기에 이르렀다면 좌절을 넘어서는 허망함이 아닐 수가 없다.

간교하게 역모설을 내세운 이시애가 밉다는 마음보다도, 세조를 원망하는 마음이 더 큰 것은 당연하다. 아니, 허탈하다는 편이 옳다. 결국 이것이었던가. 그토록 노심초사하며 다져 온 자신의 위치가 역적의 말 한마디로 급전직하, 뒤집어질 수 있는 일이었던가. 세조와 어떤 사이인가. 목숨을 함께 걸었던 혈맹. 15년여를 함께 난관을 헤쳐 온 군신 간.

딸 하나는 며느리로, 또 하나는 손자며느리로 출가시킨, 사사로이는 사돈 사이. 세조가 없이는 오늘의 한명회도 없었겠지만, 한명회가 없었다면 세조가 어찌 지금의 세조일 수 있었겠는가. 그 질기고도 두터운 인연의 마지막이 끝내 이렇게 되고 마는가.

몸은 단종의 고열로 펄펄 끓는 지경이었지만, 마음속엔 찬바람이 휘잉 휘잉 소용돌이치고 있다.

"대감."

나직이 부르는 난이의 목소리에 한명회는 눈으로 대답을 대신한다.

"너무 심려 마오소서. 난이 평정되면 누명 또한 풀릴 것이 아니옵니까."

"모르는 소리."

"주상 전하께옵서 대감을 버리실 까닭이 없지 않사옵니까. 그러실 전하도 아니고요."

"15년일세."

한명회는 허황한 대답을 하고 있다.

"내 비록 영상의 자리에 있은 것은 여섯 달이나, 지난 15년 동안 하고 싶은 일은 다 하면서 오직 충의만으로 살아왔네만, 예로부터 권불십년이라 했거늘 15년이면 길었지, 길고말고."

"…."

"이제 누명이 벗겨지고 아니고는 아무 상관이 없어. 주상께서 이미 나를 의심했고, 내 머리 위에 역모의 죄명이 씌워진 이상 주상과 나 사이는 옛날처럼은 되지 않아. 이 나라의 법도를 모르는가? 역모는 의심을 받은 것만으로도 죄가 되는 법. 범옹과 나는 죄인으로 살아갈 수밖에…. 상께서 그리 만드시지를 않았나."

"…."

"내 근심은 그것뿐이 아닐세."

"하오면, 무슨…?"

"자산군이 걱정이지. 혹여 나로 해서 전하의 총애를 잃을까 염려된다는 말일세."

그랬던가! 한명회의 심모원려는 이미 거기에 이르러 있다. 장인인 한명회가 역모의 누명을 떨치지 못한다면 그 사위인 자산군까지 의심을 사게 될지 모른다는 생각이다. 자산군에게 거는 한명회의 기대를 짐작하고 있는 난이인지라 가슴이 섬뜩해지는 느낌이다. 한명회와 신숙주가 역모를 꾀했다는 것이 조정의 공론으로 굳어진다면, 그들이 세조를 버리고 자산군을 옹립하려 했다고 누명을 씌우지 못할 것도 없는 일이다.

"자산군을 위해서 내 누명이 벗겨지기를 기다리는 게야. 내 한 몸의 영화에 대한 욕심은 없어. 전하와의 옛정은 이제 다시 돌릴 수 없을 테니까."

"그렇지 않을 것이옵니다. 이시애를 잡아서 사실이 백일하에 드러난 후이면, 더욱 대감을 가까이하실 것이옵니다."

"킬킬킬, 자네도 나이가 헛들었어. 전하의 의심이 꼭 이시애의 모함만으로 인한 것이 아님을 왜 모르는가."

"……."

"이시애의 모함 때문이라면, 저들이 같이 들먹인 김국광, 노사신, 한계희의 죄를 묻지 않을 까닭이 없지 않나."

난이는 할 말이 없다. 역모를 꾀했다고 이시애가 지목한 5명 중에 한명회와 신숙주만이 수모를 당하고 있고, 나머지 셋은 그대로 정사를 보고 있다. 평소 자신과 신숙주 두 사람에게 품고 있던 세조의 의심이 이시애의 모함이라는 계기를 만나 폭발된 것뿐이라는 게 한명회의 생각이다.

"발을 걷게."

난이는 드리워진 대발을 걷어 올린다. 문밖으로는 눈부신 햇살이 쏟아져 내리고 있다.

'범옹, 기다려 보세.'

한명회는 신숙주를 걱정한다. 의금부에 하옥된 신숙주는 한명회보다 더한 곤욕을 치르고 있다. 대역 죄인이라 하여 목에는 큰칼을 씌우고 두 발목에는 차꼬까지 채워 놓았다.

신숙주의 나이 51세. 아직 늙었다고 하기는 어려우나 평생을 학문에 몰두해 온 선비의 몸으로는 지탱하기 어려운 형벌이다. 옥 안은 찌는 듯이 무덥고, 목을 채운 채 양 어깨를 짓누르는 큰칼의 무게는 감당하기 어렵다. 게다가 목을 싸고 있는 널판의 구멍이 너무 빡빡하여 물 한 모금을 넘기기조차 힘든 지경이다.

'이 사람 자준이.'

신숙주도 한명회를 생각하곤 한다. 세조와의 친분이나 신임만으로 본다면 한명회를 따를 수 없음을 신숙주는 알고 있다. 그는 한명회가 먼저 풀려야 자신도 이 같은 고통에서 벗어날 수 있으리라고 믿고 있다. 그러면서도 그런 생각을 해야 하는 자신의 모습이 초라하기 한량없다.

훈구, 쓰러지다

1.

함길도와 조정을 들끓게 한 '이시애의 난'은 그 자체의 중대함이 아니고도 새로운 시대를 예고하는 다음 세 가지의 변수를 몰고 온다. 그것은 험한 바람일 수밖에 없다.

첫째, 한명회와 신숙주의 퇴진을 몰고 왔고, 둘째, 귀성군 준과 남이 같은 20대의 젊은이를 정계의 표면으로 부상시켰으며, 셋째, 서출이었던 유자광에게 입사의 기회를 마련해 주었다는 점이다.

일찍이 세종대왕이 관노의 소생이었던 장영실蔣英實을 등용하여, 대호군大護軍의 지위로 끌어올리면서 천문 기기를 발명, 제작케 하여 과학 문물을 진흥시킨 일이 있었으나, 유자광의 등용은 세조의 발탁 이전에 당사자의 자천이 있었다는 것이 자못 흥미롭다.

유자광은 자신과 같은 서출에게는 입신양명의 길이 막혀 있음을 자탄하면서 살아왔다. 그는 이미 경사經史와 병서兵書에 통달했고, 타의 추종을 불허하는 명석한 두뇌의 소지자다. 이 같은 유자광이 입신의 기회를 잡기 위해 좌충우돌하면서 남이와 교통하고, 한명회의 퇴진까지 입에 담았으나, 서출도 입사해야 한다는 그의 주장이나 신념은 잠꼬대에 불과하다는 사실도 충분히 알고 있다. 그러면서도 유자광은 좌절하지 않을 만큼 강인한 데가 있다.

유자광은 한명회가 그랬던 것처럼 문직갑사의 길을 택했다. 문직갑사를 어찌 벼슬이라 할까마는 공경대부들의 동태를 살피면서 궐 안의 사정을 익히는 데는 안성맞춤이 아닐 수 없다.

유자광이 이시애의 난을 안 것은 남원에서다. 물실호기勿失好機! 유자광은 이시애의 난을 자신이 입신할 수 있는 천재일우의 기회로 잡기 위해 남원을 떠나 도성으로 달린다. 세조의 성격 파탄에 반역의 기운이 덮친다면 예기치 않았던 구멍이 뚫릴지도 모른다. 이시애가 한명회와 신숙주의 반역을 거론했다면 세조는 그들의 공백을 신진의 등용으로 메우려 할 것임은 자명한 이치가 아니겠는가.

유자광이 도성에 당도한 것이 6월 14일. 이때까지 이시애의 난은 평정되지 않았다. 평정은 고사하고 수습의 실마리도 찾지 못하고 있는 형편이다. 자신의 입신양명을 위해서는 더 오래 혼란이 계속되어야 했기에 그는 느긋한 마음으로 계책에 임한다.

유자광은 먹을 갈아 놓고 화선지 두루마리를 펼친다. 자천 상소自薦上疏를 쓸 생각이다. 자천 상소가 무엇인가. 임금에게 자신의 등용을 호소하는 글이 아닌가. 서출의 신분으로서는 당치도 않은 일에 도전한다. 그러나 유자광은 이미 승기를 잡고 있다는 듯 자신 있게 써 내려간다. 경서와 병서에 통달해 있는 유자광의 문장이다. 그의 논조는 도도한 강물의 흐름과도 같다.

신이 하번下番(근무지의 이동)하여 남원에 있으면서 이시애의 일을 늦게 듣고서는 바야흐로 식사하다가 비저匕箸를 버리고 계속 군현을 독려하여, 신이 징병하는 문권 속에 이름이 기록된 것도 깨닫지 못하였습니다. 신은 본디 궁검弓劍의 재주를 익혔으니, 용감하게 나서라는 말을 듣고 말을 준비하고 여러 날의 행군을 기다렸는데, 군현에서 날짜를 정하여 속히 행군하라는 지령이 있지 않았습니다.

신은 이에 밤새도록 자지 못하고 분연히 주위에 이르기를, "나라에서 어찌 사방의 군사를 모두 징발한 연후에야 일개 이시애를 토평할 수 있겠는가?" 하였습니다. 신은 이미 갑사에 이름이 올라 항상 변야邊野에서 공을 세우고 나라를 위하여 한 번 죽으려고 하였습니다. 하물며 나라를 뒤집으려는 적변을 당한 터에 어찌 징병의 차례나 기다리면서 먼 곳에서 안처安處하여 자고 먹는 것을 족하게 여기겠습니까. 그러므로 신은 이달 초엿새에 남원으로부터 발정發程하여 하루에 갑절의 길을 걸어서 왔는데, 사람들에게 물으니 모두 이르기를, "역적 이시애가 아직도 굴혈을 지키고 죄 없는 이를 죽여 함길도 한 도가 소요하게 되었다." 라고 하니, 어찌 일개의 적을 즉시 나아가 죽이지 못하고 전하의 치평治平에 누를 끼치며, 묘당廟堂의 도의圖議를 수고롭게 하십니까.

자세히 모르거니와 전하께서는 벌써 장사將士로 하여금 1운運, 2운, 심지어는 3운, 4운에 이르도록 병사를 나누어 들여보냈다 하는데, 그렇다면 어찌하여 이제까지 한 장사도 이시애의 머리를 참하여서 서울에 바치는 이가 없습니까. 만약 즉시 토평討平하지 못하면 이시애로 하여금 무도한 흉악을 더 저지르게 하고, 날을 허비하여 주륙誅戮을 미루면, 함길도 수십 주의 죄 없는 백성이 진실로 가련하게 되며, 또한 이시애의 악독함이 극에 달하여 이르는 곳의 주州·부府를 불사르고, 이르는 곳의 창고를 없애며, 이르는 곳의 병기를 싣고, 이르는 곳의 사졸士卒을 겁탈하여 하루아침에 북쪽 오랑캐에 도망하여 들어간다면, 훗날 변경의 근심을 당하지 않을 수 없으니, 전하는 어찌 근심하지 않으시옵니까.

신이 망령되이 고하거니와, 이제 장수가 된 자는 부귀를 누리지 않은 자가 없는데, 이제 죽고 사는 것을 두려워하여 머무르고 나아가지 않으며, 하는 것 없이 날을 보내며 서로 말하기를, "이제 하월夏月(여름)을 당하여 궁력弓力이 해이하기 쉽고, 빗물이 바야흐로 막히고 산천이 험하여 초목이 무성하니, 경솔히 나아갈 수 없고 또 경솔히 싸울 수도 없다."라고들 합니다. 달리는 알지 못하옵니다만, 우리만 홀로 여름을 당하고 저들은 당하지 않으며, 우리만 궁력이 해이해지고 저들은 해이하지 않으며, 우리만 빗물에 막히고 저들은 막히지 않으며, 우리만 산천이 험하고 저들은 험하지 않겠습니까.

비유하건대, 두 쥐가 굴 속에서 함께 다투면 힘이 있는 자가 이기는 것이옵니다. 전하께옵서는 어찌 급하게 장사로 하여금 날을 정해 싸워서, 화가 깊기 전에 막지 않으시옵니까.

손무孫武는 말하기를, "병법이 졸속함은 들었어도 공교하게 오해하는 것은 보지 못하였다."라고 하였으니, 대저 옛사람의 용병用兵하는 것은 인의仁義로써 몸을 삼고, 권술權術로써 용용을 삼으며, 더욱 귀중하게 여기는 것은 신속하게 하는 것뿐입니다. 지금 장사가 머무르고 나아가지 않으니 신은 그것의 옳음을 알지 못하옵니다.

공자가 말하기를, "사람으로서 말을 폐기하지 말라."라고 하였습니다. 엎드려 빌건대, 전하께서는 신을 미천하다 하여 폐하지 마소서. 신은 비록 미천하더라도 또한 한 모퉁이에 서서 스스로 싸움을 하여 쾌히 이시애의 머리를 참하여 바칠 수 있기를 원하옵니다.

세조는 유자광이 올린 상소를 읽으면서 피가 솟구쳐 흐르는 짜릿한 전율과 감동을 느낀다. 이 나라에 유자광과 같은 젊은 혈기와 충의가 있음에 심히 만족한다.

세조는 도승지 윤필상을 불러 유자광의 상소를 소리 내어 읽게 한다.

상소를 읽은 윤필상의 얼굴도 달아오르고 있음이 완연한다.

"대단하질 않은가, 도승지?"

"그러하옵니다."

"이 글이 내 뜻에 매우 합당하니, 진실로 기특한 재목이야. 나는 유자광을 임용하여 그 옳은 생각을 시행하게 하리라."

"하오나 서자의 등용은….."

"말하지 말라. 나는 아직 이보다 더한 사대부의 상소문을 읽은 바가 없어."

"…."

"도승지는 어찌하여 인재를 보지 못하는가."

"망극하옵니다."

세조는 윤필상의 입을 막아 놓고 단호하게 명한다.

"유자광을 내금위에서 일하게 하라."

내금위란 임금의 호위와 대궐의 숙직을 관장하는 부서다. 물론 내금위에 소속이 된다 하여 그것이 곧 입신의 길로 통하는 것은 아니다. 그러나 유자광은 크게 만족한다. 우선은 세조가 자신이 쓴 상소를 읽었고, 그로해서 내금위로 옮길 수 있는 데 대한 감격이었고, 장차 자신의 모든 것을 세조에게 알릴 수 있는 길이 트였다면 길길이 뛰고도 남을 기쁨이 아니고 무엇이겠는가.

유자광의 이 같은 기대는 뜻밖으로 빨리 왔다. 그가 상소를 올린 다음 날인 6월 15일에 세조가 몸소 유자광을 강녕전으로 부른다.

아무리 내금위에 소속되어 있어도 서출의 갑사가 군왕을 배알한다는 것은 엄청난 광영이었는데, 강녕전으로 들어선 유자광은 다시 한번 놀라지 않을 수가 없다. 세조의 양옆으로 삼정승과 육조의 당상들이 꿀 먹은 벙어리처럼 앉아 있지 않은가. 세조의 파격이 아니고서는 상상도 할 수 없는 일이다.

유자광은 세조에게 곡배를 하고 자리에 앉는다. 그의 동태는 사대부를 넘어서서 중신을 방불케 하는 당당함이 있다.

"네가 유자광이더냐?"

"그러하옵니다, 전하."

처음으로 경험하는 어전일 텐데도 두려움이 없이 당당한 태도, 그것부터가 세조의 마음을 흡족하게 하고도 남는다.

"너의 글은 잘 보았느니라. 하나, 과연 그 글재주만 한 무략이 너에게 있느냐?"

"전하, 신에게 정병精兵 3백만 내려 주시오면, 이시애의 목을 매어서 궐 아래로 끌어올 수가 있사옵니다."

입시해 있던 중신들의 눈살이 절로 찌푸려진다. 서출의 갑사 따위가 천방지축 기염을 토할 자리가 아니질 않은가. 그러나 세조는 그저 흔쾌한 모양이다.

"허허허, 과연…. 비록 지체는 낮다 하나 너는 호걸 중의 호걸이로다. 허허허."

"망극하옵니다."

"허허허."

세조는 유자광의 호방한 기상이 통쾌할 만큼 마음에 든다. 그 옛날 한명회를 처음 만나던 순간의 신선한 충격을 다시 맛보고 있다.

"경들은 왜 아무 말이 없는가? 유자광이 서출이기 때문인가?"

"…."

"나는 나라를 위함에 있어 서얼을 가리지 않을 것이오. 유자광의 기상이 이를 말하고 있지 않은가."

세조의 변덕이 발동하면 또 무슨 일을 저지를지 모른다. 그것을 아는 신료들이 가타부타 입을 열 수가 있을까. 사색이 된 신료들을 느긋하게 바라보면서 세조는 흡족한 목소리로 말한다.

"물러가 있으라. 내 너를 중히 쓸 일이 있으리라."

"신 유자광, 물러가옵니다."

강녕전을 나가는 유자광의 걸음걸이는 젊은 나이답지 않게 신중하다. 그 등 뒤에, 세조의 따뜻한 시선과 중신들의 차가운 시선이 엇갈리며 쏟아지고 있다.

6월의 하늘은 찌뿌드드하게 흐려 있었고, 날씨는 찌는 듯 무더웠다. 유자광은 강녕전의 돌계단을 내려서며 크게 숨을 들이마신다.

'열리고 있음일 터!'

유자광은 허공을 바라보며 중얼거린다. 첩의 자식이라 하여 구박받으면서 살아온 참담했던 지난 세월이 그의 뇌리를 어지럽게 스치고 지나간다.

'두고 보리라. 나를 구박한 놈들, 그냥 두지 않으리라!'

유자광은 다짐하며 발걸음을 옮긴다. 검은 구름은 용틀임을 하면서 천둥소리를 쏟아 놓고 있다. 후덥지근한 바람이 유자광의 옷자락을 날린다. 그를 기다리고 있던 갑사들이 엇갈린 표정으로 유자광을 에워싼다.

"무슨 일이야?"

"벼슬 한 자리 했는가?"

유자광은 입을 열지 않는다. 그에게는 이미 갑사의 신분이 아니라는 자긍심이 충만해 있다. 그러면서도 동료들의 마음을 상하게 하지는 않는다.

"아, 이 사람아, 광영을 입었으면 무슨 말이 있어야지. 술을 한잔 사든가."

"사람이 아주 달라졌어."

유자광은 조용히 동료들이 서 있는 자리에서 벗어난다. 그의 생각은 지난날의 한명회처럼 치밀하다. 세조의 말대로라면 오늘보다 더한 광영이 있을 것이 분명하다. 그것은 독대獨對가 아니고 무엇이겠는가.

다음 날인 16일에도 세조는 유자광을 불러 이시애를 잡을 방략을 논하게 하고, 그를 겸사복兼司僕으로 충원한다. 그 후로도 세조는 틈만 나면 유자광을 불러 병법을 논하는 것이 일과처럼 되었고, 유자광은 방자할 정도로 거침없는 태도와 갖가지 재주로 세조를 사로잡는다. 유학을 숭상하는 나라에서 임금이 서자와 마주 앉아 국사를 논의하는 것은 경천동지할 일임에는 분명하지만, 세조의 갈팡질팡은 이 같은 지경에까지 이르러 있었다.

유자광에게 쏠리는 세조의 총애가 어떠했는지를 보여 주는 『세조실록』의 기록을 잠깐 인용해 보기로 하자.

6월 28일 신유.

(전략) 또 유자광에게 명하여 토벌할 방략의 초안을 세우게 하여 그 재주를 시험하였더니, 유자광이 입성立成하였으므로 임금이 가상히 여기고 명하여 술을 올리게 하고는, 인하여 그 등을 어루만지며 말하기를, "당종唐宗은 호걸인 선비를 대함에 반드시 먼저 위엄과 분노를 더하여 그 기상을 꺾은 연후에야 맡겨서 등용하였는데, 나는 그렇지 않고 다만 친애할 따름이다. 이제 너를 임용하여 장수로 삼아, 1여旅를 이끌고 가서 이시애를 토벌하게 하려 하나, 다만 너는 미천하므로, 미천한 자는 본디 위망位望이 없어 사졸이 따르지 못할까 두려운 까닭에 그렇게 하지 못하니, 너는 마땅히 알도록 하라." 하였다.

6월 30일 계해.

(전략) 임금이 유자광의 효용함이 남보다 뛰어나다는 것을 듣고 불러 시험하니, 한 번 뛰어서 섬돌 수급數級을 지나고, 또 능히 큰 기둥을 잡고서 오르기를 마치 원숭이가 나무에 오르듯이 하니 임금이 겸사복 등을 돌아다보고 이르기를, "너희들 중에 유자광과 같이 할 수 있는 자가 있는지 시험해 보는 것이 좋겠다." 하였다.

세조는 유자광이라는 기재奇才를 얻은 것을 마치 천하를 구하는 장상의 재목을 얻은 만큼이나 즐거워하고 있었으나, 함길도의 전황은 여전히 지지부진이다. 이에 세조는 유자광을 거느리고 친히 북변을 칠 계획까지 세우기에 이른다. 그러나 그것은 의욕뿐이다. 임금이 대군을 거느리고 도성을 뜬다는 것 자체가 예사로운 일이 아니었고, 더더욱 그것을 감당할 체력이 남아 있는 것도 아니다. 최악의 경우에는 친정親征을 감행한다는 결의만을 남겨 두고, 7월 1일에는 오자경吳子慶이 이끄는 증원군 1천을 귀성군 준에게 보낸다. 그리고 7월 2일에는 유자광이, 준에게 내리는 어찰을 가지고 함길도로 떠나게 된다.

병석에 누워 있으면서 유자광의 소식에 접한 한명회는 착잡하기만 하다. 세조가 신진들에게 관심을 둔다는 것은 훈신들을 의심하기 때문임이 명백히 드러난다. 게다가 이시애는 자신과 신숙주가 역모를 꾀한다고 장계를 올리지 않았던가. 한명회에게는 불길한 징조가 아닐 수 없다. 한명회는 탄식한다.

'역시 그 셋인가.'

귀성군 준, 남이, 유자광. 이 세 젊은이에게 거는 세조의 기대가 무엇인지를 짐작할 수 있다. 이미 자신의 수가 얼마 남지 않았다는 것을 짐작한 세조가 세자의 치세를 향한 나름대로의 포석을 시작한 것이 아니겠는가.

세자의 나이 열여덟. 죽은 양정의 예언처럼 세조의 수가 길어야 한두 해라면, 세자는 스물 안팎의 나이로 보위에 오르게 된다. 그 주위에 한명회, 신숙주, 홍윤성, 홍달손, 구치관 등과 같은 정난의 실세들이 기라성처럼 모여 있다면 마치 단종 때처럼 임금은 허울뿐이요, 훈신들이 전횡하는 조정이 될지도 모른다는 우려가 세조에겐 있다. 그러기에 훈신들 대신 세자의 측근이 될 수 있는 인재들을 키우려는 의도가 분명하질 않은가.

세조에게 한명회, 권람, 신숙주가 있었듯이 세자에게는 귀성군 준, 남이, 유자광 등을 포진하게 하려는 저의가 아니고 무엇인가. 그러기에 세조는 자신과 생사를 같이했던 실세들의 힘을 약화시키기 위해 발버둥을 치고 있는지도 모른다.

이시애의 역모 소동도 그러한 맥락에서 보아야 마땅하리라. 정난의 주역이던 실세들을 그저 명색뿐인 위치로 후퇴시키고, 젊은 인재들에게 실권을 주어 세자를 보필하게 한다는 것이 세조의 포석이라면, 자산군에게 걸었던 한명회의 기대는 물거품이 될 수도 있다. 또 그것은 파멸과 연결되는 위험이기도 하다.

"후우!"

한명회는 긴 한숨을 쏟아 놓는다. 다시 한바탕 파란이 다가오고 있음을, 한명회는 손바닥을 들여다보듯 알 수가 있었음에랴.

"아무리 그래도 서출을 등용까지야 하겠습니까?"

"하실 것이오."

정경부인 민씨가 의아하게 물었을 때, 한명회는 단정하듯 대답한다.

"조정 중신들이 따르겠습니까, 서출의 등용을요?"

"킬킬킬, 대군 시절에 날 발탁한 어른일세. 더구나 지금은 주상의 자리에 계시질 않은가?"

"…!"

"또 지금은 신료들이 입을 열기 어려운 때가 아닌가. 간언은 죽음과 직결되네. 어려운 때일세."

민씨 부인은 할 말이 없다. 한명회는 비스듬한 자세로 앞날의 일을 골똘히 생각하고 있다.

어찌 되었건 유자광의 이름 석 자는 한명회의 존재를 퇴색시키며 도성 안의 화제가 된 것이 사실이다. 서출의 겸사복이 세조와 쉽사리 마주 앉아서 국사를 논의할 수 있다는 사실, 그것은 유학을 숭상하는 조선왕조에서는 일대 파란이 아닐 수 없다.

파란은 또 다른 파격의 회오리로 소용돌이치기 시작한다. 놀랍게도 유자광은 세조의 밀명을 지니고 함길도와 도성을 내왕하고 있다. 유자광을 신임하는 세조의 결기는 하늘을 찌르는 지경이고도 남는다. 유자광이 세조의 밀명을 전하기 위해 4도총사 귀성군 준과 만날 수 있었던 것은 새로운 시대를 열어 가는 기폭제이고도 남는다.

2.

신숙주는 거의 탈진해 있다. 혹시나 화가 미칠까 두려워서 아무도 찾아오지 않는 의금부의 옥청. 신숙주 또한 아물아물 흐려지는 의식 속에서 영욕의 무상함을 되씹지 않을 수가 없다. 그의 너무도 참담한 모습에, 의금부 관원들도 외면하고 다닐 지경이다.

영의정을 지낸 천하의 신숙주가 옥에 갇혀 있으니 감히 위해를 가할 자도 없었지만, 나서서 도울 사람도 없다. 끼니를 찾아 먹을 신숙주도 아니었지만 먹을 수도 없는 상황이다. 칼은 신숙주의 목살을 파고드는 것처럼 빡빡했지만 누구 하나 느슨하게 풀어 주는 사람이 없다.

신숙주의 옥사 앞을 늘 외면하고 다니는 의금부 관원들 중에 유독 낭관郞官 남용신南用信만이 신숙주의 몰골에 시선을 주곤 한다. 그런 어느 날, 남용신은 갈증으로 헉헉거리는 신숙주의 신음을 듣는다. 마음이 여려서라기보다 천하의 문장이자 영의정을 지낸 훈신의 모습이 너무도 참담하여 그냥 지나칠 수가 없었는지 발걸음을 멈춘다.

"대감."

감았던 눈을 떠서 남용신을 본 신숙주는 그제야 자신이 신음을 토했다는 것을 알아차린 듯 낭패한 표정으로 입을 다문다. 그만한 고통을 이기지 못해 추한 모습을 보인 자신이 부끄러웠던 것이리라. 그러나 남용신은 신숙주가 고통스러워하는 까닭이 큰칼에 있음을 첫눈에 알아차린다.

"대감, 힘드시옵니까?"

"견딜… 만…하네."

그러나 그 정도의 대답을 하기에도 숨이 차서 헐떡이는 신숙주의 모습에 남용신은 민망해서 견딜 수가 없다. 천하에 두려울 것이 없던 원로 정승의 몰골이 너무도 처량해서다. 그러나 역모의 혐의를 받고 있다는 사실 또한 명백하다. 잠시 망설이던 남용신이 이윽고 결단을 내린다.

옥문을 열고 들어선 남용신은 신숙주의 목을 채운 큰칼을 약간 늦추어 준다. 그러곤 물을 마시도록 도왔다.

"자네 이름은… 무엇이라 하는가?"

달게 목을 축이고 난 신숙주가 묻는다.

"남용신이라 하옵니다."

"고맙긴 하네만, 자네가 화를 입을지도 모르네. 어서 원래대로 칼을 죄게."

"아니옵니다. 아주 풀어 드린 것도 아니고 조금 늦추었을 뿐인데 무슨 말이 있겠습니까."

"아니야, 어서 조이라니까."

"조금만 견디소서. 곧 방면되시질 않겠사옵니까."

남용신은 칼을 늦춰 준 채로 옥문을 나온다. 마침내 신숙주의 우려대로 이 일이 화를 부르고 만다.

세조에게 의심의 악령이 씌워 있었던가. 승전환관 안중경安仲敬 등을 시켜서 신숙주의 옥방을 살펴보게 한다. 곧 안중경이 돌아와 보고한다.

"신숙주의 칼과 차꼬는 헐거워서 금방이라도 벗겨질 듯하였사옵니다."

세조는 불같이 노한다.

"믿을 놈들이 없구나!"

세조는 박중선으로 하여금 병사 30명을 거느리고 가서 신숙주가 갇혀 있는 옥을 철저하게 감시하게 한다. 세조는 자신의 성격 파탄을 아랑곳하지 않은 채 다시 의금부의 제조와 낭관들을 모아 놓고 내심을 밝힌다.

"신숙주는 대신이다. 중죄에 간여하지 않았다면 칼과 차꼬를 씌울 리가 있는가. 만약에 종친이나 힘없는 죄인이었다면 너희들이 이처럼 허술하게 하였을 리가 없다. 너희들이 어찌 어리석어 법을 알지 못한 일이겠느냐. 반드시 신숙주에게 공을 구하여 후일을 도모하려 한 것이리라. 누구냐? 어명을 거스른 불측한 자가!"

곧 남용신이 한 짓임이 드러난다. 세조는 남용신에게 곤장을 치게 하고 물었다.

"이놈! 네가 일개 낭관으로 그러한 짓을 하였을 때에는 그만한 까닭이 있었으리라. 너는 신숙주와 어떤 사이더냐? 당장 이실직고하렷다!"

단순한 존경의 뜻으로 온정을 베풀었다가 변을 당하게 된 남용신은 망연히 대답한다.

"신은 신숙주와 교분이 있는 것도 아니옵고, 그 족속도 아니옵니다. 다만 대신으로서 고생하는 것을 차마 볼 수가 없는 까닭에 칼을 늦춰 주었습니다."

아무리 매를 때려도 그 이상의 정상은 있을 리가 없다. 남용신을 하옥시키도록 한 세조는 입시한 신하들에게 물었다.

"남용신의 죄는 법으로 마땅히 죽여야 할 터인데, 경들의 생각은 어떠하냐?"

임금의 뜻이 정해지면 이론이 있을 수 없다. 더구나 세조의 경우임에랴.

"죽어도 남을 죄가 있사옵니다."

모든 종친과 신하들이 입을 모은다. 여기서 남용신의 편을 든다면 신숙주의 패거리로 매도될 것이 뻔하지 않은가. 세조는 당연하다는 듯 고개를 끄덕인다.

"남용신은 모반의 무리는 아니나, 인군을 업신여기고 오히려 신하에게 아부하였으니 죽이는 것이 마땅하다."

남용신은 참혹하게도 거열형에 처해진다. 수레 두 대가 양쪽에서 잡아

끌어서 사람을 찢어 죽이는 끔찍한 형벌이 가해지면서 조정의 훈신에게 베푼 극히 작은 호의마저도 대죄가 되는 어려운 시대가 흐르고 있다.

세조는 이성을 잃고 있다. 이에 그치지 않고 계속해서 신하들을 다그친다.

"이와 같이 불경한 일이 잇달아 일어나는 까닭은 조정에 사람이 없기 때문이니라!"

모두가 숨을 죽인다. 또 무슨 불똥이 어디로 튀려는가?

"신숙주는 가두고 한명회는 가두지 않았는데도, 지금까지 한명회를 가두자는 사람도 없고 그 죄를 청하는 자도 없지를 않느냐! 마치 귀머거리와 소경처럼 듣지 못하고 보지 못한 체하니, 어찌 조정에 사람이 있다 하리. 어찌 남용신만을 죄가 있다 하겠느냐. 그를 죽여 남은 무리를 경계하고 조정을 숙청하려 함이다."

"…."

"의금부의 제조와 낭관들을 모두 옥에 가두고, 새로이 개차改差하도록 하라!"

의금부의 제조와 낭관들이 옥에 갇히는 신세가 되고, 새로운 제조와 낭관들이 임명된다. 광태나 다름없는 세조의 어명은 계속된다.

"한명회 또한 의금부에 하옥시키도록 하라!"

이때의 세조를 어찌 평가해야 하는가. 그의 돌변은 질풍노도와 같다. 한명회가 병이 있으니 사저에 연금시키라 한 것은 세조 자신의 명이 아니었던가.

"가만… 아니다."

또 무슨 생각이 들었는지, 세조는 방금 내린 영을 거두면서 또 엉뚱한 명을 내린다.

"한명회와 신숙주가 모두 대신들이니, 또 누가 그들과 내통할지 알 수 없는 일이다. 죄인들을 모두 관저전關雎殿에 유폐시키도록 하라. 그리고 군사들로 하여금 지키게 하되, 그 지휘는 종친들 중에서 은천군銀川君 찬襸과 금산도정金山都正 연衍이 맡도록 하라!"

아, 이 무슨 성격 파탄인가. 신숙주와 한명회를 의금부에 두면 다시 누가 도울지 모른다 하여 궐 안 관저전에 유폐를 시키고, 그 경비마저 신하들은 믿을 수 없으니 종친들을 시킨다는 게 말이 되는가.

바로 이날 저녁, 함길도로부터 비보가 날아든다. 신면이 죽었다는 파발이다. 신면은 신숙주의 아들이다. 신면이 함길도관찰사로 부임하던 중에 이시애의 난이 일어났고, 역적의 아들이라 하여 귀임하도록 명해 놓고 있었는데, 함흥 땅에서 이시애의 아우인 이시합의 병사들에게 포위되었다가 살해되었다는 내용이 아닌가. 세조는 얼마 동안 망설이다가 이 사실을 승지를 통해 관저전에 유폐되어 있는 신숙주에게 전하게 한다.

신숙주는 아들이 역도들에게 살해되었다는 소식을 듣고 몸을 떤다. 자신은 이시애의 모함으로 역모의 무리로 낙인 찍혀 있고, 아들은 또 그들에 의해 살해되었다면 이 같은 사태의 책임은 누구에게 있는가?

3.

연화방 한명회의 집에 통곡이 인다. 세조의 사돈이자 장자방인 한명회는 파리하게 시든 몸으로 병사들에게 떠밀리며 대문 밖으로 나선다. 와병 중인 그를 태우고 갈 자비도 없었고, 그렇다고 죄인을 실어 나르는 함거가 있는 것도 아니다.

정경부인 민씨는 눈물을 쏟으며 병사들에게 애원한다.

"이 사람들아, 아무리 죄인이시기로 전하의 사돈 되시는 어른이 아니신가."

"…."

"게다가 환 중이시네. 가마를 쓰지 못할 지경이면 함거라도 대령하는 것이 도리가 아닌가."

신숙주를 도와주었다가 몸뚱이가 찢긴 남용신의 종말을 알고 있는 병사들이다. 정경부인 민씨의 눈물겨운 호소도 그들에게는 우이독경일 수밖에 없다.

"대감!"

이번에는 난이가 울부짖는다. 병사들은 난이의 가슴팍을 창대로 밀어붙일 만큼 난폭하다.

한명회의 참담한 몰골은 시체가 움직인다는 표현이 어울릴지도 모른다. 그는 비명과 눈물로 얼룩진 식솔들의 울부짖음을 뒤로하고 비척비척 걷고 있다. 연도에는 수많은 인파들이 몰려나와 있다.

"권불십년이라더니, 원."

심신을 추스르기도 어려운 한명회의 귓가에 민초들의 비아냥 소리가 들린다.

"천벌일 것일세."

누가 민심을 일러 갈대와 같다고 하였는가. 불우한 사람들의 우상이었던 한명회는 영의정이 되어 입사하던 길을, 세조의 사돈이 되어 세자의 어가를 따르던 길을 오늘은 죄인의 몰골로 끌려가고 있다. 몸이라도 성했으면 위엄을 세우고 당당히 걷고 싶은 한명회였으나 그나마도 이루어 볼 수가 없다. 그는 쓰러질 듯 쓰러질 듯 비척이며 걷고 있다. 참담한 몰골이 아닐 수가 없다.

의금부 옥사에서 관저전으로 옮겨와 있던 신숙주는 병사들에게 끌려 들어오는 한명회의 몰골을 보자 소스라치며 놀란다. 이미 사람의 모습이랄 수가 없었기 때문이다.

"이 사람 자준이, 자준이!"

신숙주는 한명회의 손을 움켜잡으며 울먹인다. 한명회는 안간힘을 쓰며 신숙주의 모습을 살핀다. 그리고 웃음을 담아 보려고 무진 애를 쓴다.

"고초가 컸으이."

한명회는 중얼거리듯 말하고 무너지고 만다.

"자준이, 자준이!"

신숙주는 힘없이 무너지는 한명회의 몸뚱이를 가슴으로 당겨 안으며 문밖에다 소리친다.

"여봐라, 누구 없느냐. 어서 가서 상께 고하렷다. 상당군이 죽어 간다고!"

대답이 있을 까닭이 없다. 신숙주는 뜨거운 눈물을 흘리면서 한명회를 안은 채 주저앉는다.

"자준이, 이건 자네의 모습이 아닐세. 이보다 더한 고초도 이겨 내는 것이 자네의 모습이 아니던가. 기력을 회복하시게나. 철혈 같은 자준의 모습을 다시 보여 주시게나."

신숙주는 한명회의 가슴팍에 얼굴을 묻으며 통곡 같은 흐느낌을 토해 낸다. 그에게 전달되는 한명회의 고열은 불덩이와 같다.

한편 난이는 우의정 홍윤성의 거택에 달려와 있다. 한명회의 구명을 호소하기 위해서다.

"대감, 지금 간병을 아니 한다면 회생하지 못하십니다. 옛정을 생각하신다면 마땅히 대감께서 구명에 나서 주셔야지요."

"천운을 기다릴밖에 다른 방도가 없으이."

"천운이라니요, 하면 대감께서도 그 어른이 역심을 품었다고 보시옵니까?"

"…."

"그 어른이 아니 계신다 하여 대감께 무슨 득이 있사오니까!"

"말을 삼가게!"

"삼가라니요. 대감과 그 어른의 관계를 저는 빠짐없이 알고 있사옵니다."

"이 일은 정리와 다른 것일세!"

"다르다니요. 대문을 부순 것으로 대감의 분풀이는 끝난 것이 아니옵니까!"

"듣게."

난이의 추궁이 야멸치게 끓어오르자 홍윤성은 어조를 낮추면서 구명할 방도가 없음을 다시 입에 담는다.

"내 잠시 전 천운이라고 했네만, 상당군이 살고 죽는 것은 오직 상의 뜻일세. 신숙주를 도운 남용신은 몸뚱이가 찢겨서 죽었어. 이 홍윤성은 그렇게 죽어 갈 수가 없어."

"…!"

"상께서 변덕이 심하다고들 하네만, 상당군의 목숨은 그 변덕에 달려 있음일세. 아무도 나설 사람이 없다는 것을 유념하게나."

난이는 좌절을 씹어야 했다. 한명회의 결백을 입증하기 위해 스스로 거열을 자초할 사람이 있을까.

"잘 알겠습니다만…."

"내 분명하게 말해 두네만, 나로서도 상당군의 저와 같은 종말을 보고 싶지는 않으이. 아무리 큰 위세를 누려 온 어른이라지만, 상을 위해서라도 상당군만은 명예로운 퇴진을 하셔야 하네. 이래도 내 마음을 모르겠는가?"

난이는 울컥하고 치밀어 오르는 설움을 흐느낌으로 토해 내고야 만다. 난이에게는 당연한 몸부림일 수밖에 없다.

'이 또한 인복인 것을.'

홍윤성은 난이를 구출하기 위해 안평 저로 달려갔다가, 넝마처럼 찢겨진 몸뚱이로 대문 밖에 패대기쳐졌던 한명회를 상기한다. 그리고 난이가 그때의 은혜에 보답하고 있는 것이라고 생각하고 있다.

홍윤성의 거택을 물러 나온 난이는 눈물로 범벅이 된 얼굴로 판부사

홍달손의 집으로 향한다. 홍윤성의 언동으로 미루어 본다면 홍달손이라 한들 무슨 대책이 있겠는가. 그러나 난이는 한명회를 살리기 위한 일이라면 목숨이라도 내던질 다짐을 세우고 있다.

"잘못 왔으이. 양정의 처단에 앞장섰던 칠삭둥이가 아닌가. 아무도 나설 사람이 없을 것일세."

"…!"

"남의 가슴에 원한을 심었으면 거기에 합당한 응보를 받아야 하지 않겠나."

"대감, 어찌 그 같은 말씀을…."

"못할 것도 없으이. 지금은 정난하던 때와는 다르네. 내가 아니더라도 칠삭둥이의 몸이 거열로 찢기는 것을 보고자 하는 사람이 많을 것일세. 아시겠는가, 원한이 얼마나 무서운 것인가를 말일세."

홍달손은 폭언까지도 서슴지 않는다. 난이는 그에게로 달려들어 갈기갈기 찢어질 때까지 물어뜯고 싶었으나 그런 울분을 끝내 말로 토해 낼 수밖에 없다.

"만에 하나라도 우리 대감께서 무사하실 때, 나는 지금 하신 말씀을 그대로 전해 올리겠사옵니다."

"허허허, 나 또한 바라는 바일세."

"…."

"물러가시게나. 길을 잘못 들었네."

난이는 후들후들 떨리는 손으로 입을 가린다. 그리고 스스로 피멍이 들 때까지 입술을 깨물면서 밖으로 뛰쳐나온다.

"아, 이 일을…!"

난이는 비틀거린다. 난이의 눈앞은 텅 비어 있다. 산다는 것이 어찌 이다지도 허망하다는 말인가. 투명한 햇빛은 천지를 온통 진공眞空으로 만들어 놓고 있다.

연화방 본제로 돌아온 난이는 정경부인 민씨의 품에 안겨 가슴이 메어지는 통곡을 쏟는다. 민씨 부인인들 난이의 노심초사를 모를 까닭이 있을까.

"아실 것이네. 대감께서 자네의 마음 씀을 알고 계신다니까."

"…."

"하늘이 돌보시는 어른이시네. 권세도 재물도 탐하지 않으셨지 않은가. 기필코 방면되실 것일세."

순간, 난이는 무엇을 생각하였는지 상체를 곧추세운다. 난이의 눈빛에 생기가 돈다.

"정경부인 마님."

"왜, 묘안이라도 있는가?"

"그러하옵니다. 어려우시겠지만 수빈 마마의 거처에 다녀오시는 것이 어떠하실지요."

"…."

"오직 그 어른만이 대감마님의 구명에 나서실 수가 있으리라고 사료되옵니다."

"아닐세. 거기만은 못 가네."

"정경부인 마님!"

"그 어른의 노심초사도 우리 못지않을 것일세."

"아무리 그렇기로…."

"생각해 보게나. 대감께서 변을 당하신다면 자산군께서도 무사하지 못하실 것일세."

그제야 난이는 쿵 하고 울리는 가슴의 고동 소리를 듣는다. 민씨 부인의 부연은 난이의 가슴을 더욱 몸서리치게 한다.

"역모라 하지를 않았는가. 역모를 꾀하자면 옹립할 왕재가 있어야 하는데, 그렇게 되면 자산군도 무사하지 못하시네."

"누명이옵니다, 정경부인 마님."

"누명을 쓰고서도 화를 입을 수가 있음을 왜 몰라."

정경부인 민씨도 눈시울을 적시고 있다. 무엇을 속수무책이라 하는가. 바로 이들의 처지가 그런 경우다. 난이는 눈물을 쏟으며 부연한다.

"나는 오히려 고령군 대감에게 의지하는 것이 옳다고 믿고 있다네. 천만다행으로 함께 계시지 않은가. 두 분께서는 죽마고우이자 사돈 간이 아니신가. 눈빛만으로도 내심을 읽으시는 분들이라 서로 의지하고 계실 것이네. 우리도 의지하고 기다려 보세나."

그랬다. 신숙주는 관저전의 좁은 방에서 한명회의 간병에 몰두하고 있다. 그는 불덩이와 같은 한명회의 몸을 뒤척여서 단종의 환부를 찾는다.

"아니, 이런 변이 있나."

종기는 주먹만 한 크기로 도져 있었고, 눈으로 볼 수 없을 만큼 참혹한 지경으로 곪아 있다. 신숙주는 거침없이 환부에 입을 대고 고름을 빨아들인다. 경황이 있을 까닭이 없다. 그는 몇 번이고 같은 일을 반복한다. 신뢰를 바탕으로 한 우정이 어찌 이보다 아름다울 수 있을까.

"으…으…."

한명회는 신음을 토하며 혼절에서 깨어난다. 그때까지도 신숙주는 환부의 고름을 빨아내고 있다.

"범옹, 대체 어쩌자고…."

"되었으이. 얼마간은 견딜 수 있을 것이야."

한명회는 팔을 뻗어서 신숙주의 손을 움켜잡는다. 감동의 떨림이 남김없이 그에게로 전해지고 있다.

"우리에겐 아직 할 일이 남았어."

신숙주는 인광을 뿜어내는 눈초리로 결기를 토한다. 피골이 상접했기에 귀기마저 서리는 눈빛이다.

"기다려 봐. 천지신명께서는 사람을 가려 가면서 버릴 것이야."

    한명회의 얼굴로 눈물방울이 주룩 흘러내리고 있다. 그는 신숙주의 결기에서 용기를 얻고 있는 것이 분명하다.

    "말이 되는가. 상께서 자네를 버린다는 것은 상상할 수도 없는 일이야. 나날이 어려워지는 종사의 일은 어찌하고…."

    "종사의 안위가 상의 심기에 걸려 있으이. 이젠 가늠할 수조차 없어."

    "그래서 살아남아야지. 자네만이라도 살아남아야지."

    "이 사람, 범옹."

    "사세가 부득이하면 내가 모든 누명을 뒤집어 쓸 것이니 염려를 놓아."

    "당치 않은 소리."

    "그러게 사세가 부득이하면이라고 말하질 않았나. 이건 자준의 종말이 아닐세."

    눈물겨운 우정이 아닐 수가 없다. 이들은 종묘와 사직을 위해서라면 어느 한쪽이 희생되더라도 다른 한쪽을 살려 내리라는 비장한 각오를 다짐하고 있다. 그러나 어찌 이들이 짐작인들 했으랴. 세조는 더욱 가혹한 왕명을 내린다.

    "승지 두 사람으로 하여금 관저전을 야경夜警토록 하라!"

    얼마나 무서운 의심인가. 천하에 다시없는 막료들에게 역모의 죄명을 씌워 놓고, 그들이 옥에 있음을 믿지 못하여 궐 안에 있는 관저전으로 옮겼다면 그것만으로도 광태라 볼 수 있다. 그러나 세조의 의심은 거기에서 그치지 않는다. 처음에는 30여 명의 내금위로 관저전을 지키게 하였다가 그 또한 의심스러워서 종친들로 하여금 내금위 병사들을 감시하게 하더니, 해 질 녘에 이르러서는 두 사람의 승지를 시켜서 다시 야경케 하니 누군들 세조의 이 같은 의심에 몸서리치지 않을 수 있겠는가.

혼조와 신진의 기용

1.

칠삭둥이 한명회가 단종으로 인해 불덩이와 같은 고열에 신음하면서, 관저전에 함께 유폐된 신숙주의 간병을 받고 있는 참경이 그들을 시기하는 세력들에게는 세대가 교체되는 희망이 되고도 남을 일이지만, 정작 당사자들에게는 한 가닥의 위안과 형언할 수 없는 공포를 동시에 느끼게 하고 있다.

한명회와 신숙주는 역모를 밀계했거나 또는 그 같은 일에 가담조차도 한 일이 없었기에 곧 방면될 것이라는 기대가 한 가닥의 위안이었고, 다른 한편으로는 세조의 성격 파탄이 또다시 돌발적인 변덕으로 발작된다면 참혹한 형벌을 면하기 어려울 것이라는 공포감을 부추기고 있다. 게다가 세조의 불우했던 삶이 얼마 남지 않았다고 점치는 부류까지 있고 보면, '이시애의 난'이 몰고 온 정국의 불안은 한 치 앞도 내다볼 수 없는 칠흑 같은 어둠이나 다름이 없다.

하루해가 기울기 시작하는 승석 무렵에 중궁전을 방문한 수빈 한씨는 쏟아지는 눈물을 주체할 수가 없다. 중전 윤씨도 가늠할 수 없는 한숨만을 쏟아 놓고 있을 뿐이다. 두 여인은 한명회와 신숙주에게 아무 혐의가 없다는 사실을 확신하고 있었고, 오직 그들만이 세조 사후의 난국을 수습할 수 있을 것이라고 믿었기에 세조의 터무니없는 변덕이 차라리 한스럽기까지 하다.

"어마마마."

수빈 한씨는 미어터지려는 아픔이 담긴 목소리로 중전 윤씨를 부른다. 당신께서 몸소 나서셔야만 한명회와 신숙주가 방면될 수 있지 않겠느냐는 눈물겨운 호소가 담겨 있다. 그러나 중전 윤씨는 시름에 잠긴 탄식을 쏟아 놓는다.

"아무도 모르리라고 생각하지 마라. 먼저 하늘이 알고 땅이 알고, 너도 알고 나 또한 알고 있는 일이 아니더냐."

수빈 한씨는 망연자실한 시선으로 중전 윤씨를 바라본다. 세조의 종말을 입에 담고 있는 것이라고 믿었기 때문이다. 그러기에 수빈 한씨는 더 입을 열 수가 없다.

"다들 믿지 않아도 나만은 믿고 있느니라. 종사의 앞날이 아직은 그분들의 어깨에 있음인 것을. 난이 평정되면 안다."

"아직 함길도에서는…."

"유자광이 갔으니까 곧 소식이 있겠지."

"전하의 심기가 또 어찌 변하실지…."

"너는 모른다. 옥체가 그 지경이면 누군들 온전하려고…."

"…."

"참경이면 그런 참경이 어느 천지에 다시 있으리. 눈 뜨고는 못 볼 참경인 것을…."

그랬다. 수빈 한씨인들 어찌 시어머니 윤씨의 고초를 반인들 알랴. 세조의 몸에서 아무리 악취가 진동해도 간병을 소홀히 할 수가 있을까. 중전 윤씨는 썩어 가는 지아비의 몸뚱이를 보옥寶玉처럼 돌보고 있다. 때로는 치밀어 오르는 구역질을 참으면서, 또 때로는 비상이라도 마시고 싶은 충동을 감내하면서도 세조의 편벽된 심기를 바로하기 위해 얼마나 많은 눈물을 흘렸던가. 중전 윤씨가 지성으로 세조의 간병에 임하고 있는 것은 신하들의 목숨을 구하겠다는 일념에서다.

"그만 퇴궐을 해야지. 침전으로 가야 할 시각이니라."

"어마마마, 문후라도 여쭙고자 하옵니다."

"내가 네 마음을 모를 까닭이 있더냐. 얼굴을 마주하면 서로가 딱해지는 것을 왜 모르느냐."

"…."

"찾으실 날이 있을 것이니라. 그때 문후를 여쭈어도 늦지 않을 것이야."

"아무리 그렇기로, 자식 된 도리마저 저버리다니요."

"그렇지가 않다. 내가 너를 대신하여 문후 여쭈어 올릴 것이니, 오늘은 그만 퇴궐을 하라는데도!"

중전 윤씨는 애써 외면하면서 말을 마치고 몸을 일으킨다. 수빈 한씨는 통렬한 흐느낌을 쏟으며 중전 윤씨를 부액하면서 소스라친다. 시어머니의 몸이 삭정이처럼 말라 있었기 때문이다. 수빈 한씨는 잠저에 나가 있는 자신의 불행이 크나큰 불효를 동반하고 있다는 사실을 뼈저리게 느낀다. 그러면서도 추해진 세조의 모습을 맏며느리에게까지도 보이지 않으려는 시어머니의 안간힘 같은 배려에 머리가 숙여질 뿐이다.

두 여인은 중궁전의 댓돌을 내려선다. 상궁, 나인들의 나직한 흐느낌 소리가 들린다. 중전 윤씨는 탄식을 뱉어 낸다.

"매사에 각별히 유념하면서 아바마마의 쾌유를 빌라."

"명심하겠사옵니다."

"다시 부르리라."

중전 윤씨는 지밀상궁의 부액을 받으면서 무거운 발걸음을 옮겨 놓기 시작한다. 수빈 한씨는 처연해진 모습으로 멀어지는 시어머니의 뒷모습을 한없이 지켜보며 서 있다.

2.

함길도에서의 전황은 토벌군이 불리했다. 조정에 대한 불만으로 단합된 북방민의 기세가 충천해 있었기 때문이다. 죽기 아니면 살기라는 반란군의 기승은 토벌군으로서는 감당하기가 어렵다.

4도병마도총사로 토벌군을 지휘하고 있던 귀성군 준은 일단 철령鐵嶺에 진을 치고 반란군의 남하를 저지하고자 한다. 지금 저들과 접전한다면 토벌군이 불리할 것이 분명했기 때문이다.

또한 새로 절도사로 제수된 허종은 안변에 도착해 있었지만 더 이상 북상하지 못하고 있다. 이시애가 지휘하고 있는 반란군은 이미 살해한 강효문과 신면, 그리고 사로잡은 체찰사 윤자운의 신부信符와 발병부까지 가지고 있었으므로 자신들이 곧 체찰사요 절제사요 관찰사라고까지 호언하고 날뛰고 있다. 이런 판국인데 허종이 나선다 한들 그 신분을 인정받을 수가 없다.

이시애의 대의명분은 날로 강해지고 있다. 그는 민심을 움직일 줄 안다. 그를 따르는 열성분자들은 유언비어를 사실처럼 외치고 다닌다.

"상감께옵서 이시애 장군을 절도사로 삼아 역적을 쳐 죽이라 하셨다."

"이시합이 관찰사다."

"지금 도성에서 오는 군사들은 상감이 보낸 것이 아니라 한명회와 신숙주가 보낸 것들이다!"

"함길도에 사람의 씨를 말린다더라."

이 같은 유언비어가 공공연하게 떠돌아다닌다. 그리고 각 고을의 하리下吏며 관노들이 은밀히 도성을 향하다가 속속 관군에게 붙잡혔는데, 이들은 하나같이 이시애가 세조에게 올리는 장계를 휴대하고 있다. 그 내용은 역시 강효문, 신숙주, 한명회의 역모를 주장하는 것이라면 얼마나 치밀한 작전인가.

세조는 우선 전투를 벌이기에 앞서, 함길도의 주민들로 하여금 순順·역逆을 가려 알리도록 하라는 영을 다시 내린다. 즉 이시애가 반적임을 깨닫도록 심리전을 펴라는 것이었지만 쉬운 일일 수가 없다.

귀성군 준이 거느린 토벌군은 철령을 넘어 안변, 영흥 땅까지 북상했으나 접전보다 이 지역 백성들을 선무하는 일이 더 급한 지경이다. 승산이 적은 접전보다는 유언비어를 가라앉히는 일이 급선무였기 때문이다.

세조는 이 같은 와중에서 또다시 심경의 변화를 일으킨다. 6월 6일에 한명회와 신숙주를 방면한다는 어명을 내린다. 단순한 방면이 아니라 그들을 인견하겠다고까지 한다.

"상께서 모시고 오랍시는 어명을 내리셨습니다."

판내시부사 전균이 고개를 숙이면서 세조의 어의를 전한다.

"방면인가?"

"그러한 줄로 압니다."

신숙주의 눈자위가 젖어 든다. 그러나 한명회는 몸을 움직이지도 못한다.

"이 사람 자준이, 하늘이 무심치 않았나 보이. 자자, 의관을…."

신숙주와 한명회는 운신조차도 하기 힘든 몸으로 의관을 수습한다. 두 사람 모두 탈진이 되어 있었으나 그래도 신숙주 쪽이 조금 나은 편이다. 신숙주가 한명회를 부축하고 비척이듯 걷는다. 지척이 천 리라 했던가. 세조의 거처는 멀기만 하다.

세조는 강녕전 서쪽 뜰에서 친히 이들을 맞는다.

"전하!"

"성은이 망극하옵니다, 전하!"

두 사람은 쓰러지듯 무릎을 꺾으며 세조 앞에 부복한다.

"드십시다."

세조가 따뜻이 말했으나 두 사람은 일어설 기력이 없다.

"내관들은 무엇을 하고 있느냐, 부축해 모시지 않고!"

내시들이 달려들어 신숙주와 한명회를 부액한다. 두 사람은 끌리듯 허적이며 강녕전으로 든다. 간단한 다과상이 마련되어 있다.

"경들을 고생하게 한 것은 내게도 가슴 아픈 일이었으나, 조정의 원로들이 어찌 불궤를 도모했다는 구설에 오르는가! 또 근자에 이 나라의 정사가 경들의 독단으로 처결되었다는 소문마저 돌았으니, 이를 어찌 경들의 허물이라 아니 하리!"

"…!"

"과인이 경들을 하옥하고 유폐한 것은 이 나라에 법도가 있음을 보인 것이며, 또 그것으로 대소 신료들로 하여금 깨달음을 얻게 하고자 하였음이니 경들은 과인을 원망하지 말라!"

세조의 논조는 뜻밖으로 당당하다. 한명회와 신숙주는 고개를 숙인 채 아무 대답도 하질 못한다. 세조는 부드럽게 어조를 바꾸어 다시 당부한다.

"이제 경들은 과인을 도와, 저 북방의 난적을 토벌하는 일에 지혜를 짜 내야 할 것이오. 내 이 자리에서 분명히 일러 두거니와 내가 경들을 신임하는 것은 전과 달라진 것이 없어요. 아시겠소?"

"망극하옵니다."

두 사람의 기어들어 가는 듯한 대답이 있자, 세조는 두 사람에게 각각 어찰 한 통씩을 내린다.

"펴 보시오들."

두 사람은 떨리는 손으로 어찰을 펴서 읽어 본다.

경들을 용서한 것은 사실이나, 앞으로 정사를 살핌에 있어서는 독단
을 삼가라!

신임한다는 내용보다는 경고하는 쪽이 더 강한 어찰이다.
"명심하여 거행하겠사옵니다."
"성은이 망극하옵니다."
세조는 이들의 맹세를 듣고 난 다음 다시 입을 열어 부연한다.
"궐 밖에 자비가 있을 것이니 어서 돌아가 요양하시오."
병 주고 약 준다는 속언처럼 세조는 한명회와 신숙주를 능란하게 다루
고 있다. 그러나 방면하고 난 다음 세조의 태도에 아무 변화가 없었다고
하더라도, 한명회와 신숙주의 하옥과 유폐에는 석연치 않은 점이 있었고
이는 세조 말년에 있었던 성격 파탄의 실증이 아니고 무엇인가.
한명회와 신숙주의 방면이 있자, 정창손을 비롯한 조정 중신들은 또다
시 그들 두 사람을 중벌로 다스려야 한다고 주청하고 나선다. 이시애를
잡아 와서 국문해 보지 않고는 한명회와 신숙주의 결백함을 입증할 수
없다는 고집이다. 세조는 중신들의 주청을 단호히 거절한다. 그러나 한명
회와 신숙주가 중신들에 의해 논죄의 대상이 되었다는 사실만으로도 크
게 시사하는 바가 있다. 그것은 권력 내부의 속성대로 그들 두 사람이
영도하던 시대가 막을 내리고 있음이 아니겠는가.

3.

세조에 의해 새로운 시대를 이끌어 갈 준재로 지목된 귀성군 준과 젊
은 용장 남이는 '이시애의 난'을 평정하기 위해 함길도에 출정해 있다.
자천 상소로 환로에 들어와 세조의 총애를 받고 있던 서출 유자광은 왕

명을 받들고 함길도와 도성을 오르내리고 있었지만, 그는 오직 자신의 출셋길을 열기 위한 일에만 몰두해 있다.

타고난 총명함과 치밀한 지략을 갖추고 있는 유자광이 세조의 수가 얼마 남지 않았음을 모를 까닭이 있을까. 출셋길이 막혀 있는 서출의 신분이었으므로 세조의 총애를 등에 업고 자신의 지혜와 담력을 내세우면서 주변을 튼튼히 짜 두어야만 세조의 사후까지 보장받을 수 있을 것임을 그는 알고 있다.

'두고 보면 알리. 서출의 장상將相임을 과시할 터!'

유자광은 다짐한다. 그러기에 함길도에 당도할 때마다 귀성군 준과 남이에게 접근하는 일을 게을리 하지 않는다. 그의 부지런함과 병법의 통달은 만나는 사람들을 사로잡기에 부족함이 없다.

유자광이 남이의 군진을 찾았을 때 남이는 온몸이 피투성이가 되어 있었으나, 고통스러워하는 기색은 보이지 않는다. 이날 남이는 몸소 적진 앞에까지 나아가 토벌군을 지휘하다가 적의 화살을 다섯 살이나 맞았는데도 퇴각하지 않고 지휘를 계속했다는 후문이다. 반군이 물러간 다음에야 남이는 몸에 박혀 있는 적의 화살을 뽑아낸다. 유자광이 찾아든 것이 바로 그때다.

"증파군으로 왔는가?"

"주상 전하의 밀명을 전하러 왔네."

남이는 몸을 일으키며 놀라워한다. 그때야 유자광은 겸사복의 신분으로 세조의 총애를 받고 있음을 자랑스럽게 실토한다.

"과시 자광일세."

남이는 칭송을 아끼지 않는다. 그야말로 조선 천지에 이 같은 일이 있다니, 놀라고 또 놀라는 것도 당연하다.

"허허허, 이제 시작일세. 도성으로 돌아가서 자네의 용전분투를 주상께 전해 올리겠네. 모르긴 해도 내 주청이면 승차가 있을 것이네."

남이는 비로소 가슴이 섬뜩해지는 불길함을 느낀다. 문직갑사를 시켜 달라고 찾아온 것이 엊그제의 일이다. 그런 유자광이 주상과 면담하여 자신의 승차를 주청하겠다면 어찌 되는가?

"기다리고 계시게. 허허허."

유자광은 유들거리는 표정을 앞세우고 남이의 군진을 떠난다. 귀성군 준이 있는 본진으로 향하기 위해서다. 물론 유자광이 귀경한 후의 일이지만, 남이는 이때의 용전분투로 행부호군行副護軍에 제수된다.

유자광이 귀성군 준의 본진에 당도했을 때, 토벌군은 승전고를 울리며 기뻐하고 있는 중이었다. 남이의 분전에 힘입어 본진의 토벌군도 적의 본대에 큰 타격을 입힐 수 있었다고 한다.

여기서 유자광의 지혜가 또다시 발휘된다. 그는 귀성군 준에게 절묘한 제안을 한다.

"적의 내분을 유도해야 하오이다."

"내분이라니? 지금은 적과의 접촉마저 어려워요."

"방도가 있소이다."

"말씀해 보시오."

"이시애의 처조카가 있질 않습니까?"

"처조카?"

"이시애의 처조카는 부친이 적도들에게 잡혀간 것을 통분해하고 있다니까요."

"누구란 말이오?"

"허유례가 바로 그 사람이지요."

반란군의 총수 이시애의 처조카란 사옹별좌司饔別坐 허유례許惟禮를 말한다. 그는 부친이 반란군에 끌려간 것을 몹시 분격하고 있다. 유자광은 이 점을 이용하자고 제안한다.

"허유례라면 이시애와 자유롭게 만날 수 있을 것이며, 하늘의 뜻이 있다면 이시애의 수급을 잘라 올 수도 있을 것이 아니겠습니까."

"오, 과시…. 고맙소!"

귀성군 준은 유자광의 손을 잡아 흔들며 감동한다.

"사옹별좌 허유례를 찾아 대령하렷다!"

유자광은 허유례가 본진에 당도하는 것을 보고서야 도성으로 향한다. 그는 자신의 계책이 성공되기를 빌면서 부지런히 말을 달린다.

세조는 유자광으로부터 함길도의 전황을 보고 받으면서 기쁨을 감추지 못한다.

"허허허, 과시 자광이야. 내 어찌 너의 공을 잊으리."

"전하, 지금 원군을 보낸다면 크게 쓰일 것이옵니다. 서둘러 증파하심이 옳은 줄로 아옵니다."

"이르다 뿐이더냐. 내 기꺼이 너의 주청을 가납할 것이야."

"성은이 망극하옵니다."

함길도에서 승운이 보이기 시작하자 세조는 토벌군의 증파를 명한다. 충청도의 병사 1천, 그리고 전라도의 병사 1천5백, 그래서 도합 2천5백의 증원군이 함길도를 향해 떠나간다.

함길도에서는 함성이 울린다. 증원군의 도착으로 병사들의 사기가 충천했기 때문이다. 이를 계기로 반란군의 기세가 꺾이기 시작한다.

8월 8일에는 이시애의 본진에서 불길이 솟아오른다. 내분이 있었기 때문이다. 이시애의 본색이 드러나자 반군들이 자신의 진영에 불을 지르고 토벌군의 진영으로 속속 투항해 간다. 이 사건이 반란군의 기세를 다시 한번 꺾게 되자 전투는 토벌군에게 유리하게 전개될 수밖에 없다.

한편 이시애의 진영으로 잠입하는 데 성공한 허유례는 이시애의 심복이었던 이주李珠, 이운로李雲露, 황생黃生 등을 포섭하는 데 성공하여 이시애, 이시합을 생포한다는 계책을 세워 놓고 기회를 엿보고 있다. 이들의 계책은 뜻밖으로 쉽게 이루어진다. 이 또한 반란군의 기세가 꺾여 있었기 때문이다.

8월 12일, 이시합이 이시애의 거처로 찾아든다. 물론 해이해진 반란군의 군율을 바로잡기 위한 밀담을 하기 위해서다. 허유례를 중심으로 한 이주, 이운로, 황생 등은 그때를 놓치지 않고 두 형제의 밀담 장소를 덮친다. 허무하리만큼 간단하게 이루어진 적장의 생포다.

이들은 서둘러 귀성군 준이 있는 본진으로 투항한다. 석 달 동안이나 이어졌던 '이시애의 난'이 평정되는 순간이다.

"수고했소, 사옹별좌! 그대의 공은 주상 전하께서도 잊지 않으실 것이오."

"고맙습니다."

귀성군 준은 허유례의 커다란 어깨를 다독인 다음 이시애, 이시합 형제를 끌어내라 명한다. 반란군의 괴수는 병사들이 지켜보는 앞에서 준의 심문을 받는다.

비록 반란군의 괴수라 하더라도 이시애의 대답은 당당하다. 그는 자신의 고향인 함길도를 장악한 다음, 도성을 넘보려 했다는 사실을 거침없이 털어놓는다. 지켜보고 있던 토벌군의 장수들이 오히려 민망해질 지경이다.

귀성군 준은 다시 묻는다.

"한명회, 신숙주를 무슨 까닭으로 모반하였다고 하였느냐?"

"그대는 병법도 모르는가? 조정이 원로 중신들을 논죄하는 동안 나는 전과를 올릴 수 있지 아니한가!"

귀성군 준은 이시애의 눈빛에 살기가 있음을 보는 순간, 거침없이 소리친다.

"저자를 거열형에 처하렷다!"

4도총사의 명이 떨어지자 병사들은 이시애, 이시합 형제의 몸뚱이를 거열로 찢는다. 그리고 그들 형제의 수급을 잘랐다. 이로써 석 달에 걸쳐 함길도 일원을 쑥밭으로 만들었던 '이시애의 난'이 막을 내린다.

귀성군 준은 당당히 개선한다. 세조의 기쁨은 형언할 길이 없다. 세조는 준의 손을 잡고 '사랑하는 내 아들'이라고까지 극찬했고, 난을 평정하는 데 공이 많은 사람들을 공신으로 책록한다. 공신의 호칭은 적개공신敵愾功臣이다.

조선왕조가 창업한 이래 여섯 번째 공신인 적개공신 책록의 영광을 입은 사람은 다음과 같다.

일등공신은 귀성군 준, 조석문, 강순, 어유소, 박중손, 허종, 남이, 김교, 이숙기 등 10명이고, 이등공신은 김국광, 허유례, 이운로, 이득량 등 23명, 삼등공신은 영순군 부, 율원부윤(율원부윤) 종歡, 한계미, 선형 등 12명이다. 이와는 별도로 귀성군 준은 오위도총부도총관에 제수되고, 남이는 어린 나이에 의산군宜山君으로 봉해지는 대은을 입게 된다.

적개공신에 끼이지 못한 유자광은 놀랍게도 병조정랑으로 발탁되기에 이르니, 일개 서출의 갑사가 겸사복을 거쳐 당당 정5품의 낭관郎官으로 등용된 것은 조선왕조가 창업한 이래 처음 있는 파격이 아닐 수 없다.

한명회는 음서의 혜택을 입고서도 유자광과 같은 파격의 성은을 받지 못했다. 과거를 볼 수 있는 자격도 갖추지 못한 유자광의 등용은 말썽을 동반할 수밖에 없다. 유자광 개인에 대한 시기라기보다 조정의 법도가 무너지는 일이며, 서출이 등용되는 전례를 남길 수 없다는 주장이다.

9월 22일, 지평持平 정효항鄭孝恒이 상주한다.

"정조政曹(이조와 병조)는 소임이 가볍지 아니하니, 반드시 벌열閥閱로써 재행才行이 있는 자를 골라 써야 할 것이고, 또 구례에도 문무과 출신이 아니면 임명하지 않았습니다. 유자광은 바로 유구의 서자인데, 종군하는 데 작은 공이 있다고 하여 갑자기 병조정랑에 임명하였습니다. 유자광의 출신은 첩의 아들로 재행이 부박하고 용렬한데, 비록 허통을 받았다고 하더라도 과목科目 출신도 아닙니다. 지금 귀천을 논하지 아니하고, 현부賢否를 살피지 아니하고, 구례를 돌아보지 아니하고, 어제 허통하였다고 오늘 정랑으로 삼는다면 마땅치 않사옵니다. 비록 다른 관직도 유자광의 작은 공로에 합당할 만한 것은 없사옵니다."

세조의 전교는 강경하기 그지없다.

"너희들 가운데 유자광만 한 자가 몇이나 되느냐? 나는 절세의 재주를 얻었다고 생각하니 다시 말하지 말라. 또 너희들이 허통한 지 오래되지 아니하였다고 핑계하나, 얼마나 세월이 지나야만 오래되는 것이냐?"

정효항은 다시 강경한 논조로 상주한다.

"유자광의 몸은 서자인데, 만약 세월이 오래되어 그 자손에 이르면 임명하여도 가합니다. 유자광의 마음과 뜻은 탁월하게 뛰어나 용렬한 자와 비교가 아니 되지만, 전후를 돌아보면 항상 도에 넘치는 일이 있사옵니다."

"물러들 가라. 다시 거론하지 말라!"

유자광에 대한 세조의 신임이 이같이 단호했으나 조정으로서도 그냥 있을 일은 아니다. 23일에 정효항이 다시 상주했고, 28일에는 대사헌 양성지와 대사간 김지경까지 가세하기에 이르렀으나 세조는 이들의 주청까지도 가납하지 않는다.

'서출을 낭관의 자리에 둘 수는 없어!'

세조가 아무리 유자광을 싸고돌아도 대소 신료들은 이를 온당한 처사로 받아들일 수가 없다. 이 무렵 유자광에게는 또 한 번의 행운이 찾아온다.

명나라에서 건주위의 야인을 치자는 요청이 당도한다. 건주위 추장 이만주는 조선에서도 말썽의 씨앗이다. 세조가 이에 응하지 않을 까닭이 없다. 세조는 강순, 어유소, 남이 등의 장수들에게 1만 명의 병사를 주어 건주위 토벌에 나서게 했고, 유자광도 이들과 함께 종군하게 한다. 명나라와 함께 펼치는 작전이라 건주위의 토벌은 간단하게 끝난다. 원정군은 곧 개선하여 돌아온다. 남이에게는 물론이요, 유자광에게까지 다시 한번 대공을 세울 수 있는 기회를 세조가 마련해 준 셈이다.

개선하고 돌아온 지 얼마 아니 되어 유자광은 모친상을 당한다. 그는 재빨리 사임 상소를 올려서 세조의 윤허를 받아 낸다. 이로써 대소 신료들의 불만을 가라앉힐 수는 있었으나, 세조는 유자광을 그냥 보내지 않는다.

"모친상을 당했으니 너의 망극한 심중을 내 어찌 모르랴마는, 잠시 세자를 만나고 가도록 하라."

"성은이 망극하옵니다."

이날 저녁 무렵, 동궁에는 세자를 중심으로 세 사람의 젊은 신하들이 모여들었다. 귀성군 준, 남이 그리고 유자광이다. 세조가 이들을 같은 자리에 앉도록 한 것은 세자의 시대를 이끌어 갈 인맥의 포석이다. 다른 말로 바꾸면 세조는 자신의 사후의 일을 설계해 가고 있다.

그러나 여기에는 몇 가지 문제가 도사리고 있다. 우선 세자와 귀성군 준의 관계를 살펴보자. 귀성군 준은 종친인 데다가, 사사로이는 세자와 동서 간이다. 세자의 소훈 한씨와 준의 아내 한씨는 친형제간이다. 이 점은 언뜻 좋게 느껴질 수 있으나 정치 문제화될 소지를 안고 있다.

세자와 남이의 관계는 또 어떤가. 세자는 소심하고 병약했으니 남이의 용력과 호방함과는 성격상 잘 맞지 않을 가능성이 있다. 다만 용의주도한 유자광의 성품만이 세자의 비위를 맞추어 갈 수 있을지도 모른다.

그렇다 하더라도 세자는 아버지 세조의 배려를 알아차렸고, 자리를 함께한 세 사람의 젊은 신하들도 이날의 동석이 의미하는 바를 모르지 않는다. 이렇게 세조시대의 종말이 막바지로 치닫고 있다.

4.

홍윤성이 한명회의 집을 찾아온 것은 실로 반년 만이다. 지난해 여름, 양정이 처형되었다는 소식을 듣고, 한명회의 집 대문을 박살 낸 다음 내왕을 끊고 있었던 홍윤성이다.

"어떻던가, 들어오다가 보니 대문이 튼튼하게 고쳐졌던가?"

"그때의 일은 사죄드리겠습니다만, 조정 돌아가는 꼴이 하도 가관이어서…."

"이 사람아, 새해 인사를 왔거든 덕담이나 나누세."

"…?"

"자네도 정승을 지내지 않았나. 이젠 조정의 원로야."

"영의정도 지내지 못했는데 무슨 원로오이까."

"지내게 되겠지. 자넨 아직 젊지 않은가."

이들은 새해를 맞았어도 마음이 가볍지 않다. 세조 14년(1468)이면 세조 치세의 마지막 해가 된다. 물론 앞으로 닥쳐 올 혼란이었으므로 확신할 수는 없다 해도 충분히 짐작할 수 있는 일이다.

지난해 여름 '이시애의 난'이 있었던 석 달 동안, 그리고 난을 평정하고 난 다음부터 세모에 이르기까지 또 석 달 동안 조정은 종종걸음을 치듯 초조한 행진을 했을 뿐 여유를 갖지 못했다.

심회의 뒤를 이어 영의정에 제수되었던 최항은 석 달 만에 물러났고, 우의정의 자리에 올랐던 홍윤성도 넉 달 만에 물러났다. 이들의 뒤를 이어 정승의 자리에 올랐던 사람은 '이시애의 난'을 평정하는 데 공이 컸던 조석문과 강순으로 각각 좌의정과 우의정의 자리에 제수되었다가, 12월 중순에는 조석문이 영의정으로 승진하고 홍달손이 좌의정으로 발탁되는 등 인사의 난맥상을 노출한다. 그것은 혼조의 기미가 아닐 수 없다. 혼조가 무엇인가, 한 시대가 끝나 가는 징조가 아니던가.

비록 모친상을 당하여 사임을 했다고 하나 서출인 유자광이 병조정랑을 제수받은 일이 있었고, 12월 27일에는 남이가 공조판서의 자리에 오르게 되니, 조정 인사의 변화무쌍함이 극에 달한 형국이 아닐 수 없다. 그러므로 홍윤성의 불만에는 근거가 없지 않다.

"내가 양정의 꼴을 당하더라도 전위 주청을 하든가 해야지, 차마 눈

뜨고 볼 수 없는 지경이오이다."

홍윤성이 다시 언성을 높이자 한명회는 조용히 타이른다.

"참게. 살아남고서야 자네의 소망대로 영의정 자리라도 한번 올라 볼 것이 아닌가."

"내가 걱정하는 바는 조정이 이래서는 아니 된다는 것이에요."

"나 잠시 다녀올 데가 있어서…."

한명회는 몸을 일으키며 말한다.

"또 축객이오이까, 대감."

"같이 나서기가 서운하면 돌아올 때까지 기다리고 있든가."

"어딜 가시는데?"

"다녀옴세."

한명회는 홍윤성을 남겨 놓고 거처를 나선다. 한명회의 자비는 칼날 같은 추위를 뚫으며 빠른 걸음으로 가고 있다. 한명회의 자비가 당도한 곳은 세조의 잠저다.

"잠시 전에 퇴궐을 하였습니다."

수빈 한씨가 한명회를 정중히 맞으면서 입궐하였음을 알린다.

"궐내에는 별고 없으시구요?"

"예. 드시지요."

두 사람은 중사랑으로 든다. 사돈 간이라 내당으로 드는 것이 마음에 걸려서다.

"새해에는 소원을 성취하오소서."

"대감께서도요."

맞절로 새해의 인사를 마치면서 두 사람이 주고받은 덕담은 참으로 의미심장한 내용이다. 최 상궁이 다과상을 내왔다.

"주안상을 내지 않고…."

"아니옵니다. 아직 몸이…."

한명회는 사양한다. 술을 마실 만큼 단종이 완쾌되지 않았기 때문이다. 최 상궁이 물러가자 수빈 한씨가 조심스럽게 대궐의 사정을 입에 담는다.

"주상 전하께옵서는 다시 탕치를 떠나신다 하더이다."

"…."

"뵙기가 민망하리만큼 수척해 계셨사옵니다."

"큰일 아니옵니까."

"나아지시겠지요."

"아, 예."

한명회는 수빈 한씨의 시선을 피하면서 수정과를 마신다. 계피 향기가 짜릿하게 스며 온다.

"중전마마께옵서도 함께 거둥하시는지요?"

"원로와 신진들도 함께 수행해야 할 것으로 봅니다."

"신진이라니요?"

한명회는 신진이라는 말이 마음에 걸려서 반문해 본다.

"귀성군, 남이, 유자광이 아닙니까."

수빈 한씨는 모르고 있느냐는 듯 세조의 총신 세 사람의 이름을 거론한다. 한명회는 눈살을 찌푸린다. 그들이 아무리 세조의 총애를 받고 있다 해도 아직은 원로 중신들과 어울릴 수 없기 때문이다. 귀성군이야 총신이라기보다 종친으로 수행하는 것이 순리였고, 남이가 아무리 판서의 서열에 있다 해도 그 오만함이 질시를 받고 있는 때라 원로들과 충돌이 있을 가능성도 있다. 유자광의 수행은 망발이랄 정도로 말이 되지 않는 일이 아닌가.

"그런 수행이라면 전 칭병을 해서라도 빠져야겠사옵니다."

"…?"

"아무리 생각해도 그 자리에 제가 있어서는 아니 될 것 같아서 드리는 말씀이옵니다."

"괜찮으시겠습니까?"

수빈 한씨는 걱정스럽게 다시 물었으나 한명회는 빠지겠다고 거듭 다짐한다. 수빈 한씨도 한명회의 직감을 믿고 있는 터였으므로 더는 말하지 않는다.

세조가 탕치를 하기 위해 온양으로 떠난 것은 1월 27일. 중전과 세자도 함께 거둥한다. 이날 세조의 어가를 수행한 원로는 신숙주, 구치관, 최항, 홍윤성 등이었고, 신진은 귀성군, 남이, 유자광 등이다.

뜨거운 온천물에 몸을 담그고 잠시라도 격무에서 벗어날 수 있다는 것은 세조에게 크나큰 즐거움이 아닐 수 없다. 세조는 탕에서 나오면서 내관 전균에게 묻는다.

"과거일은 정해졌다고 하더냐?"

"이월 열사흗 날로 정해졌다 하옵니다."

"그래."

세조는 웃음을 담으면서 행궁의 내전으로 든다.

세조는 온양에서 문무과의 초시와 중시를 보게 하라고 명을 내린 바가 있다. 이른바 별시別試다. 이 별시는 사실 유자광에게 등과의 기회를 주기 위한 것이나 다름이 없다. 물론 세조만이 내심 그렇게 정해 두고 있는 일이다.

2월 13일, 과장은 성대하게 열린다. 유자광은 병조정랑의 자격이었으므로 서출이란 장애는 받지 않아도 된다. 또 그의 학문이라면 어려울 것도 없을 것이 분명하다.

과장이 열린 지 사흘째인 2월 15일. 고령군 신숙주가 문과 초시에 급제한 대책對策 셋을 세조에게 올린다. 쭉 훑어보던 세조의 안색이 달라진다. 유자광의 대책이 보이지 않아서다.

"어떠하옵니까, 전하?"

신숙주가 말하자 세조는 이맛살을 찌푸리며 퉁명스러운 반응을 보인다.

"특출한 것이 없어."

세조는 석 장의 대책을 옆으로 밀어 놓으면서 엉뚱한 명을 내린다.

"낙방한 대책들을 가져오도록 하시오 과인이 다시 한번 살펴볼 것이오."

누구의 명인가. 신숙주는 아무 말 없이 낙방한 대책들을 수습해 가지고 온다.

"음."

눈을 가늘게 하고 시폭試幅을 뒤지던 세조가 이윽고 한 장의 대책을 집어 들면서 보지도 않고 내뱉는다. 바로 유자광의 대책이다.

"과인이 보기로는 유자광의 대책이 그중 나은 듯한데, 어째서 급제가 아니 되었소?"

"전하, 아뢰옵기 황공하오나 대책 속에 인용한 고어古語가 지나치게 많을 뿐 아니라 문법 또한 소홀하여, 여러 번 의논한 끝에 뽑지 않았사옵니다."

"비록 고어를 썼다 하더라도 대책의 내용이 묻는 본의에 어그러지지 않았다면 해로울 것이 없질 않소?"

세조의 목소리에 어거지가 실리면서 신숙주는 더 할 말이 없게 된다.

"유자광의 대책을 일등으로 뽑도록 하오."

신숙주는 무언가 할 말이 있는 것처럼 잠시 머뭇거리지만 입을 열지 못한다. 그러자 세조의 미간이 심하게 일그러진다.

"고령군, 왜 그러오? 과인이 대책을 뽑은 것이 합당치 않아서요?"

"아, 아니옵니다."

옛날 같았으면 간곡하게 부당함을 간했을 신숙주다. 그러나 '이시애의 난' 이후로는 자신도 모르게 세조의 눈치를 살피게 되었다. 물론 화근이 두려워서다.

"경의 의견도 나와 다름이 없다면, 유자광을 장원으로 결정하시오."

"분부 거행하겠사옵니다, 전하."

이 사단은 애초부터 세조가 세워 놓은 계책이다. 유자광의 신분과 자격을 가지고 더는 논란하지 못하게 하기 위한 편법이랄 수도 있다. 결국 유자광은 온양별시의 문과 초시에서 장원을 하고, 즉시로 병조참지兵曹參知에 제수된다. 참지란 육조 중 병조에만 있는 벼슬로, 품계는 참의와 같은 정3품이다. 유자광에 대한 세조의 총애가 다시 한번 드러나는 순간이 아니고 무엇인가.

유자광과 같은 서출에게는 상상을 초월하는 성은이 내려지는 반면에 홍윤성은 다시 곤욕을 치르게 된다.

2월 20일 밤. 행궁의 북문 밖에서 여인의 통곡 소리가 들려온다. 세조는 내관을 보내어 사유를 묻게 한다. 곧 내관이 돌아와 아뢴다.

"우는 여인은 홍산정병鴻山正兵 나계문羅季文의 아내 덕녕德寧이라 하옵니다."

"우는 까닭이 무엇인지 알아 오라지 않았더냐!"

"여인의 지아비 나계문이 홍윤성의 비부婢父 김돌산金乙山에게 해를 당하였는데, 관리의 엄호로 인하여 즉시 원수를 갚지 못한 까닭으로 멀고 수고로움을 가리지 않고 조금씩 걸어서 당도하여, 원통한 사연을 성상께 상서하려 한다 하옵니다."

보고를 마친 내관은 여인이 품고 온 글을 세조에게 올린다. 또 홍윤성인가. 세조는 떨떠름한 기색으로 상서를 펼쳐 든다.

홍윤성의 비부 김돌산은 세도하는 가문을 빙자하여 향곡鄕曲을 짓밟고, 늘 오만하여 쇤네의 지아비를 곤욕케 하였으나, 감히 항거하지 못하였습니다. 지난해 12월에 쇤네의 지아비를 길에서 만나 무례함을 책망하고, 엄동설한의 언 땅 위에 의복을 발가벗기어, 역자驛子인 윤동질삼尹同叱三 등 6명을 불러다가 사령을 삼고 수없이 구타하여 끝내 운명하기에 이르렀습니다.

그런데도 현감 최윤은 오히려 위세에 협박되어 단지 윤동질삼 등 3명만을 가두고, 김돌산 등은 다 불문하여 두었습니다. 그뿐 아니라 홍윤성의 종 귀현貴賢, 동질삼同叱三이 옥을 깨뜨리고 윤동질삼 등을 탈취하여 돌아갔기 때문에, 누누이 고소하였더니 겨우 잡아 가두었는데, 관찰사 김지경金之慶이 또 유지를 칭탁하여 모두 방면해 주고, 도리어 쇤네의 형제가 되는 한산교수韓山教授 윤기尹耆와 쇤네의 지아비의 종형이 되는 나득경羅得經 등에게 정승을 모해하였다 하여 공주의 옥에 가두었습니다.

　　권세 하는 집이 자못 위세를 베풀어 잔인하게 해를 끼치므로 백성이 의지하여 살 수가 없고, 위협당하여 쌓이는 것을 상하가 서로 용납하여 전하의 성덕을 가리는 화를 이루니, 쇤네는 그윽히 통절하게 여기옵니다.

　　세조는 곧 덕녕을 대내로 불러 들여 자세한 것을 묻고, 관찰사 김지경과 현감 최윤을 불러들이게 한다. 부랴부랴 당도한 두 사람에게 따져 물으니, 관찰사와 현감이 모두 홍윤성의 위세를 두려워하여 한 일임이 드러난다. 이때 격노한 세조의 호통이 씹어 볼 맛이 있다.

　　"너희들이 수령이 되었으니, 또한 문자를 알 것이다. 옛말에 이르기를, '한 사람을 섬긴다'고 하였는데, 네가 임금으로 섬기는 이는 누구이냐?"

　　그러곤 엄명을 내려, 이 공사에 연루된 자는 모두 잡아들이도록 한다. 결국 김돌산은 능지처참, 윤동질삼, 귀현, 동질삼은 참형에 처했으며, 김지경과 최윤은 고신을 거두고 의금부에 하옥케 한다. 그리고 목숨을 버릴 각오를 하고 고변한 덕녕에게는 쌀 10석을 내리고, 그 집을 복호復戶하게 해 준다.

　　"홍윤성을 들라 이르라."

　　홍윤성은 사색이 된 얼굴로 세조의 탑전에 든다. 그 자신은 물론 행궁에 따라와 있는 신료들도 숨을 멈춘다. 재물 모으기와 계집질에 도가 튼 홍윤성의 종말을 보게 되었기 때문이다.

세조의 용안에는 노기가 없다. 그는 언제나처럼 조용한 말투로 홍윤성에게 이른다.

"경은 김돌산이 살인한 일로 염려하지 말라. 일이 사직에 관계될 것 같으면 모르겠거니와 제가 스스로 살인한 것이니 경이 어찌 알았겠느냐."

"전하, 성은이 망극하옵니다."

홍윤성이 상체를 굽히면서 감격에 겨운 목소리를 토해 낸다. 온 얼굴은 눈물로 범벅이 되어 있다. 원로대신의 체모가 땅에 떨어진 것이나 다름이 없다.

홍윤성의 곤욕은 여기서 그치지 않는다. 탕치를 하는 동안 세조는 근처의 산으로 나가 사냥을 하기도 한다. 그런 어느 날, 세조의 어가가 산길로 접어드는데 돌연 한 여자의 울부짖는 소리가 들려온다.

"상감마마! 상감마마!"

또 무슨 억울한 자의 신원인가 하여 세조는 용안부터 찌푸린다. 그러나 어가 앞에는 아무도 보이지 않는다.

"어디서 나는 소리이냐?"

세조의 채근이 있었어도, 호종하던 중신들과 군사들은 여인의 울부짖음이 들려온 곳을 알 수가 없다. 괴이한 일이 아닌가. 모두가 당황해서 어쩔 줄 모르는데, 다시 호곡 소리가 들린다.

"상감마마!"

"저기, 저기이옵니다!"

한 병사가 손가락으로 나무 위를 가리킨다. 세조도 신하들도 놀라지 않을 수가 없다. 길가에 선 큼직한 버드나무 위에 한 여인이 올라앉아 있다.

"허어, 괴이한지고! 무슨 사유인지 당장 알아오렷다!"

곧 승지들이 버드나무 밑으로 달려간다. 그러곤 여인의 말을 듣고 와서 아뢴다.

"고변할 일이 있다 하옵니다, 전하."

"그게 무엇인지 알아 오라지 않았느냐!"

"그 일이 권신權臣에 관계된 것이라, 한 걸음 사이에도 말이 변할까 두려워 말을 전하게 할 수가 없다 하옵니다."

한 촌부의 소행으로는 꽤나 맹랑한 일이 아닐 수 없다. 나무 위에 올라가 있던 것은 벽제에 밀려 기회를 얻지 못할까 염려한 까닭일 것이 분명하다. 그리고 권신에 관한 고변인즉, 중간에서 다른 사람이 그 말의 뜻을 바꿔 아뢸지도 모르니 임금 앞에서 직접 말하겠다니 문란해진 언로言路를 짐작케 하고도 남는 일이다.

"저 여인을 이리 데려오도록 하라."

임금에게는 사정私情이 있어도 부패와는 거리가 있다. 호곡하는 여인을 데려오라고 분부하면서 세조는 왠지 꺼림칙한 느낌이 든다. 홍윤성의 얼굴이 뇌리를 스쳐 갔기 때문이다.

곧 어가 앞에 와 부복한 여인은 설움이 북받치는지 다시 울음을 터뜨린다.

"상감마마, 으흐흐흐."

"그치지 못할까!"

승지들이 호통을 친다.

"그냥 두어라."

세조는 여인을 다그치지 못하게 한다. 이때 어가를 수행하던 중신들 속에서는 홍윤성이 하얗게 질린 얼굴을 하고 슬금슬금 뒤로 물러나고 있다. 세조는 여인의 울음이 그치기를 기다려서 묻는다.

"무슨 일이냐? 너의 말하는 바가 정당하면 과인이 그 포원을 풀어 줄 것이니, 어서 말을 하렸다!"

여인은 그제야 울음을 거두고 숨결을 가다듬는다.

"쇤네는 홍산 땅에 사옵고, 인산군 홍윤성의 숙모가 되옵니다."

아니나 다를까, 또 홍윤성의 문제다. 세조는 심기를 달래려는지 두 눈을 질끈 감았다가 뜬다.

"홍윤성에 관한 일이더냐?"

"그러하옵니다."

"말을 해 보아라."

"예, 상감마마, 실은⋯."

여인이 울음을 섞어 가며 하소연한 것은 다음과 같은 내용이다.

홍윤성은 소싯적에 집안이 가난하여 숙부의 도움으로 학문에 정진한다. 그 홍윤성이 입신하여 재상의 반열에 이르게 되자, 숙부가 청을 한 가지 넣었다. 자신의 아들에게 벼슬을 좀 시켜 달라는 애절한 부탁이다. 그 말을 들은 홍윤성의 대답이 기막히다.

"숙부의 논 이십 두락을 주신다면 그렇게 하지요."

숙부로서는 분통이 터지지 않을 수 없다.

"어찌 그런 말을 할 수가 있는가? 옛날, 뜻을 이루지 못해 곤궁하게 지낼 적에 의식을 내게 의뢰한 게 몇 년인데, 이제 재상의 몸으로 이런 부탁 하나를 들어주지 못한다는 말인가!"

이 같은 숙부의 노여움에 접한 홍윤성은 화도 나고, 또 누가 알까 당황하기도 한 나머지 하인들을 시켜 단매에 숙부를 때려 죽여 버린다. 그러곤 후원에다 묻어 버린다. 이 사실을 안 숙모가 여러 차례 소장을 올렸으나, 의금부와 사헌부 등에서 홍윤성을 두려워하여 받아 주지 않았다. 홍윤성의 소행이 너무도 괘씸하여 급기야는 이런 고변을 하게 되었다는 얘기다.

세조는 부르르 몸을 떤다. 잔인할 뿐만 아니라 인륜이라고는 안중에도 없는 패행이 아니고 무엇인가!

"과인이 홍윤성에게 죄를 물어 너의 원한을 풀어 줄 것이니, 돌아가 기다리도록 하라."

"성은이 망극하옵니다, 상감마마."

가슴속에 맺힌 응어리를 다 풀어 놓은 여인은 다시 통곡을 쏟으며 어전을 물러난다.

"행궁으로 돌아갈 것이니라!"

임금의 명으로 어가는 오던 길로 다시 돌아선다. 세조의 분노는 이제 어떻게 터져 나올 것인가? 중신들은 모두 긴장한 채 어가의 뒤를 따랐고, 홍윤성은 대열의 끝으로 처져서 고개를 들지 못하고 있다.

결국 이 일에도 세조는 홍윤성의 죄를 묻지 않는다. 다만 명을 내려서 홍윤성의 지시로 죽이고 묻는 일에 참여했던 종들만을 잡아서 참하게 한다. 그리고 온양 행궁에 머무르는 동안 홍윤성을 만나 주지 않았을 뿐이다. 차라리 죄를 묻는 것보다도 더한 수모였으나 홍윤성은 거구를 흔들면서 다시 노닥거린다.

이렇듯이 세조 14년, 마지막 온양 행행은 신예와 원로들의 영욕이 극명하게 엇갈리는 무대가 되고 만다.

5.

온양에서 돌아온 세조는 3월 20일에 다시 삼정승의 면모를 바꾸는 변덕을 부린다. 영의정 조석문이 유임되고 좌의정에는 박원형을 새로 제수하고, 우의정은 강순의 유임이다. 홍달손은 좌의정에 제수된 지 석 달 여드레 만에 물러나게 된다.

이렇듯 원로대신들의 퇴조가 역력하게 되자, 조정의 눈은 당연히 젊은 준재들에게로 쏠릴 수밖에 없다. 조석문, 박원형, 강순의 삼정승보다도 주목의 대상이 되는 것은 당연히 귀성군 준, 남이, 유자광 등이다. 그러나 이들 셋은 미처 그들의 시대가 오기도 전에 작은 틈을 보이기 시작한다.

그런 조짐을 보이는 사건이 일어난 것은 5월 1일, 서현정序賢亭에서 있었던 연회 석상에서다.

이날 연회는 좀 특이하게 진행된다. 서현정 정자 위에는 종친과 중신들의 술자리가 마련되고, 정자 아래서는 남이를 비롯한 젊은 무장들로 하여금 활을 쏘게 하는 형식이다. 남이는 평소 대장임을 자처하여 하급 무장들을 멸시하곤 했는데, 이날따라 단 한 살도 적중을 못하여 그 성적이 최하위가 되고 만다.

"허허허, 공판의 자리가 무예를 닦기엔 합당치 않은 모양이로군."

남이답지 않은 실수를 본 세조가 크게 웃어젖히자, 남이의 얼굴이 붉게 달아오른다. 곧 차례가 끝나 활을 놓고 정자에 오른 남이는 상기된 얼굴로 잔을 거듭 비운다.

"어허, 관중이로고!"

"가히 대장감이로다, 허허허."

성적이 좋은 무장들에게 내리는 세조의 탄성이 터질 때마다 남이의 관자놀이에는 굵은 힘줄이 불끈거린다. 남달리 공명심이 강한 남이, 그 남이의 심상치 않은 기색을 한명회는 조용히 지켜보고 있다.

'저 사람이 무슨 일을 내겠군!'

스물여덟의 젊은 혈기가 아닌가. 한명회는 불안하기만 하다. 사후射候(활쏘기)가 다 끝나고 세조가 모든 무장들에게 술을 내릴 무렵 남이는 이미 대취했다.

"전하!"

벼락 치는 듯한 남이의 고함 소리가 들렸을 때, 한명회는 올 것이 왔구나 싶은 불길한 예감에 젖는다.

"전하! 긴히 아뢸 말씀이 있사옵니다."

남이는 취기 어린 얼굴로 어상 앞에 엎드린다.

"공판, 무슨 일인지는 모르나 오늘은 놀자고 마련한 자리이니, 내일

듣는 것이 어떻겠는가?"

세조는 주연장의 흥을 깨지 않으려는 듯 남이를 타이르듯 다독인다.

"화급을 다투는 일이옵니다."

남이는 물러날 생각이 전혀 없는 듯 자신의 뜻을 굽히지 않는다. 어쩔 수 없는 일이라고 여겼는지 세조는 남은 흥이 아쉽다는 표정으로 고개를 끄덕인다.

"정 그렇다면 말을 하라."

세조의 허락이 있자 남이는 마른침을 삼키면서 인광이 번득이는 시선으로 고개를 든다. 좌중의 시선들은 긴장하지 않을 수가 없다.

"성상께옵서 귀성군을 지나치게 총애하시니, 신은 그르게 여기옵니다."

엉뚱한 투정이 아닐 수 없다. 오늘의 주연과 아무 상관이 없는 일을, 그것도 세조의 총신을 입에 담으면서 시기하는 남이의 언동은 괴이하기 이를 데 없다. 정자 위의 중신들이나 아래쪽의 젊은 무장들은 아연 긴장한다.

"그게 무슨 소린가, 공판?"

세조도 당혹해하는 기색이 완연하다.

"한 사람만을 지나치게 총애하시는 일이 있으면, 필시 화가 생기는 법이옵니다. 통촉하오소서."

화살이 과녁을 뚫지 못한 데 대한 화풀이인가, 아니면 술을 과하게 마신 탓인가. 아닌 말로 죽기로 작정을 하지 않고서야 어찌 이런 불충의 말을 세조의 탑전에서 뱉어 낼 수가 있던가. 세조가 소리치는 것은 당연하다.

"너의 그 말이 무슨 뜻이냐?"

"전하께옵서 귀성군 하나만을…."

"닥치지 못할까! 귀성군은 지친이고 또 큰 공이 있으니, 귀성군을 총애하지 않으면 대체 누구를 총애하겠느냐?"

"전하, 예로부터 종친이 정사에 관여하면…."

"저런 못된 것, 닥치라고 일렀느니라!"

마침내 세조는 자리를 박차고 일어선다. 남이는 적어도 세조의 치세에서는 금기로 되어 있는 말을 입에 담은 셈이다. 그 옛날, 종친을 경계하는 중신들로 인해 온갖 고초를 다 겪은 세조가 아니던가. 그리고 지금은 의식적으로 종친들을 중용하고 있지 않은가. 끝끝내 믿을 것은 종친밖에 없다는 생각을 하고 있는 세조가 바로 면전에서 남이의 지탄을 들었으니 진노할 수밖에 없다.

"너의 말은 반드시 정실이 있을 것이다. 누구와 함께 의논하였느냐?"

남이의 기개는 지나치게 범상하다. 세조의 진노 앞에서도 그는 꿀리는 기색을 보이지 않는다.

"신의 생각일 뿐, 누구와도 의논한 적이 없사옵니다."

어찌 저리도 당당할 수가 있는가. 신하로서 입에 담아서는 안 될 말을 임금의 면전에서 뱉어 내고서도 허리를 꼿꼿하게 편 채 마치 대결이라도 하려는 듯한 눈빛을 뿜어내고 있는 남이의 괴이한 동태를 세조는 더 두고 볼 수가 없다.

"좌찬성!"

좌찬성 김국광은 놀란 가슴을 쓸어내리듯 간신히 대답한다.

"예, 전하."

"남이를 의금부에 가두시오. 지금 당장!"

좌찬성 김국광은 정자를 에워싸고 있는 무예청의 병사들로 하여금 남이를 포박하게 한다. 판서의 지위로 임금이 임석한 연회의 자리에서 포박되는 경우란 흔치가 않다.

남이가 끌려 나가는 것을 끝까지 지켜본 세조는 그래도 분기가 가시지 아니하는 듯 한참을 씩씩거리며 서 있더니, "발칙한 것!" 하며 씹어뱉듯이 말하면서 자리에 앉는다.

배석한 신하들이 모두 숨을 멈춘 채 어쩔 줄을 모른다. 차라리 세조가 주연을 파하고 자리를 떠 준다면 그보다 더 다행한 일이 없겠는데, 세조는 거칠게 술잔을 비우면서 좌중의 면면들을 천천히 훑고 있다. 그 시선이 이윽고 이조참판 이숙기李淑琦에게서 멎는다.

"남이의 말이 옳았느냐, 글렀느냐?"

"심히 옳지 못하옵니다."

"너의 무리도 다시 이와 같은 말을 발설하겠느냐?"

"신은 남이가 아니온데, 어찌 남이의 망령된 말을 발설하겠사옵니까. 통촉하소서!"

사태가 이렇게 되면 또 무슨 불상사가 날지 모른다. 주연장의 신료들은 숨을 멈출 수밖에 없다. 세조는 다시 신료들의 면면을 살피다가 이번에는 유자광에게서 멎는다.

"그대도 남이의 말이 옳다 여기는가?"

"심히 옳지 못한 망언인 줄로 아옵니다."

유자광의 대답이 너무도 명쾌한 탓인가, 세조의 기색이 조금은 풀리는 듯하다.

"귀성군."

이번에는 죄라도 지은 것처럼 옹색하게 앉아 있는 준을 부른다.

"예, 전하."

"이리 다가와서 과인에게 술을 한 잔 주겠는가?"

귀성군은 무릎걸음으로 어상 가까이로 다가와서 술을 올린다. 세조는 귀성군 준이 올린 잔을 비우고 승지 어세겸을 눈짓으로 부른다. 어세겸은 사색이 된 얼굴로 세조의 곁으로 다가와 선다. 세조는 어세겸의 귓가에 무엇인가를 속삭이고 나서 그의 어깨를 다독인다.

"분부 거행하겠사옵니다."

어세겸은 풍악을 잡히던 기생들 앞으로 가서 역시 나직하게 세조의 분부를 전한다. 곧 9기妓의 청아한 노랫소리가 드높게 울려 퍼진다.

누가 대장군인가
귀성군이로다.
누가 천하를 평정하였는가
귀성군이로다.
누가 천하의 인물인가
귀성군이로다.
누가 사랑스런 아들인가
귀성군이로다.
누가 대훈大勳인가
귀성군이로다.

 귀성군 준은 어찌나 놀랐는지 몸을 움직이지 못한다. 세상에 이보다 더한 영광이 있을까. 임금이 일러 준 노래가 아니고서야 어전에서 이런 노래를 부를 수가 있는가. 다른 말로 바꾸면 귀성군 준을 위해 임금이 친히 부르는 것이나 다를 바가 없다. 또 그것은 귀성군 준의 위치를 많은 신하들에게 확실하게 인식시키는 일이나 다름이 없다. 세조가 이런 생각을 하고 있고, 또 이런 노래까지 마련해 놓고 있는 판국에 남이가 귀성군 준을 투기했다면 어찌 되는가.

 노래가 끝나자 세조는 한명회를 부른다.

 "상당군."

 "예, 전하."

 "상당군의 술도 마시고 싶구려."

 귀성군 준이 엎드린 옆에 나란히 나아가 한명회는 잔을 올린다. 그 잔 역시 달게 받아 마신 세조는 다시 어세겸을 부른다. 어세겸이 또 기생들에게 전하자 지체 없이 노래가 터져 오른다.

누가 원훈인가
한명회로다.
누가 구훈舊勳인가
한명회로다.
누가 신훈新勳인가
귀성군이로다.

눈앞에 엎드린 두 사람을 느긋하게 바라보던 세조가 비로소 기분이
풀리는 모양이다.

"허허허."

흔쾌한 웃음을 계속 터뜨리던 세조가 말한다.

"이번엔 영순군이 춤을 춰야겠어!"

영순군 부는 세조의 아우인 광평대군의 아들이다. 그러니까 친조카를
불러낸 셈이다. 영순군은 엉거주춤 일어설 수밖에 없다. 분위기를 망칠
수가 없기 때문이다.

"허허허, 기생들이 부르는 노래에 맞춰 춤을 추라."

"예, 전하."

다시 세조의 전언이 가고, 기생들은 낭랑한 목청을 뽑아 낸다.

누가 무훈無勳인가
영순군이로다.
누가 무훈인가.
영순군이로다.

이 무슨 난장판인가. 친조카를 불러내 춤을 추게 하면서 그에는 아무
공이 없다는 노래를 부르게 한다. 영순군은 울상이 된 얼굴로 그 노래에

맞춰 덩실덩실 춤을 춘다. 구경하는 신하들로서도 얼굴을 돌릴 수밖에 없다.

"허허허."

세조가 박장대소를 터뜨리자 영순군도 멋쩍게 웃고, 좌중은 온통 슬픈 웃음을 토해 내고야 만다. 그것은 웃음이 아니라 차라리 울음이라야 옳지 않겠는가.

"허허허."

난장판과도 같았던 연회는 영순군 부에게 수치감만 안겨 준 채 끝이 난다. 그러나 연회를 파할 때, 세조는 따끔하게 한마디 하는 것을 잊지 않는다.

"오늘 남이의 망언은 몹시 취한 데서 나온 듯하니 더 죄를 묻지는 않을 것이오. 하나, 후일 다시 이 일을 발설하는 자가 있으면 추호도 용서가 없을 것이니 그리 아시오!"

갈팡질팡하는 가운데서도 앞날을 향한 자신의 포석에 반론을 제기하는 자는 용서치 않겠다는 선언이나 다름이 없다. 어찌 되었건 남이는 다음 날로 용서를 받고 풀려난다.

"정경, 나는 자네와의 약속을 지키지 못할지도 모르겠네."

가만히 중얼거려 보는 한명회다. 비록 처벌을 받지 않았다고는 하더라도 세조가 남이의 방자했던 언동을 잊을 까닭이 없다. 그것은 다시 되풀이될 것이라는 의미와도 통한다.

한명회는 남이를 불러 빙부 권람의 당부를 전하면서 간곡히 타일러도 보고 싶었으나, 지금의 사정으로는 그 또한 용인되지 않는다. 그렇다면 남이의 무모한 객기가 다시 살아나지 않기를 바랄 수밖에 다른 방법이 없다. 참으로 앞날을 점칠 수 없는 혼돈의 세월이 눈앞에 다가와 있음을 한명회는 곱씹고 있다.

7월 17일. 귀성군 준이 드디어 영의정에 제수된다. 삼십의 젊은 나이다. 조선왕조가 창업된 이래 서른 살의 젊은이가 영의정의 자리에 오른 일이 있었던가. 좌의정엔 박원형이 유임되고, 우의정엔 병자년의 옥사를 고변했던 김질이 제수된다. 그리고 남이는 공조판서에 유임되면서 겸하여 오위도총부 도총관이 되는 파격의 영광을 다시 입는다.

준이 아무리 공이 있고 자질이 뛰어나며 세조의 총애를 한 몸에 받고 있다 하더라도 나이 삼십에 영의정이란 고금에 없는 파격의 인사라 뒷공론이 분분할 수밖에 없다. 준의 아비 되는 임영대군 구가 입궐하여 세조에게 아뢴다. 물론 세조와는 친형제간이다.

"준은 어리석고 어리어 수상에 거하는 것이 마땅치 않으니, 청컨대 거두어주소서."

"그 무슨 당치 않은 소리. 준은 내가 믿고 있으이."

"전하, 종친 된 처지로 어찌 영의정이 되오리까. 백성들의 눈이 있사옵니다. 통촉하소서."

임영대군이 간곡히 청하는데도 세조는 받아들이지 않는다. 종친이 영의정이 된 것은 수양대군에 이은 두 번째가 되는 것이지만, 왕조의 법도로는 용인될 일이 아니다. 세조 말년의 독단은 이와 같았다.

세조의 장자방인 한명회마저도 그 같은 소식에 접하면서 심드렁하게 한마디 했을 뿐이다.

"때가 되었는가."

무엄하게도 세조의 사거를 의미하는 그 '때'는 너무도 급속하게 찾아든다. 바로 이틀 후인 7월 19일에 세조가 덜컥 자리에 눕고 만다. 그리고 원로들을 모두 입궐하게 하고, 전위할 뜻을 밝힌다.

세조의 진의가 어떠한지는 모르나, 전위설로 여러 번 혼이 났던 신하들이다. 입을 모아 불가를 외쳐서 간신히 뜻을 거두게 한다. 대신 세조의 명으로 종묘사직과 명산대천에서 기도를 하도록 하고, 세자와 신숙주, 영순군, 귀성군 셋이서 서사를 처결하되 군국軍國의 대사만은 반드시 계품하도록 한다.

그러나 아무리 기도를 해도 세조의 몸을 에워싼 환후는 이미 회복될 병이 아니다. 끝내 차도가 없으니, 세조는 7월 25일 효령대군 저로 피병을 겸하여 이어한다. 그래도 병세가 호전되지 않자 다시 자신이 살았던 월산군의 사저로 옮긴다. 수빈 한씨의 지극한 간병이 있어도 세조의 병세는 차도를 보이지 않는다.

　"자준의 집으로 옮겨 다오."

　급기야 세조 스스로 한명회의 집으로 피접하고 싶어 한다. 삶의 마지막을 옛 친구이자, 숱한 소용돌이를 함께했던 장자방과 만나서 삶의 마지막을 회술할 생각인가. 수빈 한씨는 만류하지 않는다. 그 두 사람의 마지막 만남에 자신의 삶이 걸려 있을 것이라는 확신이 들어서다.

생자필멸

1.

늦더위가 기승을 부리는 때 연화방은 인파로 붐빈다. 세조가 병든 몸을 이끌고 운명의 길을 함께 걸어온 한명회의 사저에 피접을 나와 있었기 때문이다. 임금이 거처를 옮겼다면 행궁이나 다를 바가 없다. 대문 밖은 숙위하는 군사들로 득실거렸고, 거처의 주위는 수발하는 내시와 상궁들로 발 들여 놓을 틈도 없다. 내객들을 맞이하던 객사에는 입직한 승지들이 버티고 있다. 어디 그뿐인가. 문병을 오는 종친과 원훈들의 발길도 끊이지 않는다. 정경부인 민씨를 비롯한 한명회의 식솔들은 광영스러운 가운데서도 숨소리까지 멈추어야 하는 지경이다.

"번거롭구나. 물러가라 이르라!"

세조는 짜증을 토하며 주위를 정돈하고 한명회와 마주 앉기만을 즐긴다. 오직 자신만을 위해 형극의 길을 걸어왔던 지난날의 장자방과 회한을 풀고 싶은 것이 세조의 내심이다.

"상당군."

"예."

"수빈의 병간이 지극했는데도 내가 상당군의 사저로 피병을 온 것은…"

"잘 알고 있사옵니다, 전하."

"안다면 다행이지."

세조의 모습은 회한에 잠겨 있다. 그는 병세가 깊어지면서 만날 사람, 찾을 사람들의 사저를 돌고 있다. 구실은 피병이었으나 꼭 그런 연유에서 만은 아니다. 효령대군 저에서 피병한 것은 양녕대군이 이미 세상을 뜨고 없던 터라, 사사롭게는 큰아버지를 찾은 것이 된다. 효령대군은 양녕대군 만큼 적극적이 아니었다 해도 음으로 양으로 자신을 도와주지 않았던가.

그 다음에 옮겨 간 곳은 자신의 잠저인 월산군 저. 거기에는 맏며느리 수빈 한씨가 있다. 세조로서는 수빈 한씨의 병간을 받고 싶다. 수빈에게 는 해 준 것이 없었기 때문이다. 한 치의 빈틈도 없는 왕비의 자질인데 도 왕실의 과부가 되어 자식들을 돌보면서 살고 있다. 맏며느리를 궐 밖 에 두어야 했던 세조에게 회한이 없을 수가 있는가. 수빈 한씨의 병간은 지극했으나, 다시 한명회의 집으로 피병소를 옮기자고 했다.

세조가 걸어온 길은 한명회와 함께 걸어온 길이다. 그와 더불어 지난 날의 일들을 이야기해 보고 싶은 것이 인지상정이다. 얼마 남지 않은 삶 을 그렇게 보내고자 하는 세조의 마지막은 참으로 인간적이지 않을 수가 없다.

"전하, 신이 지극한 정성을 다하여 모실 것이옵니다. 장자방의 집이 아니옵니까. 꼭 쾌차하실 수 있을 것이옵니다."

"허허, 상당군."

세조의 목소리는 이미 윤기를 잃고 있다.

"과인은 항상 견디다 견디다 못 견딜 만큼 괴로우면 경을 찾곤 했지."

"당치 않사옵니다. 신하 된 도리로 광영된 일이 아니옵니까. 오히려 전하의 심기를 바로 받들지 못하여 환후를 맞게 하였으니, 죽어도 남는 죄가 있음이옵니다. 용서하소서."

"아니오, 아니야."

고개를 저으면서 긴 한숨을 내쉬는 세조의 허허해진 모습과 간절한 눈빛으로 그를 바라보는 한명회의 애틋한 충절을, 지금 이들의 상면을 무어라 표현해야 할까? 오랜 외도에서 돌아온 지아비와 조강지처의 만남이라고나 하면 어떨지. 한두 마디로는 풀어 버릴 수 없는 착잡한 감회가 두 군신의 가슴속에 끈끈하게 괴어 있다.

"전하, 누우소서."

자리에 누울 것을 권하는 한명회였지만, 세조는 앙상한 두 손을 내저으면서 화답한다.

"아니오, 아니에요. 내가 자준의 집에 온 것은 병을 고치려고 온 것이 아니야."

"…!"

"하찮은 짐승들도 저 죽을 날을 안다 하거늘, 어찌 내가 모를 것이겠는가. 쾌차하기는 이미 틀린 일이고, 경과 마지막 회포를 풀어야겠기에 온 것이야. 그러지 않고서는 내가 눈을 감을 수가 없어."

"전하."

"상당군, 모르긴 해도 내게 섭섭한 일이 많았을 것이야."

"…"

"내가 왜 모르겠는가. 경의 마음을 다 알지만 그렇게 할 수밖에 없었던 내 심사, 경도 모르지 않을 게야. 그렇지 않은가?"

"그러하옵니다, 그러하옵니다, 전하."

"얼마나 많은 생목숨을 앗아 내면서 바로잡은 이 나라의 사직인가. 다시 그런 일이 있어서는 아니 될 것이 아닌가. 내 조바심은 그래서 생겨난 것이고…."

세조의 뼈저린 회한이었지만 상처로 얼룩진 한명회의 가슴을 씻어 내리지는 못한다. 그러기에 한명회는 실상 한번 호되게 소리 질러 보고 싶은 것을 참고 있다.

'그럴수록 믿어 주셨어야지요! 장자방을 두었다 무엇에 쓰시게요! 그래서 이룩한 게 무에 있소이까!'

이제 와서 세조의 심기를 건드려서 무엇을 하겠는가. 그런다고 이미 잘못된 일들이 제자리에 돌아오지도 않는다. 지금은 그동안의 길고도 깊은 인연을 마무리해야 할 때가 아닌가.

"경을 만나 16년, 보위에 올라 14년… 참으로 일도 많고 탈도 많았지만, 돌아보니 한 자리 어지러웠던 꿈일 뿐이야."

"…."

"하나, 나는 믿고 있으이. 내가 갖은 곤욕을 치른 값으로, 이 나라 조선은 이제 태평성대를 이룰 것임을…."

"그러하옵니다, 전하."

"생각하면, 일을 하는 임금과 영화를 누리는 임금은 다른 듯하더군. 태종대왕 후에 세종대왕의 치세가 있었듯이, 내 뒤에는 태평성대가 있을 것이야. 세자가 몸이 약하기는 하나, 다른 병이 없으니 종사도 튼튼히 할 것이고…."

"그러하옵니다."

한명회는 대답과는 달리 속으로는 고개를 젓고 있다. 세자도 결코 오래 살지 못할 것이기 때문이다. 그런데도 세조는 그럴 가능성은 조금도 염두에 두지 않고 있다. 그럴 수밖에 없을 것이리라. 아무리 큰 인물이라 해도 죽음을 눈앞에 두고서는 판단이 흐려지게 마련인 것이다. 더욱이 세조는 맑은 이성을 잃은 지 오래되었기에 만에 하나라도 대를 이을 세자가 요절할 경우의 정국에 대해서는 아무런 고려가 없었던 대신, 다만 훈구들을 견제할 계책에만 골몰해 온 것이 아니던가.

“한 공.”

이번엔 옛 호칭을 찾는 세조다.

“예, 전하.”

“후세의 사필들이 나를 두고 무어라 할 것 같은가? 조카의 보위를 찬탈했다 하겠지?”

“전하.”

“수많은 생목숨을 원귀로 만들었다는 비난만은 면할 수가 없겠지?”

“전하, 후세의 사필이 무어라 하건 그것은 전하께옵서 괘념하실 바가 아니옵니다. 전하의 시대를 전하의 자리에서, 절체절명일 수밖에 없는 유일한 길로만 걸어오셨지 않사옵니까. 그것으로 떳떳하실 것이옵니다.”

“옳아, 그 말이 옳아.”

세조의 용안에는 지울 수 없는 회한의 짙은 그늘이 드리워져 있다. 두 사람은 잠시 침묵 속으로 잠겨 든다.

세조와 한명회. 세상을 살아가는 일이었거나 아니면 한 시대를 주름잡아 온 사람들 가운데서 이들 두 사람의 관계를 능가하기란 그리 쉽지 않다. 숨소리와 눈빛만으로도 서로의 심중을 꿰뚫어볼 수 있었던 두 사람이다. 세조와 한명회가 함께 걸어온 16년은 다른 사람들의 1백60년에 버금가는 파란과 곡절로 이어져 오질 않았던가! 아무 말 없이도 가슴을 저미고 적셔 오는 회한이요, 사연들이다. 서로는 그 같은 지난 세월을 말없이 되씹고 있다.

“한 공.”

세조 편에서 먼저 침묵을 깨뜨린다.

“예, 전하.”

“언젠가 한 공이 내게 말한 적이 있었지. 한 공은 나보다 오래 살아 대대로 충성을 다할 것이라고.”

“그러하옵니다.”

"정말 그렇게 되었구먼."

"…."

"한 공에게 마지막으로 부탁할 말이 있으이."

"하교하소서."

"죽을 때까지 무리한 말만 하게 되어 면목이 없네만, 경과 내가 같이 지은 집을 허물지 않기 위함이니 명심하여 들어주어야 해."

"심려 마오소서. 신 한명회, 신명을 다해서 받들 것이옵니다."

"고마우이. 한 공, 이젠 옛날의 공신들도 모두 정승을 지냈어. 그렇지 않은가."

"그러하옵니다."

"이제 모두 조정의 훈구대신들이니 남은 여생에 불편함은 없을 것이야."

"…?"

"더는 욕심을 내지 마시게나. 한 공 또한 황보인, 김종서의 전철을 밟지 말라는 법이 있겠는가."

한명회는 꿀꺽 마른침을 삼킨다. 세조의 심저에 깔린 본심이 그러한 줄을 왜 몰랐으랴만, 이같이 노골적인 경고의 말을 듣기는 처음이다.

"한 공도 어차피 영생할 수 없다면, 세자와 함께 젊은 인재들을 키워 주는 것이 앞날을 바라보는 순리가 아니겠는가."

"…."

"그들과 맞서 권세를 탐하지 말라는 것일세. 그러면 다시 난세가 될 뿐더러 공들도 이젠 힘으로는 그들을 당하지 못할 테니까. 모든 것을 삼가고, 원로로서의 도리들을 다해 주게나."

한명회는 반발하고 싶다. 착각에서 깨어나라고. 세자를 지켜서 보필할 수 있는 참다운 신하를 찾겠다면 자신이 아니고는 없다. 죽을 날만을 남겨 놓고 있는 세조가 이 이치를 깨닫지 못한대서야 말이 되는가.

"과인의 마지막 부탁이야."

할 수 없다. 지금 세조의 어의를 거역하고자 한다면 다시 평지풍파를 일으키게 된다.

"명심하여 거행하겠사옵니다."

"고맙네, 한 공. 고마워."

세조는 간신히 안도하며 그의 손을 움켜잡았지만, 한명회는 참담한 심정이 될 수밖에 없다. 죽음을 목전에 둔 마지막 순간까지 사직에 관한 염려를 올바르게 펼쳐 가지 못하는 세조가 애처롭기도 했지만, 끈적거리기까지 한 세조의 의심이 끝까지 한명회를 실망하게 했기 때문이다.

세조가 한명회의 집에 피접했던 것이 그러한 당부를 하기 위한 것이었다면, 한명회에게는 가늠할 수 없는 실망감을 안겨다 준 것이나 다름이 없다.

2.

세조에게 침수 문후를 여쭙고 마당으로 내려서는 한명회의 모습은 참담하기 그지없다. 8월 한가위를 하루 앞둔 둥근 달이 그의 길쭉한 얼굴을 더욱 파리하게 비추고 있다.

'내 소홀함인 것을….'

한명회는 세조의 의심에서 극심한 배신감을 느끼면서도 애써 자신의 소홀함에서 기인된 것이라고 자책을 한다. 그는 지난 16년 세월 동안 세조 가까이에 있으면서 역사를 강론한 때가 많았으나, 지금 와서 생각하니 그것이 부족했음을 뼈저리게 느낄 수밖에 없다.

'한나라의 고조高祖는….'

한나라 고조는 유방劉邦이다. 그가 천하를 평정한 지 얼마 되지 않아서, 따르는 신하들에게 주연을 베푸는 자리를 빌려서 기막힌 질문을 한 일이 있다.

"나의 맞수는 초楚의 항우項羽인데, 그는 용기와 용병술이 나보다 탁월했다. 그런데도 천하가 내 차지로 된 연유는 무엇인가?"

이에 고기高起와 왕능王陵은 자신 있게 대답한다.

"폐하께서는 성을 함락시키고 토지를 공략하여 항복한 자가 있으면 그 공로자에게 이를 하사하였으며, 천하의 인재들과 그 이익을 나누셨습니다. 그러나 항우는 현신과 능력 있는 사람을 시기하고 의심했습니다. 이겨도 상을 주지 아니하고, 땅을 점령해도 나누지 않았으니, 이로 말미암아 천하를 잃었습니다."

고개를 끄덕이며 듣고 있던 고조가 웃으며 대답한다.

"공은 하나를 알되 둘은 모른다. 무릇 중앙에서 정략政略을 꾸미고, 천 리 바깥에서 승패를 겨루는 전쟁지의 방책을 짜내는 데도 나는 장량張良보다 못하다. 또 행정과 경제에 탁월하여 국가를 안정시키고 백성을 살피면서, 전선에 양곡과 물자를 공급하는 데에서는 소하蕭何에 미치지 못한다. 나아가서 백만의 대군을 포치하여 싸우면 이기고, 공격하면 반드시 점령하는 병법에서도 한신韓信을 능가하지 못한다. 이 세 사람은 하나같이 뛰어난 인재들인데 나는 다만 그들을 잘 쓸 수 있었다. 이것이 내가 천하를 얻게 된 연유이다. 그러나 항우에게는 오직 한 사람뿐인 범증范增이라는 유능한 막료가 있었으나 그나마 활용하지 못했다. 그래서 항우는 나에게 패하고 만 것이다."

한명회는 『사기』의 한 구절을 상기하면서 한숨을 놓는다. 지휘자가 갖추어야 하는 첫째 덕목은 포용력이 아니고 무엇이던가. 그것을 보다 세세히 깨우쳐 놓지 못한 것이 이렇듯 후회로 남을 줄이야.

지휘자가 갖추어야 하는 통솔력은 사람을 거느리고 천하를 휘어잡는 첩경이 아니고 무엇인가. 그 첩경이 위신의 확립이다. 위신은 위엄과 신뢰를 말한다. 다스리는 자의 위엄은 다스림을 당하는 사람들에게는 칼보다 무섭다. 칼보다도 더 무서운 위엄에 지배를 당하면서도 다스리는 자를 신뢰할 수 있다면 그보다 이상적인 통솔력은 없다.

세조의 위엄은 칼보다 더 무섭다. 쿠데타로 정권을 탈취한 사람들의 위엄이 그렇다. 그러나 진정으로 세조를 신뢰하면서 따랐던 신하를 지목한다면 한명회 한 사람이라고 해도 과언이 아니다. 그 한명회를 의심하는 것이 세조의 마지막 통솔력이었다면 비극이 아닐 수 없다.

날이 밝자 세조는 환궁을 서두르고 나선다. 천하제일의 명절인 한가위였기에 한명회는 만류하지 못한다.

"지난밤 공에게 당부한 말을 잊지 말게나."

"명심하오리다."

세조는 끝내 한명회의 가슴에 상처를 남겨 놓고 연화방을 떠나 환궁한다.

8월 15일에 창덕궁으로 돌아온 세조는 23일에 남이를 병조판서에 제수한다. 오늘일까, 내일일까 하고 삶의 마지막 날을 기다리는 셈인 세조가 행한 최후의 인사가 이것이었다는 것은 예사롭게 넘길 수가 없다. 귀성군 준은 의정부를 장악하고 남이는 병권을 맡고, 이것이 세조가 가장 마음을 놓을 수 있는 체제였기 때문이다.

자신이 세상을 떠나면 나이 어린 세자를 보필하여 종묘사직을 탄탄하게 이끌어 갈 인재가 영의정 귀성군과 병조판서 남이라면 이게 어디 말이 되는가. 신숙주가 영의정이요, 한명회가 병조판서이어야 어린 세자의 시대가 근심 없이 열리지 않겠는가.

뭔지 모르게 불안한 기운이 형형하게 떠도는 가운데 파란의 한 시대, 야망의 한 시대가 저물고 있다. 세조의 환후가 회복할 수 없다는 사실을 누구나 알고 있으면서도 그것을 입에 담을 수 없는 시간만이 말없이 흘러가는 형국이다.

8월 26일에 세조는 다시 수강궁으로 거처를 옮긴다.

9월이 되자 밤마다 혜성이 나타나고, 경상도에는 그 모양이 작은 매미 같기도 하고 모기 같기도 한 벌레들이 동쪽에서 구름처럼 날아와서 추수기에 접어든 곡식들을 망쳐 버렸다는 장계가 있다. 4일 밤에는 도성의 서남쪽에 무어라 형언하기 어려운 검은 기운이 서리더니, 수만 마리의 말이 떼 지어 달리는 것 같은 요란한 소리가 들리기도 했다.

조정은 물론이요 도성 안팎의 민심마저 동요하는 가운데, 6일에는 계유정난과 병자옥사 때 난신에 연루되었던 사람들을 모두 사면한다는 어명이 내린다. 하늘의 자비를 비는 마지막 안간힘이나 다름이 없다.

그러나 다음 날인 7일이 되자 세조의 환후는 돌이킬 수 없는 지경에 이른다. 때가 이르렀음을 짐작한 세조는 예조판서 임원준을 불러들인다.

"어서 세자에게 전위할 차비를 서두르도록 하라."

"전하, 불가하옵니다. 곧 쾌차하시어….."

"당장 서둘라는데도!"

번거로운 말이 오가는 것이 싫다는 듯 세조는 초췌한 얼굴에 짜증을 담는다.

"전하."

"허어, 네 정녕 내 병세를 모른단 말이더냐!"

세조는 안간힘을 다해 고함친다. 임원준인들 세조의 심기를 모를 까닭이 없다. 그는 탑전을 물러 나와 원로대신들에게 사실대로 고한다. 정인지, 신숙주, 한명회, 구치관, 홍윤성, 박원형, 김질, 강순, 조석문, 김국광 등 내로라하는 원로들이 모두 넋을 잃은 듯 입을 열지 못한다. 국상의 순간이 다가와 있다는 판단 때문이다. 아무리 그렇더라도 함부로 나설 수가 없다. 살아 있는 임금의 선위는 언제나 소동을 동반할 수 있기 때문이다. 이들은 이미 그런 경우를 두 차례나 겪었던 사람들이다.

정창손의 파직. 양정의 죽음. 이때 또다시 섣불리 '지당하오' 하고 나섰다가는 또 무슨 변고를 당할지 모른다. 모두들 눈을 내리깔고 한숨만 내쉴 뿐이다. 한참 만에야 정인지가 입을 연다.

"성상의 환후가 점점 쾌차하여 가는데 어찌 갑자기 선위하실 일이겠는가. 모두가 불가하게 여기니, 예판은 서둘러 그렇게 아뢰시게."

"예."

임원준은 다시 탑전으로 달려가 신료들의 뜻을 전하며 선위의 불가함을 간곡히 아뢴다. 세조는 답답하지 않을 수 없다. 세자에게 왕위라도 물려주고 삶을 마감한다면 그나마 자신의 소임을 다하는 것이 되지 않겠는가.

"운이 다한 영웅은 이미 자유롭지 못한 법이거늘, 너희들이 나의 뜻을 이리도 모른단 말이더냐! 이는 오히려 나의 죽음을 재촉하는 것이니라!"

임원준은 민망해진다. 세조의 내심이 그러함을 알고 있다고 하더라도 수긍하고 나설 수가 없기 때문이다. 세조는 당장 나가라고 손짓을 한다. 임원준은 탑전에서 물러나 다시 원로들에게 세조의 뜻을 전한다.

신료들은 묵묵부답이다. 의심도 많고 변덕도 많았던 세조의 종말을 눈앞에 두고서도 그 진의를 짐작할 수 없었기 때문이다. 이미 세조와 마지막 말을 주고받았던 한명회도 눈을 감은 채 말이 없다. 그런 한명회의 내심을 읽고 있는 신숙주가 입을 열 까닭이 없다. 신료들은 이심전심 모두 눈을 감고 앉아 있을 뿐이다.

아무리 기다려도 신료들의 상답이 없자, 마침내 세조는 울화통을 터뜨린다.

"나라의 대신이라는 것들이 이리도 일을 분별할 줄 모른대서야 말이 되느냐. 내관들은 모두 어디 있느냐!"

"예, 전하."

"어서 경복궁으로 달려가서 면복을 가져오도록 하고, 세자를 들라 이르라!"

결국 내관들의 손으로 세조의 면복이 옮겨져 오고, 창백해진 세자가 황급히 수강궁으로 달려왔다.

"세자."

"예, 아바마마."

세조는 기력이라고는 조금도 남아 있지 않은 삭정이 같은 몸을 억지로 가누어서 정좌하고 앉는다.

"이제 때가 된 듯하니 보위를 네게 물리려 한다."

"아니 되옵니다, 아바마마!"

"그만, 이제 그런 소리는 그만 하라. 단 하루를 지내더라도 홀가분하게 있다 죽게 해 주는 것이 효일 것이니라. 내관은 면복을 이리…."

내관이 바친 면복을 받아 든 세조는 다시 두 손으로 받쳐 들고 세자에게 내민다.

"받으라, 이제 너의 것이니라."

"아바마마!"

"어서, 더는 애비를 괴롭히지 말라."

아닌 게 아니라 면복을 든 세조의 두 팔은 눈으로 보기에도 민망할 만큼 심하게 떨리고 있다. 세자인들 부왕의 변덕을 모르랴. 그는 몸 둘 바를 몰라 하고 있다.

"어서, 어서 받으라!"

세자는 더 버틸 수가 없다고 판단한다. 부왕 세조가 쓰러질 것만 같아서다. 그는 한 발 다가앉으며 면복을 받는다. 그러곤 왈칵 울음을 토하며 상체를 깊이 꺾는다.

"아바마마, 으흐흐!"

"내가 노산군에게서 보위를 물려받을 때 노산군이 한 말이 있느니라. 성군이 되시오, 숙부. 허허, 그런데 나는 끝내 성군이 되지 못하고 말았구나. 세자, 아니 주상, 성군이 되시오. 주상의 치세는 태평성대가 되어야 할 것이오."

"망극하옵니다, 아바마마."

"또 한 가지, 늘 내가 하던 당부만은 잊지 마시오. 원로들을 잘 예우하되 중책을 맡기지는 말고, 젊은 인재들을 중용하시오. 또한 중용하되, 신하의 세도가 주상의 위세를 넘는 일이 없도록 잘 조정해야 할 것이며…"

"명심하겠사옵니다, 아바마마."

"어서 나가 즉위식을 거행하오. 늦어서는 아니 되오. 내가 죽기 전에 전위하는 뜻을 명심하오. 보위는 비울 수 없기 때문이요."

세조는 어서 나가라고 손짓을 한다. 세자는 면복을 받든 채 다시 허리를 굽혀 보이고 탑전을 물러난다.

어찌할 것인가! 세자가 면복을 받들고 나왔다면 일은 더 지체할 수가 없게 된다. 서둘러 즉위의 절차를 밟는다 해도 그로 인한 사단이 생길 까닭도 없다.

이미 날은 어두워지고 있다. 머리를 조아리며 사양하던 신하들도 분주해질 수밖에 없다. 곧 등극의 절차가 갖추어지고 세자가 수강궁 중문에서 즉위한다. 바로 조선왕조의 여덟 번째 임금이 되는 예종睿宗이다.

"천천세, 천천세!"

백관의 하례를 받은 춘추 19세의 예종은 즉위교서를 반포한다.

내가 덕이 부족한 몸으로 일찍이 세자의 자리에 있어, 오직 뜻을 공경히 이어 받들지 못함을 두려워하였는데, 성화成化 4년(세조 14) 9월 7일에 부왕 전하께서 명을 내리시기를, "내가 병이 들어 오랫동안 정사를 보지 못하여 만기의 중함을 생각하니 더욱 마음에 병이 된다. 너에게 중기重器(임금의 자리)를 부탁하고 한가롭게 있으면서 병을 잘 조리하겠다." 하시기에 내가 두세 번 굳이 사양하였으나 할 수 없어서 승낙하고, 이날에 마지못해 대위에 올랐다. 부왕을 높여서 태상왕太上王으로 하고, 모비를 왕태비王太妃로 하여, 오직 군국의 중한 일은 승품承稟(물어서 위의 뜻을 따름)하여 행하겠다.

돌아보건대, 나의 작은 몸으로 큰 자리를 이어받아 근심하고 두려워하여 오직 조심하였을 뿐인데, 여러 신하들의 도움에 힘입어 어렵고 큰 명을 저버림이 없기를 바란다. 처음 이러한 일을 당하여 너그럽게 어짐을 펴는 것이 마땅하므로, 이달 초 이전에 죄지은 자 중에 십악十惡과 강도를 제외하고는 모두 용서하여 면제한다. 아아! 이미 무궁한 역수歷數를 이었으니, 여러 신민들과 함께 새로워질 것이다.

즉위식을 마치고 경복궁으로 돌아간 예종은 이날 밤 안으로 심상치 않은 자리바꿈을 단행한다. 남이를 병조판서에서 해임하여 의사군 겸사복장으로 하고, 박중선을 병조판서에 복귀하게 한다. 양위와 동시에 벌써 세조의 포석은 빗나가기 시작한다.

다음 시대의 주역으로 세조가 예종에게 다짐해 둔 세 사람인 귀성군 준, 남이, 유자광 이들 중 남이에 대한 반감을 즉위 첫날에 공식적으로 드러낸 예종이었다면 이미 파란은 예고된 것이나 다름이 없다. 물론 수강궁에 있는 태상왕 세조는 이 사실을 알 리가 없다.

즉위 다음 날인 9월 8일. 태상왕의 명으로 소훈 한씨를 왕비로 책봉한다. 한씨는 두 번째 출산을 위해 사가인 한백륜의 집에 나가 있어서 책봉의식은 치르지 못했지만, 어쨌든 이 나라의 중전이 책립된다. 이것이 태상왕의 마지막 명이 된다.

그리고 이날 밤 초고初鼓에 태상왕은 지금의 창경궁인 수강궁에서 임종을 맞는다.

"전하."

왕태비 윤씨는 태상왕의 까칠한 어수를 잡으면서 흐느낌을 토한다. 지아비의 임종을 지켜보는 왕태비 윤씨의 회한은 강물과도 같다.

"나로 인한 고초가…."

"전하."

"크신 것으로 알아요."

"당치 않으신 분부 거두어 주소서."

태상왕의 마지막 말은 왕태비 윤씨의 추임새에 맞추어 더듬더듬 이어
지고 있었고, 시선은 이미 초점을 잃고 있다.

"나는… 나는….."

태상왕의 목소리는 가래 끓는 소리에 섞여 나온다. 임종이 눈앞에 와
있음이다.

"말씀하오소서."

왕태비 윤씨는 태상왕의 마지막 말을 귀담아 두고 싶다. 왕태비 윤씨
는 싸느랗게 식어 가는 지아비의 손을 잡은 채 상체를 굽히면서 귀를
세운다.

"아바마마를 뵈올….."

"전하!"

"면목이 없어서….."

왕태비 윤씨는 태상왕의 가슴에 얼굴을 묻으면서 통곡한다. 지아비의
회한이 너무도 참혹해서다.

태상왕은 죽음을 두려워하고 있다. 부왕인 세종께서 진노하는 모습이
그에게는 염라대왕보다도 무섭게 느껴진다. 창칼로 정권을 잡았던 태상
왕이기는 했어도 죽음을 눈앞에 두고서는 한낱 필부의 모습으로 돌아와
있다.

태상왕의 숨결이 거칠어지면서 왕태비 윤씨는 황급히 상체를 세운다.
그때 이미 태상왕의 모든 움직임은 멈추어져 있다. 주검은 눈을 뜨고 있다.

"전하, 전하! <u>으흐흐흐!</u>"

왕태비 윤씨의 통렬한 흐느낌을 신호로 배석했던 신왕과 수빈의 통곡
이 이어진다. 참담한 모습이 아닐 수가 없다. 방 밖에 꿇어앉은 훈구대신
들도 소리 내어 울고 있다. 그러나 한명회는 입술을 문 채 자신의 허벅지

를 쥐어뜯으며 치미는 오열을 참고 있다.

누가 일러 사람의 한평생을 초로와 같다고 하였던가. 오직 자신만이 종사를 이끌어 갈 동량이라고 다짐했던 세조가 아니었던가. 그것이 비록 종사를 위한다는 명분이었다고 해도 그로 인해 죽어 간 생목숨이 또 얼마였던가.

생자필멸은 천지간의 섭리가 분명하지만 피바람으로 얼룩진 독단과 전횡이 생애이고 보면 사람들에게 주어지는 느낌은 천 갈래 만 갈래로 달라지게 마련이다. 세조의 죽음이 그랬다.

향년 52세. 야망과 파란 그리고 회한으로 얼룩진 생애의 종말로는 아까운 춘추가 아닐 수 없다.

세종의 둘째 아들인 세조는 태종 17년(1417)에 태어나 이름을 유瑈, 자를 수지粹之라 했다. 처음에 진평대군晋平大君으로 봉해졌다가 이어 함평대군咸平大君, 진양대군晋陽大君으로 고친 후 수양대군으로 봉해진다. 어려서부터 학문을 익히면서 활쏘기와 말 타기에 또한 뛰어났다. 그 담대하고 호방한 기상이 남다름에 세종은 항상 품이 넓은 옷을 입도록 하고는, "너처럼 효용한 사람은 옷을 넉넉하게 입는 것이 좋다."라고 했다.

또한 형이 되는 문종은 일찍이 활을 내려 주며 그 활에 글을 부쳐 주었으니 다음과 같은 찬사였다.

鐵石其弓

霹靂其矢

吾見其張

未見其弛

철석같이 굳은 그 활에

벽력같이 빠른 그 화살이여

내 그 팽팽한 것은 보았지만

늦춘 것을 못 보았네.

　호방한 기상과 학문을 갖춘 세조는 각종 찬술 사업에 깊이 관여하였으며, 당대의 석학인 정인지 이하 성삼문, 신숙주 등의 집현전 학사들과 교유하여 그 도량과 경륜을 키워 나갔다.

　세종이 승하하고 문종이 그 뒤를 따르니, 열두 살의 단종이 보위에 오른다. 왕숙이 된 수양대군의 기상과 야망이 남다르므로, 김종서, 황보인 등은 그에게 의심을 품고 안평대군과 뜻을 모아 수양대군을 경계하기에 이른다. 자연 어린 임금보다는 중신들의 힘이 조정을 움직여 가게 되자 수양대군은 격분하여, 한명회 이하 재야의 선비, 무인들을 동원하고 정인지, 신숙주 등의 묵계를 얻어 김종서 등 권신들을 주살하기에 이른다. 이른바 계유정난.

　이후 영의정이 되어 국사를 관장하게 되고, 급기야는 금성대군의 반역을 기화로 단종이 전위를 하게 되자 그는 조선왕조의 일곱 번째 임금으로 보위에 오른다.

　즉위 2년에는 성삼문, 박팽년 등의 항거로 병자옥사라는 참혹한 사건을 맞고, 즉위 3년에는 끝내 노산군을 목 졸라 죽이기에 이른다. 이후 각종 찬술을 활발하게 하고 야인을 평정하기도 하면서 정사에 의욕을 보이기도 했으나, 즉위 8년을 전후하여 병을 얻으면서부터 심신이 함께 급속도로 파탄의 길을 치닫게 된다.

　양정의 죽음, 이시애의 난 등이 잇따르는 한편 원각사를 비롯한 각종 사찰의 중창 등 명암이 어지럽게 엇갈리는 세조의 말년은 그야말로 주체할 수 없는 혼돈의 시대로 흘러간다.

　애초의 야망과는 달리 뚜렷한 업적을 남기지 못한 세조였지만, 세종 사후의 난국을 수습하고 성종조의 태평성대를 떠받치는 주춧돌이 되었다는 데서, 강력한 왕권을 구사했던 세조조가 갖는 의미는 크다.

이해 11월 21일에 시호를 승천체도열문영무지덕륭공성신명예흠숙인 효대왕承天體道烈文英武至德隆功聖神明睿欽肅仁孝大王이라 올리고 묘호를 세조로 정해 올린다. 그리고 11월 28일에 경기도 양주 땅에 장사지내고 능호를 광릉光陵이라 했다.

지금 천연의 수목원으로 이름을 날리고, 천연기념물 크낙새가 있는 바로 그곳이다.

3.

세조가 어찌 백 년의 영화를 누리려 했으랴만, 춘추 52세에 재위 14년이라면 잠깐 스쳐 갔다 할 수밖에 없는 짧은 세월이다. 그러나 힘으로 종사를 다스린 군주임에는 분명하다. 막강한 힘이 갑자기 사라지면 공백이 생겨나게 마련이다.

세조의 뒤를 이어 보위에 오른 예종의 시대가 그러하다. 정인지, 정창손, 신숙주, 한명회와 같은 원로 중신들은 이미 뒷자리에 물러나 있었고, 30대의 영의정이 19세의 예종을 보필한대서야 나라의 체모랄 수가 있을까. 아직 세조의 국상도 치르기 전인 10월 24일 밤에, 축이 없는 조정은 흔들리기 시작한다.

병조참의 유자광이 승정원으로 황급히 달려와 입직 승지에게 고한 것이 사건의 발단이다.

"급히 전하께 계달할 일이 있소이다."

"무슨 일이오?"

"사직에 관계된 일이니, 어전에서가 아니면 발설할 수 없소이다."

호시탐탐 입신의 기회만을 엿보고 있는 유자광의 얼굴에 긴장감이 엿

보인다면 예삿일이 아님이 분명하다. 곧 승정환관을 통해 재전에 고하자, 예종은 유자광을 탑전으로 불러들인다.

"무슨 일인가?"

세조가 꼽아 준 세 사람 가운데서 유자광만이 예종이 저항감을 느끼지 않는 유일한 인물이다. 남이도 꺼림칙하고, 종친의 처지로 영의정이 된 귀성군 준도 왠지 못마땅하지만, 유자광만은 대하기가 편하다. 그것은 유자광 쪽에서 예종의 눈에 들기 위해 각별한 노력을 아끼지 않은 때문이기도 하다.

"전하, 역모이옵니다."

"역모?"

예종의 용안은 창백하게 바래진다. 즉위한 지 두 달이 채 안 된 지금 역모라니, 이게 무슨 일이란 말인가.

"그러하옵니다, 전하."

"누, 누구란 말인가?"

자신을 밀어내기 위한 역모라면 그 주체가 누구인지 묻지 않을 수 없다. 이미 예종의 몸은 사시나무 떨듯 한다. 그런 임금의 기색을 찬찬히 살피면서 유자광은 침착하게 대답한다.

"남이이옵니다."

"남이…?"

예종의 안색은 더욱 사색으로 변한다. 남이라니? 그 꺼림칙하던 예감이 그대로 들어맞는다는 말인가!

"세세히 말을 하시오, 세세히!"

열아홉 살의 예종은 겨우겨우 임금의 체모를 유지하고 있을 뿐이다. 영리한 유자광은 입술에 침을 발라 가면서 차근차근 일의 전말을 늘어놓기 시작한다. 마각을 드러내는 본성의 발로가 아닐 수 없다.

"지난번에 신이 내병조內兵曹에 입직하였더니 남이도 겸사복장으로 입직하였는데, 남이가 신을 어두운 구석으로 끌고 가서 말하기를, '세조께서 우리들을 아끼는 것이 친자식이나 다름이 없었는데, 이제 나라가 상중에 있어 인심이 위태롭고 의심스러우나, 아마도 간신이 발호하면 우리들은 개죽음을 당할 것이다. 마땅히 너와 나는 충성을 다해 세조의 은혜를 갚아야 할 것이다' 하였습니다. 신이 대답하기를, '어떤 간사한 자가 난을 일으키겠는가?' 하자 남이가 말하기를, '김국광은 정사를 혼자 차지하여 제멋대로 하다 재물을 탐하니 죽이는 것이 옳고, 노사신은 매우 불초한 자이며, 또한 한명회도 의심스럽다' 하므로 신이 대답하기를, '어찌 그 같은 말을 입에 올리는가?' 하여 말을 막았사옵니다."

유자광은 잠시 말을 끊으며 예종의 안색을 살핀다.

"그뿐이오?"

예종은 다급하게 재촉한다. 유자광은 자신의 말이 일으킨 파문을 즐기기라도 하듯 눈을 빛내면서 천천히 부연한다.

"신은 남이의 말이 그저 한때의 불만에서 나온 것으로 여기고 마음에 두지 않았사옵니다. 그런데 오늘 저녁에 남이가 신의 집에 달려와 말하기를, '이제 혜성이 천하天河(은하수) 가운데에 들어 광망光芒이 모두 희기 때문에 쉽게 볼 수 없다' 하였습니다. 이에 신이 『강목綱目』을 가져와서 혜성의 기록을 찾아 펼쳐 보니, 그 주註에 이르기를, '광망이 희면 장군이 반역하고 두 해에 큰 병란이 있다' 하였습니다. 남이가 탄식하기를, '이것 역시 응함이 있을 것이다' 하고 조금 후에 다시 말하기를, '내가 거사하고자 한다. 나는 호걸이다' 하였습니다. 신이 술을 대접하며 자세한 내막을 들으려 하였으나 남이가 이미 취하였다고 거절하고 돌아갔습니다."

예종의 충격은 이만저만이 아니다. 그러지 않아도 꺼림칙하게만 보였던 남이가 정말로 난을 일으키려 하다니, 열아홉 살의 임금으로선 전후좌우를 냉철하게 살펴볼 겨를이 없다.

"내, 남이란 자의 오만방자함을 전부터 염려하였거늘, 그래서 병판의 자리에서 물러나게 했거늘…. 그자가 오히려 나에게 불만을 품은 것이 아닌가!"

"그러한 점도 있사옵니다만, 이미 의중에 둔 지 오래된 일인 듯하옵니다."

"그렇다면 어찌해야 하오?"

"밤을 타고 가서 잡으면 혹시 도망하여 숨을까 두려우니, 날이 밝기를 기다려서 명패를 보내시어 잡으소서."

"고맙소. 그리 하리다."

수긍했던 예종은 곧 고개를 저으면서 반론한다.

"아니다, 어찌 날이 밝기를 기다리겠는가."

예종은 승지 이극증과 한계순을 불러 입직한 사복장司僕將과 함께 군사를 거느리고 가서 남이를 잡아 오게 한다. 이어 입직한 도총관 노사신, 강곤, 병조참판 신승선을 불러 어전에 입시하게 하고, 궐문의 경계를 철저히 하도록 명한다. 또 위장들로 하여금 각 소所를, 병조로 하여금 도성의 각 문을 군사를 풀어 지키게 한다. 이같이 철저한 경계를 갖춘 다음에야 예종은 중신들을 불러들이는 명패를 낸다.

세조의 시신이 아직 대궐에 있는데 경륜을 갖출 겨를이 없었던 젊고 나약한 조정은 옥사에 휘말리고 있다. 한명회는 대궐에서 나온 명패에 '진進'자를 쓴다. 붓끝이 떨릴 수밖에 없다. 곧 입궐하라는 명패를 받으면 진進 또는 부진不進이라고 써서 자신의 뜻을 밝혀야 하기 때문이다. 불가피한 사정이 있어 입궐할 수 없을 때에만 '부진'이라고 쓰는 것이 법도다.

한명회가 관복으로 갈아입고 집을 나설 때 정경부인 민씨가 조심스럽게 묻는다.

"무슨 일일까요, 대감?"

"….."

"야심한 시각이 아니옵니까."

민씨 부인의 심려는 이만저만이 아니다. 물론 세조가 살아 있을 때의 일이지만, 지난번에 당한 일을 생각하면 끔찍해지는 마음을 가누기가 어렵다.

"예삿일은 아닐 겁니다."

한명회는 무거워진 마음을 토하듯 뱉어 놓고 자비에 오른다. 아무리 태연하려고 애써도 가슴이 두근거린다. 그의 뇌리에 명패를 받는 순간 역모일 것이라는 예감이 스쳐 갔기 때문이다.

'누구일꼬?'

한명회는 불궤를 꾀할 만한 사람들의 얼굴과 이름을 새겨 본다. 좀처럼 짐작이 되지 않는다. 세조는 자신의 사후를 몹시 걱정했기에 한명회에게 직설적인 당부까지 하지 않았던가. 그 세조의 시신이 아직 대궐에 있는데, 왕위를 넘보는 불궤가 있었다면 이야말로 예사로운 일일 수 없다.

'철없는 것들 같으니!'

자신이 신숙주와 더불어 젊은 신료들을 몰아낼 궁리를 하지 않았다면 원로들의 소행일 수는 없다. 그렇다면 젊은 중신들의 의견충돌로 인한 갈등일 수밖에 없다. 종친이자 영의정인 귀성군 준, 병조판서의 자리에서 밀려나 겸사복장으로 있는 남이, 병조참지 유자광, 이들이 바로 세조의 마지막 총신이다.

총신들이 어찌 국상 중에 불궤를 도모하랴. 있을 수 없는 일이 분명했으나 한명회는 이들이 꺼림칙하다는 생각을 떨치지 못한다. 그들의 치기와 객기를 염려했기 때문이다.

자신과 신숙주를 뺀 원훈들 중에서 감히 불궤를 도모할 사람이 있을까. 세조의 견제가 워낙 심하여 원훈들은 숨도 제대로 쉴 수 없었지만, 막상 즉위한 예종은 급격한 세대교체를 단행하지는 않고 있다. 과도기라는 생각에서일까? 정사를 담당하는 것은 신진들이었지만, 꼭 원로들의 자문을 얻게 했으니 원상院相 제도가 그것이다.

신숙주, 한명회, 구치관, 박원형, 최항, 홍윤성, 조석문, 김질, 김국광을 원상으로 삼아 날마다 교대로 승정원에 나와 임금의 자문에 응하도록 하고 있었다면, 오히려 세조 말년보다 예우가 나은 편이었으니 불만이 있을 까닭이 없다. 그렇다면 역시 신진들 중에서나 있을 법한 경거망동이다.

'남이!'

한명회는 가슴이 덜컥 내려앉는다. 남이는 예종이 즉위하자마자 병조판서의 자리에서 해임이 되었으니 그 감정이 좋을 리가 없다. 게다가 성품이 오만하고 과격한 젊은이가 아니던가.

한명회는 권람의 얼굴을 떠올린다. 권람은 죽기 전에 남이의 일을 당부한 일이 있다. 불궤를 도모한 사람이 남이가 틀림없다면 살려낼 방도 또한 없다. 그렇다면 권람의 유언이나 다름없는 당부를 들어주지 못하는 괴로움이 한명회에게 있다.

수강궁 후원의 별전에 이르자 벌써 종친과 중신들이 입시해 있고, 그 아래 무릎 꿇려 있는 것은 예상했던 대로 남이다.

'기어이…!'

한명회는 쓴 입맛을 다시면서 중신들 속으로 섞여 들었다. 곧 예종이 임어하고 친국이 시작된다. 중신들은 숨을 죽일 수밖에 없다.

"이제부터 내가 묻는 말에 추호라도 거짓이 있어서는 목숨을 부지할 수 없음을 명심하렷다!"

"신이 어찌 성상께 거짓을 아뢰오리까."

남이의 태도는 오만하게 보일 만큼 당당하다. 대신들 속에서 누군가가 쯧쯧 혀를 차는 소리가 들린다. 예종도 이맛살을 찌푸리며 추궁을 계속한다.

"네가 요사이 어떤 사람을 보고, 어떤 말을 발설하였느냐?"

"신이 신정보辛井保를 보고 북방의 일을 논하였을 뿐, 다른 말을 한 적은 없사옵니다."

"오늘 있었던 일이니라!"

예종의 반문이 오늘 일에 이르자, 남이는 마치 잘 기억이 나지 않는 것처럼 망연히 있다가, 한참 후에야 입을 연다.

"오늘 이지정李之楨의 집에 가서 바둑을 두다가 말하기를, '북방에 일이 있으면 나라에서 반드시 나를 장수로 삼을 것인데, 누가 부장을 맡을 만한가?' 하였더니 이지정이, '민서閔敍가 좋다'고 하였습니다. 그 말을 듣고 민서의 집에 가서 북방의 성식을 말하였더니 민서도 방어할 요지를 말하고, 인하여 혜성의 일을 말하기에 신이, '성변이 이와 같으면 사람이 유리되는데 근심이 없겠는가?' 하고, 술을 마시고 나왔습니다. 또 유자광의 집에 가서 이야기하다가 『강목』을 가져다 혜성을 기록한 한 구절을 보았을 뿐, 다른 의논은 없었사옵니다."

"그 말에 한 치의 하자도 없으렸다!"

"그러하옵니다."

남이는 태연을 가장한 오만으로 일관한다. 예종은 젊은 혈기대로 그 순간을 참아 넘기지 못하고 옥음을 높인다.

"유자광은 이리 나서라!"

중신들 틈에서 유자광이 기다리고 있었다는 듯 당당하게 나와 선다. 한명회는 사태의 심각함에 눈앞이 아찔해진다. 언젠가 한 번은 있으리라고 짐작했던 유자광의 발호가 터져 올랐기 때문이다.

"남이가 오늘 너에게 무어라 하였느냐? 사실대로 고해야 할 것이니라!"

"예, 전하. 남이가 오늘 신의 집에 이르러…."

유자광은 차분한 목소리로, 예종에게 고변했던 일을 다시 늘어놓는다.

'저자가….'

한명회는 눈을 감고야 만다. 세조에 의해 지목되었던 세 사람의 젊은 준재, 그들 중 두 사람이 휘청거리는 조정에 일대 파란을 불러일으키고 있다. 하나는 고변자가 되고, 하나는 혐의를 받는 몸이 되어 있었으나, 둘 모두 자신과 무관하지 않은 사이였기에 한명회의 마음은 더욱 참담해질 수밖에 없다.

마침내 유자광의 진술에서 자신의 이름이 거명되자 한명회는 번쩍 눈을 뜬다. 어처구니없는 일이었기 때문이다.

'이럴 수가…!'

남이가 자신을 제거해야 될 인물로 치부하고 있었다는 말인가! 일은 터무니없는 쪽으로 꼬여 가고 있다. 한명회는 새삼 유자광과 남이의 모습을 살피지 않을 수 없다. 유자광은 태연하고도 확신에 찬 모습이었고, 그를 바라보는 남이의 두 눈에서는 금방이라도 섬광 같은 불꽃이 이글이글 튀어나올 것만 같다.

'어느 편이 진실일까?'

무서운 예감과 통찰력을 갖춘 한명회로서도 쉬 판단이 서질 않는다. 남이의 오만이라면 충분히 그만한 일을 꾸밀 수 있는 인물이기도 했고, 반면에 유자광이라면 없는 역모를 사실로 조작해 낼 만한 모사꾼으로 경계하고 있었기에 한명회는 혼미에 빠져 들고 있다.

유자광의 진술이 끝나자, 예종은 남이를 향해 격한 목소리로 힐문한다.

"이래도 네가 다른 말을 할 터이더냐!"

"전하!"

남이가 돌연 울부짖더니 머리로 땅바닥을 내리찧는다. 두 번 세 번…
그러면서 통분에 찬 목소리로 외쳐 댄다.

"억울하오이다, 전하! 이는 유자광이 본래 신을 시기한 탓으로 무고한 것이옵니다. 신은 충직한 신하로, 평생에 악비岳飛를 자처하였는데 어찌 이 같은 무고가 있으리라고 짐작했겠사옵니까!"

"…"

"통촉하시오소서, 전하!"

남이는 피가 맺힌 목소리로 외치고 있지만, 유자광은 태연하게 서 있을 뿐이다. 어느 쪽이 옳은 것인지 정말로 갈피를 잡을 수 없는 노릇이 아닐 수 없다. 이윽고 부릅뜬 눈으로 남이를 쏘아보고 있던 예종이 소리친다.

"민서를 불러라!"

이날 순장이던 민서가 황급히 달려와 부복한다.

"남이가 오늘 너의 집에 가서 무슨 말을 하였느냐? 사실대로 고하렷다!"

"남이가 신의 집에 이르러 북방의 성식을 말하는 중에 인하여 말하기를, '천변이 이와 같으니 간신이 반드시 일어날 것인데, 나는 내가 먼저 주륙을 당하게 될까 두렵다' 하였습니다. 신이 듣고 놀라며 반문하기를, '그 간신이 누구인가?' 하였더니 남이가, '상당군 한명회다' 하였습니다. 신이, '어찌하여 진작 성상께 계달하지 않았는가?' 하고 물으니 남이가, '그 도모하는 바를 자세히 안 연후에 계달할 것이다' 하고, 또 말하기를, '이는 우리 둘만이 알 뿐, 세 사람만 모여도 발설할 수 없는 일이다' 하고는 술을 마시고 갔습니다."

또다시 한명회의 이름이 거론된다. 한명회는 수치감으로 몸을 떨 수밖에 없다. 어쩌다가 세조의 총신들에게까지 미움을 사게 되었는가. 그는 살아 있다는 사실에 회의를 느낄 만큼 당혹해진다.

예종은 득의의 표정으로 남이에게 다시 하문한다.

"민서의 말이 유자광의 말과도 상통하지를 않느냐! 이래도 네가 하지 않았다 할 것이냐?"

"전하."

남이의 목소리가 갑자기 누그러진다.

"전하, 신이 민서와 그러한 말을 나눈 것은 사실이옵니다. 하오나 이는 다만 사직을 염려하여 간신을 경계할 방도를 구한 것일 뿐 역모란 당치 않사옵니다.”

"하면, 한명회에게 무슨 혐의라도 있다는 말이냐?”

"그러하옵니다. 한명회가 일찍이 신의 집에 와서 적자를 세우는 일을 말하기에, 신은 이미 그 난을 꾀하는 바를 알았사옵니다.”

예종의 얼굴이 보기 흉하게 일그러진다. 입시한 신하들도 한명회의 표정을 훔쳐보지 않을 수가 없다. 한명회는 가슴이 쿵쿵 소리 내어 뛰는 소리를 들으면서 마른침을 삼킨다.

자신이 남이의 집을 찾은 적이 없었으니, 꾸며 낸 소리임은 분명하다. 그러나 적자를 세우는 일이라면 자산군을 이르는 말이 아니던가. 한명회가 깊이 숨겨 둔 그만의 비책을 정녕 남이는 읽고 있었다는 말인가. 한명회가 눈앞이 캄캄해지는 어둠 속으로 빠져 들고 있을 때, 예종의 드높아진 목소리가 들린다.

"그게 무슨 불측한 소리더냐? 더 세세히 고하렷다!”

"아뢰옵기 망극하오나 한명회가 말하기를, 전하께옵서는 실상 적통이 아니라 하였사옵니다.”

임금도 신하들도 모두 입을 딱 벌린다. 무고나 모함에도 정도가 있어야 한다. 남이는 무슨 연유로 빙부의 죽마고우를 이같이 사경으로 밀어 넣는 것일까. 무고임이 밝혀진다 해도 상처를 받아야 할 일이 아니고 무엇인가.

예종의 시선이 날카롭게 중신들 사이를 훑어간다. 한명회는 머릿속이 윙윙 울리는 듯한 충격 속을 헤매듯이 비틀거리면서 탑전으로 나와 엎드린다.

"전하! 이는 천부당만부당한 무고이옵니다. 신은 남이의 집에 가서 더불어 말한 적이 없사옵니다. 통촉해 주소서.”

국문장에는 싸늘한 정적이 감돌고 있다. 세조로부터도 견딜 수 없는 수모를 당했었는데, 여기서 일이 잘못되는 날이면 역모의 괴수로 지목되고 만다. 그러나 천만뜻밖으로 한명회를 바라다보고 있던 예종은 나직한 옥음으로 이른다.

"이는 모두 남이가 꾸미는 말이니 따질 것이 못 되오. 상당군은 아무 심려 마시고 들어가시오."

"전하! 청컨대 남이와 대질하게 하여 주오소서."

"말할 것이 없다질 않습니까. 내가 경을 믿으니, 들어가시오."

"망극하옵니다, 전하."

한명회는 허우적거리는 걸음으로 자리로 돌아왔으나 온몸은 사시나무 떨듯 후들거린다. 그는 남이를 향해 발악하고 싶은 충동을 겨우 겨우 참고 있다.

"남이를 하옥토록 하라!"

예종은 어수를 흔들면서까지 씹어뱉듯 분부한다. 남이는 병사들에게 끌려 나간다. 그리고 이어서 남이와 교류가 있었던 자들과 남이의 종 등을 잡아 문초하게 되자, 역모를 뒷받침하는 증거들이 하나하나 드러난다.

본래 무사들이 많이 드나들던 남이의 집에 최근 들어 더욱 사람들의 출입이 빈번해졌으며, 활과 화살을 많이 구하고, 갑옷을 수리하기까지 했다는 고변이 있는가 하면, 간신을 쳐 죽이리란 말을 공공연히 했음도 드러난다. 간신으로 지목된 것은 역시 한명회, 김국광, 노사신, 한계회 등 노중신들이다.

국상 중에 이미 고기를 먹은 것도 탄로가 났고 25일, 26일 계속되는 연루자의 문초에서도 남이에게 불리한 증언만이 쏟아져 나온다. 그중에서 결정적인 자백을 한 사람이 문효량이다.

"남이가 말하기를, '산릉에 나아갈 때 중로에서 먼저 두목 격인 장상 한명회 등을 없애고, 다음으로 영순군, 귀성군에게 미치며, 다음으로 어가에 미쳐서 스스로 임금의 자리에 서려고 한다'고 하였습니다."

격분이 지나친 때문인가. 예종은 문효량에게 따져 묻는다.

"재상 중에 더불어 도모한 자는 누구냐?"

"강순입니다."

일이 이쯤 되면 남이의 옥사는 확대일로로 치달을 수밖에 없다.

4.

27일. 자욱한 새벽안개가 걷히기도 전에 창덕궁 숭문당崇文堂 앞에 국청이 마련된다. 중신, 종친들과 승지, 대간, 사관이 입시한 가운데 남이가 끌려와 무릎을 꿇는다. 아직도 그 눈빛은 형형하고 태도는 당당하기만 하다. 그러한 남이의 모습은 보는 사람들에게 더욱 반감을 불러일으킨다.

이미 남이로부터 역모를 획책했다고 지목을 받은 바 있는 한명회는 참담해진 모습으로 예종의 표정을 살핀다. 아직 부왕의 시신이 대궐에 있는데, 부왕의 총신을 치죄하려는 그의 모습은 애처로움을 넘어서는 발버둥으로 보일 뿐이다. 그러나 예종은 침착한 목소리로 문초를 시작한다.

"이미 너의 역모한 정상이 모두 드러났다. 아직도 실토하지 않을 터이더냐?"

남이의 대답은 여전히 거침이 없다.

"신은 어려서부터 궁마弓馬를 업으로 삼았으므로, 만일 변경에 난이 있다 하면 먼저 나아가 공을 세워 나라를 돕는 것이 신의 뜻이옵니다. 신이 본래 충의지사인데 어찌 역모를 꾀할 것이겠습니까."

"네가 무사들을 모으고, 활과 화살을 만들며 또한 갑옷을 수리하지 않았느냐?"

"항상 수하를 조련하고 병장기를 매만지는 것이 무장의 도리이옵니다. 통촉하소서."

"네가, 과인이 산릉에 나아갈 때를 거사의 기회로 삼지 않았다는 말이냐?"

"신의 생각이 간신들을 제거하는 데 있기는 하였으나, 그 이상의 불궤를 꾀한 적은 없사옵니다. 신은 충의지사일 뿐이오니 통촉해 주오소서!"

"네가 충의지사라고 일컬으면서 어찌 성복 전에 고기를 먹었다는 말이냐?"

"신이 병이 있는 탓으로 먹었사옵니다."

국상 중일 때 고기반찬을 밥상에 올리는 것은 국법을 어기는 일인데도, 남이가 칭병을 입에 담으면서 굽힘이 없이 대답을 하자, 마침내 예종은 더 참지를 못한다.

"저놈을 매우 쳐라!"

곤장 50도, 남이는 피투성이가 되면서도 자복하지 않는다. 신료들은 남이의 장부다운 기상에 혀를 찰 지경이었으나, 예종의 진노는 더해 가기만 한다.

"압슬壓膝을 가하라!"

압슬이란 죄인의 무릎을 꿇려 놓고, 그 위에 무거운 돌을 쌓아 올리는 잔혹한 형벌이다. 요동을 치지 못하도록 결박 지어진 남이의 다리 위에 묵직한 돌이 올려진다.

"으!"

압슬의 고통은 겪어 본 사람이 아니면 모른다고 한다. 절세의 무용을 자랑하는 남이의 일그러진 얼굴에 금세 끈적한 땀방울이 쏟아져 내린다.

"이래도 바른대로 고하지 못하겠느냐!"

소리치는 예종의 이마에도 땀방울이 번지고 있다. 남이를 굴복시키는 것이 마치 임금으로서의 역량을 입증하는 것처럼, 예종은 절박한 승부욕에 사로잡혀 있는 것으로 보인다.

"신은 충의지사일 뿐…."

"더 올려놓아라!"

크고 넓적한 돌이 한 개 더 올려진다. 기상을 꺾지 않고 있던 남이가 온몸을 뒤틀면서 창자를 쥐어짜는 듯한 신음을 토해 낸다.

"당장 이실직고하렷다!"

"으…."

입술을 깨물면서도 남이는 고개를 젓는다. 처연한 모습이 아닐 수가 없다.

"더 올리라!"

예종의 명에 따라 다시 돌을 더 올려놓자, '툭!' 무릎 뼈가 부러지는 소리가 들린다. 지켜보고 있던 대소 신료들이 고개를 돌린다. 안간힘을 다하여 고통을 참아 내던 남이의 얼굴에서 핏기가 가신다. 그 고통이 얼마만 하랴. 그러면서도 남이의 얼굴에 그려지는 표정은 아픔보다는 짙은 허탈감에 가깝다.

"이제 바른말을 하겠느냐?"

본래 담대하지 못한 예종이었지만, 밀리지 않으려는 강박관념에서 벗어나려는 듯 기를 쓰고 소리를 친다. 번쩍, 크게 눈을 부릅뜬 남이는 고개를 들어 하늘을 한번 우러르더니, 긴 한숨을 내쉬면서 고개를 떨어뜨린다. 그리고 중얼거리듯 말한다.

"원컨대, 천천히 하소서. 신의 일을 다 말하자면 기웁니다. 한 잔 술을 주시고 묶은 끈을 늦춰 주시면 하나하나 소상히 아뢰오리다."

곧 묶은 끈을 늦추고 술을 내리니, 남이는 달게 받아 마신다. 그러곤 동요가 가신 차분한 표정으로 입을 연다.

"신은 분명 반역을 꾀하고자 하였습니다. 유자광에게 한 말이 모두 사실이옵니다."

"너의 당류가 또 누구이더냐?"

예종의 물음에 남이는 고개를 돌려, 입시한 중신들을 쭈욱 훑어본다. 그 소름 끼치는 눈빛 때문인지 내로라하는 중신들도 모두 얼굴을 바로 들지 못한다.

"저기 있사옵니다."

남이가 가리킨 것은 강순이다. 문효량의 고변과도 일치하지 않는가. 곧 강순이 상복을 입은 채로 남이의 옆에 꿇려진다.

"전하, 이는 무고이옵니다!"

강순은 필사적으로 부인하고 나선다. 살아남기 위한 몸부림이 아니고 무엇이겠는가. 강순의 처량한 모습을 지켜보면서 남이는 귀기스런 웃음을 웃고 있다.

"모든 것은 사실대로 밝혀질 것이니 기다리라. 남이는 어서 자초지종을 말하도록 하라!"

예종은 위엄을 보이려 애쓰고 있었지만 이제 친국청을 압도하는 것은 남이의 몸에서 뿜어져 나오는 섬뜩한 귀기뿐이다. 마치 미리 외워 두기라도 한 것처럼 남이는 거침없이 얘기하기 시작한다.

"지난 9월, 대행대왕께서 승하하신 뒤에 마침 성변이 있었고, 강순이 밀성군과 더불어 도총부에 입직하였는데, 신이 가서 보았더니 곧 밀성군은 안으로 들어가고 강순이 신의 손을 잡고 말하기를, '바야흐로 이제 어린 임금이 왕위를 이었는데, 성변이 이와 같으니 간신이 반드시 때를 타서 난을 일으킬 것이다. 만약 그렇게 되면 우리들은 대행대왕의 은혜를 받아 장군이라 이름 하였으므로 반드시 먼저 화를 입을 것이니 장차 어떻게 할 것인가?' 하기에 신이 응답하기를, '어찌 약한 자가 선수先手함이 가하겠는가?' 하니, 강순이 옳게 여겼습니다. 또 다른 날에 강순과 더불어 같은 날 입직하였는데, 서로 더불어 『고려사』를 열람하다가 강조康兆가 목종穆宗을 시해하고 현종顯宗을 세운 것에 관해 논하기를, '그때는 잘못이라고 하였으나 후세에서는 잘했다고 하니, 지금으로 보면 형세는 달라도 일은 같다' 하였습니다. 신이 말하기를, '계책은 이미 정하여졌다. 장차 우리가 임금으로 삼을 이는 누구인가?' 하고 인하여 영순군을 들자, 강순이 말하기를, '영순군과 귀성군은 한 몸뿐이고 그 후사가 미약하다. 내가 일찍이 보성군寶城君과 더불어 종사의 일을 말하였는데 보성군이 탄식하지 않음이 없었고, 그 아들 춘양군春陽君이 세 번이나 우리 집에 왔다 갔으니 이 또한 마음에 없는 것이 아니니, 우리들의 계책으로는 이만한 것이 없다. 그 뒤에 우리들이 공을 이루고 물러가 쉬면 사람들 중에 누가 우리를 옳지 못하다 하겠는가?' 하였습니다. 그 후 다른 날에 강순이 마음이 바뀌어 말하기를, '성상께서 정녕함을 들으니 참으로 명철한 임금이다. 어떤 간신이 있어 그 사이에 틈을 내겠는가? 우리 무리는 마땅히 마음을 달리하지 말고 도울 일이다' 하였습니다."

여기서 말을 멈춘 남이는 중신들 속에 섞여 있는 유자광을 흘낏 노려보더니 다시 무슨 말을 할 듯 할 듯 하다가 입을 다물어 버린다. 너무도 거침없는 진술이라 거짓으로 꾸몄다고는 할 수 없는 형세다. 예종이 다시 강순에게 묻는다.

"모든 게 사실인가?"

"아니옵니다, 전하. 신은 모르는 일이옵니다."

강순은 몸을 떨면서 부인했지만 크게 당황한 기색은 완연해 보인다.

"곤장 50도를 때려라!"

역모를 다스리는 매질이다. 그 강도가 가혹한 것은 당연하지 않겠는가. 강순은 곤장 50도를 미처 채우기도 전에 비명을 내지르며 굴복한다.

"멈춰 주시오소서, 전하. 신은 어려서부터 매를 맞은 적이 없으니 어찌 견딜 수 있겠사옵니까. 남이의 말과 같습니다."

이로써 강순의 혐의까지 확정된다. 공초를 정리하는 동안 강순은 남이를 돌아보며 낮게 꾸짖는다.

"내가 어찌 너와 모의하였다는 말이냐?"

남이는 귀기로 가득한 웃음을 띤 채 대답한다.

"영공令公이 말하지 않았다는 말인가? 내가 처음에 자복하지 않은 것은, 뒷날에 공을 세울 것을 바라서인데, 이제 무릎을 못 쓰게 되었으니 살아 있을 뜻이 없게 되었다. 그대가 말을 아니 하였다고는 못할 것이니 나와 함께 죽는 것이 옳다. 영공이야 이미 정승을 지냈고 나이도 들었으니 죽어도 후회가 없지 않은가! 나야말로 원통하다."

남이는 회한으로 가득한 말을 마치고 한참 동안이나 허공을 응시하다가 크게 한마디 부르짖는다.

"영웅의 재주를 잘못 썼구나!"

예종은 그런 남이는 아랑곳 아니 한 채, 다시 강순을 다그친다.

"너 외에 다시 모의에 가담한 자는 누구냐?"

"없사옵니다."

"다시 매를 쳐야 대답하겠느냐?"

다시 매질하겠다는 일갈에 강순은 사색이 되면서 말한다.

"신이 어찌 매질을 견딜 수 있겠사옵니까. 매에 못 이겨 좌우의 신하들을 모두 당여라 해도 믿으시겠사옵니까?"

무장답지 않게 비굴한 태도였지만 강순의 말은 그르지 않다. 예종은 남이에게 다시 시선을 돌리면서 묻는다.

"또 누가 있느냐?"

"신도 더는 알지 못하옵니다."

남이까지도 딱 잘라서 대답을 하기에 이르자 더 이상의 동조자는 없는 것으로 된다.

"어찌 거사할 생각이었느냐? 말을 해 보아라."

"창덕궁, 수강궁 두 궁은 담장이 얕아서 겉으로 드러나 거사할 때 바깥 사람이 알기가 쉽기 때문에, 산릉에 나아갈 때 사람을 시켜 두 궁을 불지르게 하고, 성상이 경복궁으로 환궁하게 되기를 기다려서, 12월 중에 신이 강순과 더불어 일시에 입직하기를 약속하여, 신은 입직하는 겸사복을 거느리고, 강순은 입직하는 군사를 거느리고 거사하려 하였습니다."

소름 끼치는 자복이 아닐 수가 없다. 배석한 신료들도 몸을 움츠릴 수밖에 없다. 어찌 살아남기를 바랄 수 있으랴.

결국 남이와 강순, 그리고 남이의 수하인 조경치, 변영수, 변자의, 문효량, 고복로, 오치권, 박자하 9명을 거열에 처하고, 7일 동안 거리에 효수하게 한다. 보성군과 춘양군은 강순과 교유하기는 하였으나, 별다른 혐의가 없어 방면된다.

한명회로서는 자신도 거명되었던 사정이라 남이를 위해 아무 말도 할 수 없는 상황이었다. 결국 한명회는 권람과의 약속을 지키지 못한 회한을 가슴에 새기고 만다.

자신감은 충만했으되 중용의 길을 몰랐던 청년 장군 남이는 불과 스물여덟의 나이로 참혹한 최후를 맞는다. 이 역모설에 대해서는 철저한 유자광의 조작이었다는 견해도 있다. 그러나 『예종실록』의 기록을 놓고 볼 때, 남이 쪽에서 어떠한 움직임을 보였던 것만은 사실인 듯하다.

예종이 즉위하고 나서 행한 첫 정사가 남이를 병조판서에서 해임시킨 일이었다는 것도, 예종에 대한 남이의 반발이라는 가정을 성립시키는 일에 부족함이 없다.

남이의 죽음에 관해서는 다음과 같은 야사가 전해 내려온다.

남이가 일찍이 함길도에 이시애의 난을 평정하러 갔을 때 지은 시가 있다.

白頭山石磨刀盡
豆滿江水飮馬無
男兒二十未平國
後世誰秤大丈夫

백두산 돌은 칼을 갈아 닳아지고

두만강 물은 말을 먹여 말랐네.
사나이 스물에 나라를 편히 하지 못하면
훗날에 그 누가 대장부라 하리오.

이 시를 남이는 백두산에 있는 암벽에다 새겼는데, 이때 유자광이 고변하면서 이 시의 한 구절을 다음과 같이 고쳐 반심의 증거로 삼았다고 한다.

男兒二十未得國
사나이 스물에 나라를 얻지 못하면

이에 남이를 불러 물으니 자신은 '미평국未平國'이라 했다고 주장하는지라 예종은 사람을 시켜 백두산에 있는 그 암벽의 시를 보고 오게 했다. 선전관 한 사람이 확인을 하러 가니 분명히 '미득국未得國'이라고 새겨져 있지 않은가. 돌아온 선전관이 본 대로 고하자 남이가 죽음을 면하지 못했다는 얘기다.

그런데 훗날 사람들이 다시 가 보니 암벽에 새겨진 글자는 '미평국'이었다. 이를 두고 사람들은 요귀의 복수라 했다. 요귀의 장난으로 선전관의 눈에는 '미득국'으로 보였다는 것인데, 그것은 바로 소싯적에 남이가 권람의 집에서 혼내 준 바 있는 요귀라는 전설 같은 얘기도 전해진다. 이러한 야사는 당시 사람들이 남이의 죽음을 얼마나 안타깝게 여겼는지를 잘 말해 준다.

한편 실록에 나타나는 남이에 대한 치죄는 좀 지나친 바가 있었으니, 남이의 어미와 남이가 근친상간을 했다 하여, 그 어미마저 거열에 처한 것이 그것이다. 예종의 분노가 그만큼 컸다는 얘기가 된다.

또 한편 『연려실기술』 등 야사에 인용된 기록 중에 바로잡을 것이 있으니, 강순이 영의정이었고 나이가 팔십이었다는 대목이 그것이다.

강순은 세조 13년 9월 20일에 우의정이 되었다가 14년 7월 17일에 해임되어 이때는 다만 산양군山陽君 겸 오위도총관일 뿐이었으며, 나이가 팔십이라는 기록도 믿기 어렵다. 바로 1년 전인 세조 13년에 '이시애의 난'과 건주위 토벌에 참전, 대공을 세웠기 때문이다. 79세의 종군이란 상상하기 어렵다. 이에 대한 판단은 중요한 의미를 지닌다. 강순이 나이 팔십에 영의정으로 조정의 우두머리였기 때문에 남이가 무고한 자신을 구원해 주지 않는다면서 원망하여 모함하였다는 것이 야사의 기록이다. 그러나 강순의 위치가 원상의 서열에도 들어가지 못할 만큼 미미한 것이었으니, 남이가 걸고넘어질 사람이 구태여 강순일 이유가 없지 않겠는가.

강순과 남이가 '이시애의 난'에도 같이 참전했고, 건주위를 토벌할 때는 강순이 주장主將, 남이가 우상태장右廂太將이었으니, 둘 사이에 남다른 교분이 있었을 것은 당연하다. 이러한 강순을 공모자라 했을 때에는 반드시 어떤 정상이 있지 않았겠는가. 남이와 강순의 역모설이 전혀 날조라고는 할 수 없는 증거가 된다.

어찌 되었거나 세조가 자신의 사후를 위해 포석해 두었던 젊은 용장 남이의 처참한 종말이 자신의 뒤를 이은 예종에 의해서, 더구나 자신의 주검이 미처 땅에 묻히기도 전에 매듭지어졌다는 사실은 역사의 준엄한 흐름을 일깨워 주는 것이 아니고 무엇이겠는가.

기쁨은 싫움어서 싹트고

1.

열등한 자들은 불화를 조장하여 동등을 구하며, 우수한 자들의 대열에 서기 위해 평등을 구한다. 역사상 불미했던 사건들은 대개가 이 같은 논리에서 생성되는 것이 통례다.

"서출의 한을 풀게 해 주시게나. 문직갑사에 목숨을 걸겠네."

남이에게 접근하여 친구이자 수하임을 자청했던 유자광은 마침내 '남이의 옥사'를 주도하며 짓눌린 자의 마각을 드러내는 것으로 서출의 한을 풀어 가기 시작한다.

열아홉 유충한 보령으로 세조의 뒤를 이어 보위에 오른 예종은 역모를 다스리는 일로, 다시 말하여 사람 죽이는 일로 첫 정무를 시작한 셈이다. 그것도 부왕으로부터 새 시대를 이끌어 갈 준재로 지목된 남이를 부왕의 시신 곁에서 참살했다. 그리고 덜컥 병석에 눕는다. 안간힘 때문이다.

일찍이 신숙주를 의심하여 신하들의 불충을 응징하려 했던 예종이기는 했으나 부왕의 뜻을 거역하는 일, 보령이 유충하다는 자격지심, 새 임금의 위엄을 세워야겠다는 강박관념은 예종에게 너무도 힘겨운 일이었다.

"어디냐, 여기가 어디냐?"

혼절에서 깨어나는 예종의 옥체는 식은땀으로 흥건하게 젖어 있다. 왕태비 윤씨는 파리해진 그의 손등을 다독이며 한없이 눈물을 쏟는다.

"압니다, 주상. 보령이 유충하시지를 않습니까. 못 견딜 노릇이지요. 이 어미는 지난 십수 년을 똑같은 고통 속에서 헤매시던 아바마마의 모습을 지켜보았습니다."

"……."

"맞는 사람보다 때리는 사람이 더 아프고 괴로운 것을요. 이 어미만은 주상의 심기를 알고도 남습니다."

그랬다. 왕태비 윤씨는 끝없이 이어지던 친국과 참살을 몸소 지켜보면서 남몰래 피눈물을 쏟아 왔던 여인이다. 왕태비 윤씨의 목소리가 젖어 있으면서도 무게가 실리는 것은 그 때문이다.

"여염의 사람들은 피해 갈 수 있습니다만, 주상이기에 감내하셔야지요. 그래서 종사가 편해질 수 있다면 백 번을 쓰러지면서라도 왕도를 지켜 가셔야지요. 아시겠습니까."

"명심하겠사옵니다, 어마마마."

"고맙습니다, 주상."

모후의 당부가 아니었더라도 예종은 쓰러질 것만 같은 몸을 이끌고 다시 용상에 나와 앉는다. 난정의 뒤치다꺼리는 그에게 주어진 운명의 길일 수밖에 없다.

『사기』 '열전'에 보면 불치의 병을 여섯 가지로 간추려 놓은 대목이 있다.

교만해서 도리를 무시하는 것이 불치의 첫째요, 재물을 중히 여기는 것이 둘째이고, 의식이 타당하지 못한 것이 불치의 셋째며, 음양이 오장에 합병하고 기운이 불안정한 것이 불치의 넷째며, 형용까지 쇠약하여 약을 받아들이지 않는 것이 불치의 다섯째며, 무당이나 박수의 말을 믿고 의원을 믿지 않는 것이 불치의 여섯째다. 이 중에 하나라도 있으면 매우 치료하기 어려운 것이다.

정치의 병폐를 절묘하게 비유해 놓은 경구가 아닐 수 없다. 결국 예종은 병중의 몸으로 병폐의 늪에 빠진 격이다.

"전하, 공신 책록을 서둘러야 할 줄로 아옵니다."

"공신 책록이라니요?"

"역적을 소탕하여 종사의 안위를 지킨 사람들을 공신으로 책록하여 만대를 기려 가게 하는 것이 도릴 것이옵니다. 통촉하소서."

예종은 내키지 않는다. 그러나 그것이 국법이었기에 외면할 수 없다. 의정부에서는 공신 책록을 서두른다. 이 일은 뜻밖의 사태로 발전한다. 첫째는 세조의 의심으로 소외되었던 훈구 세력의 재등장을 앞당겼고, 둘째는 입신의 길이 막혀 있던 서출 유자광에게 파격의 은전이 내려졌다는 점이다.

유자광은 남이의 역모 사실을 고변한 공으로 지난번 '이시애의 난'을 평정했을 때의 적개공신 이등에 추록이 된다. 그리고 새 공신의 일등으로 책록되었으니 그야말로 악행으로 선행을 물리치는 터무니없는 부각을 이루어 낸다.

예종은 남이의 옥사를 매듭지은 다음, 평정에 공이 큰 신료들을 익대공신翊戴功臣으로 책록한다. 조선왕조 창업 이래 일곱 번째 공신인 셈이다. 공신에 책록되는 것처럼 큰 광영은 없다. 더구나 서출인 유자광에게 있어서랴.

일등공신에 유자광, 신숙주, 한명회, 환관 신운申雲, 우부승지 한계순韓

繼純.

이등공신에 밀성군 침, 덕원군 서, 영순군 부, 귀성군 준, 심회, 박원형, 정현조, 거평군 복, 이극증, 박지번朴之蕃.

삼등공신에 정인지, 정창손, 조석문, 한백륜, 노사신, 박중선, 홍응, 강곤, 조득림, 신승선, 권감, 어세겸, 윤계겸尹繼謙, 정효상鄭孝常, 권찬權攅, 조익정趙益貞, 환관 안중경, 서경생徐敬生, 김효강金孝江, 이존명李存命, 윤한尹漢.

유자광의 광영은 두 개의 공신 책록을 받는 데 그치지 않는다. 그는 10월 30일에는 어처구니없게도 무령군武靈君으로 봉군되는 광영을 입는다. 이게 어디 될 말인가. 서른 살도 되지 않은 서출의 신분으로는 천지개벽을 방불케 하는 엄청난 입신이 아니고 무엇인가. 이 일은 조선왕조사에서도 처음이자 마지막인 파격의 은전이었지만, 횡액의 씨앗을 뿌린 격이나 다를 바가 없다. 특히 한명회에게는 가슴이 서늘해지는 충격이고도 남는다.

반면, 영의정의 자리에 있던 귀성군 준 또한 내리막길을 달린다. 세조가 예종을 위해 세워 둔 포석이 무참히 무너지는 순간이다. 이해 12월 20일에 예종은 귀성군을 영의정의 자리에서 해임한다. 새로운 정승에는 영의정에 박원형, 좌의정에 김질, 우의정에 윤사운이 제수된다.

예종은 귀성군과 남이와 같은 파격의 등용을 거두고 서열을 따르는 공평한 인사를 단행한다. 자식의 시대를 염려했던 세조의 의지는 그 자식에 의해 퇴색된 셈이다. 그러나 예종을 향해 불어오는 변화의 바람은 차갑기만 하다.

영의정의 자리에 오른 지 한 달 남짓 지나 박원형이 세상을 뜬다. 당사자인 박원형에게도 불행한 일이지만 종사에도 불행한 일이 아닐 수 없다. 박원형이 세상을 떠난 다음 날인 1469년(예종 2) 1월 23일에 새 영의정이 제수된다.

한명회의 복귀다. 그는 영의정을 두 번째 역임하게 되는 영광을 입는다. 이 또한 조선왕조가 창업한 이래 처음 있는 일이다.

"경하하오, 대감."

왕태비 윤씨는 활짝 웃는 얼굴로 한명회를 맞는다. 한명회는 상체를 깊게 숙이며 예를 다한다.

"지나친 광영, 모두가 왕태비마마의 은덕인 줄로 아옵니다."

"당치 않아요. 대감의 홍복이지요. 인망이구요."

한명회는 자신이 영의정의 자리에 다시 오른 것은 왕태비 윤씨의 천거가 있었을 것임을 모르지 않는다. 나어린 예종보다는 왕태비 윤씨의 정치 감각이 뛰어난 것은 당연하다. 국상 중에 큰 옥사가 있었다. 수습은 되었다 해도 하루속히 안정을 찾아야 한다면 한명회의 경륜이 필요하지 않겠는가.

"영상의 자리에 두 번 오르는 것이 전례에 없는 일이라서 마음에 걸렸습니다만, 때가 때인지라 염치없이 맡기로 하였사옵니다."

"잘하시었어요. 나야말로 이제야 한시름 덜었습니다."

"망극하옵니다."

세조가 세상을 떠나고 없다면 한명회의 의지처는 왕태비 윤씨일 수밖에 없다. 그런 생각은 왕태비에게도 다를 것이 없다. 잠저에서부터 형극의 길을 함께 걸어온 사람들이 아니던가.

"오늘 주상 전하의 하명을 받자옵고 망극하기 이를 데 없어 물러날 뜻을 아뢰었습니다만, 가납하여 주시지 않으셨사옵니다."

"주상이 들어줄 까닭이 없지 않습니까. 이 나라엔 대감의 높은 경륜이 필요합니다. 남이를 보아도 알 일이지요. 돌아가신 어른을 비방하는 것은 아니지만, 지나치게 젊은 사람들의 객기를 키워 놓은 것이 화를 불렀음이지요."

그랬다. 세조가 신진을 과감히 등용할 때에도 왕태비는 원로들을 버릴 수 없다는 주청을 수없이 되풀이하곤 했었다.

"…."

"오히려 편히 쉬셔야 할 대감을 다시 불러들였으니 미안한 마음 가눌 길이 없습니다. 충신이요, 공신이요 하지만 어디 대감 같은 분이 계십니까. 왕실이 지난 10여 년간 누렸던 모든 복이 대감의 힘으로 된 것이 아닙니까. 여식을 왕실에 바치고도 모자라 또 한 여식을 손자며느리로 주시질 않으셨습니까."

"망극하옵니다."

"이제 다시 왕업을 일으킨다는 마음으로 주상을 도와주세요. 주상의 보령 스무 살, 원자는 이제 겨우 네 살입니다. 이 늙은 것 혼자의 힘으로는 너무도 벅찬 일이 많은 왕실입니다."

"수빈 마마께옵서 힘이 되어 주실 터이지요."

한명회가 수빈 한씨를 거론하자 왕태비 윤씨의 눈가에 수심이 밀려온다. 수빈을 향한 왕태비 윤씨의 애틋한 심회일 것이리라.

"그것이 말이지요, 이제 수빈을 대하기가 점점 내 쪽에서 민망해지지 뭡니까. 주상이 세자가 되었을 때 그리도 민망하더니 이제 보위에 오르고 나니 차마 얼굴을 마주 대하지 못할 만큼 미안한 생각이 앞선답니다."

"…."

"입에 담아서는 안 될 소리이지만, 따지고 보면 세자빈의 자리, 중전의 자리가 모두 수빈의 것이 아니었습니까. 대감 앞이니 말입니다만, 이 늙은 것은 월산이나 자산을 보면, 저 애들이 보위에 올라야 할 것을, 하는 생각이 들곤 합니다. 원자가 있는데도 불구하고요."

왕태비 윤씨는 금방이라도 눈물을 쏟아 낼 것 같은 얼굴이 된다. 한명회는 왕태비 윤씨의 마음 씀이 고맙기만 하다. 왕실의 어른이면서도 못할 말을 입에 담으면서까지 자신을 믿어 주는 우의가 절절했기 때문이다. 그것은 세조 말년부터 겪어 오던 소외감을 말끔히 씻어 내는 기쁨이고도 남는다.

"너무 자주 대궐로 불러들이면 오히려 수빈의 심기를 상하게 할까 염려되어 삼가고 있어요."

"…."

"대감께선 사돈이시고, 또한 수빈과는 뜻이 잘 맞으시니 자주 들러 내 대신 위로를 해 주세요. 그리고…."

왕태비 윤씨는 잠시 말을 끊고 정감이 가득한 눈으로 한명회를 바라본다. 한명회는 내심 긴장이 되지 않을 수 없다. 무언가 무리한 부탁을 해 올 낌새였기 때문이다.

"대감! 대감께서 영상의 자리에 오래 머물러 주셔야 할 것으로 압니다."

"…."

"원자가 자라서 세자 책봉을 받을 때까지만이라도 말입니다."

"왕태비마마, 그것은 아니 되옵니다."

"아니 되다니요?"

"왕태비마마, 하교는 감읍하기 이를 데 없사옵니다만, 신은 요 2, 3년 동안에 깨달은 것이 하나 있사옵니다."

"깨달은 것이라니요, 무엇입니까, 그게?"

"매사에 나 아니면 안 된다는 생각은 금물이라는 점입니다. 신 한명회는 10년 이상을 제 생각대로만 밀고 가는 방식으로 일을 처결했습니다만, 알게 모르게 그동안 쌓인 불만이 두 번의 변으로 나타난 것으로 아옵니다. 높은 봉우리란 결코 그 봉우리 하나만으로 되는 것이 아니옵니다. 크고 작은 봉우리들이 첩첩이 쌓여 가서 결국에는 그중의 하나가 정상이 되는 것이지요. 그 크고 작은 봉우리들이 모두 떨어져 나가 버리면, 거봉巨峰도 한낱 흙무더기에 불과하다는 것을 뼈저리게 느끼고 있사옵니다."

두 번의 변이란 '이시애의 난'과 '남이의 옥사' 때 각각 역적과 간신으로 몰렸던 일을 말하고 있음이리라. 정도가 서 있지 않은 조정에서 녹을 받는 것이 수치스럽다는 사실을 한명회가 모른대서야 말이 되는가.

"꼭 제가 아니더라도 정승의 소임을 다할 사람은 많사옵니다. 그 사람들에게도 기회를 주어야 옳을 것으로 압니다."

"대감의 뜻은 짐작은 하오만, 영의정에 제수된 날에 벌써 물러날 생각을 하신단 말입니까."

"죽을 각오를 하면 오히려 당당하게 싸울 수 있듯이, 물러날 뜻이 서 있으면 더욱 정사에 전심전력할 수 있을 것이옵니다."

"졌습니다, 졌어요. 대감의 경륜을 누가 따르겠소. 하면, 다음 영의정은 누가 적임이라는 말씀이오?"

"인산군 홍윤성도 한 번은 영상의 자리에 올라 보아야 할 사람이지요. 물론 주상 전하의 뜻에 달린 일이옵니다만…."

"인산군…."

중얼거리면서 왕태비 윤씨는 고개를 끄덕인다.

한명회는 어려운 숙제를 한 가지 푼 셈이다. 왕태비가 귀띔을 하면 예종이 거부하지는 않을 것이라는 생각이 들어서다. 그렇게 되면 홍윤성은 오랜 소원을 푸는 것이 될 터이고, 무엇보다도 예종의 치세에서 오래 영의정을 하고 싶지 않은 것이 한명회의 솔직한 심정이다. 한명회가 기다리는 새 시대는 아직 오지 않고 있다. 그러나 불충이나 다름없는 자신의 내심을 왕태비 앞에서 차마 입에 담을 수는 없다.

"어쨌든 대감은 이 나라의 왕실과 조정에서 가장 소중한 분입니다. 주상과 나의 힘이 되어 주세요. 수빈에게도요."

"이를 말씀이옵니까. 이미 사직에 바친 목숨이옵니다."

"고맙소."

한명회는 왕태비의 거처를 물러나면서 착잡한 심경에 젖는다. 자신이 짊어진 영의정의 책무가 전에 없이 무겁게 느껴졌기 때문이다. 예사로운 훈구대신의 한 사람으로 왕태비 윤씨를 면대했다면 보다 자유로운 대화를 나눌 수 있었을 것이 아니겠는가.

"과도기인 것을….."

한명회는 그렇게 중얼거린다. 자신의 경륜을 거침없이 펼쳐 보이고 싶은 야망이 없대서야 말이 되는가. 세조의 치세에서도 영의정에 올라 보았지만 편벽된 세조의 의심으로 자리만 지키고 있은 것이나 진배가 없었고, 이제 새 임금의 영의정이 되었다고는 하지만, 보잘것없는 서출에게 공신의 작호가 내려지고 또 군호가 내려지는 시기라면 뜻을 펴기에는 장애 요인이 너무 많겠다는 것이 한명회의 예감이다.

한명회를 태운 자비가 수진방에서 멈추어 선다.

"대감, 하례드리옵니다."

난이가 상기된 모습으로 정인을 맞았지만, 한명회는 마땅한 대답을 찾지 못한다.

"때가 좋지를 않아서…."

"당치 않으시옵니다. 주상 전하의 보령이 유충한 때가 아니옵니까."

"글쎄, 주안상이나 마련해 주게나."

난이가 불길한 예감을 느끼고 있을 때, 솟을대문을 들어서는 사내가 있다. 세조 잠저의 임운이다. 한명회는 그의 환한 표정을 보면서 수빈 한씨의 수심에 찼던 모습을 상기한다.

"운이, 너무 격조하지를 않았나."

"당치 않으시옵니다요."

임운은 허리를 굽혀 보이면서 찾아오게 된 소임을 입에 담는다.

"대감마님, 감축하옵니다. 수빈 마마께옵서 경하의 뜻을 전하라 하셨사옵니다."

"고맙네, 안으로 드세나."

"아니옵니다. 소인이 남의 눈에 띄어 좋을 것이 없다고 선걸음에 돌아오라 하시었습니다."

"흐음, 알겠네."

한명회는 더 잡지 않고 임운은 선걸음에 돌아간다. '남이의 옥사' 이후
로 한명회와 수빈은 서로 내왕을 삼가고 있었다. 적자 운운하는 소리를
남이가 발설한 때문이다. 다행히 그때는 논란이 되지 않고 넘어갔지만,
남이가 눈치 챈 것이라면 다른 사람이라고 낌새를 느끼지 못하란 법이
있을까. 뭔가 불길하고 앞길이 내다보이지 않는 안개 정국의 수상이 된
한명회를 탐탁히 여기지 않는 새로운 세력이 태동하고 있다면, 자신을
제거하기 위한 음모가 싹틀지도 모르는 일이었기에 그는 더욱 삼가고
조심하지 않을 수가 없다.

난이가 차려준 술상머리에서 첫 잔을 비운 한명회는 불현듯 유자광의
섬광 같은 눈초리를 떠올린다. 항상 꺼림칙한 느낌을 주는 유자광이다.
아직 한명회에게 반발을 한 적도 없고, 오히려 한명회를 비롯한 원로들의
환심을 사려 애쓰고 있었지만 도무지 신뢰가 가질 않는다.

그토록 절친했던 남이를 서슴없이 고변할 수 있는 사내, 입신을 위해서
라면 의리를 헌신짝 버리듯 할 수 있는 사내가 아니던가. 그로 해서 언젠간
큰 화를 입게 될 것만 같은 불길한 예감이 한명회의 뇌리를 떠나지 않는다.

이 무렵, 유자광은 응양장군鷹陽將軍이란 이름으로 정서대장군征西大
將軍 구치관의 부장이 되어 평안도 변방의 야인들을 토벌하고 있다. 한명
회는 고개를 가로저으면서 자신을 위해할지도 모르는 유자광의 음흉한
몰골을 간신히 떨쳐 내면서 술잔을 비운다.

2.

홍윤성이 찾아온 것은 그때다. 유자광의 상념으로 우울해 있었던 참이
라 한명회는 전에 없이 그를 반긴다.

"마침 잘 왔네, 인산군."

"무슨 좋은 일이라도 있습니까?"

"글쎄, 킬킬킬."

홍윤성은 한명회의 웃음소리에서 자신에게 행운이 찾아오고 있음을 재빠르게 간파한다. 부정과 비리에는 매달려 있어도 거기에 합당한 악덕의 경륜이 생겨나는 것은 어쩔 수 없는 노릇이다. 그는 히죽 웃으면서 상체를 굽힌다.

"고맙소이다, 영상 대감."

"고맙다니, 뭐가?"

"글쎄요. 아무튼 제게 해로운 일은 아닐 듯싶어서요."

"인산군이 내 후임이 되었으면 하는 생각을 왕태비마마께 전해 올렸네."

"아니, 허허허, 언제쯤 물러나실 의향이십니까, 영상 대감? 으헛헛헛, 언제쯤…."

홍윤성의 파대웃음은 문풍지를 울릴 만큼 통쾌하다. 평생을 품어 온 소망이 풀릴지도 모른다는 희열 때문이다. 그 웃음이 그치기를 기다려서 한명회가 조용히 타이른다.

"영상이 되자면 우선 좌의정 자리부터 올라야지."

홍윤성은 감동할 수밖에 없다. 한때 한명회의 독선에 대한 불만이 뇌리를 떠나지 않았던 홍윤성이었으나 믿고 따르기를 잘했다는 생각이 드는 모양이다.

"지금 얘기는 내 생각이 그렇다는 것이고, 인산군의 기용은 주상 전하의 윤허가 계셔야 하지를 않겠나."

"그야 이를 말씀이옵니까만, 대감의 주청만 계시다면야…."

그렇다. 지금의 조정이라면 한명회의 주청만 있다면야 무엇인들 어려운 일이겠는가.

홍윤성이 꿈에 그리던 좌의정에 제수된 것은 윤2월 10일이다. 이로부터 여섯 달이 지난 8월 22일에 한명회는 영의정 자리를 홍윤성에게 물려

주고 홀홀히 돌아선다. 역시 경륜을 펴 보이지 못했지만 내키지 않았던 자리였으므로 마음은 오히려 홀가분하다.

그러나 허명과 명리에 들떠 있는 홍윤성의 경우는 다르다. 열망하던 꿈을 이루었기 때문이다. 홍윤성은 불덩이와 같은 야망의 사내라 불러도 무방하다. 또 잔인무도한 폭도라 해도 망발은 아니다. 게다가 치부를 위해서는 방법을 가리지 않는 광태를 보인 것도 사실이다.

마흔다섯 살. 홍윤성은 이 같은 한창 나이에 권부의 정상인 영의정의 자리에 올랐다. 세조의 의지를 그의 사후까지 받들었던 한명회의 큰 실책이라 보아도 무방할 것이리라. 이때 이미 그에게는 막대한 재물이 형성되어 있었다. 모두가 착취하는 방법으로 모아들인 부정축재가 분명하다. 뿐만 아니라 그의 수하들이 앗아 낸 생목숨이 또 얼마던가!

세조의 주변에서 명멸한 수많은 사람들이 영욕을 함께 겪었으나, 오직 홍윤성만은 욕이 없는 영을 누렸다는 사실이 보여 주는 의미는 무엇일까? 세조는 홍윤성의 엄청난 과실을 알고 있으면서도 철저하게 불문에 부쳤다.

홍윤성의 무도한 행패를 적어 놓은 사료는 무수히 많지만 그의 행위를 옳게 보는 사료는 거의 없다. 그런데도 세조만은 그를 끝내 대견히 여겼던 것은 그에게 알려지지 않은 인간성이 있었거나, 아니면 그의 어느 한 부분이 기록되지 않았을지도 모를 일이라고 추측케 한다. 어느 정치사에 홍윤성과 같은 무뢰한이 끝까지 부귀를 누린 일이 있었던가.

"문文은 준(귀성군)이요, 무武는 홍윤성이다."

"문무를 겸하기를 홍윤성만 하기가 쉽지 않다."

세조는 기회가 있으면 언제나 홍윤성을 칭송했고, 홍윤성이 바다를 기울일 주량이라 하여 '경해당'이라는 친필 편액을 만들어 내린 일까지 있다. 그런 홍윤성이 세조 재위 중이 아닌 예종조에 영상에 오른 것은 한명회의 배려가 아니고 무엇이겠는가.

홍윤성이 비록 영의정의 자리에 올랐어도 실권은 없다. 예종의 보령이 아직 어리다 하여 원상을 두고 있었기 때문이다. 그러나 바로 이 같은 정황이 홍윤성에게는 세도와 치부를 누리는 안성맞춤의 기회일 수도 있다. 자신은 물론이요, 그 노복들의 행패가 얼마나 무도한 지경에 이르렀는지, 다음과 같은 『기재잡기寄齋雜記』의 기록이 잘 말해 준다.

　　공公은 성격이 사나워서 공功을 믿고 멋대로 사람을 죽였다. 문밖의 시내에서 어떤 사람이 말을 씻으매 곧 사람과 말을 함께 죽였고, 말을 타고 문 앞을 지나는 자는 귀천을 묻지 않고 모두 죽였으며, 일찍이 남의 논을 빼앗아서 미나리를 심었더니 늙은 할미가 울기를, "이 늙은 몸이 홀로 살면서 일생에 믿을 것이 이 논뿐이라 그대로 순응하면 굶어 죽을 것이요, 반항하면 피살될 것이니 어차피 죽음은 마찬가지라, 차라리 그의 문전에 나아가서 하소연하여 만일을 바라는 것이 어떨까." 하고는 곧 문서를 가지고 나아갔더니, 공이 한마디 말도 걸어 보지 않고 곧 그 할미를 돌 위에 거꾸로 달고 모난 돌로 쳐부수어 시체를 길 곁에 두었으나 사람들이 감히 어떻게 할 수 없었다.
　　이러므로 노복들마저 횡행하여 관에서도 금할 수 없게 되었다. 포도부장 전림田霖이 어느 날 도적을 잡으려고 재인암才人巖 곁에 매복하였는데 공의 집과 극히 가까웠다. 대여섯 사람이 어두운 밤중에 당돌히 덤비면서 말하기를, "우리들은 그 집 사람인데 누가 감히 우리를 어찌할 거냐?" 하므로 날이 새자 몰고 가서 공을 보고는, "이놈들이 세력을 믿고 함부로 행동하였으니 도둑은 아닙니다만, 비옵건대 이제부터는 엄하게 다스리소서. 공에게 누가 미칠까 염려되옵니다." 하였던 바, 공이 크게 기뻐하며 곧 전림의 손을 이끌어서 올려 앉히면서 말하기를, "이런 좋은 사내를 어찌 보기가 늦었더냐?" 하고는 밥 한 양푼에 어채魚菜를 섞고 술 한 통과 함께 주니 전림이 단번에 다 먹었다. 공이 더욱 기뼈 말하기를, "네가 지금 무슨 벼슬에 있는가?" 하니 전림이 대답하기를, "출신한 지 오래지 않아서 내금위에 소속되어 있습니다." 하였다. 공이 왕에게 여쭈어 선전관에 뽑아 올리었다. 이로부터 왕래하기를 친밀하게 하더니, 어느 날 전림이 찾아가매 공이 호상胡床에 걸터앉아 여종을 뜰 안 나무에 묶어 놓고 활을 매겨 막 쏘려 하고 있었다. 전림이 꿇어앉아서 그 까닭을 물으니 공은, "한 번 불러서 대답을 하지 않기에 죽이려 한다." 하므로 전림이 말하기를, "죽여 버리기보다는 소인에게 주시는 것이 어떨까 하옵니다." 하였더니 공이 웃으면서, "그렇게 하려무나." 하고 곧 풀어 주어 전림이 종신토록 데리고 살았다.

홍윤성의 포악한 단면을 명쾌히 적어 놓고 있다. 이에 버금가는 기록들이 많은 것을 보면 그의 옳지 못한 점은 거의가 드러난 셈이다. 포악무도한 홍윤성이 한 나라의 수상의 자리에 오를 수 있었던 것은 한명회의 실책으로 인한 것이었지만 한때의 독선은 반드시 심판을 받게 된다. 역사를 관장하는 신은 어떠한 경우에도 그것을 용인하지 않기 때문이다.

홍윤성이 영상의 자리에 오른 지 석 달 남짓 지난 11월 26일, 예종이 환후를 얻었다. 예종은 병을 얻었으나 왕태비전 문안을 거르지 않고 정사도 살폈으므로 대소 신료들은 물론이요, 상궁, 나인들까지 까맣게 모르고 있었다.

3.

예종의 환후를 구체적으로 적어 놓은 기록을 찾기는 어렵다. 살을 에는 듯한 추위가 기승을 부리는데, 발병한 지 이틀이 지난 동짓달 스무여드레 날에 예종은 의식을 잃는다. 황망한 지경이 아닐 수가 없다.

왕태비 윤씨는 몸 둘 바를 몰라 한다. 어찌 이럴 수가 있는가. 지아비 세조의 국상 중에 새 주상의 자리에 오른 아들이 위중지경을 헤매고 있다면 이보다 더한 난감함이 어느 천지에 다시 있으랴.

"어의들은 채근하라. 죄인을 방면하라!"

왕태비 윤씨는 잠시도 가만히 있지를 못한다. 또다시 하늘의 응징이 시작되고 있음이라 믿었기 때문이다. 왕태비는 자신이 몸을 던져서라도 예종을 살려 내고 싶다.

"주상, 이러시면 아니 됩니다. 기력을 회복하셔야지요. 조사를 생각해 야지요."

왕태비 윤씨는 불덩이 같은 예종의 옥체를 부여안고 눈물을 쏟는다. 지켜보고 있던 사람들은 왕태비의 몸부림이 사경을 헤매는 예종보다도 더 애처로울 지경이다.

"어의는 무엇을 하고 있느냐? 주상의 신열이 불덩이 같지를 않느냐!"

예종의 병간에 임하는 어의들은 핏기를 잃어 가고 있다. 그들로서도 속수무책이어서다.

'이런 변이, 이런 변이 있나!'

왕태비 윤씨는 경황 중에도 예종의 회생이 어렵다는 사실을 눈치 챘다. 그리고 불현듯 세조의 통한을 상기한다.

"항간에서는 내가 천벌을 받고 있다고들 한다지 않습니까."

통탄으로 말년을 지새웠던 세조는 이미 한 줌 흙으로 돌아가고 없다. 살아서 이 같은 비통함을 지켜보아야 하는 왕태비 윤씨로서는 갈가리 찢어지는 회한을 주체할 수가 없다. 소름 끼치는 두려움 속에서도 왕태비 윤씨는 왕실 윗전의 소임을 지켜 가고 있다.

"대소 신료들을 입시케 하라!"

의정부와 승정원이 분주해진다. 왕태비 윤씨의 하교가 임종에 대비하 라는 뜻으로 전해졌기 때문이다.

달이 없는 밤은 칠흑같이 어두웠고, 바람은 칼날같이 매서웠다. 행여나 행여나 했던 불행이 순식간에 눈앞에까지 다가와 있다.

한명회가 예종의 목숨이 경각에 달려 있다는 전갈을 받은 것도 같은 무렵이다. 그는 안석에 기댔던 몸을 급히 일으킨다. 그러나 더 이상은 움직일 수가 없다.

'올 것이 왔구나.'

이제 어찌해야 하는가? 한명회의 가슴은 곤두박질치듯 쿵쿵거린다. 후사를 정할 일이 난감했기 때문이다. 정경부인 민씨도 관복을 받쳐 든 채 난감하게 서 있다.

"서둘러야 하옵니다, 대감."

정경부인의 도움을 받으면서 관복을 입는 한명회의 온몸은 심하게 떨리고 있다.

"만득아!"

한명회는 휘청거리는 몸으로 댓돌을 내려서며 거칠게 소리친다.

"예, 대감마님."

"은밀히 수빈 마마께 달려가서 아뢰어라. 전하의 환후 위중하시어 내가 입궐하였다고!"

"그뿐이옵니까, 대감마님?"

"그렇게만 아뢰면 아시느니라."

이제 허리가 구부정해진 중노의 몸이 된 만득의 뒷모습이 무상한 세월의 흐름을 느끼게 한다.

"대감."

한명회를 부르는 정경부인의 눈에는 천만 마디의 사연이 담겨 있다. 그것은 기대보다는 우려의 뜻이 담겨 있는 시선이다.

"다녀오리다."

한명회는 이렇게밖에 말할 수 없다. 경황이 없어서만은 아니다. 뛰어나게 명석한 한명회의 예지로써도 사태의 가닥을 잡기가 어려워서다. 한명회가 침중해진 모습으로 자비에 오르자, 정경부인이 쥐어짜듯 말하는 소리가 들린다.

"조심하오소서."

"가자!"

한명회가 탄 자비는 차가운 겨울바람을 뚫으며 밤길을 내닫기 시작한다. 한명회는 모든 기력을 하나로 모으듯 골똘한 생각에 잠긴다. 이제부터 있을 일은 그야말로 이 나라 종사의 안위와 직결된다. 예종이 승하한다면 누가 그다음 대의 보위를 이어 가는가? 조선왕조가 창업한 이래이 같은 불안은 처음이다.

예종에게는 아들이 있다. 지금 네 살이다. 네 살짜리 임금은 있을 수가 없다. 섭정을 둔다 해도 되지 않을 일이다. 이것이 왕실의 사정이고 보면예종의 핏줄로는 왕위가 이어질 수 없다. 그렇다면 그다음은 누군가?

수빈 한씨의 소생들을 거론하지 않을 수 없게 된다. 수빈 한씨는 비록지아비를 잃었다 해도 세조에게는 맏며느리가 된다. 수빈의 소생이 왕위를 계승하는 것은 오히려 적통이었기에 아무 하자가 없다.

열여섯 살의 월산군은 세조에게 적장손이 된다. 당연히 왕위 계승자가되어야 하는데, 여기에는 두 가지 문제가 있다. 첫째는 병치레가 잦아몸이 약하다는 것이고, 둘째는 수빈 한씨가 자산군을 왕재로 지목하고있다는 사실이다.

자산군은 열세 살이고 사사롭게는 한명회의 사위다. 수빈 한씨는 이미오래전에 오늘의 일을 예감하고 있었고, 이 일에 대비하듯 자산군의 일을한명회에게 당부해 둔 바도 있다.

결국 세 사람 중에서 하나를 뽑아 예종의 뒤를 이어 보위에 오르게해야 하는 것은 분명한 일이고, 또 최종 지명의 전권은 왕태비 윤씨에게있는 것도 엄연한 사실이지만, 누굴 뽑느냐 하는 문제를 원상들로 하여금 논의하게 한다면 세조의 적장손인 월산군이 우위에 있을 것은 자명한 이치다. 여기에는 자산군이 한명회의 사위라 하여 노골적인 견제가 있을 수도 있는 일이다.

"하늘의 뜻인가!"

한명회는 힘없이 중얼거려 보았지만 그것이 어찌 내심일 수 있으랴. 한명회는 자산군을 밀어 올릴 궁리를 하고 있다. 사위가 임금의 자리에 있으면 자신은 국구가 된다. 게다가 마음이 통하는 수빈 한씨가 대비의 자리에 있고, 자신을 믿어 주는 왕태비가 수렴청정을 하게 된다면 한명회의 지위는 그야말로 하늘을 찌르게 된다. 이 엄연한 현실을 한명회가 어찌 마다할 것인가.

'방도, 방도가….'

방법이 문제다. 무엇보다도 어려운 점은 이 사실을 누구와도 의논할 수 없다는 것이다.

'왕태비마마를 먼저 뵙는다…?'

예종이 아직 살아 있는데 후사의 일을 공식으로 논의하는 것은 신하 된 도리도 아니요, 더구나 자산군의 천거는 자신의 영달을 꾀한다는 논리가 성립된다. 그러기에 군자가 취할 일은 아니다.

승정원에는 원상들과 정승들이 모두 들어와 있다. 하나같이 침통한 모습들이다. 그들이라고 이 일에 대한 우려와 복안이 없을까. 승정원으로 들어선 한명회는 얼굴이 화끈 달아오른다. 방 안이 훈훈해서가 아니라 자신의 심중이 드러난 것 같아서다. 한명회에게 제일 먼저 시선을 준 사람은 역시 신숙주다.

'어떠하신가?'

한명회는 주상의 환후를 눈으로 묻는다.

'틀렸네.'

신숙주의 눈빛은 그런 대답이다. 한명회의 가슴은 다시 쿵쿵거린다.

그 고동 소리가 남에게 들릴 것만 같아 민망스럽기까지 하다.

"입에 담기 민망합니다만, 다음 대의 보위를 어찌해야 하는지, 생각들을 해 두셔야 하오이다."

홍윤성이 한명회의 눈치를 살피면서 직설적으로 후사를 거론했으나 아무도 대꾸하는 사람이 없다.

"불충이라고 생각하지 마세요. 한순간도 보위를 비워 둘 수는 없지를 않습니까."

"승하 후에 논의해도 늦지 않네!"

신숙주가 쏘아붙이듯 홍윤성의 말을 제지하자 좌중은 다시 침묵으로 잠겨 들기 시작한다. 무거운 침묵이 아닐 수 없다. 간간이 한숨 소리가 들린다. 문풍지가 울린다. 밖에는 바람이 일고 있는 모양이다.

얼마나 시간이 흘렀을까? 예종이 누워 있는 자미당紫薇堂 쪽에서 낭자한 곡성이 터져 나온다.

"아!"

저마다 후사의 일로 골똘한 생각에 잠겼던 원상과 정승들이 번쩍 고개를 든다. 곡성은 점점 대궐 안으로 넓게 퍼져 가는데, 승전환관 안중경이 황급히 들어선다. 그러곤 울음 섞인 목소리로 전한다.

"전하께옵서 붕어하시었소이다. 사정전 문 안으로 드소서."

"전하, 흐흐흐!"

"전하!"

일제히 곡성을 터뜨리면서 중신들은 승정원을 나와 사정문 안 내정에 들어가 엎드린다. 칼날 같은 추위였어도 신료들의 흐느낌은 통렬할 수밖에 없다. 통곡, 통곡의 바다는 깊어만 간다. 훈구대신들의 통곡이 아무리 깊어도 임금의 죽음이란 사사로운 애사가 아니라 지엄한 국사가 아니던가. 모든 절차와 범절이 빈틈없이 행해져야만 한다. 자미당으로 들어갔던 안중경이 허둥거리면서 나온다.

"왕태비마마께옵서 예조판서로 하여금 봉시奉視하라 하시오이다."

봉시란 임금의 죽음을 눈으로 확인하는 것을 말한다. 예조판서는 원상 신숙주가 겸하고 있었으므로 그는 도승지 권감과 함께 자미당으로 들어간다.

왕태비 윤씨는 무언가 할 말이 많은 눈으로 신숙주를 맞는다. 신숙주는 차마 그 얼굴을 바로 볼 수가 없어 힘없이 외면한다.

오래 앓지 않은 탓일까, 아니면 보령이 유충해서인가. 예종의 모습은 탐스러운 얼굴로 누워 있는 것이 잠깐 잠이 든 것만 같다. 모든 것이 현실이 아닌 것만 같아 신숙주는 꿇어앉은 채 넋을 잃고 있다.

"대감."

나직한 소리와 함께 안중경이 코앞에 작은 종잇조각을 내밀었을 때에야 신숙주는 정신이 든다. 말없이 종잇조각을 받아 든 신숙주는 두 손으로 조심스럽게 예종의 코끝에 갖다 댄다. 거짓말처럼 큰 숨을 내쉬며 살아나는 기적을 바라는 것같이 자미당 안은 안타까운 침묵에 휩싸여 있다.

"주상!"

왕태비 윤씨가 흐느끼듯 예종을 불렀으나 종잇조각은 끝내 흔들리지 않는다. 예종의 숨결이 완전히 멎어 있음이다. 신숙주의 어깨는 누가 보아도 부르르 떨리고 있다. 그리고 종잇조각을 안중경에게 넘겨주고 털썩, 두 손을 짚으며 엎드린다. 동시에 애끓는 호곡을 토해 낸다.

"전하!"

"주상!"

"전하, 으흐흐."

왕태비의 억눌린 울음과 자지러질 듯한 중전의 비명이 동시에 터져 오른다. 아무리 울어 본들 무슨 소용이 있을까. 봉시가 끝났다면 예종의 붕어가 공식으로 확인된 것이 아니겠는가.

예종. 1년 3개월을 채 못 채운 짧은 재위 기간이다. 세종 32년(1450)에 수양대군의 둘째 아들로 태어나 초명을 황眖이라 했으며, 수양대군이 즉위하니 해양대군으로 봉해졌다가, 세조 3년(1457)에 형인 의경세자가 세상을 버리자 여덟 살의 나이로 세자에 책립되었다. 1468년 9월 7일, 19세로 보위에 올라 20세로 붕어했으니, 너무도 짧은 재위요, 덧없는 인생이 아니고 무엇인가.

4.

자미당을 나온 신숙주는 영의정 홍윤성과 의논하여 대궐의 모든 문에 갑사를 증원하여 경비를 강화하도록 한다. 지금 당장은 후사도 정하지 않은 그야말로 임금이 없는 나라가 되었기 때문이다. 일 년 만의 국상이라 이 나라의 모든 백성들은 경악하고 애통해할 것이지만, 더러는 세조의 살생에 하늘이 진노했다고 할지도 모른다. 그만큼 예종의 죽음은 충격적이다.

망연히 겨울 하늘을 올려다보고 있는 신숙주의 옷깃을 잡아당기는 사람이 있다. 한명회다.

"이리 좀…."

한명회는 사정전 옆에 있는 천추전 쪽으로 신숙주를 끌고 간다.

"하늘이 야속함이네."

신숙주의 탄식을 들으면서 조심스럽게 주위를 살피던 한명회가 눈을 빛내면서 입을 연다.

"고령군, 후사는 누구라야 된다고 보시는가?"

"…!"

"보위가 비어 있네. 누구라야 하느냐니까!"

"아무도 거론할 수가 없어. 오직 왕태비께서 정하실 일이네."

"이를 말이겠는가. 다만 월산군은 아니 되네."

"아니 되다니? 세조대왕의 적장손이 아니신가."

"또다시 국상을 겪으시려는가!"

한명회의 지적은 칼날보다도 더 무섭다. 신숙주는 몸을 움츠릴 수밖에 없다. 그는 비로소 자산군이 한명회의 서랑임을 깨닫는다. 한명회의 부연은 더욱 단호하다.

"그런 일은 없을 것이네만, 만에 하나라도 왕태비마마의 뜻이 월산군에 있다면, 고령군 자네가 목숨을 걸고라도 막아야 하네!"

"그렇다면 자산군이라야 한다는 말인가?"

"난 그런 말은 하지 않았네. 할 수도 없고. 다만 월산군은 불가하다는 것뿐."

신숙주가 어떤 사람인가. 한명회의 내심을 확연히 알았으면서도 그는 대답을 할 수가 없다. 그만큼 예종의 뒤를 이을 후사는 중차대한 일이었기 때문이다.

"불가의 주청을 해야 한다면 고령군이 맡아야 하네."

한명회는 비장한 목소리로 다짐한다. 신숙주는 고개를 끄덕인다. 신숙주로서도 왕재는 자산군이란 얘기를 몇 번인가 듣고 있었던 터이다.

"왕태비께서도 아시는 일일 테지."

왕태비 윤씨가 그리 생각하고 있다면 어려운 일이 아닐 것이지만, 왕태비 윤씨의 생각이 적장손인 월산군에게 있다면 한명회의 뜻은 이루어지지 않는다. 한명회는 긍정도 부정도 하지 않는다. 아무리 직감과 경륜의 달인이라고 하더라도 그의 평생에 가장 어려운 순간이 눈앞에 밀려와 있는 것이 분명하다.

초조한 것은 한명회뿐이 아니다. 자신의 이해관계를 떠나서라도 흥미가 짙어지면 누구나 초조해지게 마련이다. 신숙주는 사정전 앞으로 돌아가서 도승지 권감을 찾는다.

"도승지."

"예, 대감."

"국가의 대사가 이에 이르렀으니, 불가불 후사의 일을 의논해야 하질 않겠는가. 어서 왕태비마마께 아뢰도록 하게."

"하오나…."

권감은 머뭇거린다. 신숙주 또한 그의 심정을 모를 까닭이 없다. 비통해하고 있을 왕태비에게 차마 아뢰기가 민망하다는 말이리라.

"딱하면, 하성군을 통해 아뢰어도 좋을 것이네."

"예, 그리 하겠사옵니다."

권감의 표정이 밝아진다. 하성군 정현조는 정인지의 아들로 세조의 부마였으니, 한결 아뢰기가 수월하지 않겠는가. 결국 권감의 귀띔을 받은 정현조가 들어와 왕태비에게 아뢴다.

"청컨대, 후사를 정하여 나라의 근본을 굳게 하소서. 이는 막중한 대사이므로 사람을 시켜 전할 수 없사오니, 청컨대 친히 물으심이 옳은 줄로 아옵니다."

"조금―기다리라 이르라."

정현조가 나와서 왕태비의 뜻을 전한다.

"다시 아뢰게. 잠시도 지체할 일이 아니네."

중신들은 급하다 하고, 왕태비는 기다리라 하고, 정현조가 진땀을 흘리며 자미당을 드나든 지 서너 번이 되어서야 왕태비가 강녕전 동북쪽 편방에 나와 앉는다. 신숙주, 한명회, 구치관, 최항, 홍윤성, 조석문, 윤자운, 김국광, 한계희, 임원준, 정현조, 권감 등 조정의 훈구대신들이 왕태비 앞에 부복한다.

"내가 박복하여 다시 이런 꼴을 보는구려."

낯익은 얼굴들을 보자 더욱 설움이 북받쳤는지 왕태비 윤씨는 울음부터 터뜨린다. 무리도 아니다. 지아비와 며느리와 두 아들의 죽음을 두루 겪은 왕태비 윤씨가 아니던가! 한 여인으로서 누릴 수 있는 영화를 다 누렸지만, 고통 또한 아니 겪은 것이 없는 왕태비의 회한에 신하들도 말을 잃는다. 왕태비의 울음이 조금 잦아들기를 기다렸다가 신숙주가 조심스럽게 진언한다.

"신등은 다만 밖에서 성상의 옥체가 미령하다 들었을 뿐이옵고, 이에 이를 줄은 꿈에도 생각하지 못하였사옵니다."

"주상이 환후에 들어서도 매일 내게 조근朝覲하였으므로, 나도 생각하기를 '병이 중하면 어찌 이같이 하랴' 하고 크게 염려하지 않았는데, 이제 국상에 이르렀으니 내 과실임을 인정하지만 장차 이 일을 어찌한다는 말이오."

흐느낌을 섞어 말하면서 왕태비는 입시한 사람들의 얼굴을 하나하나 훑어본다. 모두가 긴장해 있다. 드디어 후사, 즉 다음 대의 보위에 오를 사람을 정하는 순간이 눈앞에 와 있다. 한 개인만이 아니라 한 나라의 운명이 말 한마디로 결정되는 자리다. 이윽고 왕태비가 침중한 어조로 하문한다.

"누가 주상자主喪者로 좋겠소?"

주상자란 국상을 주도할 상주를 말하는 것으로, 곧 새 임금임을 의미한다.

그것이 비록 화급을 다투는 일이었다 해도 아무도 입을 열 수가 없다. 후사를 정하는 절대권한이 왕태비에게 있었기 때문만은 아니다. 누가 주상이 될지 모르는 마당에 섣불리 천거하고, 섣불리 반대하는 것은 후일의 환란을 자초하는 일이기 때문이다.

"한 나라의 주상을 정하는 일입니다. 신중에 신중을 기해서 성군의 재목을 골라야 하지를 않겠습니까. 경들의 기탄없는 의중을 듣고 싶을 뿐이오."

왕태비 윤씨는 애써 중신들의 의사를 듣고 싶어 했으나 신료들은 역시 묵묵부답이다. 이 같은 경우, 자신이 주상을 정해야 한다는 사실을 모르고 있을 왕태비는 물론 아니다. 또 이미 의중에 정해 두고 있을지도 모르는 일이었으나 그런 내색은 조금도 하지 않고 있다.

"경황 중이라 전혀 거기까지 생각해 본 바도 없을뿐더러, 한 아녀자의 좁은 소견이 종사의 앞날을 망칠까 두려워서 하는 말입니다. 어서 말씀들을 나누어 주세요."

한명회의 가슴은 곤두박질치듯 쿵쿵거린다. '자산군이 왕재오이다' 누군가가 그렇게 주청하면 끝나는 일이었기에 한명회는 동석한 사람들이 야속하기만 하다. 그는 잠시 왕태비의 모습을 훔쳐본 다음 시선을 신숙주에게 옮긴다. 그러나 신숙주는 눈을 감고 앉은 것이 참선에 잠겨 있는 사람같이 보인다.

왕태비 윤씨는 끝내 중신들의 주청이 있기를 기다리는 모습이다. 한명회는 천 근의 무게로 짓눌러 오는 침묵을 더는 견딜 수가 없다.

"왕태비마마, 새 주상 전하를 모시는 일은 신등이 입을 열 일이 아닌 줄로 아옵니다. 이 점 통촉하시어 왕태비마마의 분부를 하교해 주오소서."

"그러하옵니다, 왕태비마마."

"하교해 주오소서."

한명회의 주청이 숨통을 열었던 탓으로 뒤를 이어 훈구대신들은 저마다 입을 연다. 제1단계의 조처는 성공인 셈이다. 이제 아무도 왕태비 윤씨에 앞서 새 주상을 거론할 수 없게 된 것이다.

"왕태비마마, 서둘러 새 주상의 즉위식이 있어야 할 것이옵니다. 왕태비마마의 분부가 곧 이 나라 조종의 뜻인 줄로 아옵니다. 통촉하소서."

신숙주의 주청이 끝나자 구치관이 다시 첨언한다.

"잠시도 지체할 일이 아닌 줄로 아옵니다."

왕태비 윤씨는 마음을 가라앉히려는 듯 잠시 눈을 감는다. 그 표정에 흔들림이 없는 것으로 보아 이미 마음의 결정은 내려져 있는 모습이다.

한명회는 숨을 멈춘다. 모든 기력이 소진되는 느낌이다. 어찌 될 것인가? 왕태비의 마음이 자신의 의중과 통하고 있을 것이라 믿기는 했지만, 그러나 장담할 수 없는 일이다. 지금 왕태비의 입에서 월산군이나 원자의 이름이 나와 버린다면 주워 담지 못할 좌절의 순간을 맞게 된다. 월산군은 아니 된다고 신숙주에게 귀띔은 했지만, 과연 왕태비의 뜻을 거슬러 가면서까지 재론할 수 있을지, 그 또한 자신할 수 없는 일이다.

파란도 많았고, 광영도 많았던 자신의 생애에 화려한 마무리를 지으려는 야심이 수포로 돌아갈 것인가? 수빈 한씨의 경우는 월산군으로 결정되더라도 응어리진 회한을 풀게 된다. 그러나 한명회는 그렇지 않다. 왕태비로서는 가장 빼어난 왕재를 고르는 셈이 되고, 수빈에게는 한풀이가 되고, 한명회의 여생에는 마지막 광영을 더해 주는 일, 왕태비는 알리라고 한명회는 믿고 싶었기에 눈도 깜박이지 않고 왕태비를 바라보고 있다.

이윽고 천천히 눈을 뜨고 입을 여는 왕태비. 그야말로 만 근의 무게를 지닌 한마디인 셈이다.

"지금 원자는 어리고, 적장손인 월산군은 어려서부터 병이 잦은지라, 비록 자산군이 어리기는 하나, 세조께서 일찍이 그 도량을 칭찬하여 태조에 비하는 데에 이르렀으니, 그로 하여금 주상자로 삼는 것이 어떠하오?"

'아!'

한명회는 비명과 같은 환희를 애써 눌러 참는다. 온몸의 피가 일시에 딱 멈춰 서는 것만 같다. 고난의 길을 함께 걸어온 한명회의 심중을 맑은 물 들여다보듯 짐작하기라도 했단 말일까. 꿈에서도 바라던 소망 그대로의 하교다. 크게 한번 소리 지르고 싶기까지 한 감동 속에서 한명회는 왕태비를 우러러보던 시선을 움직이지 않는다. 그러나 담합이라는 인상을 주지 않으려는 것일까, 왕태비 윤씨는 한명회 쪽을 외면하고 있다.

"진실로 마땅한 줄로 아옵니다."

신숙주가 떨리는 목소리로 아뢴다. 그로서도 한명회의 당부가 마음에 걸렸던 일이었으므로 남보다 먼저 찬동하고 나선 것이 분명하다.

한명회의 사위가 임금이 된다. 왕태비가 천거하고 신숙주의 찬동이 있었는데 뉘라서 반론을 제기할 수 있으랴!

"마땅한 줄로 아옵니다."

"참으로 명철하신 하교시옵니다."

왕태비 윤씨로서도 적장손을 제외한 것이 마음에 걸렸지만, 훈신들의 아낌없는 찬동을 듣고서야 긴장을 푸는 모습이다.

"고맙소. 새 주상은 자산군으로 정할 것이니 서둘러 즉위의 범절을 판별하도록 하시오."

이로써 난제 중의 난제가 일거에 풀린다. 세조 3년에 죽은 의경세자 장과 수빈 한씨 사이에 태어난 둘째 아들, 그리고 한명회의 넷째 사위가 되는 자산군 혈이 조선왕조의 아홉 번째 임금으로 즉위케 된다.

왕태비로서는 수빈 한씨에게 주어졌던 고난의 세월에 종지부를 찍게 하는 일이었으니 어찌 기뻐할 일이 아니겠는가. 하지만 스무 살 꽃 같은 나이에 예종이 붕어한 지 채 한 시간이 지나지 않았음에랴.

"내가 박복하여 두 아들을 모두 먼저 보내는구려. 나이 스물에…."

큰 짐을 벗었음인가, 왕태비 윤씨는 훈구대신들이 도열한 자리에서 다시 울음을 터뜨린다. 그러고 보니 장도 예종도 똑같이 스무 살에 세상을 뜨지 않았는가. 참으로 묘한 일이다.

"나같이 박복한 사람이 또 어디 있겠소, 나 같은 사람이…."

후사를 정해야 한다는 책임감에서 가까스로 정신을 수습했던 왕태비 윤씨는 이제 한 여인네로서의 아픔에 속절없이 잠겨 들고 만다. 그 슬픔을 달랠 말은 세상에는 없을 터이다. 시아버님 되는 세종이나 소헌왕후의 죽음은 누구나 겪는 상고이니 제쳐 두기로 하자. 계유정난과 병자년 옥사로 많은 종친과 신하들이 죽은 것은 또 나라의 일이니 거론하지 않기로 하자. 그러나 왕태비 윤씨가 몸소 겪은 참담한 죽음이 몇 번째인가.

세자 장의 죽음. 예종이 세자가 된 후 세자빈의 죽음. 그 원손의 죽음. 지아비 세조의 죽음. 다시 예종의 죽음.

맏아들이자 세자였던 장이 스물에 죽고, 한명회의 딸이었던 세자빈이 열일곱에 세상을 버렸다. 원손인 인성군은 겨우 세 살에, 예종은 스무 살에 보위까지 버렸다. 모두 한 서린 죽음이 아니고 무엇이랴.

세조도 천수를 누리진 못했으며, 특히 그 투병의 나날은 상상을 초월한 고통의 연속이었다. 서러운 것도 당연하고, 스스로 박복하다 여기는 것도 당연하다.

"으흐흐흐."

왕태비 윤씨는 참았던 회한의 설움을 자신과 더불어 형극의 길을 걸어온 훈신들의 면전에서 거침없이 쏟아 놓고 있다. 원상들도 왕태비와 함께 눈물을 쏟는다. 그들인들 어찌 왕태비의 찢어지는 아픔을 모르랴.

"왕태비마마."

신숙주가 젖어 든 목소리로 왕태비를 부르면서 조용히 위로한다.

"마마, 나라의 액운이 이에 이르렀으니 신등의 불충인들 용서받을 수가 있으리까. 엎드려 빌건대, 종묘와 사직을 염려하시어 슬픔을 누르시고, 사군嗣君을 잘 조호調護하여 비기조基(제왕의 기업)를 보존하게 하소서."

"알겠소, 알겠소."

왕태비 윤씨는 눈시울을 소매 끝으로 누르며 애써 기색을 회복한다. 신숙주가 다시 아뢴다.

"외간外間은 시청視聽이 번거로우니, 사정전 뒤뜰로 나가 일을 의논하고자 하옵니다."

원상들은 참담해진 모습으로 편방을 물러 나온다. 맨 나중에 몸을 일으킨 한명회의 시선이 비로소 왕태비의 시선과 마주친다. 수심이 가득한 얼굴이었으나 왕태비는 고개를 끄덕여 보인다. 당신의 서랑으로 임금을 삼았다는 뜻이다.

'망극하옵니다, 마마!'

한명회는 새삼 깊게 허리를 굽혀 보이고 뒷걸음질로 편방을 나선다. 모든 영광이 그에게로 다시 돌아온 것이나 다름이 없다.

나라의 일이란 슬픔을 슬픔만으로 놔두지 않는다. 한편으론 국상 차비를 하면서, 다른 한편으로 새 임금의 즉위에 따른 절차를 서둘러야 한다. 신숙주는 최항에게 교서를 초하도록 당부하고 도승지 권감을 불러 지시한다.

"어서 자산군을 봉영해 오도록 하시게."

"알겠사옵니다."

그때 먼발치로 물러나 일이 돌아가는 모양을 느긋하게 지켜보고 있던 한명회가 불쑥 앞으로 나서면서 끼여든다.

"사저로 갈 것은 없네."

"무슨 소리신가?"

신숙주가 의아해서 묻자 한명회는 태연하게 대답한다.

"종친부宗親府에 오셔 계실 것이네."

무슨 소리인가? 아직 천아성도 울리지 않았고, 외부로 기별을 내지도 않았는데 자산군이 종친부에 나와 있을 까닭이 없지 않은가. 그러나 한명회는 권감을 향해 소리치듯 명한다.

"어서 종친부로 가서 모셔 오라지 않는가!"

"예, 예."

반신반의하면서 도승지 권감은 사정전을 나간다.

'사람이 어찌 그리도 용의주도할 수 있는가?'

신숙주는 한명회에게 그렇게 묻는 시선을 던진다. 그러나 한명회의 표정에는 일말의 빈틈도 없다.

종친부로 갔던 도승지 권감이 한명회가 말한 대로 자산군을 모시고 돌아온다. 얼마나 무서운 예감인가. 물론 수빈 한씨의 대담함도 가세되었을 것이 분명하다. 모든 원상들은 놀라움 속에서도 신왕이 되실 분을 뵙는 예의로 얼어붙은 맨 흙바닥임도 아랑곳 않고 꿇어 엎드린다.

"전하!"

곧 보위에 올라 이 나라 조선을 통치해 갈 열세 살 소년은 침착하기 그지없다. 그는 자신을 향해 꿇어 엎드린 신료들에게 가벼운 묵례를 던지며 안으로 들어간다.

한명회는 벅찬 감동으로 새삼스럽게 몸을 떤다. 역시 이 후사는 하늘의 은혜를 입은 일이라는 생각이 들어서다. 입궐하면서 만득이 편에 보낸 기별이 뜻하는 바를 수빈 한씨가 정확하게 읽은 것이 아니고 무엇인가. 결국 수빈 한씨는 자신의 기사회생과, 자산군으로 보위가 이어질 것임을 확신하고 있었던 게 분명하다. 잠시 전 한명회가 전각을 나설 때, 나어린 무수리 아이가 자산군이 종친부에 나와 있다는 말을 속삭이듯 전한 것이 그것을 잘 입증해 준다.

자산군의 입궐이 너무도 신속한 것이 신숙주를 의아하게 했던 모양으로 그는 한명회에게 다가서며 귀엣말로 묻는다.

"왕태비마마와 의논이 있었던 일인가?"

"당치 않아. 사사롭게는 내 사위의 일인데 무슨 의논."

신숙주는 참담하게 고개를 끄덕인다. 한명회의 명석한 두뇌, 일을 진행하는 추진력, 무엇 하나 나무랄 곳이 없어서다. 한명회는 여전히 아무 일도 없었다는 듯 정색을 하고 말한다.

"어서 중전 되실 분도 모셔 와야 하지를 않는가."

중전 되실 분이란 곧 한명회 자신의 여식이 아니던가.

"그래야지."

잠시도 지체할 일이 아니었기에 곧 병방승지 한계순이 환관과 겸사복 등을 거느리고 자산군 부인의 입궐을 돕기 위해 세조의 잠저로 나간다.

"이제 천아성을 울려야겠소이다."

영의정 홍윤성이 한명회와 신숙주 쪽으로 다가오면서 말한다.

"아직 남은 일이 있어요, 영상."

천하의 모든 세도를 손아귀에 거머쥔 한명회의 부연이다. 아직 주상이 승하했음을 선포해서는 아니 된다는 당당한 호통으로 들릴 수밖에 없다.

"남은 일이라니오, 무엇이오이까?"

영의정 홍윤성, 그의 내심은 불만이 쌓여 있다. 원상들이 워낙 설치고 다니는 지경이라 시임 영의정의 위세가 미미하기만 해서다.

"왕태비마마께 청정聽政을 주청해야 하네."

"청정?"

신숙주도 홍윤성도 몸 둘 바를 몰라 한다.

"당연하질 않은가. 즉위하실 새 주상께옵서 보령이 열셋이 아니신가. 전일의 노산군과 비슷하시네. 혼란을 막는 길은 왕태비마마께옵서 청정을 하시는 것뿐일세!"

"…!"

"노산군 때도 세조께옵서 진작 섭정의 자리에 오르셨다면 그런 어려움이 없었을 것일세. 보령 유충하신 주상 전하를 사이에 두고 물고 뜯고 하는 꼴을 아니 보려거든 서둘러 주청을 해야 하네. 천아성은 그 후에 울려도 늦질 않아."

명쾌한 논리라기보다는 당연한 법도일 수밖에 없다. 한명회는 그의 성품대로 이날에 있을 일을 빈틈없이 생각해 두었다. 그러나 왕조 창업 이래 처음 겪는 수렴청정이기에 신숙주도 홍윤성도 미처 거기까지 생각이 미치지 못했다.

"어서 들어가세."

한명회의 재촉으로 원상들은 다시 왕태비 윤씨 앞에 나아갔다.

"또 무슨 일이오들?"

아무리 기상이 늠름한 여걸이라 하더라도 요 며칠 사이에 겪었던 일이 어디 간단한 일일 수가 있던가. 막 자산군을 내보내고 난 왕태비는 가만히 좀 내버려 두었으면 하는 기색을 역력하게 드러낸다.

"마마, 보위에 오르실 주상 전하의 보령이 열셋이시옵니다."

신숙주가 조심스럽게 말문을 연다.

"그래서요?"

"아직 만기를 친재하시기는 벅찰 듯하오니, 청컨대 왕태비마마께옵서 청정을 하여 주소서."

왕태비 윤씨는 눈을 크게 뜨며 놀라워한다. 어찌 말로만 들어 왔던 수렴청정에 자신이 임하게 될 줄을 꿈엔들 짐작했으랴.

"청정만이 종사의 안위를 지키는 최선의 방책인 줄로 아옵니다, 마마."

이번에는 한명회가 간곡히 주청한다. 수렴청정이란 임금이 지나치게 어릴 때 왕실의 어른 되는 사람이 옥좌玉座의 뒤에 발을 치고 후견인이 되어 중요한 국사를 처결하는 것을 말한다. 곧 임금 위에 또 한 사람의 여왕이 있는 셈이니 그 권세란 실로 엄청난 것일 수도 있다.

왕태비 윤씨는 잠시 멍하니 앉아만 있다. 선뜻 하겠다고 나서기에는 자신의 학문과 경륜이 모자란다는 생각이 들었을 터이고, 아니 하겠다고 한다면 중신들의 성화를 감당하기 어려울 것 같아서일 것이리라.

"마마, 이는 상량하실 일이 아닌 줄로 아옵니다. 주상 전하의 즉위와 함께 왕태비마마의 청정을 함께 선포하겠사옵니다."

신숙주는 확정되었다는 뜻으로 매듭짓고자 한다.

"잠깐."

왕태비 윤씨는 수긍하지 않으려는 눈치다. 왕태비의 말투는 간절하기까지 하다.

"일이 이 지경에 이른 것이 모두 나의 박복한 탓이라고 말씀드린 바가 있지 않소. 하니, 나는 스스로 수양하여 심신을 화평하게 하고픈 마음뿐이오. 또 나는 문자를 알지 못하오. 대비(수빈)가 문자에도 밝고 사리에도 통달하니 국사를 다스릴 만할 것이오 주상의 모후인 대비로 하여금 청정을 감당하게 하는 것이 어떻겠소?"

아닌 게 아니라 곧 대비가 되어 입궐할 수빈이라면 어느 명군 못지않은 역량을 보일지도 모른다. 그러나 어디 그럴 수가 있는가. 법도가 지엄한 시대였기에 더욱 그렇다.

"이러한 때에 왕실의 웃어른께옵서 청정을 하는 것은 고사에도 합당한 일이옵고, 또한 온 나라 신민의 여망이 이와 같은 줄로 아옵니다. 통촉하소서."

"아무래도 내게는 벅찰 듯하오."

"마마, 법도를 따라 주소서!"

"주상이 유충하다 해도 경들이 보필을 잘하면 될 것이 아니겠소 나는 사양할 것이니 그만 물러들 가시오."

왕태비 윤씨의 사양이 간곡했던 탓으로 원상들은 힘없이 물러 나올 수밖엔 없다. 그러나 왕태비의 수렴청정은 법도를 따라야 할 일이다. 원상들은 다시 의논을 한 끝에 이번엔 간곡한 글을 지어 올린다.

신등이 그윽히 생각하건대, 국가가 성상의 슬픔을 만나 재앙과 근심이 연달아 일어났습니다. 세조대왕께서 향년이 길지 못하였는데, 또 이제 대행대왕도 갑자기 만기를 버리시었고, 계사繼嗣(뒤를 이을 사람)가 유충하여 온 나라의 신민들이 당황하여 어찌할 바를 알지 못하오니, 자성왕대비 전하慈聖王大妃殿下께서는 슬픔을 조금 누르시고, 종묘와 사직의 중함을 생각하시어, 위로는 옛 전례를 생각하고 아래로는 여정輿情에 따라, 무릇 군국의 기무를 함께 들고 재단裁斷하다가, 사군嗣君이 능히 스스로 총람할 때를 기다려서 정사를 돌려주시면 이보다 더 다행한 일이 없겠습니다.

왕태비 윤씨가 종사의 법도를 모를 까닭이 있을까. 신료들의 간절한 충절이 담긴 글을 보고서야 비로소 수렴청정을 수락한다.

"경들의 뜻을 따를 것이니 원상들은 모두 힘써 나를 도우라."

조선왕조 최초의 수렴청정은 이렇게 결정된다. 진시에 예종이 붕어하고, 사시가 채 지나기 전에 자산군의 즉위와 왕태비의 청정이 결정되었다면, 이미 이러한 복안을 면밀하게 세워 둔 사람이 있었기 때문에 가능하다. 바로 칠삭둥이 한명회다. 다시 한 시대가 그의 손바닥 안으로 들어오는 순간이다.

왕태비의 청정, 그것은 원상들의 비중이 더욱 무거워질 것임을 예고한다. 어차피 왕태비 혼자 국정을 도맡을 능력은 없다. 원상들이 도울 수밖엔 없다. 말이 돕는 것이지, 이는 원상들의 뜻이 그대로 반영된다는 말이나 다름이 없다. 세조의 견제를 받았고, 예종조에는 원로의 위치에 만족하던 노신들이 이제 화려하게 정계의 일선에 복귀하는 것이 아니고 무엇인가.

그중에서도 국구가 될 한명회의 모습은 단연 두드러져서 눈이 부실 지경이 아닐 수 없다. 명실상부한 조정의 수장首長으로 군림하는 쾌거가 아니고 무엇이랴. 칠삭둥이 당나귀 상인 한명회가 16년 만에 자력으로 이루어 낸 입신의 백미이고도 남는다.

종친과 대소 신료들이 백의白衣에 오사모烏紗帽, 흑각대黑角帶 차림으로 속속 입궐한다. 미시에 근정전 앞에서 거애擧哀, 즉 발상發喪 의식이 행해지고, 청정에 임하는 왕태비의 교서가 내려진다.

하늘이 불쌍히 여기지 아니하고 우리 집안에 화를 내려, 세조대왕께서 향년이 오래지 못하였는데, 사군이 애통하여 병을 얻어서 갑자기 일어나지 못하여 재앙과 근심이 서로 이어지니, 아프고 슬픈 것을 어찌 다 말할 수 있겠느냐.

내가 생각하건대 대위는 잠시라도 비울 수 없는 것이다. 사왕嗣王의

아들이 바야흐로 강보에 있고, 또 본래부터 병에 걸려 있다. 세조의 적손으로는 다만 두 사람이 있을 뿐인데, 의경세자의 아들 월산군 정은 어려서부터 병이 많고, 그의 동모제同母弟인 자산군이 기가 숙성하고, 세조께서 매양 그 자질과 기도器度가 보통과 다른 것을 칭찬하여 우리 태조에 비하는 데에 이르렀다. 이제 연령이 점점 장성하고, 학문이 날로 나아가므로 가히 큰일을 맡길 만하다.

이에 대신과 더불어 의논하니, 대신들이 합사하여 여망에 합당하다 하므로, 자산군을 명하여 왕위를 잇게 했다. 존몰存沒을 느끼어 생각하니 마음을 둘 곳이 없으나, 너희 대소 신료는 모두 나의 뜻을 본받을지어다. 아아! 슬프도다. 이를 중외에 반포하여 백성들로 하여금 모두 듣고 알게 하라.

이어서 신시에는 근정문에서 자산군이 즉위를 한다. 조선왕조의 아홉 번째 임금인 성종의 등극이다. 성종의 즉위교서는 다음과 같다.

생각컨대 우리 국가가 큰 명령을 받아서 열성이 서로 계승하였는데, 하늘이 돌보아 주지 않아 세조대왕께서 갑자기 제왕의 자리를 떠나시니, 대행대왕께서도 슬퍼하다가 병이 되어 마침내 세상을 떠나시게 되었다. 태비자성흠인경덕선열명순원숙휘신혜의전하太妃慈聖欽仁景德宣烈明順元淑徽愼惠懿殿下께서 나에게 명하여 왕위를 계승하도록 하셨으므로, 굳이 사양타 못하여 마침내 대위에 나아가게 되었다. 자성왕대비를 높여서 대왕대비로 삼고, 대행왕비를 높여서 왕대비로 삼는다.

지금 사위(왕위를 이음)한 처음에 당했으니, 마땅히 관대한 은전을 펴야만 할 것이다. 이제부터 11월 28일 이른 새벽 이전에 죄를 범한 자로, 다만 십악十惡과 강도를 제외하고는 모두 사면할 것이니, 감히 유지 전의 일을 가지고 서로 고언告言하는 사람은 그 죄로써 죄줄 것이다. 관직에 있는 사람은 각기 1자급을 올려 주고, 직첩을 회수당한 사람은 돌려주며, 도형徒刑, 유형流刑, 부처付處, 정속定屬된 사람은 죄의 경중을 분별하여 석방할 것이다.

내가 어린 몸으로 외롭게 상중에 있으니 어찌할 바를 모르겠다. 그대들 대소 신료는 마음과 힘을 합하여 나의 미치지 못한 점을 보좌하여 나로 하여금 우리 조종을 욕되게 하는 일이 없도록 하고, 우리 사직을 영구히 보전하도록 하라.

세종대왕 이후의 성군으로 평가되는 성종시대는 이렇게 활짝 열리게 된다.

새 시대의 정치체제 구조는 꽤 복잡하다. 육조와 의정부 위에 원상이라는 일종의 집단지도체제가 있고, 그 위에 주상인 성종, 다시 그 위에 수렴청정을 하는 대왕대비 윤씨가 군림해 있는 양상이다.

여기에 부연해 둘 것은, 애초에 대왕대비가 청정을 시작할 때에는 수렴청정의 형식은 아니었다. 다만 내관이 대왕대비전을 드나들면서 대왕대비께 주청을 하고, 거기에 따른 명을 하달하곤 했다.

수렴청정을 하게 된 것은 해가 바뀐 성종 2년(1471) 1월 13일의 일이다. 이때부터 대왕대비는 편전 한쪽에 발을 드리우고 앉아서 모든 정사를 청단聽斷하게 된다. 참으로 한 여인이 겪을 수 있는 모든 비애를 다 맛보고 또한 한 여인이 누릴 수 있는 온갖 영화를 모두 누리게 된 대왕대비 윤씨다.

5.

어느덧 서른네 살. 수빈 한씨는 지나간 12년 세월을 눈물로 돌아보고 있다. 물질적인 고통은 없었다고 해도 그동안 겪었던 정신적인 공허는 회한이라는 말로는 형언할 수 없다.

세자빈으로 책봉이 되었을 때는 국모의 자리가 눈앞으로 다가와 있었다. 한 여인의 꿈으로 그보다 더 찬란한 것이 어느 천지에 다시 있을까. 게다가 남다른 총명함과 깊은 학덕을 겸비하고 있었기에 세조 내외는 물론이요, 대소 신료들로부터도 나무랄 데 없는 국모의 자질이라고 칭송을 받고 있었음에랴.

그러나 한순간의 불행이 수빈 한씨의 전도를 물거품으로 만들어 버리지 않았던가. 지아비 의경세자가 세상을 떠나자 수빈은 어린 삼남매를 거느린 종실의 과부가 되어 세조의 잠저로 출궁했다. 사람들은 임금의 맏며느님이라 하여 수빈을 소중히 여겼으나 정작 자신은 실오리 같은 소망을 간직한 채 눈물의 세월을 보내지 않을 수 없었다.

한명회의 딸을 둘째 며느리로 맞으면서 기사회생의 기회만을 기다리며 살아온 세월이다. 그렇다고 왕실의 불행을 소망할 수가 없었기에 시름이 가실 날이 없었다. 강산도 변한다는 12년 세월을 수빈 한씨는 고독한 정한을 씹으면서 일각을 여삼추처럼 길게만 살아온 여인이다.

엄동설한의 혹독한 추위 속에서도 설중매는 피어난다. 그러기에 향기 또한 그윽한지도 모른다. 수빈 한씨의 모습과 무엇이 다르랴. 하늘이 수빈의 소망을 저버리지 않았음인가. 왕실의 불행은 마침내 수빈의 권토중래를 재촉한다. 한명회의 서랑이자 수빈의 둘째 아들인 자산군이 예종의 뒤를 이어 왕위를 이었음에랴.

"아바마마."

그날 수빈 한씨는 세조대왕을 흐느끼는 소리로 불렀다. 쏟아져 흐르는 뜨거운 눈물은 옷깃을 적시고 또 적신다. 중전의 자리를 거치지 않으면서도 당당 대비의 자리에 올라 다시 입궐하게 된다. 조선왕조가 창업한 이래 처음 있는 기적 같은 일이다.

"대비마마, 그간의 고초를 무엇이라고 말씀 여쭈어야 하올지…."

하례 차 찾아온 한명회의 눈언저리도 젖어 있다.

"고진감래라는 고사를 생각해 보곤 했답니다."

수빈 한씨는 애써 기쁨을 추스르며 담담히 대답한다.

"아뢰옵기 송구하옵니다만, 의경세자 저하의 추숭追崇 전에 입궐하게 되실 것도 같사옵니다만…."

"하자가 되지나 않을지요."

"대왕대비마마의 심려가 크신 것으로 아옵니다."

"그 어른의 배려는 고맙기 한량없습니다마는, 저로서는 하자를 원하지는 않는 것을요."

그랬다. 수빈 한씨가 대비가 되어 입궐하는 데에는 약간의 문제가 있다. 아들인 성종이 보위를 이었다 해도, 그것이 예종의 후계자가 되는 까닭으로 대비가 될 수는 없다. 그것은 곧 궐내에서 기거할 명분이 없는 것과도 일맥상통한다. 수빈 한씨가 겪어 온 통한의 세월을 눈물로 지켜보았던 대왕대비 윤씨는 이 점을 용인하지 않는다.

"법도는 후일 다시 논의해도 됩니다. 주상의 모후가 되는 것은 엄연한 사실이 아닙니까. 먼저 대궐로 모시고 의경세자의 추숭을 논의해도 늦질 않습니다."

수렴청정에 임한 대왕대비의 명이다. 아무도 거역할 수 없다. 원상들은 수빈 한씨의 성품을 잘 알고 있다. 함부로 반대 의견을 폈다가는 후일 보복이 있을 수도 있는 일이다.

"법도를 어기는 일도, 부끄러운 일도 아닙니다. 어서 서둘러서 정중히 모시세요."

"예."

원상들은 정청을 물러 나와 수빈 한씨를 대궐로 모시는 절차를 정한다.

수빈 한씨가 잠저를 떠나는 날은 함박눈이 탐스럽게 내린다. 대문을 나서는 수빈 한씨의 모습은 그대로 향기 높은 한 떨기 설중매나 다름이 없다. 배웅을 위해 나와 있던 정경부인 민씨가 깊숙이 머리를 숙이면서 속삭인다.

"대비마마, 지난날의 모든 고초는 다 잊으시고 오래오래 영화를 누리소서."

"고맙습니다. 모두가 사돈댁의 은혜를 입고 있음입니다. 부부인마님의 음덕도 가슴 깊이 간직하겠습니다."

"망극하옵니다, 대비마마."

정경부인 민씨는 대비로부터 중전의 어머니라는 부부인府夫人의 칭호를 처음 들으면서 새삼 감동한다. 아직은 상중이라 왕비의 책봉 의식은 갖추지 못하고 있다. 그런데도 대비 한씨는 부부인이라는 말로 정경부인의 마음을 흐뭇하게 어루만져 주고 있음이 아닌가.

대비 한씨는 회한이 서린 잠저를 천천히 둘러본다. 수양대군의 며느리가 되어 첫발을 들여놓았고, 지아비를 잃은 몸으로 다시 돌아와 회한의 눈물과 찢어지는 한숨을 끝도 없이 뿌렸던 곳이다. 이제 열두 해라는 참담했던 세월을 감내하면서 아들을 임금의 자리에 밀어 올렸던 사저를 떠나간다.

서설일 수 있는 눈발은 나비 떼가 춤을 추듯 너울거린다. 눈시울이 뜨거워지기 시작한다. 서른네 살의 젊은 대비는 옷고름으로 배어나는 눈물을 찍어 낸다. 자꾸만 흐려지려는 풍경의 한가운데를, 갑자기 늙어 버린 것 같은 모습의 임운이 걸어 나온다.

"임 서방."

"대비마마."

임운은 쏟아지는 눈물을 주체하기 어려운 듯 고개를 숙인다. 그 옛날 수족과 같이 수양대군을 보필했더니 임금이 되어 떠났고, 다시 수빈을 지성으로 모셨더니 이제 대비가 되어 떠나가질 않는가. 감격도 컸고, 뼈가 아린 듯한 외로움도 깊을 수밖에 없다.

"임 서방의 공을 내가 어찌 잊겠는가. 자네야말로 이 나라의 일등공신인 것을⋯."

"대비마마, 눈발이 차옵니다. 서두르소서."

임운도 이제는 늙었음인가, 그의 목소리도 흥건하게 젖어 있다. 대비의 말대로 임운이야말로 숨은 공신이라 할 만하다. 다른 것은 제쳐 두고라도 김종서를 때려죽인 공만 해도 공신이 아니던가. 다만 신분을 잘못 타고난 탓으로 공신 책봉도 받지 못했고, 미관말직의 영예도 누리지 못했다. 그런데도 불만 하나 없이 충직하게 잠저를 지키고 있다.

"그러세."

더 머무르다가는 흉한 꼴을 보일 것만 같아, 대비 한씨는 대왕대비가 보낸 연에 오른다.

"부부인마님은 궐내에서 다시 뵙게 되겠지요."

"예, 대비마마."

교군들이 연을 들어 올린다.

"대비마마, 만수무강하오소서."

임운은 넓죽 엎드리며 어깨를 들먹인다. 눈발은 그의 크고 넓은 어깨 위로 차곡차곡 쏟아져 내린다.

수빈 한씨가 인수왕비仁粹王妃라는 휘호를 받은 것은 성종 2년 1월 22일의 일이다. 중전의 자리에 오른 일이 없으면서도 왕비라는 휘호를 받은 것은 지아비 의경세자가 온문의경왕溫文懿敬王으로 추존이 되었기 때문이다. 역사는 그의 묘호를 덕종德宗이라 부른다. 이와 같이 왕위에 오르지 못하고 세상을 떠난 세자의 아들이 왕위에 오르면, 그 아버지를 왕위에 모시고 추존왕이라 부르게 되지만, 추존왕은 몇 대째 왕이라는 차례가 없다.

성종이 왕위에 오르면서 대왕대비가 수렴청정을 하게 된 일과 의경세자를 임금으로 추존한 것은 두 가지 모두 조선왕조가 창업한 이래 처음 있는 일로 기록된다.

또 한 가지는, 성종 초기에는 주상의 보령이 어린 대신에 대비가 많았다. 세조비 정희왕후貞熹王后가 대왕대비요, 예종비 안순왕후安順王后가 왕대비, 그리고 성종의 어머니인 인수왕후가 대비, 성종비인 공혜왕후恭惠王后가 중전이었으니, 이와 같이 내전 쪽의 위엄이 외전을 능가하게 되는 경우도 흔하지 않은 일이다.

여기에 한 가지 부기해 둘 것은, 후일에 이르러 성종이 이들 세 분의 살아 있는 대비를 위해 수강궁 터에 지금의 창경궁을 지었다는 점이다.

예종의 초비였다가 일찍이 세상을 떠난 한명회의 셋째 딸 장순빈도 이날 휘인소덕장순왕후徽仁昭德章順王后로 추숭됨으로써 한명회의 두 딸이 왕비의 자리에 있게 되었다.

압구정에서

1.

임금은 열세 살. 그를 옹위하는 세 분의 대비가 있다 한들 절대군주의 시대에 아낙들의 힘이 하늘을 찌를 수는 없다. 수렴청정은 원상들의 논의와 주청을 추인하는 데 불과하다. 더구나 세조비 대왕대비는 심성이 여리고 자애롭기만 하다. 오히려 대왕대비보다는 성종의 친모인 인수왕후의 인품이 세찬 데가 있었으나, 아직은 형식적인 대비에 불과했으므로 정치 표면에 나서기가 어렵다.

결국 왕실은 단종이 처음 보위에 올랐을 때와 같이 허약하다는 편이 옳다. 조정에 원로들이 있었다 해도 신숙주, 한명회를 중심으로 한 노년의 세력과 정인지, 정창손을 중심으로 한 퇴역의 원훈들이 고작이다. 이런 경우라면 수양대군과 같은 걸출한 종친이 계유정난에 버금가는 일을 도모할 수도 있는 일이다. 왕실이 허약하다는 명분이 설 수도 있기 때문이다.

그와 같은 불미한 일들을 몸소 체험하고 지켜본 사람들이었기에 왕실에서나 신료들 사이에도 내색하지 못할 불안이 있다. 인수대비가 한명회를 부른 것은 그 때문이다.

"주상께서 성년이 되실 때까지 물샐틈없는 경계가 있어야 할 줄로 압니다."

"이를 말씀이옵니까, 대비마마."

한 사람은 주상의 모후요, 또 한 사람은 주상의 장인이다. 이들 두 사람은 오늘과 같은 시대를 열기 위해 내심 노심초사해 온 사이여서 의기투합은 어렵지 않다.

"이 나라 종사에 또다시 지난날과 같은 불미한 일이 되풀이되어서는 아니 될 줄로 압니다."

"그러하옵니다. 제 비록 용렬한 사람이나 미력을 다하겠사옵니다."

"그리 해 주셔야지요. 상당군 대감만 믿겠습니다."

"…."

"고령군 대감은 믿어도 되겠지요."

"신과 사돈이라면, 대비마마와도…."

"호호호, 알겠습니다."

한명회는 인수대비의 거처를 물러 나오면서 종친들의 면면을 살펴본다. 역사가 사람의 일과 같다면, 사람의 일 또한 역사와 같을 수 있지 않겠는가.

한명회가 결출한 종친인 수양대군을 만나지 않았던들 세조의 시대와 같은 얼룩진 역사는 없었을지도 모른다. 그 한명회가 지금은 자신들에게 반기를 들지도 모르는 종친들의 면면을 살피고 있다면 아이러니가 아니고 무엇인가. 그러나 쿠데타의 실세들은 몰락의 직전까지도 그런 일에 매달리는 것이 상례로 되어 있다. 한명회의 뇌리에 한 사람의 종친이 떠오른다.

귀성군 준, 바로 그 사람이다.

세조는 귀성군에게 분에 넘치는 은총을 내렸다. '이시애의 난'을 평정할 때 4도총사로 명했고, 난이 평정되자 당당 영의정으로 제수하기까지 했으며, "준은 내 아들이다." 그리고 "문에는 준이요, 무에는 윤성이다."라고까지 극찬을 했다. 귀성군 준에게는 세조의 젊은 날과 같은 기상이 있는 것도 사실이다.

"준이라…."

한명회는 중얼거리면서 걷는다. 그 많은 종친들 가운데서 불궤를 꾀할 수 있는 사람은 준밖에 없을 것이라는 생각이 든다. 게다가 준은 예종 즉위 초에 영의정 자리에서 밀려나 있다. 세조의 은총이 세조 사후에 물거품이 되었다면, 30대 초반의 불같은 혈기로 앙심을 품을 수도 있다는 것이 한명회의 생각이다.

한명회의 이 같은 예감은 해가 바뀌기 무섭게 현실로 드러난다. 고변 상소에 의해서다. 생원 김윤생金允生이 별시위 윤경의尹敬義와 더불어 승정원에 상소문을 올렸는데, 그 내용이 참으로 황당하고 해괴하다. 성종 2년(1471) 1월 2일의 일이다. 즉위 초에 불어 닥친 회오리바람이 아니고 무엇인가.

신이 전 직장直長 최세호崔世豪를 그 집에 가서 보았는데, 최세호가 은밀히 말하기를, "일찍이 길창군(권람)이 말하기를 귀성군은 신기神器(왕위)를 주관할 만하다 하였다. 지금 어린 임금을 세웠으니 나라의 복이 아니다. 어찌 왕위의 결정을 이리 잘못한 것일까? 만약 내게 권세가 있었다면 이와 같지 않았을 것을. 그러나 그대는 이 말을 듣고 침묵을 지켜야 한다." 하였습니다.

예종 즉위 초에 '남이의 옥사'가 있었다. 결국 그 참사의 후유증으로 예종을 잃지 않았던가. 성종이 즉위한 지 겨우 한 달이 지난 때이고 보면 조정이 발칵 뒤집히고도 남을 일이다.

곧 최세호를 잡아다 추국했지만 그는 자복하지 않는다. 그러나 그 자리에 동석했다는 최문강崔文江, 김윤생이 데리고 다니는 종 팔동八同 등을 대질시키자 난언을 한 것이 사실임이 드러난다. 자포자기한 최세호가 횡설수설하는 중에 권맹희權孟禧가 최세호에게 그러한 뜻의 말을 일러주었다는 것도 밝혀지게 된다.

결국 최세호와 권맹희는 참형을 당한다. 그러나 일은 거기서 그치지 않고, 불궤의 불씨가 귀성군에게까지 튀게 된다. 모든 원상들이 합사하여 준의 처벌을 주청하고 나선다. 난언에 연루되었다는 것뿐만이 아니라 세조 때 궁녀를 간통했다는 뜻밖의 사실까지 들고 나왔음에랴.

대왕대비 윤씨는 준에 대한 세조의 총애를 알고 있었기에 윤허할 수가 없다. 대왕대비와 원상들 사이에 귀성군 준의 처단을 놓고 지루한 입씨름이 며칠간 계속된다.

1월 14일. 정인지가 입궐한다. 75세의 노구를 이끌고 나온 것은 물론 준의 처벌을 주청하기 위해서다.

"귀성군 준은 이미 선왕조에 죄를 얻었고, 지금 또 여러 소인들의 말하는 바가 되었으니, 도성에 둘 수 없는 일이옵니다. 청컨대 외방으로 내치도록 하오소서."

정인지의 주청에 대왕대비는 충격을 받는다. 대왕대비는 문득 세조의 얼굴을 상기한다. 치세 동안의 거의 전부를 이 같은 일로 보낸 지아비였기 때문이다. 지아비의 고통을 이제야 알 수 있을 것 같다.

"대비를 뫼시어라!"

대왕대비는 소리친다. 인수대비와 의논하고 싶어서다. 대비라면 이 같은 자신의 괴로움을 알아줄 것만 같다. 잠시 후 인수대비가 든다.

"어서 오세요, 대비."

대왕대비는 대비라 부르면서 반색한다. 엄밀히 따지면 아직은 책립 전이라 대비랄 수가 없었는데도, 그렇게 부른 것은 기사회생한 며느리에 대한 깊은 애정과 예우를 함께 베푸는 것이리라.

"심려가 크실 것으로 아옵니다, 대왕대비마마."

"크다마다요. 정치가 이런 것인 줄을 꿈엔들 알았겠습니까. 대비, 내게 지혜를 빌려 주세요."

"…"

"아직 주상의 보령이 어리신데 청정을 하는 대왕대비가 종친에게 죄주는 일부터 하다니, 좋은 계책이 있거든 알려 주세요."

도움을 청하고 있었던 탓일까, 대왕대비의 어조는 간절하게 들린다.

"계책이랄 게 무에 있겠습니까. 나라의 일이란 법도대로만 처결하면 뒤탈이 없는 법이옵니다."

인수대비의 매몰찬 한마디에 대왕대비는 상체를 곧추세우며 얼굴빛이 달라진다. 인수대비의 대쪽 같은 성품이야 익히 알고 있었으면서도, 시어머니이자 수렴청정에 임한 대왕대비의 면전에서 어찌 그리도 당당할 수가 있는지 대왕대비는 야속하기만 하다.

"대비."

"예, 마마."

"대비마저 그리 말하면 어찌하는가? 내가 부덕한 몸으로 정사를 관장하는데, 대비는 내 편을 들어 주어야 하지 않는가."

"마마, 이것은 하늘의 해를 보듯 명명백백한 일이옵니다. 조정의 국법이 엄연한데 어찌 갑론을박이 있을 수 있으리까."

"…!"

"더는 신하들의 주청을 들을 것도 없사옵니다. 전교를 내리시어 준을 외지에 내치도록 하오소서."

"하지만 대비, 귀성군은 실상 아무 한 일이 없지를 않은가. 그래서 이러는 것이야. 난언을 한 자들이 그 이름을 거론했다고 해서 죄를 준다면 이후로 어디 종친들이 남아나겠는가."

"대비마마, 금성대군의 일을 상고하소서. 한 번으로 끝나는 일을 사정으로 망설였다가 더 큰 곤혹을 두 번, 세 번 겪은 것이 엊그제의 일이옵니다."

대왕대비 윤씨는 인수대비의 싸늘한 시선에서 두려움을 느끼면서도 자신의 의향을 꺾으려 하지 않는다.

"더구나 귀성군은 세조대왕께서 아끼시던 혈육이 아닌가. 심지어는 아들이라고까지 하질 않으셨는가. 스스로 역모를 꾀한 것도 아닌데 어찌 죄를 내려. 난 못 하네."

성품이 모질지 못한 사람이 한번 고집을 세우면 의외로 굽히지 않는 경우가 있다. 지금의 대왕대비 윤씨가 그렇다.

"마마, 아뢰옵기 황공하오나, 말썽의 근원은 바로 세조대왕의 지나친 총애에서 비롯된 것이옵니다."

"말을 삼가게!"

대왕대비가 벌컥 소리친다. 세조를 비방하는 소리로 들렸기 때문이다. 그러나 인수대비는 물러서지 않는다.

"엄연한 사실이옵니다. 준은 너무 젊은 나이에 분에 넘치는 총애를 받아 그 성품이 지나치게 오만하여졌사옵니다. 예로부터 사직에 관계되는 난언이란 까닭 없이 나오는 것이 아니옵니다. 준에게 의심스러운 마음이 없었다면, 어찌 그들이 그런 불측한 말을 입에 담을 것이겠습니까."

"……."

"설혹 준에게 아무런 혐의가 없다고 하더라도 또한 용서할 수 없는 일이옵니다. 주상 전하께옵서 보령 열넷이니, 또 어떤 불측한 무리들이 장성한 종친을 내세워 난언을 하고 불궤를 도모할지 모르는 일이옵니다. 중한 벌로 일벌백계의 묘를 찾으셔야 하옵니다. 종사의 기틀을 바로잡는 일이옵니다. 주저하지 마시오소서."

인수대비의 변설은 중신들의 주청을 넘어서는 따끔한 것이고도 남는다. 사실 인수대비는 스스로 성종을 가르쳐서라도 세조조의 전철을 밟지 않으리라 다짐하고 있다. 인수대비의 이상은 세종조의 태평성대를 넘어서는 성군의 시대를 열어 가는 데 있다.

"아직 주상 전하께서는 친정을 못하시고 대왕대비마마께옵서 수렴청정을 하기에 더더욱 조정의 법도를 엄하게 해야 하옵니다. 사정에 연연하시오면 나라의 근본을 어지럽히게 되옵니다. 어마마마, 상고해 보소서. 노산군 때 나라의 기강이 한번 무너지더니, 그것을 바로 세우는 데 15년 세월을 허송하지 않았사옵니까. 이제 겨우 태평성대를 맞으려는 때이옵니다. 깊이 통촉하오소서."

"…."

"더욱이 원상들도 모두 준에게 벌 줄 것을 주청하고 있질 않사옵니까. 이제 마마께옵서 준을 비호하는 뜻을 보이신다면, 원상들도 마마의 뜻이 있는 곳을 의심하게 될 것이옵니다."

인수대비의 소청은 준엄한 논고를 방불케 한다.

"또한 준의 처지를 보더라도 도성을 떠나 있는 편이 득이 될 것이옵니다. 다시 역모에 연루된다면 살아남기 어려울 것인즉, 외방에 부처하시는 편이 오히려 목숨을 구하는 길도 될 것이옵니다."

"대비."

몸을 떨 만큼 기가 죽어 있던 대왕대비가 겨우 입을 연다.

"예, 마마."

"내가 전에도 원상들에게 말한 바가 있지만, 청정은 대비가 하는 편이 나을 뻔했어요."

"당치 않사옵니다."

겸사의 말을 입에 담고는 있었어도 인수대비의 두 뺨에는 발그레 홍조가 돌고 있다. 정말이지 자신에게 그런 기회가 주어진다면야 어느 제왕보다도 당당하고 지혜롭게 나라를 다스릴 수 있을 것이기 때문이다. 사실 인수대비의 학덕은 명리에만 급급해하는 신료들의 그것보다 훨씬 더 높은 곳에 있었다.

"대비."

"예."

"준을 귀양 보내는 것이 준을 살리는 길이라고?"

"그러하옵니다. 또한 사직이 편안한 일이옵고요."

"알겠네."

대왕대비는 힘없이 고개를 끄덕인다.

"아뢰옵니다!"

이때 밖에서 내관의 다급한 목소리가 들린다.

"무슨 일이냐?"

"숭문당에 중신들과 원상, 종친들이 모두 입시한 줄로 아뢰옵니다."

"알았다."

자리에서 일어나다 말고 대왕대비는 그래도 미련이 가시지 않은 목소리로 부연한다.

"대비의 말은 알아들었으나, 마지막으로 중신들의 말을 들어볼 것이네."

"망극하옵니다."

인수대비는 정녕 송구한 듯 고개를 숙인다. 그러나 내심으로는 쓴웃음을 짓고 있다.

'그야 물어보나마나가 아니옵니까.'

며느리 되는 인수대비에게 호되게 당한 꼴이 된 대왕대비는 착잡한 마음으로 숭문당으로 나갔다. 성종이 앉은 바로 뒤에 발을 치고 앉아서, 대왕대비는 우선 모두에게 들릴 만큼 한숨부터 내쉰다. 그 한숨 뒤에 나직하게 나오는 대왕대비의 목소리는 애절하기까지 하다.

"귀성군은 세조께서 사랑하여 친히 돌보던 혈육인데, 지금에 와서 외방에 내친다면 세조의 뜻에 어긋남이 되지 않겠소?”

“원상 신숙주, 대왕대비마마께 아뢰옵니다.”

지체 없이 신숙주가 나선다.

“말씀하세요.”

“준은 세조대왕의 지나친 총애를 기화로 이미 큰 죄를 범하였는데도, 세조께서 차마 법에 처하지 못하였사옵니다. 만약 일이 오늘에 이르렀음을 아신다면, 세조께서도 용서하시지 않았을 것이오니, 법으로써 결단하소서.”

발 뒤에 앉은 대왕대비는 등골이 오싹해지는 전율감에 젖는다. 잠시 전 인수대비의 논조와 조금도 다르지 않았기 때문이다. 신숙주의 주청에 용기를 얻은 신료들이 저마다 한마디씩 하고 나선다.

“그러하옵니다.”

“속히 외방에 내쳐야 하옵니다.”

“부처함이 마땅하옵니다.”

종친도 원로들도 중신들도 모두 입을 모아 준의 부처를 아뢰자, 마음이 여린 대왕대비로서도 어찌할 수가 없게 된다.

“모두의 뜻이 그렇다 하니, 내가 마지못해 따를 수밖에 없구려. 경들이 잘 처리하도록 하오.”

“망극하옵니다, 대왕대비마마.”

대왕대비 앞을 물러 나온 원로들은 곧 공론의 일치를 보고, 준의 처벌안을 작성하여 올린다.

준은 공신의 명부에서 이름을 삭제하고, 직첩을 회수하여 경상도 영해寧海 땅에 안치하며, 가산을 적몰하도록 하소서.

그러나 대왕대비전에서 내려온 전교에는 ‘가산적몰’이란 네 글자만은 지워져 있다. 곧 귀성군은 영해로 끌려가고, 성종 10년 끝내 유배지에서 죽고 만다.

귀성군 준. 나이 삼십에 권부의 수장인 영의정이 되었던 것이 엊그제의 일이 아니던가. 초년의 지나친 광영은 오만을 불러들인다. 그 오만이 불행한 종말로 이어지는 것은 섭리가 아니고 무엇이겠는가. 남이의 경우와 같은 종말이다.

남이와 귀성군 준의 허무한 종말은 세조가 포석해 두었던 예종시대의 종말과 운명을 같이한 일이다. 세조가 지목했던 세 사람의 준재 중에서 두 사람이 사라졌다. 남아 있는 사람은 유자광 한 사람이다. 그는 팔짱을 끼고 앉아 앞날의 일을 생각한다. 아무리 생각해도 자신이 발붙일 땅은 없다.

'칠삭둥이라…!'

시대는 어느 사인가 또다시 한명회의 손바닥으로 들어갔다는 확신이 든다. 그는 원상과 국구의 자리에 있다.

'빌어먹을….'

유자광은 씁쓸히 내뱉는다. 세조가 살아 있다면, 예종이 살아 있다면 그 또한 욱일승천의 기세로 평탄한 대로를 달렸을 인물이었으나 지금은 주춤 멈추어 선 꼴이다.

세월은 유자광의 주춤거림에는 아랑곳하지 않고 흘러간다. 새로운 시대로 옮겨 가는 물결이 아니고 무엇인가.

2.

성종 2년 1월 19일에 한명회의 딸인 송이를 중전으로 책립하고, 3월 27일에는 좌리공신佐理功臣을 책록한다. 좌리공신은 성종의 즉위와 함께 귀성군의 난언과 같은 즉위 초의 어려움을 무사히 수습했다 하여 대소 신료들을 포상한 조처다. 조선왕조 창업 이래 여덟 번째의 공신 책록인 셈이다.

좌리공신의 책록은 대왕대비 윤씨의 뜻으로 이룩된다. 영광의 반열에 오른 면면들은 다음과 같다.

일등공신에 신숙주, 한명회, 최항, 홍윤성, 조석문, 정현조, 윤자운, 김국광, 권감.

이등공신에 월산대군 정, 밀서운 침, 정인지, 심회, 김질, 한백륜, 윤사흔, 한계미, 한계희, 송문림.

삼등공신에 성봉조, 노사신, 강희맹, 임원준, 박중선, 이극배, 홍응, 서거정, 양서지, 김경광, 강곤, 신승선, 이극증, 한계순, 정효상, 윤계겸, 한치형, 이숭원.

사등공신에 김수온, 이석형, 윤필상, 허종, 황효원, 유수, 어유소, 함우치咸禹治, 이훈李壎, 김길통, 선형, 우공禹貢, 김교金嶠, 오백창, 박거겸朴居謙, 이철견李鐵堅, 한치인韓致仁, 구문신具文信, 이숙기李淑琦, 정난종鄭蘭宗, 정숭조鄭崇祖, 이승소李承召, 한치의韓致義, 한보, 김수녕金壽寧, 한치례韓致禮, 한의韓義, 이극돈李克墩, 이수남, 이현李鉉, 신정申瀞, 김순명金順命, 유지柳輊, 심한沈瀚, 신준申浚.

공신에 책록되는 것은 그 명예가 후대로 이어지는 영광이 분명하다. 게다가 한명회는 이번으로 네 번에 걸쳐 일등공신이 되었으니 그 광영을 어찌 헤아릴 수 있으랴.

계유정난에 세운 대공으로 정난 일등공신이 되었고, 수양대군이 보위에 오르는 데 공이 컸다 하여 좌익 일등, '남이의 옥사'를 바로 수습했다 하여 익대 일등, 그리고 이번에 또 성종 즉위에 공이 있어 좌리 일등. 그의 공과는 고사하고라도 조선왕조에서 이만한 예우를 받은 사람이 한명회 말고 또 누가 있으랴.

대왕대비 윤씨는 공신 책록을 매듭지으면서 의정부를 강화하리라고 다짐했다. 의정부의 삼정승들이 경륜과 위엄을 세우게 되면 자신이 감당해야 할 수렴청정이 수월해질 것이기 때문이다. 또 그것은 가장 바람직한 일이기도 하다.

대왕대비는 고령군 신숙주를 불러서 간곡히 당부한다.

"고령군께서 영상의 대임을 맡아 주셨으면 합니다. 달리는 방도가 없지를 않습니까."

"…."

"나의 수렴청정은 있으나마나 해야 온전한 조정이 된다니까요."

"대왕대비마마의 배려에는 감읍하옵니다마는, 저보다는 상당군이 적임인 줄로 아옵니다."

신숙주는 한명회를 천거하면서 정중한 사양의 주청을 올린다.

"제 뜻을 따라 주셨으면 합니다. 상당군이 국구의 지위에 있는데 영상의 자리에 오르는 것은 바람직하지가 못합니다."

대왕대비 윤씨는 신숙주에게 영의정 자리를 맡아 줄 것을 다시 간곡히 청한다.

"주상의 보령이 아직은 유충한데, 왕실은 온통 아낙들뿐이 아닙니까. 설사 내가 수렴청정을 하고 있다 해도 아는 것이 없고 보면 의정부가 튼튼해야 합니다. 아니 그렇습니까, 고령군 대감."

"하오나 저보다는…."

"맡아 주세요. 학문과 경륜이 높은 고령군과 같은 어른이 영상의 지위에 계신다면 그것이 곧 튼튼한 왕실이 있음을 뜻하는 게 아닙니까. 대감께서 상당군을 영상으로 천거하셨습니다만, 상당군은 따로 쓰일 날이 있을 터이지요."

신숙주는 잠시 생각에 잠긴다. 한명회가 따로 쓰일 곳이라면 그것이 무엇이란 말인가? 그러나 대왕대비는 내색하지 않는다. 대왕대비는 영의정에 신숙주, 좌의정에 한명회를 기용할 심산이었다. 한명회는 이미 영의정을 두 번이나 지낸 터였으므로. 신숙주는 대왕대비의 심중을 짐작할 수 있다.

"대감, 종사를 위해섭니다. 대감께서 영상의 자리에 오르셔야 내가 시름을 덜 수 있어요. 대비 소리를 듣는 아낙들이야 열이 있은들 무슨 소용입니까. 사양하지 마세요."

"…"

"그리 믿겠습니다."

"대왕대비마마, 분부 받자옵고자 하옵니다. 바로 인도해 주오소서."

신숙주는 허리를 굽히며 정중히 대답한다.

"고맙습니다, 고령군 대감."

영의정 자리는 홍윤성에서 윤자운으로 넘어갔다가 성종 3년 10월 23일에 다시 신숙주에게로 돌아왔다. 아직 한명회가 좌의정으로 기용되기 전이었다 해도 신숙주가 수장이라면 조정의 위엄이 서는 것은 당연하다. 그의 학덕과 경륜이라면 당대를 넘어서는 진용이 아니고 무엇이랴.

대왕대비 정희왕후, 왕대비 안순왕후, 그리고 인수왕후… 줄줄이 대비들을 모신 왕실은 평온하기만 하다.

친정에 나서지 못하는 소년 성종은 대비들을 위하여 사흘이 멀다 하고 연회를 베푼다. 이런 분위기 속에서 대왕대비는 마음의 상처들을 조금씩 잊어 간다. 본래 마음이 모질지 못한 대왕대비가 연락宴樂에 깊이 빠지고 보니, 실상 왕실을 주도하는 것은 대비의 책봉을 받지 않았으면서도 대비라 불리는 인수왕후였다. 유순한 대왕대비와 서릿발 같은 기상의 인수대비는 마치 궁합이 잘 맞는 부부와도 같아, 왕실은 아무런 탈 없이 태평하게 다스려져 간다.

태평성대에는 이렇다 할 정치적 업적이 없기가 쉽다. 조선왕조 5백 년 사상 아마도 가장 평화로웠던 시절이라 할 성종조. 한명회, 신숙주 등의 영화가 극에 달한 성종 원년에서 5년까지를 보면 이렇다 내세울 만한 업적을 찾기가 힘들다.

단 한 가지 주목할 일이 있다면 『경국대전經國大典』의 완성을 들 수 있을 뿐이다. 조선왕조의 정치·사회 제도가 정착하는 데 근본이 되는 『경국대전』의 편찬 작업은 애초 세조시대에 시작되었다. 그 이전의 법전으로는 태조 때의 『경제육전經濟六典』, 태종 때의 『속육전續六典』이 있었으나, 그 후 제도의 변화, 발전에 따라 부족하고 불편한 점이 많이 발견되었다. 이 점을 통감한 세조의 지시로 『경국대전』의 편찬 작업이 시작되었다.

세조 6년(1460) 호전戶典, 세조 7년 형전刑典, 예종 원년(1469) 이전吏典, 예전禮典, 병전兵典, 공전工典을 찬진함으로써 일단 완성된 『경국대전』은 성종 5년까지 치밀한 개정 작업을 거쳐 그 골격을 갖추게 된다. 그 후로도 몇 차례 교정을 실시하여 결국 최종적으로 완성되는 것은 성종 16년(1485)이지만, 실상 거의 모든 작업은 성종 5년에 완료되었다.

조선왕조가 창업된 이래 세종조의 태평성대를 제외한다면, 그 나머지는 혼돈의 시대랄 수밖에 없다. 특히 세조가 주도했던 계유정난 이후의 권력 투쟁의 악순환은 허송세월이랄 수밖에 없다.

그와 같은 피바람을 피눈물로 지켜본 인수대비는 둘째 아들을 임금의 자리로 밀어 올리면서 기사회생을 했다. 그리고 대비의 지위에 군림하면서 종사의 기틀이 잡혀 가는 것을 지켜보기에 이르렀으니 인수대비의 기쁨은 헤아릴 길이 없다. 인수대비는 나어린 성종과 마주 앉으면 왕도를 일깨우는 일을 게을리 하지 않는다.

"주상."

"예, 어마마마."

"유념해서 들으셔야 합니다. 하늘의 해는 언제나 고루 비추어집니다. 어느 곳에는 더하고, 어느 곳에는 덜한 경우가 없습니다. 임금이 만민의 위에서 덕화德化를 펴는 것은 하늘의 해와 같아야 합니다."

"…."

"비록 임금이 하늘의 뜻[天命]으로 나라를 다스리는 것이나, 천하는 한 사람의 천하가 아님을 유념해야 할 것으로 압니다. 그러므로 임금은 예의를 바르게 하고 사치를 멀리하고서만이 백성들의 마음을 거느릴 수 있게 됩니다. 아시겠습니까?"

"명심하겠사옵니다."

인수대비의 얼굴에는 온화한 미소가 가시질 않고 있었으나 목소리에는 보령 어린 성종을 움츠리게 하는 서슬이 있다.

"임금의 덕이 바르면 춘하추동의 사시도 음양의 조화가 잘 이루어져서 만물의 영고榮枯가 질서를 유지하게 되고, 또 일日, 월月, 성星의 세 빛도 임금의 처사에 따라서 밝아지기도 하고 어두워지기도 합니다. 그러한 까닭으로 임금의 지위에 있는 사람은 법도에서 벗어나는 일이 있어서는 아니 됩니다. 그러니 임금의 언동이야말로 만민의 깨우침이 될 수밖에요."

성종의 눈매가 초롱초롱하게 빛난다. 비록 나이는 어렸어도 모후의 가르침을 하나도 놓치지 않겠다는 애성 때문이다. 성군의 자질이 아니고 무엇인가. 인수대비는 흐뭇할 수밖에 없다.

"호호호, 오늘은 이 어미가 시를 한 편 낭송해 드리지요."

"감읍하옵니다."

인수대비는 스르르 눈을 감았다가 『시경詩經』 대아大雅 대명편大明篇의 한 절을 낭랑한 목소리로 낭송한다.

明明在下　赫赫在上
天難忱斯　不易維王
天位殷適　使不挾四方

밝고 밝은 덕 세상에 있으며

혁혁하게 하늘에 계시네.

덕 없이 하늘을 믿기 어려워

보존하기 어려운 임금의 자리

천자 자리에 있던 은나라 적자

천하를 다스리지 못하였느니.

인수대비는 낭송을 마치고 눈을 뜬다. 성종의 용안은 알고도 남는 듯
한 의젓한 표정이다.

"가슴에 새겨 두시도록 하세요."

"명심하겠사옵니다."

세월은 성종의 왕도를 살찌우며 영글게 하고 있다. 대체 얼마 만의 일
이던가. 왕실이 화평하고 조정이 평온하면 민초들의 시름은 덜어지게 마
련이다. 선정의 기운이 아니고 무엇이랴.

3.

성종 5년. 금원의 신록은 눈부시게 아름답다. 성종 초의 태평성대는
누구보다도 인수대비의 심기를 느긋하게 한다. 인수대비는 참으로 오랜
만에 사돈이자 은인인 한명회를 거처로 불러서 다과를 대접한다. 살얼음
판을 딛듯이 살아온 지난 세월을 생각한다면 어찌 오늘과 같은 영광과
안온함이 있으리라 짐작했던가.

"이 나라 종사에 끼친 상당군 대감의 공헌은 만세에 길이 빛날 것으로
압니다."

"과찬의 분부시옵니다. 모두가 대비마마의 홍복인 줄로 압니다."

"아닙니다. 누가 뭐라고 해도 상당군 대감의 공덕은 제가 알고, 대왕대

비마마께서 아시는 것을요."

"…."

"게다가 명리도 축재도 멀리해 오신 대감이 아니십니까."

한명회는 내심 착잡한 심경에 젖는다. 만일 그가 축재에 관심을 두었다면 어찌 홍윤성의 축재에 비길 수 있겠는가. 그러나 한명회의 대답은 명쾌하다.

"스스로 축재를 하리라는 생각은 없었다 해도, 실로 엄청난 재물이 모인 것은 사실이옵니다."

"…?"

"기회가 닿으면 제 재물은 나라에 바칠까 하옵니다."

"그렇게까지야…."

"대비마마의 면전이기에 여쭈어 올립니다만, 계유정난 이후 저로 인한 허송세월이 너무도 가슴 아팠던 일인지라, 이제 성군께서 등극하셨으니 제 소임은 모두 끝났다는 생각이옵고, 난정이 이어지면서 모아진 재물을 성군을 위해 쓰게 된다면 그보다 더한 광영이 어디에 다시 있으리까."

"대감."

"소회의 일단이옵니다. 양지하소서."

인수대비는 감동에 젖는다. 학덕을 겸비한 사가의 아버님(한확)의 인품도 보았고, 정인지, 신숙주 등의 원훈들도 가까이서 지켜본 인수대비지만 한명회의 진면목은 그들에 비하여 군계일학이고도 남는다.

"이 나라 조선은 상당군 대감의 서랑이 다스리고 있지 않습니까. 종사의 초석이 되어 주셔야지요."

"미력을 다할 것이옵니다. 심려치 마오소서."

"고맙습니다."

화제가 종사의 일에서 신변의 잡사로 옮겨지고 있을 무렵, 한명회는 계피 향내가 물씬한 수정과로 입술을 적시고 있다. 갑자기 문밖이 술렁거린다.

"마마, 대비마마."

최 상궁의 다급한 목소리가 들려온다.

"무슨 일인지 들어와서 고하게."

대비전으로 들어서는 최 상궁의 안색이 창백하게 바래져 있다.

"중전마마의 옥체에 신열이 불덩이와 같다고 하옵니다."

이 무슨 망극한 변이던가. 한명회는 눈앞이 캄캄해지는 불길한 예감에 젖는다.

"어의는 들었더냐?"

"그러하옵니다."

"무엇이라 하더냐?"

최 상궁은 아무 대답도 하지를 않는다. 한동안 망연자실하게 앉았던 인수대비가 침중한 목소리로 입을 연다.

"이런 말씀을 여쭈어서 어떨지 모르겠습니다만…."

인수대비는 여기서 잠시 말을 멈춘다. 어려운 당부가 있을 모양이다.

"하교하소서."

"아직은 중전의 용태를 알 수 없기는 합니다만, 중전을 사가에 피접케 하는 것이 어떨지요?"

"…."

"어의를 상주하게 하고, 탕제는 내의원에서 마련하겠습니다."

"대비마마."

"이미 왕비 한 사람을 잃지 않았습니까. 대궐의 간병이 번거롭기만 했지 따뜻함이 있어야지요. 나나 대왕대비마마의 간병이 아무리 지극해도 부부인의 손길만이야 하겠습니까."

"망극하옵니다."

"게다가 중전의 발병이 이미 오래되었으니 사가에 피접한다 해도 하자는 없을 줄로 압니다."

그랬다. 중전 한씨가 시름시름 앓기 시작한 것은 지난해 7월부터다. 이미 여덟 달 동안 와병 중에 있었으나 위중한 지경에 이르지 않고 있었을 뿐이다. 사정이 이와 같고 보면 한명회로서도 몸소 간병하고 싶은 생각이 없지 않다. 게다가 두 딸을 같은 장소에서 잃을 수는 더욱 없는 노릇이기도 하다.

"대비마마, 감읍하옵니다."

한명회는 눈시울을 적시면서 상체를 깊게 숙인다. 피접을 맡겠다는 뜻이다.

대비가 발의한 일이다. 나어린 중전은 인수대비의 따뜻한 배려로 연화방 사저에서 피병을 하게 된다. 어의가 상주하다시피 했으나, 그에 못지않게 팔도의 명의들이 몰려든다. 천하의 세도 한명회의 여식이자 중전이 아니던가. 왕비의 환후를 쾌차하게 할 수 있는 의원이 있다면 그는 죽어서도 영화를 누릴 것이라고 한명회는 독려한다.

정경부인 민씨는 딸의 간병과 치성에 밤낮을 가리지 않았고, 한명회는 딸의 병석을 잠시도 비우지 않는다. 밤이 깊어지면 세조대왕의 환상이 보일 만큼 두 내외는 지쳐 간다.

"항간의 풍설은 나도 알고 있으이. 천벌을 받고 있음이라 한다면서?"

세조의 옥음이 환청으로 들릴 때마다 한명회는 소스라칠 수밖에 없다. 만에 하나라도 중전이 세상을 버린다면 세조가 겪었던 비운을 고스란히 이어받는 것이 아니고 무엇이겠는가.

'안 돼!'

한명회는 고개를 세차게 저으면서 불길해지는 예감을 떨쳐 내기 위해 몸부림친다. 그러나 하늘은 끝내 한명회의 처절한 몸부림을 외면한다. 그리고 가혹한 형벌을 내린다. 천하의 한명회도 두려움에서 헤어나지를 못한다.

성종 5년 4월 15일. 중전 한씨가 세상을 떠난다.

"중전마마, 어찌 이리도, 어찌 이리도 야속하게 가시오니까, 중전마마!"

정경부인 민씨의 통곡은 피를 토하는 외침이 아닐 수 없다. 한명회는 넋을 잃은 채 울지도 못한다.

"일어나오소서, 일어나오소서. 이러시면 아니 되옵니다, 중전마마!"

모든 사람들의 곡성은 한결같이 참담한 넋두리를 동반하고 있다. 곤위에 오른 두 여식을 잃은 한명회의 통한을 뉘라서 짐작할 수 있으랴.

19세, 꽃다운 나이. 아직 소생도 없다. 인력으로는 어찌할 수 없는, 어떤 가혹한 운명 같은 것이 작용하고 있다고밖에는 할 수 없는 정황이다.

세조의 두 아들이 모두 나이 스물에 요절했고, 한명회의 두 딸은 하나는 17세, 또 하나는 19세로 세상을 떠났다면 이를 어찌 예사로운 일이라 하겠는가. 그것도 세자빈과 중전의 지위가 아니던가. 더구나 세조와 인연을 맺은 여식만이 화를 당했으니 사람들은 하늘의 응징이라고 입을 모은다.

한명회는 그것을 부정하지 않는다. 수많은 역사의 기록이 그러했듯이 한명회는 묵묵히 응징의 수렁으로 빠져 들고 있다. 그 충격은 너무나도 컸다.

성종이 수라를 들지 않은 것은 물론이요, 왕실의 세 대비는 모두 식음을 전폐한다. 현실의 일에 초연할 줄 알았던 천하의 한명회마저도 머리를 싸매고 드러누운 채 진향進香을 위한 입궐까지도 하지 않는다.

한명회가 그나마 기력을 회복하고 입궐한 것은 중전이 세상을 떠난 지 한 달이 지난 5월 15일이다. 가까스로 슬픔을 누르며 진향하고 난 한명회는 대왕대비전에 이르러서 끝내 울음을 터뜨리고야 만다.

"대왕대비마마, 죽지 않고 오래 살아 이런 대고大故를 보옵니다. 용서하소서."

"상당군."

머리를 숙인 채 뚝뚝 눈물을 흘리는 한명회에게 대왕대비는 아무런 위로의 말도 건넬 수가 없다. 대왕대비 자신의 마음이 먼저 찢어지는 듯 했기 때문이다. 한참 동안이나 한명회는 억눌린 울음소리를 내고 있다.

"나의 박복함이오. 나의 박복함이 끝내 중전에게까지 미쳤음이오. 용서하시오."

"당치 않으시옵니다, 당치 않으시옵니다."

두 사람은 서로의 운명적인 만남에서 오늘에 이르기까지 고락을 같이 해 왔으나, 이같이 참담한 대좌는 처음이다. 말없이도 서로의 참혹하기만 한 삶을 읽을 수가 있었기에 절통한 설움을 함께하고 있는지도 모른다.

"상당군."

손끝으로 눈시울을 꾹꾹 누르던 대왕대비가 목소리를 가다듬어 한명회를 부른다.

"예, 마마."

"서러운 말은 더 하지 마십시다. 이미 겪어 온 일이 아닙니까."

"용서하소서."

"내가 부탁할 것이 하나 있어요."

한명회는 눈물로 흥건한 얼굴을 든다.

"들어주시겠습니까?"

"하교하시오소서."

"좌상을 맡아 주세요."

"마마."

"내, 청이라고 하지 않았습니까. 거절하지 마세요. 영상을 두 번 지낸 대감에게 좌상이라면 가당치 않으나, 세상을 버린 중전의 몫까지 다한다는 생각으로 종사의 일을 도와주세요."

"마마, 신은⋯."

"압니다, 알아요. 하지만 서러움을 잊기 위해서라도 더욱 정사에 골몰

함이 옳을 것이오. 게다가 서로 소원해지는 것도 두려운 일이고요. 곁에
계셔 주세요. 고령군이 영상, 상당군이 좌상이라면 마음이 놓일 것 같습
니다."

좌의정의 자리는 4월 28일에 최항의 죽음으로 인해 비어 있다. 대왕대
비의 간곡한 소망을 한명회는 물리칠 수가 없다.

"많은 고난과 아픔을 같이 나눠 온 우리가 아니오. 잊읍시다. 잊는 게
좋아요. 중전이 없다 해도 주상이 대감의 사위인 것은 틀림이 없음이니
끝까지 도와주셔야 합니다."

"망극하옵니다."

결국 한명회는 중전이 죽은 후의 첫 입궐에서 좌의정에 제수된다. 애
통한 마음을 빨리 씻어 버리게 하려는 배려도 있었으나, 그것보다는 종사
의 안위를 꾀하려는 쪽이 조금은 더 컸을지도 모르는 일이다.

대왕대비전을 물러 나온 한명회는 휘청거리는 걸음으로 인수대비의
거처를 찾는다. 며느리를 잃은 심기를 위로해야 했기 때문이다.

"어서 오세요, 좌상 대감."

한명회를 맞아들이는 인수대비의 눈두덩은 부어 있다. 며느리를 잃은
인수대비요, 딸을 잃은 한명회다. 게다가 두 사람의 인연은 척분이면서도
그 이상으로 각별하지 않던가.

두 사람은 되도록 밝은 표정을 지으려고 애쓰는 철인의 면모를 보이고
있다. 이제 기틀이 잡혀 가는 성종의 치세, 중전의 돌연한 죽음이 그늘로
남지 않기를 모두가 바라고 있음이다.

"좌상 대감, 중전은 대감의 여식이자 내 며느리였습니다. 대감의 마음이
나 내 마음이나 다를 것이 없으니 우리 아무 말도 하지 말기로 하십시다."

"…"

"소원해질까 두렵습니다. 더욱 가까이서 정사에 힘을 써 주세요. 주상
도 곧 성년이 됩니다."

"송구할 따름이옵니다."

"일에 몰두하시면 아픔을 잊기가 쉬워집니다. 이것 보세요. 나도 한 가지 일을 만들었습니다."

대왕대비 윤씨와 똑같은 정감을 표시하면서, 인수대비는 한쪽으로 밀어 놓았던 서안을 끌어당긴다. 거기에는 몇 권의 서책이 펼쳐져 있고, 무엇을 쓰던 중인 듯 벼루에 붓이 걸쳐져 있었으며, 달필로 써 내려간 종이 위엔 아직 먹물이 마르지 않았다.

"무엇을 쓰고 계시옵니까?"

"내훈內訓이라 이름을 붙일까 합니다만…."

"내훈입니까?"

"그렇습니다. 우리나라에서는 아녀자들이 보고 교훈으로 삼을 만한 글이 없어서요. 고금의 전적에서 요긴한 글들을 뽑아, 서책을 하나 엮을까 합니다."

"아!"

"마음을 다해 일을 하고 있으니, 시름이 한결 덜합니다. 대감도 물러나려 하시지 말고, 전보다 더 열심히 정사를 보세요."

"명심하겠사옵니다."

대왕대비와 인수대비의 배려를 가슴속에 따뜻이 간직하면서 한명회는 퇴궐한다. 그러나 그 어떤 배려로도 한명회의 가슴 한가운데 허허하게 뚫린 구멍을 완전히 메울 수는 없다. 자신의 외손이 보위를 이어 가게 되리라던 기대와 소망, 그것이 한순간에 물거품이 되고 말았기 때문이다.

초헌을 타고 가며 바라본 하늘에는 몇 점 구름이 무심하게 떠가고 있다.

"휴우."

한명회는 크고 깊은 한숨을 쏟는다. 부귀도 영화도 모두 한 점 뜬구름일 뿐이라는 생각이 든다.

4.

한수漢水는 도도히 흐른다. 도성을 흐르는 강물에는 역사가 실려 있다. 그 강물이 흐르기에 역사가 멈추지 않는지도 모른다. 조선왕조가 창업된 지도 어언 84년, 한수는 어느 한시도 멈추지 않고 도성 사람들의 젖줄로 흘렀다.

성종 6년(1475) 6월. 한강변 두뭇개 건너편 강남땅에 자리 잡은 덩실한 정자에 한명회와 신숙주가 앉아 있다. 정자의 이름은 압구정狎鷗亭. 압구정은 한명회의 별장이다.

명나라에서 오는 사신들은 누구나 한 번씩은 여기에 들른다. 풍치의 아름다움은 헤아릴 길이 없었고, 호화의 극을 이루면서도 그 규모가 커서 대궐을 방불케 했다는 기록도 보이고, 중국에서 온 사신들이 이곳에서 살고 싶어 했다는 기록도 보인다.

정자의 이름이 압구정으로 정해진 경위와, 중국에서 온 사신들이 거기에 들러 보고 싶어 하는 까닭을 한명회 스스로 밝혀 놓은 대목이 있기에 여기에 인용해 둔다. 성종 11년 6월 7일조『성종실록』의 기사는 다음과 같다.

> 신이 압구정을 지은 것을 깊이 스스로 뉘우칩니다. 신이 옛날에 사명使命을 받들고 중국 조정에 들어갔을 때 학사學士 예겸倪謙과 더불어 접화接話하고자 하여 드디어 청하기를 "한강 가에 조그마한 정자 하나를 지었으니 원컨대 아름다운 이름을 내려 주십시오." 하였더니, 이에 압구狎鷗라고 이름 하고 또 기記를 지어 주었습니다. 중국 사신이 이것으로 인하여 이 정자가 있는 것을 알고 가 보고자 하는 것입니다.

여기서 재미있는 것은, "압구정을 지은 것을 깊이 스스로 뉘우칩니다."

라는 대목이다. 중국 사신들이 한결같이 거기서 놀기를 청했기 때문이다. 당시의 법도로는 중국 사신이 신료들의 거처를 사사롭게 방문할 수 없었기에 그때마다 임금의 허락을 얻어야 했으므로 번거롭기가 말할 수 없이 컸고, 그로 인해 조정에 폐를 끼치는 일이 허다했기 때문이다.

21세기 수도 서울의 명소로 등장한 강남땅, 고층 아파트가 숲을 이루고 사치와 외래문화가 범람하는 바로 그곳이다. 지금의 동명인 압구정동이 한명회의 정자 이름에서 유래된 것이라면 역사가 죽어 있는 기록이 아니라 살아서 흐르는 맥박인 것을 실감케 하는 일이다.

정자에서 내려다보면 푸른 강물이 흐르고 때때로 갈매기가 기웃거리며 날아다닌다. 어디에 이 같은 선경이 다시 있으랴!

"허허허, 원로에 고생이 많았으이."

신숙주는 한명회의 술잔을 채우면서 위로한다. 한명회는 잔을 비우고 대답한다. 이젠 주름이 깊은 얼굴이다.

"아닌 게 아니라 이제는 늙었나 보네. 힘이 들었어. 마지막 사행길이거니 하고 기를 쓰며 견디었어."

한명회의 얼굴에는 피로의 기색이 역력하다. 명나라에 사신으로 갔다가 며칠 전에 돌아왔기 때문이다.

한명회의 나이 61세. 그가 겪은 고초를 말하듯 수염은 이제 백발, 마땅히 쉬어야 할 때였으나 그가 명나라에 간 것은 불가피한 사정 때문이다. 의경세자의 추존을 사은하기 위해서다. 성종이 즉위하자마자 자신의 아버님인 의경세자를 의경왕이라 추존하고 모후를 인수왕후라 했으나, 조선왕조에서는 처음 있는 일이기도 했고, 명나라 황제의 고명도 있어야 하는 일이다.

성종 5년에 김질을 주문사로 명나라에 보냈고, 황제는 쾌히 조선의 고명을 받아들였다. 이에 성종 6년 2월 26일에 부왕에게는 회간대왕懷簡大王(덕종을 말함)이라는 시책을 올렸고, 27일에는 인수왕후에게 인수왕대비仁粹王大妃라는 책보를 올렸다. 한명회는 이에 대한 사은사로 명나라에 다녀왔다.

"애썼어. 이제야 우리들이 해야 할 책무를 다했음이야."

신숙주는 세조에 대한 의리를 다했다는 생각이다. 한명회는 조용히 고개를 끄덕여 보였으나, 눈빛에 담긴 우수만은 여전하다.

"이젠 쉬고 싶구먼."

"겨를이 없질 않은가."

그렇다. 신숙주가 영의정의 자리에 있었고, 한명회가 좌의정의 자리에 있다면 아직은 쉴 때가 아니다. 보령 유충한 주상과 수렴청정을 하는 대왕대비가 있다 해도 조정의 대사는 이들 두 사람의 손에서 처결되고 있다고 보는 것이 옳다. 게다가 훈신들은 하나하나 세상을 떠나가고 있다.

성종 원년 9월에는 구치관이, 3년 11월에는 홍달손이, 5년 4월에는 최항이 세상을 떴다. 모두가 예순 안팎의 나이들이다. 유독 세조시대의 중신들이 장수를 누리지 못하는 것도 이상한 일의 하나다.

두 사람은 잠시 말없이 잔을 비운다. 한여름 바람인데도 그늘을 스칠 때는 시원하다. 압구정이 명당인 것은 스치는 바람으로도 알 수 있다. 갈매기가 기웃거리듯 날아오른다.

"인산군은 왜 이리 늦지?"

한명회가 강물을 내려다보며 중얼거린다. 애초의 혈맹 중에서 이제 남은 세 사람만이 호젓하게 회포를 풀기로 한 자리였는데, 아직 홍윤성이 당도하지 않았다.

"참, 이번에 명나라 조야에서 시를 적어 보낸 사람이 많다면서?"

신숙주가 말머리를 돌린다.

"그렇다네."

그제야 한명회의 안색이 조금 밝아진다. 한명회의 이름은 이미 명나라에까지 크게 떨친 바 되어, 명나라 벼슬아치들이 다투어 압구정에 붙이는 시를 지어 주었을 정도다.

"몇 수나 되는가?"

"한 20여 수 되나 보네."

"대단하구먼."

신숙주는 진심으로 경탄의 표정을 지어 보인다. 저들이 한 속방으로 여기는 조선의 재상에게 20여 명이 시를 지어 선물했다면 정말로 대단한 일이고도 남는다. 결국 한명회의 명성이 연경까지 울리고 있다는 얘기가 아니겠는가!

"어디 한 수 들려주겠는가?"

"그럴까. 이건 급사중給事中 진가유陳嘉猷의 시일세."

잠시 눈을 감았던 한명회는 카랑카랑한 목소리로 읊조리기 시작한다.

一亭瀟洒水雲間
亭外江鷗任往還
盡日相親依碧渚
有時飛近立朱欄
盟深彼此機忠父
公退晨昏趣自閑
莫道猶膺軒冕貴
年來名利已無關

정자는 물구름 사이에 산뜻하게 섰고
정자 밖 갈매기는 너울너울 오가네.
종일 서로 친하여 푸른 물가에 의지하고
가끔 가까이 날아와 붉은 난간에 서기도 하네.
서로에 맹세 깊어 기심機心을 잊었으니

공무에서 물러나 아침저녁 한가함을 즐길 뿐
감히 높은 관직을 말하지 말라
이제 이미 명리와는 무관한 몸이라네.

"좋구먼!"

신숙주가 무릎을 탁 치며 탄성을 토한다. 앞에서는 물가에 선 정자에
갈매기가 날아드는 정경을 묘사하고, 뒤에서는 은퇴하여 지내는 노옹의
한가로운 심정을 읊은 시가 아니던가.

"바로 이제 우리가 그렇게 지낼 것이 아니겠는가."

"그래야지."

신숙주의 거듭되는 감탄에 먼 대안에 눈을 주는 한명회의 얼굴에는
말과는 달리 착잡한 미련이 지워지지 않고 있다. 불과 일 년 전, 중전이던
여식을 잃은 회한을 쉽게 떨쳐 버릴 수가 없어서다.

인간의 욕심이란 결국 핏줄에 대한 집착으로 나타나게 마련이다. 한
사내로서 못 누려 본 영화가 없는 한명회. 그러나 보위에 오를 수만은
없는 일이었기에, 자신의 외손으로 왕위가 이어지기를 얼마나 애타게 바
랐던가! 그것이 지나친 욕심이었을까? 끝내 이루어지지 않는 물거품이
되고 말았다.

세자빈의 몸으로 죽은 장순왕후는 소생 인성군을 남겼으나 그 역시
조졸하고 말았고, 작년에 죽은 공혜왕후는 성종과의 사이에 소생을 보지
못했다. 두 딸이 왕후요, 2대에 걸쳐 국구가 되는 셈이기는 하나 그 결실
이 무엇인가. 아무것도 없다. 결국 하늘은 모든 복을 다 베풀어 주지 않
으니, 그만큼 공평하다는 말일까? 아니면 흔히 사람들이 말하듯이 천벌
이라는 것일까? 세조의 두 아들과 한명회의 두 딸이 모두 요절하고 말았
다는 것이.

"자준이, 그만 잊어버리게."

시름을 씻어 내리지 못하는 한명회의 마음을 모르지 않는 신숙주가 나직이 말했지만, 한명회는 강심에 던져둔 시선을 거두지 않는다. 의아해진 신숙주가 고개를 돌려 그의 시선을 따라가 본다.

나룻배 한 척이 건너오고 있다. 한명회의 눈길은 그 나룻배에 못 박혀 있다. 신숙주도 고개를 빼어 들고 나룻배를 살핀다. 사공 외에 선객이라고는 한 사람이 있을 뿐이었는데, 멀리서 보아도 중임을 알 수가 있다.

"설잠이로구면!"

신숙주는 저도 모르는 새 낮은 탄성을 뱉어 낸다. 묵묵히 고개를 끄덕이는 한명회. 설잠 김시습을 한명회는 진작부터 알아보고 있었던 모양이다. 나룻배는 정자를 향해 곧장 다가오고 있다. 평소 같으면 압구정을 훨씬 비껴서 배를 대는 것이 상례인데, 겁도 없이 다가오는 것을 보면 김시습이 시킨 일이 틀림없다.

"폭천정사瀑泉精舍엘 가는가 보군."

신숙주의 중얼거림에 한명회는 역시 고개를 주억거린다. 폭천정사란 광주에 있는 김시습의 농장이다. 말이 농장이고 폭천정사지, 겨우 몇 뙈기 땅에 움막 하나가 있을 뿐이다. 그나마 막역한 사이인 서거정이 자신의 땅을 나눠 주었다고 들린다. 김시습은 그곳에서 농사를 짓기도 하고 도성에 들어와 갖은 기행을 하기도 하면서 살고 있다.

멸시와 외경을 동시에 받는 당대의 기인 김시습, 그가 하필이면 신숙주와 한명회가 앉아 있는 압구정을 바라보며 배를 재촉하고 있다면, 예삿일이 아니다. 내로라하는 중신들에게 무안 주기를 예사로 하는 그가 아니던가.

얼마 전에는 정창손의 자비 앞에 뛰어들어, "야, 이놈아! 그만 해 먹어라!" 하면서 고함친 일이 있었는데, 다른 사람 같으면 단매에 때려죽일 일이지만, 상대가 김시습이고 보니 정창손은 얼굴을 붉히며 황망히 도망치듯 그 자리를 피했단다.

신숙주도 이미 김시습에게 무안을 당한 적이 있다. 그와는 예부터 안면이 있는 사이인데, 김시습은 신숙주를 더럽다 욕하면서 상종하지 않으려하고, 신숙주는 김시습의 재질을 아껴서 늘 가까이 두고 싶어 했다. 하지만 신숙주라는 이름만 들어도 자리를 차고 일어나는 김시습이라, 그 호의를 표현할 길이 없다.

어느 날, 김시습이 술청에서 술을 마시고 있다는 소식을 들은 신숙주는 몰래 그 집 주인을 불러내어 청을 넣는다. 어떻게든 김시습을 대취케해 달라고. 일국의 영상의 청이 아닌가. 집주인은 김시습에게 계속 술을 권하여 인사불성을 만들어 놓는다.

정신을 잃고 쓰러진 김시습을 신숙주는 가마에 태워 집으로 데리고 간다. 평소 몸단장이나 목욕은커녕 두엄 통에 뛰어들기를 예사로 하는 김시습이라 악취가 대단했지만, 비단 이불을 내어 재운다. 그리고 신숙주는 설레는 마음으로 잠을 이루지 못한다. 김시습이 정신을 차리면 붙들어 놓고 잘 설득하여 기행과 방랑을 그만두게 할 작정이다. 의식을 자신이 책임지고 학문에 정진케 할 생각에서다.

날이 밝아 신숙주가 김시습이 자는 방문을 열었을 때 그는 벌써 일어나 앉아 있다.

"오랜만일세, 설잠."

신숙주가 웃는 낯으로 말을 건네자, 김시습은 돌연 금침에다 대고 퉤, 침을 뱉는다.

"에잇, 더럽구나!"

벼락같이 소리치면서 김시습은 벌컥 몸을 일으키곤 문을 박차고 나간다.

"설잠! 어찌 말 한마디 없이 갈 수가 있는가!"

신숙주는 김시습의 옷자락을 잡으면서 간곡히 말한다.

"더럽다니까!"

김시습은 신숙주의 손을 뿌리치고 뛰쳐나가 버린다.

신숙주가 이같이 낭패했던 기억을 되씹고 있는 사이에 배는 압구정 아래에 닿는다. 사공은 정자 위에 사람이 있는 것을 보고는, 황급히 김시습을 내리게 한 다음 배를 돌린다. 그러나 김시습은 정자 따위는 보이지도 않는다는 듯, 건너온 강물을 그윽이 바라보고 있더니 넓적한 돌 위에 주저앉는다. 그러곤 승복 자락을 휘휘 걷어 올리고 철벅철벅 소리를 내어가며 발을 씻는다.

"어허, 시원하다. 더러운 먼지를 씻어 내니 뱃속이 다 시원하구나!"

우렁우렁 울리는 목소리로 기성을 터뜨리며 발을 씻는 김시습의 모습은 정말 볼 만하다. 정자 위에 앉은 사람쯤은 개의치 않는다는 투다. 아니, 어쩌면 들으라는 소리인지도 모른다.

더러운 먼지란 말이 무슨 뜻인가. 지금 떠나온 도성이 더러운 먼지라는 말이라면 그 안에서 부귀영화를 좇는 무리들이 더럽다는 뜻이 아니겠는가. 그 더러운 부귀영화의 수반인 사람이 한명회, 신숙주라고 여기고 있었음에랴.

두 사람이 망연히 내려다보고 있는 가운데 발을 다 씻은 김시습은 이번엔 승복 자락을 홀홀 턴다. 그러곤 정자 쪽을 외면한 채로 강을 따라 난 길로 들어선다. 그때 한명회가 정자 위에서 큰 소리로 말을 걸어 본다.

"거, 설잠 스님이 아니시오?"

김시습은 그 자리에 우뚝 멈추어 선다. 그러나 고개를 돌리지는 않는다.

"발을 씻은 사람이야 깨끗해졌다지만, 대신 강물이 더러워진 것은 어찌하려오?"

기지라면 남 못지않은 한명회가 천하의 김시습에게 던지는 야유다.

"물은 흐르는 것이야."

김시습의 대꾸 역시 거침이 없다. 말투 또한 반말이다. 세종대왕을 빼고는 제 절을 받은 사람이 없다는 김시습의 도도한 반격이 만만치 않았지만, 한명회의 반론이 또한 일품이다.

"칼을 씻은 물도 흐르는 것이 아니겠소?"

발을 씻은 물이 더러워졌다 해도 흐르는 물이니 곧 깨끗해지리라는 김시습의 대답에 칼 씻은 물은 아니 흐르느냐는 한명회의 응수. 그것은 계유정난이니 왕위 찬탈이니 하는 일 또한 유수와 같이 지난 일일 뿐인데, 무얼 그리 고집을 세워 끝끝내 세상을 등지느냐는 야유다.

"흐를 테지."

중얼거리듯 대답하고 난 김시습은 휙 강물 쪽으로 몸을 돌리더니, 짚고 있던 석장으로 강심을 가리키면서 소리친다.

"저기, 무엇이 보이는가?"

"세월이오."

"누구의 세월?"

"세월에 어디 임자가 있겠소. 뜨면 뜬 대로, 가라앉으면 가라앉은 대로 그저 흘러갈 뿐이 아니겠소?"

"…."

"발을 씻었다고 강물이 흙탕이 되는 것이 아니듯이, 칼을 씻었다고 핏물이 되지도 않아요."

대단한 설전이 아닐 수가 없다. 그야말로 당대의 기지가 주고받는 선문답일 터이다. 잠시 말없이 강물을 바라보고 있던 김시습은 다시 몸을 돌리더니, 이번엔 정자를 향해 성큼성큼 걸어온다. 바로 한명회와 신숙주가 굽어보는 눈 아래까지 다가온 김시습은 승복을 벌려 괴춤을 푼다.

"이 냄새야 남을 테지."

'쏴' 소리도 요란하게 김시습의 양근에서 오줌발이 뿜어져 나온다. 아무리 그래도 너희들을 경멸하는 내 뜻은 변함이 없다, 그런 시위가 아닐 수 없다.

"핫핫핫!"

통쾌하게 웃으면서 괴춤을 여미는 김시습은 이래도 할 말이 있느냐는 듯 한명회를 쳐다본다. 그의 한 발 앞의 흙이 흥건하게 젖어 있다.

"킬킬킬."

정자 위에 앉은 한명회도 예의 비아냥조의 웃음을 터뜨리고 나서 술이 담긴 술잔을 들어서 김시습 쪽으로 뿌린다.

"어찌 오줌 냄새뿐이리오. 이 향기도 남을 것이오!"

김시습의 오줌 자국으로 흥건하게 젖은 곳에 정확하게 한 잔 술이 끼얹어진다. 바람에 날린 몇 방울은 김시습의 옷자락에 튀기도 한다.

"술 내나 오줌 내나 무엇이 달라요!"

김시습은 제 오줌과 한명회의 술이 섞인 자리를 멍하니 바라보고 서 있다. 한명회는 눈도 깜빡이지 않고 그런 김시습을 내려다본다. 신숙주는 두 사람의 기언기행에 압도되어 마른침을 꿀꺽 삼킬 뿐이다. 이윽고 김시습은 한숨을 길게 내쉬면서 중얼거린다.

"이 또한 세상 이치일 터."

그러곤 가던 길로 돌아서면서 발걸음을 내딛는다.

"이보시오, 설잠대사!"

한명회가 갑자기 버럭 소리를 지른다. 김시습은 우뚝 멈추어 섰지만 역시 돌아보지는 않는다.

"한 가지만 더 대답해 보시구려."

"…?"

"후세 사람들이 이 자리를 가리켜서, 김시습이 오줌을 눈 자리라 하겠소, 한명회가 술을 뿌린 자리라 하겠소?"

"핫핫핫, 그건 칠삭둥이 몫이 아닐세!"

마치 막역한 사이인 것처럼 김시습은 한명회의 별명을 거침없이 부르면서 반격한다.

"…!"

"핫핫핫."

김시습은 배를 움켜쥐고 웃으면서 세찬 발걸음을 내딛기 시작한다.

한명회는 입을 딱 벌리고 그의 뒷모습을 바라볼 뿐이다. 김시습의 통렬했던 웃음소리가 점점 잦아들면서 송림 사이로 김시습의 모습은 사라진다.

"실언이었어."

한참 만에야 한명회는 참담하게 중얼거리면서 시선을 신숙주에게로 돌린다. 패배를 자인한 것이 아니고 무엇이랴.

"탐욕일 테지."

신숙주는 아무 말 없이 한명회의 잔을 채운다. 그가 보기에도 한명회의 완패가 분명하다. 김시습의 오줌에 맞서서 술을 뿌릴 때만 해도 한명회의 기상이 김시습을 오히려 압도하는 듯했다. 그런 것을 김시습이, '세상이 그런 것이다' 하고 돌아서는데 한명회 편에서 후세의 평가를 물음으로써 자책을 범하고 만 것이 된다.

끝내 명리에 대한 집착을 버리지 못하는 한명회를, 후세의 평가에 관심을 보인 한명회를 김시습은 크게 비웃으면서 떠나갔다. 후세의 평가는 살아 있는 사람들의 몫일 수가 없다. 그럼에도 살아 있는 사람이 후세의 평가를 입에 담는 것은 온전한 삶이 아님을 스스로 인정하는 것이 아니고 무엇이겠는가.

오늘날에도 사람들은 후세의 사가들이 어떻게 평가해 주기를 바란다는 말을 곧잘 한다. 사필史筆은 그들을 평가할 뿐 동조하지 않는다.

한명회는 문득 자신의 처지를 깨달은 사람처럼 오히려 개운해진 얼굴로 술잔을 비운다.

"속은 후련하구먼."

신숙주도 고개를 끄덕이면서 술잔을 비운다. 일세의 재사才士와 은사隱士가 처음이자 마지막으로 마주쳤던 순간이 오늘을 사는 우리에게까지 귀중한 교훈을 주고 있음이 아니고 무엇이랴.

신숙주는 문득 서거정을 떠올린다. 김시습과 한명회가 대결하는 동안에도 말 한마디 건네 보지 못한 신숙주로서는 가장 부러운 사람이 서거정이다. 서거정은 김시습과 어울리는 유일한 인물이다.

한 번은 이런 일도 있다. 서거정이 입궐하는 길이었는데 김시습을 만났다. 벽제 소리에도 물러나지 않고 서 있는 김시습은 누더기 옷에 새끼줄로 띠를 매고 패랭이를 쓴 모습이다. 서거정의 겸종들도 김시습임을 알아보고 어찌할 바를 모르는데, 김시습이 큰 소리로 인사를 건넨다.

"강중剛中이 평안하신가?"

강중이란 서거정의 자다. 예문대제학의 자를 노상에서 거침없이 불러대자 구경하던 사람들이 모두 기겁을 한다. 이제 김시습이 크게 경을 치는구나 싶어서다. 그러나 서거정의 반응이 천만뜻밖, 기상천외의 광경을 연출한다.

"설잠이 아니신가!"

크게 반기며 초헌을 멈추게 하고 김시습을 손짓해 부른다. 김시습 또한 서슴없이 다가선다.

"이게 얼마 만이야?"

서거정이 김시습의 손을 잡아 다독이면서 여러 얘기를 나누고 큰 소리로 웃기까지 하자, 사람들이 모두 두 사람의 의연함에 벌린 입을 다물지 못한다.

또 이런 일화도 있다 김시습이 도성에 들어오면 늘 기숙하는 집이 향교동에 있어서, 가끔씩 서거정이 찾아오곤 했다. 서거정을 만나면 김시습은 누워서 두 발을 번쩍 들어 벽에다 대고 토닥토닥 두들겨 가면서 종일 얘기를 나누곤 한다. 이를 본 사람들이, '김시습이 서 대감에게 저렇듯 불경하게 대하니, 다시는 찾아오지 않을 것'이라고 쑤군거렸지만, 며칠이 지나면 서거정이 다시 찾아오곤 했고, 김시습의 응대 또한 변함이 없었다.

결국 벼슬을 하는 사대부 중에 서거정만을 사람으로 여기겠다는 것이라, 신숙주의 마음이 아프지 않을 리가 없다.

두 사람은 한참 동안이나 말없이 잔을 비워 낸다. 겪을 것 다 겪고, 누릴 것 다 누린 두 사람의 가슴에 쌓이는 것은 허무, 그것뿐이다. 풍속이 문란해질 염려를 살 정도인 성종의 치세, 이 태평성대를 자신들의 손으로 이루어 놓았노라는 자부심이야 어딜 가랴. 그러나 이제 백발이 된 수염으로 퇴진을 기다리는 처지라 흐르는 강물을 바라보노라니 끝없이 밀려오는 허허한 심중만은 어쩔 수가 없다.

"대감마님."

노복 하나가 정자 위로 올라와서 아뢴다.

"무슨 일이더냐?"

"인산군 대감 댁에서 전갈이 왔사옵니다."

한명회는 눈살을 찌푸린다. 무언가 좋지 않은 예감이 들었기 때문이다.

"무어라더냐?"

"갑자기 병환이 나시어 오실 수가 없다고 하옵니다."

"…!"

"인산군 집에서 온 자를 불러라."

참담해진 한명회 대신 신숙주가 일렀다. 곧 낯익은 홍윤성의 집 가겸이 정자의 월대 위로 올라선다.

"인산군이 병이 났다는 게 사실이냐?"

"그러하옵니다."

"언제부터?"

"오늘 아침부터 갑자기 신열을 내시면서 기동하지 못하시옵니다."

충격이 아닐 수 없다. 무쇠로 만들어진 듯하던 사나이 홍윤성이 아니던가. 나이도 겨우 51세라면 이들보다 10년이나 연하다.

"알았으니 돌아가거라."

가겸을 돌려보내고 난 신숙주는 애써 자위하듯 혼잣소리로 중얼거린다.

"뭐, 곧 나을 테지."

"그렇지가 않아."

한명회는 예의 직감을 발동하고 있다. 그는 언제나 홍윤성의 무절제를 걱정하곤 했다. 권세에 대한 탐욕, 재물에 대한 미련은 죽음과 직결된다. 게다가 미색에까지도 홍윤성은 자제력을 잃고 있지 않았던가. 한명회가 남달리 홍윤성에게만 모진 말을 서슴지 않았던 것은 그 때문이다.

정자 위는 점점 무거운 침묵으로 덮여 간다. 우연한 김시습과의 만남하며, 예사롭지 않던 그 문답하며, 오기로 되어 있던 홍윤성의 와병 소식하며, 아무래도 이날 일진이 심상치가 않다. 약속이나 한 듯 두 사람의 시선은 다시 강물로 옮아간다. 그리고 똑같은 생각에 젖어 든다.

얼마나 파란만장한 세월이었던가. 수양대군의 명나라 사행을 둘러싼 파동, 계유정난, 금성대군의 역모, 세조의 즉위, 사육신의 옥사, 송현수의 역모, 다시 금성의 역모, 노산군의 죽음, 야인 정벌, 이시애의 난, 세조의 죽음, 남이의 역모, 예종의 죽음, 성종의 즉위.

설혹 그것이 국가를 경영하는 일이었다고 하더라도 스무 해도 되지 않는 세월에 겪어야 했던 일이라면, 두 사람에게는 살아 있는 것이 오히려 요행일 수도 있다.

"범옹."

한명회가 나직하게 신숙주를 부른다. 신숙주는 눈빛으로 대답을 대신한다.

"참으로 긴 세월이었어."

"그렇지."

한명회가 수양대군의 장자방이 되고, 신숙주가 그 와중의 인물이 된 것이 단종 즉위년인 1452년이었으니, 어언 23년의 세월이 흘러갔다. 어느 시대의 백 년이 이 시대의 20년만 하랴! 극한의 상황 속을 헤치고 또 헤쳐 나와서 마지막으로 남은 세 사람. 그중 하나가 또 병이 들었다. 그들이 이끌어 온 시대의 종말이 한 발자국 다가서고 있는 것이나 다름이 없다.

"여한은 없음이야."

담담하게 뇌까리는 신숙주였지만, 그러나 그도 사실은 기력이 전 같지 않음을 느끼고 있다.

'자준이.'

신숙주는 입 속으로만 중얼거린다.

'윤성이보다 내가 먼저 갈지도 몰라.'

신숙주의 그 같은 불길한 예감은 결국 들어맞게 된다. 이날로부터 얼마 지나지 않은 6월 21일에 신숙주는 홀연히 세상을 떠나고 만다. 그리고 홍윤성이 그 뒤를 따르듯 9월에 숨을 거둔다.

물론 이날의 신숙주가 어찌 죽는 날까지야 짐작했을까만, 자신의 여생이 터럭만큼이나 남았을까 말까 하리라는 예감만은 섬뜩하도록 선명하게 다가와 있었던 셈이다.

어느덧 긴 여름해가 기울기 시작한다. 강물은 그 빛을 받아 금빛으로 눈부시게 반짝이고 있다.

"범옹, 저 강물은 그치지 않을 테지?"

"이를 말인가."

"그럼 되었질 않나. 킬킬킬."

"허허허."

마주 보고 웃는 두 사람의 얼굴은 마치 득도한 도인과도 흡사하다. 그만한 자질을 타고나서 그만한 풍상을 겪었으니, 나름대로 도를 깨치지 못했다면 그 또한 될 말이 아니리라.

두 사람은 말없이 잔을 든다. 그리고 만감이 교차되는 시선을 나누며 잔을 비운다. 먼 대안에서 불어온 바람이 이마를 서늘하게 식혀 주고 있다.

압구정. 그 아래로 강물은 도도하게 흘러가고, 파란과 야망으로 점철된 한 시대가 소리 없이 저물고 있다.

흐르는 세월, 성종은 홀로 서고

1.

내명부. 품계가 있는 궁중의 여인들을 이르는 말이다.

빈嬪에는 무계無階와 정1품이 있고, 종1품이 귀인貴人, 정2품이 소의昭儀, 종2품이 숙의淑儀, 정3품이 소용昭容, 종3품이 숙용淑容, 정4품이 소원昭媛, 종4품이 숙원淑媛이다. 이들은 모두 임금의 후궁들이다. 처음 임금의 사랑을 받아 후궁의 낮은 서열에 올랐다가 임금의 은총이 더해지면 마치 사대부들의 승진처럼 품계가 높아지고, 임금의 핏줄을 생산하게 되어서야 귀인을 거쳐 빈의 자리에 오르게 된다.

내명부란 이들 후궁만을 일컫는 것은 아니다. 정5품에서 종9품에 이르는 수많은 상궁들도 내명부에 해당된다. 젊고 어린 상궁들이나 잔심부름을 하는 무수리 또한 임금의 눈에 들어 사랑받기를 원한다. 그래서 이들 또한 알게 모르게 몸을 단장하고 교태를 부리는 경우가 허다하다.

이 같은 내명부의 시새움을 바로 다스리는 이가 중전이다. 중전의 자리가 비어 있으면 내명부의 시새움이 바람을 타게 된다. 이런 경우를 내명부의 기강이 무너진다고 한다. 이럴 때면 조정 중신들도 덩달아 들뜨게 마련이다. 새로이 중전이 될 후궁의 눈에 들기 위해서다. 임금의 보령이 유충하고 그 성품이 어질고 착하면 투총鬪寵(임금의 사랑을 다투는 일)의 바람은 거세지게 마련이다 권부의 뒤안길은 예나 지금이나 다를 바가 없다.

내명부의 시새움이 불타오르던 성종 6년(1475) 봄. 지난해 성종비 공혜왕후 한씨가 세상을 떠난 뒤부터 서서히 내명부의 기강이 무너져 내리기 시작한다. 중전의 자리는 비어 있어도 세 사람의 대비가 있다. 성종의 보령이 유충하여 수렴청정을 펴고 있는 세조비 정희왕후, 예종비 안순왕후, 그리고 성종의 어머니이자 덕종비인 소혜왕후가 바로 그들이다.

왕후의 앞에 적는 정희, 안순, 소혜 등은 모두가 시호인지라 살아 있을 때는 그렇게 부를 수 없다. 태조, 세종, 성종 등의 묘호와 마찬가지다. 그러나 소설의 편의상 임금을 그리 부르듯이 대비의 경우도 그렇게 부르고 있으며, 정희왕후 윤씨를 대왕대비로, 안순왕후 한씨를 왕대비로, 소혜왕후 한씨를 인수대비로 적고 있으므로 이 점에 착오가 없기를 바란다.

새 중전의 간택, 그것은 뒤로 미룰 일이 아니다. 성종의 보령이 19세, 이젠 서둘러야 할 큰일 중의 하나다. 더구나 이때 성종에게는 중전의 자리를 노리는 다섯 사람의 후궁이 있다. 숙의 윤씨尹氏, 소용 정씨鄭氏, 소용 엄씨嚴氏, 숙의 권씨權氏 그리고 또 다른 숙의 윤씨尹氏, 이들은 모두 빼어난 미모를 갖추고 있다.

보령 19세의 성종이 다섯이나 되는 후궁을 거느리고 있었다면 또 다른 후궁이 생겨날 것은 정한 이치다. 게다가 성종의 성품은 인자하고 자상했으며 이미 학문도 높은 경지에 들어 있어 사람들은 곧잘 세종대왕과 비교하기까지 한다.

비록 대왕대비 윤씨가 수렴청정을 하고 있다 해도 정인지, 정창손, 신숙주, 한명회 등이 원상의 지위에 있어 문치의 시대가 열려 가는 지극히 평온한 시기라면 내명부들의 투총이 바람을 타는 것은 당연한 추세일 수도 있다.

학문이 깊고 의지가 강하며 천성이 총명한 인수대비는 투총의 바람을 우려했다. 인수대비는 대왕대비전으로 달려간다. 중전의 간택을 주청하기 위해서다.

"대왕대비마마, 중전이 승하한 지도 벌써 일 년이 지났사옵니다. 주상을 가까이하는 후궁들이 서로 투기하고 시샘할까 걱정이옵니다. 곤위가 비어 있으면 항용 있는 일이옵니다. 마마, 서둘러 중전을 맞으심이 옳을 줄로 아옵니다."

듣고 있는 대왕대비의 표정에는 의외로 힘이 없다. 나름으로 고심함이 컸던 탓인지 오늘따라 주름살이 더욱 깊어 보인다.

"난들 어찌 모르는 일이겠소. 하나, 모든 것은 주상의 뜻에 달려 있질 않습니까. 이토록 오래 중전의 자리를 비워 둠은 필시 간택이 아니라 여러 빈첩들 중에서 한 사람을 맞이할 뜻인 듯싶으니, 더더욱 주상의 하명을 기다릴밖에요."

가볍게 한숨마저 내쉬는 대왕대비의 시름은 예사롭지가 않다. 눈 밑에 그려지는 짙은 그늘은 대왕대비의 풍상을 보여 주는 것이기도 하다.

"대왕대비마마, 조정의 원로대신들도 하루속히 중전을 맞아들여야 한다고 거듭 간하고 있는 때이옵니다. 주상이 서두르지 않으시니 마땅히 대왕대비마마의 하명이 계셔야 되는 일인 줄로 아옵니다."

대왕대비 내외, 즉 세조 내외로부터 효부라는 도장까지 받은 바 있었던 인수대비가 아니던가. 그 인품이 부모를 섬김에도 빈틈이 없었거니와, 아랫사람의 조그만 허물이라도 덮어 주지 않고 경계한 까닭으로 폭빈暴嬪이라고까지 불리기도 했다. 그런 인수대비가 지금 비어 있는 중전의 자리를 서둘러 채워야 한다고 충정으로 간하고 있다.

대왕대비 윤씨는 지그시 눈을 감는다. 이제는 늙고 지쳤음인가, 수렴청정까지 할 수 있을 정도로 혈기가 왕성했었지만 어느새 쇠진한 모습으로 변해 있다. 대왕대비는 이윽고 눈을 뜨고 대비를 타이른다.

"대비, 대비는 주상의 친모이시니 나보다 주상의 어의를 더 잘 알겠지요. 주상은 새로 가례색을 설치하여 금혼령을 내려 처녀를 간택하는 번거로움을 바라지 않고 계십니다. 이는 꼭 승하한 공혜왕후를 못 잊어함 때문이라기보다는 그 어지신 성품 탓에 백성들에게 폐를 끼치지 않으시려는 것이 아닙니까."

"잘 알고 있사옵니다. 신첩 또한 처녀 간택만을 고집하여 서두르고 있음이 아니옵니다. 빈첩들 가운데 간택하든지, 아니면 처녀 간택을 하든지 어쨌든 중전의 자리를 채우고서야 왕실의 기강이 바로잡힐 것으로 사료되옵니다."

인수대비의 간절한 소청이 이어지는데도 대왕대비 윤씨는 아무 언질을 주지 않는다. 대왕대비 윤씨는 성종을 에워싸고 있는 후궁들의 인물됨을 말없이 살펴보고 있었다. 물론 덕망을 갖춘 국모의 자질을 구하려는 신중함이 아니고 무엇이랴. 대왕대비 윤씨는 환한 웃음을 입가에 담으며 슬며시 화제를 돌린다.

"그래, 『내훈』의 일은 잘되어 갑니까?"

『내훈』이란 내·외명부들의 수신서修身書로, 인수대비가 정음(한글)으로 번역 중에 있는 책을 말한다.

"이제 거의 마무리되고 있사옵니다."

"장해요. 대비 같은 이가 마땅히 수렴청정을 해야 하는 것을 나같이 문자도 모르는 아낙이 정사를 듣는다고 앉았으니, 모든 일이 바르게 나아가질 않는 게지요."

"당치 않사옵니다. 엄연히 대궐의 법도가 있는데 어찌 대왕대비마마를 두고 제가 나설 수 있으리까."

"법도라니 할 수 없어서 내가 청정은 하고 있지만, 궁중에는 대비 같은 이가 있어야 합니다. 대비가『내훈』을 다 지으면 모든 내명부들에게 두루 읽혀 대대로 수신서가 되게 해야겠어요, 호호호."

"망극하옵니다."

오랜만에 마주 앉아 소리 내어 웃는 두 고부다. 공혜왕후가 가고 난 뒤 먹구름으로 가득한 하늘처럼 잔뜩 흐려졌던 왕실이 아니던가. 그러나 이제 새 중전을 맞을 채비를 해 나가기 시작하고, 자칫 빗나가기 쉬운 내명부들의 행실이 인수대비의『내훈』으로 인해 바로잡힐 수 있게 된 때다. 대왕대비와 인수대비의 웃음은 그래서 더욱 뜻 깊은 것이리라.

새로운 중전의 재목으로는 윤 숙의가 부상되고 있다. 여러 후궁 중에서도 각별한 승은을 받고 있었기 때문이다. 윤 숙의는 판봉상시사判奉常寺事 윤기견尹起畎의 딸이다.

여기서 몇 줄 사설을 적기로 한다. 지금까지 출간된 대부분의 사서와 역사소설에는 윤 숙의가 윤기무尹起畝의 딸로 기록되어 있다. 윤기무는 윤기견의 동생으로 소생이 없다. 그러므로 사서와 역사소설이 큰 잘못을 적고 있는 셈이다. 심지어『조선왕조실록』성종조도 두 사람의 이름을 번갈아 적고 있는 지경이나, 함안 윤씨咸安尹氏의 세보世譜가 바로 적고 있기에 사실 확인이 가능해진다.

윤 숙의의 미모는 빼어났으면서도 어느 누구에게나 호감을 주는 얼굴이다. 인중에 그늘이 있는 것이 흠이었으나 그것은 쉽사리 남의 눈에 띄지 않는다. 그런 미모이면서도 윗사람을 공경할 줄 알고 아랫사람에게 덕을 베풀 줄 알아서 내명부들 사이에서도 칭송이 자자하다.

성종과 윤 숙의가 함께 거니는 모습은 궁 안 어디에서나 쉽게 볼 수가 있다. 창덕궁에 머물 때에도, 경복궁에 머물 때에도 윤 숙의는 항시 성종 곁에 있다. 취로정翠露亭 못가를 거닐던 두 사람은 어느새 근정전 넓은 뜰을 가로지르기도 했고, 새로 단장된 경회루 둘레를 돌기도 했다. 그것이 남이 보는 낮 동안의 일이라면, 밤은 또 어떠하겠는가.

여러 후궁을 함께 아끼는 자상한 성종이 이처럼 한 후궁만 가까이하고 있다면 이는 다른 후궁들의 시새움에 불을 지르는 일이고도 남는다. 실제로 소용 정씨와 소용 엄씨는 투기의 칼에 날을 세우고 있다. 환란의 씨앗에 싹이 트고 있는 것이나 다를 바가 없다.

2.

『내훈』. 덕종비 인수대비 한씨가 부녀자들의 무지를 깨우치고 바른 행실을 가르치기 위해 『열녀전烈女傳』, 『여교명감女教明鑑』, 『소학小學』 등의 서책에서 명구를 가려내어 일곱 장章으로 나누어 엮고 그것을 정음으로 번안해 만든 책이다.

내명부들의 기강이 날로 해이해지던 성종 6년(1475)에 이 책이 간행되자 이 나라 아녀자들에게는 빼놓아서는 안 될 필독서가 된다.

대왕대비 윤씨는 인수대비의 노고를 진심으로 치하한다.

"대비, 참으로 노고가 크셨습니다. 이제 이 책이면 이 나라 모든 아녀자들이 귀감 삼아 행실을 바로 할 수 있을 겝니다. 특히 근자에 기강이 다소 흐트러진 내명부들에게는 꼭 읽혀야 할 책이 아니겠습니까. 이제 『내훈』이 있어 기강이 문란해지는 일은 다시없을 것으로 알아요."

"지나친 과찬이신지라 받자옵기 민망하옵니다."

왕실은 『내훈』의 간행으로 오랜만에 뜻 깊은 나날을 보낼 수 있게 되었다. 좀처럼 즐거운 일이 없었던 때였기에 그동안 침체되었던 왕실의 분위기도, 잃었던 왕실의 권위도 『내훈』으로써 회복되고 있다.

"주상 전하의 모후이신 인수대비께서 찬술하신 책이란다."

중신들은 식구들에게 『내훈』을 내놓고 왕실의 위엄을 말하기도 하고, 아녀자들의 바른 행실을 강조하기도 한다. 그때마다 인수대비의 인품이 새삼스럽게 거론되는 것은 조금도 이상스러울 게 없다.

한명회는 『내훈』의 책장을 넘기면서 인수대비의 체취를 느낀다. 담겨진 내용이 알찬 것은 말할 나위도 없었고, 물 흐르듯 이어지는 문장에는 힘이 넘치고 있었기 때문이다.

대비의 지위에 있다고 해도 아녀자의 학문이 여기까지 이를 수가 있는가. 성년을 눈앞에 두고 있는 성종은 모후의 그늘에 가려져 있었는데, 『내훈』을 살펴보고 있노라면 인수대비의 막강한 영향력이 행사될 것이라는 예감에 젖게 된다.

조정 대사가 여인의 치마폭에 휘감기게 되는 것은 바람직한 일이 될 수가 없지만, 인수대비의 태산교악과도 같은 위엄이 서서히 실체를 드러내고 있는 것을 부정할 사람은 아무도 없을 터이다.

난이가 주안상을 들고 조용히 다가와 앉는다. 한명회는 『내훈』을 난이 앞으로 밀어 놓으며 말한다.

"대비마마께서 친히 찬술하신 수신서일세. 각별히 유념하여 읽게나."

"참으로 훌륭하신 어른이십니다."

"그렇다마다. 이 나라의 모든 아녀자에게는 귀감이시지."

한명회는 난이가 따른 술잔을 들어서 목을 축인다. 자신도 알 수 없는 착잡한 기색이 그의 얼굴에 밀려들고 있다.

"심기가 편치 않으시옵니까?"

"글쎄, 그렇게 보인다면 그럴 수밖에."

"…?"

"허전해, 걷잡을 수가 없이…."

그랬다. 한명회는 무원고립의 외톨이가 되었다는 생각에 빠져 들곤 한다. 나이 탓인지도 모른다. 아니, 할 일을 찾지 못해서일지도 모른다. 사람이란 나이가 들수록 자신이 해야 할 일에 매달려야 허전함을 달랠 수가 있는데, 한명회는 일생의 일을 잃고 있다.

"대감마님, 대감마님."

만득의 다급한 목소리가 들린다. 난이가 재빨리 장지문을 연다. 만득은 웅크린 모습으로 다가서며 고한다.

"고령군 대감께서 위중하시다 하옵니다."

"아!"

한명회는 짧은 탄식을 쏟으며 들고 있던 술잔을 떨어뜨린다.

"자비를 갖추게!"

난이가 출타 차비를 명했으나 한명회는 망연자실한 모습으로 앉아 있다. 신숙주가 세상을 버린다면 한명회에게는 그보다 더 큰 충격은 없을 것이리라.

지난 세월의 형극 같았던 험난한 길을 함께 헤쳐 온 신숙주가 아니던가. 어려서 함께 뛰놀며 공부하던 일은 고사하고, 사돈으로 맺어진 우의는 다시없는 동반자였다. 그 신숙주가 사경을 헤매고 있다면 자신이 해야 할 일은 정녕 무엇이던가.

"대감, 다녀오셔야지요."

한명회를 태운 자비가 수진방을 나선다. 청명한 하늘에는 조각구름이 떠가고 있다. 그것이 한명회에게는 인생무상으로 느껴진다.

"범옹, 잠시만 참아 주시게, 살아 있어야 해."

한명회는 쉬지 않고 중얼거린다. 그는 허허하게 비어 오는 심중을 가누지 못하고 있다. 그러기에 살아 있는 신숙주를 보아야겠다는 조바심을 떨쳐 내지 못한다.

신숙주의 집 솟을대문이 열려져 있다. 한명회가 황급히 자비에서 내리고 있을 때, 대문 안에서 곡성이 들려온다.

'이 사람, 범옹!'

한명회는 한 발 늦은 것을 탄식한다. 살아 있는 동반자의 손이라도 잡아 보고자 했던 소망까지 물거품이 되는 순간이다. 그는 아랫도리가 떨려

오는 것을 완연하게 느끼면서 휘청거리는 걸음을 옮기고 있다.

신숙주가 거처하던 큰사랑의 마당은 꿇어 엎드려서 통곡하는 하인 종솔들로 가득하다. 방 안에서는 통곡 소리가 들끓고 있다. 경황 중에서도 누군가가 한명회가 왔음을 고했는지, 달려 나오는 아낙은 맏며느리 방울이다.

한명회는 눈두덩이 부어 있는 여식의 모습을 보는 순간 비로소 왈칵 눈물을 쏟는다. 20여 년 전, 윤씨 부인이 세상을 떠났을 때도 방울이와 이렇게 만나질 않았던가.

"아버님."

"인명재천이라고는 한다만, 세월도 많이 흘렀고…."

한명회는 횡설수설 말을 이어 가지를 못했고, 방울이는 아버님의 가슴으로 뛰어들고 싶은 설움을 애써 참고 있는 모습이다. 신숙주의 맏며느리, 이젠 시부모도 지아비도 없다. 신숙주 일문의 종부로 살아가야 할 외로운 아낙이 되어 있다.

"운명을 하시면서도 아버님을 찾으셨사옵니다."

"그럴 테지, 이심전심인 것을…."

한명회는 허적허적 방으로 들어간다. 호곡하고 있는 식솔들의 설움이 더더욱 북받치듯 터져 오른다. 그들이 어찌 두 사람의 우정을 모르랴.

신숙주는 자는 듯이 누워 있다. 한명회는 그의 곁으로 다가가서 앉으며 싸느랗게 식어가는 망자의 손을 잡는다.

"이리도 황급히 떠나가면, 나더러는 어찌하라고. 아무리 사는 게 무상하기로 이럴 수가 있나."

한명회의 탄식은 이미 젖어 있다. 그의 적막감은 혈육을 잃은 설움보다 더한 것이고도 남는다.

"범옹, 평생을 같은 길을 걸어 왔으면서도, 이 길만은 동행하지 못한다고 했던가. 사람 구실을 못하고 있으이."

한명회는 울고 있다. 치미는 회한을 견딜 수가 없었기 때문이다. 그는 갈기갈기 쏟아지는 눈물을 주체하지 못한다.

"편히 가시게나. 세조대왕의 탑전에 이르거든 내 곧 뒤따른다고 말씀 올리시게. 생자필멸이라 하였어. 다만 범옹이 나보다 앞선 것뿐일 테지."

신숙주의 정감은 남다른 데가 있다. 그는 권람, 홍윤성, 양정 등과 같은 지인들에게 부치는 많은 헌시를 남기고 있지만, 유독 한명회에게 주는 시만은 6편이나 된다.

한명회는 문득 그중의 한 편을 읊조린다.

> 東溟極目海運天　塞下秋風已颯然
> 老去離懷非昔日　蟲聲四壁不成眠

> 끝없는 동해바다 하늘에 닿았는데
> 변새엔 어느새 가을바람 선들선들
> 늙을수록 헤어진 서글픔 옛날과 달라
> 귀뚜라미 귀뚤귀뚤 잠 못 이루네.

신숙주가 함길도에 가 있을 때 지은 것으로 짐작되는데, 그 내용이 참으로 절절하지 않은가.

우리는 '관포지교'를 비롯한 많은 사람들의 우정을 살펴보고 있었지만, 한명회와 신숙주의 사이에도 아름답기 한량없는 교감의 내왕이 있었음을 다시 확인하게 된다. 그러나 누구에게도 이별이 있는 것이라면 이들인들 어찌 영생을 누리기를 바라랴. 한명회는 하얀 수염발을 눈물로 적시며 천지가 비어 오는 허전함에 빠져 들고 있다.

이날 또한 무더위가 기승을 부리는 6월 21일이다. 신숙주가 향년 59세로 세상을 떠난 것은 왕조의 격동기가 마감되고, 새로운 질서가 다가옴을 뜻하는 일이었기에, 그의 죽음은 시사하는 바가 참으로 크다.

한편 성종으로서는 의지할 기둥을 잃은 것이나 다를 바가 없다. 아직 대왕대비의 청정 아래에 있는 성종이었지만, 자신을 보좌하는 특출한 거봉을 잃는 아픔을 감내하기가 어렵다.

"아아, 큰일이구나!"

그것은 어쩌면 아픔이라기보다는 두려움일지도 모른다. 이젠 성종 자신의 홀로 서기가 눈앞에 와 있음을 온몸으로 느낄 수 있는 일이기도 하다. 생각이 여기에 미치자 성종은 곧바로 할머니 대왕대비의 얼굴을 떠올린다. 신숙주의 죽음은 대왕대비에게 너무나 큰 상처를 줄 것이기 때문이다.

성종은 짓눌러 오는 설움을 거두고 대왕대비전으로 나아갔다. 무더운 여름이었지만 대왕대비가 거처하는 방이 굳게 닫혀 있는 것으로 보아 그 애통해함을 능히 짐작할 수 있다.

"대왕대비마마, 소손이옵니다. 고령군이 졸지에 운명하였기에 대왕대비마마의 심기가 어지러울 듯싶어 위무드리고자 들렀사옵니다."

대왕대비 윤씨는 허전함으로 가득한 얼굴로 성종을 맞아들인다.

"이 늙은 할미의 참담한 심중을 헤아려 주시니 참으로 어지신 성군이십니다."

"당치 않사옵니다. 고령군의 빈소에는 따로 부의도 내려야 하고, 또한 조정의 뒷일도 감당하시자면 대왕대비마마의 심기가 미편하시면 아니 될 것이옵니다."

"이제는 주상이 친정을 펴실 때가 오고 있음일 테지요. 고령군의 나이가 쉰아홉이고 내 나이가 쉰여덟이니, 다음에 가야 할 사람은 바로 이 할미가 아닙니까."

"받자옵기 민망한 분부 거두어 주시오소서. 소손이 어린 나이에 보위에 올라 대왕대비마마의 청정에 기대고 있사온데 그리 말씀하시오면 소손은 어찌할 바를 모르겠사옵니다. 서둘러 고령군이 가고 난 뒤를 메워 주오소서."

성종의 목소리는 가늘게 떨리고 있다. 당초부터 마음이 여린 편인 성종이다. 게다가 아직은 정사에도 익숙지 못했기에 그의 주청은 애처롭게 들린다. 대왕대비 윤씨도 성종의 그 같은 처지를 잘 알고 있었기에 더는 자신의 가슴속에 물결치는 인생무상의 회한을 넋두리로 뱉어 놓을 수가 없다. 청정을 맡고 있는 이상에는 최대한의 지성으로 나어린 성종을 보살펴야 하지 않겠는가.

"주상, 조제弔祭와 예장禮葬의 예를 보세요. 영상을 지낸 사람에게 합당한 범절이 있을 겁니다. 부의로는 쌀과 콩 각 1백 석, 종이 1백50권, 백정포白正布 20필, 백면포白綿布 20필, 백저포白苧布 10필, 정포 50필, 석회 50석, 청밀淸蜜 1석, 황랍黃蠟 30근을 내리는 것이 도리일 겁니다."

비록 아녀자의 몸이긴 했지만 종사의 일을 처결해 온 연륜은 숨길 수가 없다. 신숙주의 상에 대한 의논을 마친 대왕대비는 그다음의 화급한 일을 논의하기에 이른다.

"주상, 영상의 자리가 비었으니 마땅히 새 사람이 천거되어야지요. 그리고 주상의 친정이 멀지 않았으니, 차제에 승지 몇 사람도 주상을 위해 새로 맞이해야 할 것으로 압니다. 어서 대소 신료들을 부르시어 조정부터 개편합시다."

대왕대비 윤씨의 채근에 따라 다시 선정전에서는 수렴청정을 도울 새 영의정을 맞아들이는 일이 논의된다. 역시 세상은 살아 있는 사람들의 것이다. 신숙주가 해 왔던 막중한 일들이 살아 있는 사람들에게 맡겨진다. 그것이 자연의 섭리가 아니던가.

다음 달 7월 초에 훈구대신의 우두머리 격인 정창손을 영의정으로 영입하는 것을 골자로 하는 인사가 단행된다. 김질은 상락부원군上洛府院君으로 물러앉고, 윤사흔尹士昕이 우의정에 제수되며, 현석규玄碩圭, 임사홍任士洪 등이 장차 성종의 친정에 대비한 새 승지로 발탁되기에 이른다. 좌의정은 그대로 한명회다.

신숙주와 홍윤성을 연달아 잃은 한명회는 불현듯 혼자 된 느낌이 든다. 실제로 세조와 함께 계유정난을 주도했던 실세로는 오직 한명회 한 사람만이 살아 있는 셈이다. 천하에서 제일이라는 압구정의 경관도 시들하게만 보인다.

'이젠 나만 남았어.'

나이만으로 따진다면 정인지도 살아 있고, 정창손도 살아 있다. 그러나 이들이 어찌 신숙주, 권람, 홍윤성, 홍달손, 양정과 같은 혈맹으로 맺어진 사람들의 우의를 따를까. 한명회의 적적함은 생사를 같이한 동반자를 잃었다는 사실보다 차라리 세상을 잃은 것과도 같다. 그것은 대왕대비 윤씨의 허허한 심정과도 일맥상통한다.

중신들이 물러난 선정전의 대발 앞으로 대왕대비는 한명회를 다가앉게 한다.

"마마, 이젠 다들 갔사옵니다."

한명회는 눈시울을 적시며 외톨이가 된 심회를 토로한다.

"내 시름이 아무리 크기로 상당군의 아픔과 허전함을 반인들 따르겠습니까."

"망극하옵니다."

"쉬 잊혀질 일은 아닙니다만, 그럴수록 친정을 눈앞에 둔 주상을 보필해 주셔야지요. 이제 의지할 곳이 상당군밖에 없습니다."

"…."

"우리는 참으로 오랫동안 같은 길을 걸어오지를 않았습니까. 대감을 우리라고 부르는 내 심정을 알아주셔야 합니다."

"저 또한 진언드리옵니다. 원하옵건대 심기를 편안히 하오소서."

"고맙습니다."

대왕대비 윤씨는 눈물을 훔치고 있다. 대왕대비는 신숙주와 홍윤성이 잇따라 세상을 뜨자 육선肉膳을 들지 않을 만큼 그들의 죽음을 애통해하고 있다. 세조의 총신들이 하나하나 세상을 뜨는 것은 자신에게로 밀려오는 죽음의 그림자와 같을 것이 아니겠는가. 윗전의 그 같은 고통은 아랫사람들의 처지를 난감하게 하기 마련이다.

인수대비는 아침저녁으로 대왕대비전을 찾아 정성을 다해 위무한다. 그것은 사사롭게는 시어머니를 위하는 일이고, 더 크게는 아들인 성종을 위하는 일이기도 하다.

"대왕대비마마, 제 어찌 마마의 깊으신 심회를 헤아리지 못하리까. 육선을 끊으신 까닭도, 이렇듯 슬픔 속에 계시는 까닭도 잘 알고 있사오나 다만, 아바마마를 받들고 따르던 중신들이 하나하나 사라져 갈수록 대왕대비마마께서는 더 굳건한 모습으로 아바마마의 유지를 나어린 주상에게 심어 주셔야 할 것으로 아옵니다. 그때의 다사다난을 뜻 없이 지나간 세월의 일로 보시면 아니 될 것이옵니다. 원하옵건대 조부 세조대왕께서 이 나라 종사를 위해서 무엇을 어찌하셨는지를, 왜 그토록 많은 신하들을 목 베셨는지를, 주상이 만기를 친재하며 선정을 바로 펼 수 있을 때까지 가르쳐 주셔야 하옵니다."

간하는 인수대비의 두 눈도 어느새 물기로 촉촉이 젖어 있다. 회한으로 얼룩진 심회가 아니겠는가. 덕종이 일찍 죽지만 않았어도 국모의 자리에 올라 훌륭하고 분별 있는 내조로 종사의 일익을 담당했을 총명한 여인이다. 뒤늦게나마 보위에 오른 아들에게 지아비가 못다 한 회한을 풀게하여 태평성대를 열어 가게 하고 싶은 야심만만한 인수대비다. 그 한마디 한마디 말이 잔잔하게, 그러나 조금씩 힘차게 대왕대비의 가슴에 파문을 일으키는 것도 무리는 아니다.

"대비, 주상에겐 대비의 경륜과 학문이 있지 않습니까."

"아니옵니다, 마마. 대왕대비마마의 경륜에 비하면 아직은 보잘것없사옵니다."

"대비의 소망이 그러하다면 내 육선은 들기로 하겠소만, 조만간에 청정을 거두고 주상에게 친재를 맡기기로 하겠으니 대비가 도와주세요."

"아직은 이르옵니다. 곤위 또한 비어 있사오니 대왕대비마마께옵서 큰일을 모두 주관하신 연후에 친정을 논해도 늦지 않을 것이옵니다."

성품이 판이하게 다른 고부간이었지만, 이들의 가슴을 뜨겁게 흐르는 소망은 조금도 다르지가 않다. 세조의 불운을 자신들의 정성으로라도 행운으로 이어 가게 하고 싶은 열망이 아니고 무엇인가. 더구나 인수대비의 경우는 기사회생의 기회를 만들어 준 대왕대비가 하늘만큼 우러러 보였기에 존경과 효성을 소홀히 할 수는 더욱 없다.

"대비의 말은 한마디로 버릴 말이 없으니 이를 어찌하면 좋겠소."

대왕대비 윤씨의 얼굴에 잔잔한 웃음이 담긴다. 그것은 육선을 들겠다는 뜻에 뒤이어 청정을 당분간 계속하겠다는 심회를 뜻하는 것이리라.

"망극하옵니다, 대왕대비마마."

인수대비는 서둘러 수라상을 다시 올리게 한다. 물론 육선이 있는 수라상이다. 지난 두 달 사이에 두 원로대신이 세상을 떠나는 불운을 겪은 조정과 왕실은 대왕대비의 심기 회복을 계기로 조금씩 생기를 찾게 된다.

윗전의 심기가 밝아지면서 성종의 모습도 눈에 띄게 달라진다. 성종은 자신을 에워싸고 있는 후궁들의 투총을 멀리하며 학업에 몰두하기 시작한다. 물론 인수대비의 영향 탓일 수도 있다. 천성이 어질게 타고난 성종은 스스로 모후의 뜻을 받들어 조강朝講, 주강晝講, 석강夕講, 야대夜對를 다 하고도 편전에 홀로 앉아 책을 읽는 날이 잦다. 그를 기다리는 후궁들에게는 가슴 조이는 나날이었지만, 조정의 분위기는 하루가 다르게 일신되어 가고 있다. 그야말로 태평성대로 들어서는 서광이 충만한 시기가 아닐 수 없다.

3.

그가 누구인지는 알 수가 없다. 남자인지 여자인지, 늙은이인지 젊은 이인지, 아니 사람인지 유령인지도 알 수가 없고, 그림자인지 형체인지도 알 수가 없을 만큼 어두운 밤이다.

그는 살금살금 어둠 속을 헤쳐 가고 있다. 달빛이 싸느랗게 쏟아지고 있었지만 그는 빛이 닿지 않는 곳만 밟고 지나간다. 바람은 없었지만 그 또한 숨소리조차 내지 않는다. 궐 안 숲 속이 칠흑 같았으므로 그가 어디서 나타났는지, 어디로 향하고 있는지도 알 수가 없다.

승정원. 그랬다. 검은 그림자는 바로 승정원 건물 앞에 멈추어 선다. 무엇인가를 품에서 꺼내 승정원 기둥에 붙이고 있다. 재빠른 동작이다. 순찰하는 내수內竪들의 발걸음이 채 돌아오기도 전에 그는 다시 어둠 속으로 사라진다. 그가 사라지는 재빠른 모습은 달빛조차도 밝혀내지 못하고 있다.

성종 6년(1475) 11월 18일. 겨울 새벽이 서서히 밝아 오면서 나뭇가지마다 하얀 성에가 빛난다. 두런두런 사람들의 말소리가 들려오기 시작한다. 어디선가 말 울음소리도 들리고 개 짖는 소리도 들린다.

승정원의 중문이 열린다. 내시들은 비를 들고 주변을 쓸기 시작한다. 별감들이 층계 위를 오르다가 우뚝 걸음을 멈추어 선다.

"아니, 이것이 무엇이야?"

"응? 누가 이걸 붙여 놓았지?"

승정원 기둥에 폭이 좁고 길이가 긴 종이가 붙어 있다.

"이건 익명서가 아닌가?"

"그렇군. 아무래도 이상한 글이 아닌가?"

"어허! 이걸 봐. 이건 대왕대비마마의 청정을 반대하는 익명서가 분명해."

"이런 세상에!"

대왕대비 윤씨의 수렴청정을 철폐하라는 익명서다. 소문은 빠르게 번진다. 주위를 지나던 나인들이 수군대고 있었지만, 승지들은 재빨리 이 일을 수습하려 든다.

원래 익명서는 공개하지 못하게 되어 있고, 또 그것을 붙인 자를 묻지 않게 되어 있다. 그리고 얼마간 잠잠해진 뒤에 소각하게 되어 있다. 그것이 『경국대전』에 적힌 국법이다.

유지, 현석규, 임사홍 등 승지들은 익명서를 승정원 청에 깊이 감추고 발설하지 않았으나 대궐 참새들의 입방아가 이 엄청난 일을 그냥 지나칠 리가 있을까.

"대비마마, 대비마마, 큰일 났사옵니다."

인수대비전의 최 상궁이 그 소문에 접하고 달려든다.

"무슨 일인데 그 같은 소란인가?"

"아뢰옵기 황공하오나, 오늘 새벽 승정원 기둥에 익명서가 나붙었사온데, 그게 아뢰옵기 황공하오나, 익명서에….'"

"이런 답답함이 있나. 무얼 그리 꾸물대는가? 익명서에 무슨 말이 적혔기에!"

사태를 눈치 챈 인수대비는 근엄한 표정으로 호통을 친다.

"익명서에 대왕대비마마의 수렴청정의 폐단이 적혀 있었다 하옵니다."

"아니, 무엇이라!"

참으로 놀라운 일이다. 어차피 한 번은 겪어야 할 일이었어도 일대파란이 아니고 무엇인가.

"그 익명서는 지금 어디에 있느냐?"

"승지들이 봉하여 승정원 청에 간수하였다 하옵니다."

"가서 그 익명서를 이리 들이도록 해라!"

"아니 되옵니다, 대비마마. 익명서는 공개해서는 아니 되는 것이 법도라 하옵니다.”

인수대비는 치미는 분노로 치를 떨었다.

“필시 곡절이 있을 것이니라! 누군가가 왕실을 얕보고 음해하려는 것이 아니더냐. 익명서를 보면 그 필체를 알 수 있을 터인데…. 괘씸한 것! 내 누구의 소행인지 밝혀내고야 말리라. 대왕대비께옵선 이 일을 알고 계시느냐?”

“벌써 궐 안에 소문이 퍼져 있사온지라, 필시 대왕대비전에도 아뢰었을 것이옵니다.”

“얼마나 놀라시고 상심하셨겠느냐. 어서 가 봐야겠다.”

인수대비는 후들후들 떨리는 몸을 이끌고 황급히 대왕대비전으로 향한다. 인수대비의 짐작대로 그때 이미 대왕대비는 익명서에 대한 얘기를 전해 듣고 크게 충격을 받은 모습이다.

“내 진작 이런 뜻을 알고 물러났어야 할 것을….”

대왕대비 윤씨의 목소리는 부르르 떨려 나온다. 청정을 거두고 모든 실권을 성종에게 물려주는 일, 그것은 매우 합당한 일이었고 이미 대왕대비도 입에 담은 바가 있질 않았던가.

성종의 춘추 열아홉, 이제 웬만큼 왕도에도 익숙해 있고, 갖추어야 할 학덕이나 위엄 또한 나름대로 갖추고 있다. 많은 후궁들을 거느리면서도 지혜롭게 다스릴 줄도 아는 성종이다. 새 중전만 맞으면 성종은 명실 공히 이 나라를 이끌어 나갈 성군이 될 것이리라.

그러나 왠지 모르게 익명서의 내용을 듣는 순간 대왕대비의 가슴은 일시에 무너지는 듯한 허허한 느낌이 들었다. 스스로 원한 청정도 아니었고, 청정 중에 그리 대단한 권세를 누리려 했던 것도 아니었지만, 청정의 폐단을 지적한 익명서가 나붙기에 이르자 이상하게도 자신의 생애가 무너지는 듯한 회한이 밀어닥치고 있다.

그렇다고 하더라도 대왕대비 윤씨는 품성이 후덕하고 사리를 판별할 줄도 아는 여인이다. 도리어 그 익명서가 자신에게 바른 길을 일러 주었다고 자위할 줄도 안다.

'사람은 물러날 때를 알아야 하는 법이지.'

마음을 가라앉힌 대왕대비의 입가에는 웃음마저 감돈다. 쓸쓸한 웃음이라기보다 달관한 사람의 여유 있는 웃음이다. 인수대비는 그런 순간에 대왕대비전에 들었다.

"대왕대비마마, 이 같은 불충이 어느 천지에 다시 있사오리까. 서둘러 명을 내리시어 누구의 소행인지를 밝혀내소서."

"호호호, 성미도 참 급하십니다. 어디 익명서가 극악무도한 대죄라도 된답니까? 다 나라를 위하고 주상을 위한 말을 써 놓은 게지요. 늙은 것이 청정을 하고 있으니 나라 꼴이 무에 되겠어요. 익명서에 쓰인 것이 백 번 옳은 것을요."

"당치 않사옵니다. 이것은 누군가의 음해이옵니다. 저에게 하명하소서. 제가 이 일을 밝혀내겠사옵니다."

대왕대비 윤씨는 펄쩍펄쩍 뛰는 인수대비의 거칠어진 심기를 온화한 말로 타이르기 시작한다.

"대비, 그 익명서에 적힌 말이 그대로 맞지를 않습니까. 주상의 춘추 곧 스물을 헤아리지 않소. 게다가 주상은 경서에 통달해 있어요. 나무랄 데가 없는 왕재입니다. 그 성품 또한 어질고 착해 세종대왕과 같으신 성군이 될 수 있다는 평판이 자자한 마당이면 그까짓 청정의 발쯤이야 걷어 낸들 무슨 상관이겠습니까. 호호호."

"하오나, 아직 중전의 자리도 비어 있사오며…."

"중전이야 곧 쓸 만한 후궁으로 간택할 것이 아니겠소. 게다가 하늘의 음덕을 입는다면 원자까지 얻을 수 있고요. 나는 익명서로 인해 뜻밖으로 느낀 것이 많습니다. 내가 하루바삐 청정을 거두어들였어야 했던 것을 너무 오래 지속했던 탓으로 이런 불만이 나오는 것으로 압니다."

대왕대비의 목소리는 언제나 부드러웠지만, 오늘은 한편으로는 떨리고 있고, 한편으로는 힘이 배어 있다. 삶을 마감하는 듯한 회한과 새 시대의 앞길을 열어 준다는 포부가 엇갈리고 있었기 때문이다. 그리고 끝내는 모든 것을 순리에 따르겠다는 심성이 넘쳐흐르는 것 같기도 하다.

그러나 인수대비는 쉽사리 받아들일 수가 없다.

"아직 이르옵니다. 익명서의 말은 백성들의 뜻이 아니질 않사옵니까. 누군가가 종사를 어지럽히려는 음해이옵니다. 어느 못된 것의 소행인지를 밝혀낸 연후에 청정에 대한 것을 논의하셔야 바른 순서이옵니다. 하찮은 음해에 귀를 기울여 대세를 그르칠 수는 없사옵니다."

"익명서가 내게 갈 길을 열어 주었다니까요. 더구나 익명서의 일을 함부로 입에 담는 것은 국법을 어기는 일이기도 하고요."

대왕대비도 익명서는 불문에 부친다는 사실을 알고 있다. 그러나 그것을 몰라서 격분하는 인수대비일 리는 없질 않은가.

"이번 익명서는 여느 때의 것과 다르옵니다. 종사의 일에 혼란을 불러일으키는 내용이옵니다. 우선 그 연유부터 밝힌 연후에 청정에 관한 일을 논의하여도 늦지 않사옵니다. 유념하소서."

"어허, 아니라니까요. 어서 내 뜻을 주상과 여러 원상들에게 전하게 하세요."

"아니 되옵니다. 이는 명을 거역함이 아니라, 순서가 아니어서 주청드리옵니다. 청정을 거두시는 일이 어찌 갑작스레 명할 수 있는 일이오니까. 익명서를 내다 붙인 소행을 밝힌 연후에 명하여 주오소서."

옳고 그른 일만은 분명히 가려서 지나치는 인수대비다. 항시 작은 것보다 큰 것을, 자신보다는 웃어른의 일을, 그리고 왕실을 먼저 생각하는 인수대비의 성품인지라 다른 말로 회유하기란 지극히 어려운 일이기에 대왕대비는 곧 타협안을 제시한다.

"대비, 정히 그러하시다면 이번에도 내가 지기는 하겠으나, 반드시 약조는 지켜야 합니다. 익명서에 대한 일을 매듭짓는 대로 청정을 거두는 일을 거론한다는 약조를 지켜 주시겠습니까?"

"명심하겠사옵니다."

인수대비의 간곡한 청으로 수렴청정은 당분간 지속되는 가운데 익명서의 처리가 서서히 표면화되고 만다. 인수대비는 고심을 거듭한 끝에 성종을 찾아간다. 익명서에 대한 처벌을 좀 더 명확히 해 두자는 뜻이다.

"주상, 익명서의 일을 들으셨을 줄로 압니다만, 대체 그러한 불충이 어디에 다시 있답니까."

성종은 승정원으로부터 익명서의 일을 전해 듣고『경국대전』을 뒤적이며 불문에 부칠 궁리를 하고 있다.

"어마마마, 모두가 소자의 부덕한 소치이옵니다."

"한심한 일입니다. 연로하신 왕실의 높은 어른께옵서 청정을 하고 계시는 것만 해도 송구스럽기 그지없는 일인데, 일개 내명부가 그따위 해괴한 익명서나 써서 승정원에 갖다 붙여 조정과 왕실을 능멸하려 들다니요. 이 얼마나 발칙한 일이랍니까!"

"아니, 일개 내명부라 하오시면…?"

성종은 불길한 예감에 상체를 곧추세우며 고개를 든다. 분명 인수대비는 익명서를 일개 내명부의 소행이라 못 박았다. 그렇다면 그 내명부란 대체 누구란 말인가?

"필시 대왕대비마마의 청정 아래에서는 뜻을 이루지 못한다 여기는 내명부가 있음일 테지요."

"뜻을 이루지 못하다니요?"

"중전 간택이 아니겠습니까!"

성종의 온몸에 소름이 끼친다. 중전으로 간택이 되기 위해 그 같은 익명서를 내다 붙였다면 문제는 심각해진다. 성종은 윤 숙의, 정 소용, 엄 소용의 얼굴을 차례로 떠올린다. 그 세 사람의 후궁들에게 투총의 기미가 있음을 어렴풋이 짐작하고 있었기에 성종은 목덜미를 붉히면서 모후의 시선을 애써 피하는 지경이다.

이때 승정원 도승지 유지가 밖에서 가만히 아뢴다.

"전하, 우의정 윤사흔, 대사헌 윤계겸尹繼謙 등이 익명서에 대한 일로 면대를 청하옵니다."

난처한 지경에 빠진 성종이었으나 모후의 따끔한 지적까지 있고 보면 익명서에 관한 일을 외면할 수만은 없다. 인수대비가 자리를 피하자 성종은 면대를 청한 중신들을 맞아들인다.

"전하, 청정을 비방하는 익명서가 붙었다 하오니 신등은 분함을 금치 못하겠사옵니다. 익명서는 비록 국문할 수는 없는 법이오나 만약 현상懸賞하여 체포하려 한다면 혹 고변하는 자가 있을 것이옵니다."

우의정 윤사흔이 중신들을 대표하여 정중히 현상 체포를 주청했지만, 뒤이어 어전에 당도한 원상들은 현상을 반대하고 나섰다.

"신 정인지 아뢰옵니다. 익명서와 풍문공사風聞公事는 태종대왕께옵서 법을 세워 엄금하셨사옵니다. 현상할 일이 아니옵니다. 통촉하오소서."

원로대신 정인지의 위엄 실린 주청은 편전을 압도하고도 남는다. 정창손, 김질 등이 연이어 익명서를 불문에 부쳐야 한다고 강청한다.

"『경국대전』에서 말하기를 익명서는 비록 국사에 관계된다 하여도 옮겨 말할 수 없다 하였고, 『대명률大明律』에는 익명서를 투입하여 남의 죄를 고발하는 자는 교형絞刑에 처하며, 그것을 발견하는 자는 즉시 소각하라 하였사옵니다. 익명서를 투입하는 것은 원수진 집에서 하는 일이므로 마땅히 엄금하여야 하옵니다. 그러나 상금을 건다 하여 체포된다는 이치는 없사옵니다."

"그러하옵니다. 익명서의 내용을 불문에 부치듯 익명서 또한 불문에 부쳐야 하옵니다. 마땅히 소각하여야 할 줄로 아옵니다."

원훈들의 주청이 여기에 이르자, 아무리 인수대비의 강명에 가까운 소청이 있었다 해도 사리에 밝은 성종이라 모후의 도리를 따를 수가 없다.

"익명서를 소각하고, 그 일을 불문에 부치도록 하세요!"

아직 수렴청정에 의지하고 있는 어린 성종이지만 사리에 밝음이 이와 같았다. 익명서가 소각되었다는 소식을 접한 좌의정 한명회가 부랴부랴 입궐함으로써 일은 다시 급선회한다.

"전하, 신 좌의정 한명회, 익명서가 소각되었다는 말을 접하고 황망히 달려왔사옵니다."

성종의 용안이 파리하게 변한다. 익명서는 이미 타 버리고 없는데, 사사롭게는 빙부의 항변으로 다시 논란이 된다면 어찌 되는가.

"익명서를 붙인 자는 반드시 간사한 무리이며, 더구나 대왕대비마마의 청정을 중상하여 그 원한을 갚으려 하였다면, 그들의 소행이 매우 간특하니 징벌하지 않을 수 없사옵니다."

"소각까지 하였는데 이제 와서 어찌하시려고요?"

"소각하였다고 뜻을 다 이룬 것이라 여기는 간사한 무리들을 생각하면 치가 떨리옵니다. 또한 이 일에 상심하고 계실 대왕대비마마의 심기를 위무하기 위해서라도 반드시 진상을 밝혀야 할 줄로 아옵니다. 통촉하소서!"

한명회 또한 어린 임금을 보필하는 원상의 한 사람이다. 게다가 사사롭게는 성종의 빙부가 아니던가. 그의 뜻이 이처럼 강경하다면 아직 친정이 아닌 상황에서 성종의 마음은 흔들리지 않을 수 없다. 더구나 소각을 명하면서도 인수대비의 청을 어겼다는 죄책감으로 마음이 편치 않았음에랴.

다시 원상들이 편전으로 몰려간다. 그들은 한명회의 강경한 주청을 외면할 수가 없다. 게다가 아직 청정을 마치지 아니한 대왕대비에 관련된 일이었음에랴. 이미 익명서는 소각되었고, 불문에 부치려 했던 성종의 의지는 조금씩 번복되어 갈 수밖에 없다.

다음 날 아침 형조에 내려진 성종의 전지는 이러하다.

이번에 승정원에 붙였던 익명서는 부도不道에 관한 것이므로 다른 익명서와 비할 바가 아니니, 끝까지 체포하거나 고발하는 자가 있으면 천인이면 양인이 되게 하고, 양인이면 자품資品을 세 자급 올려서 실직實職에 임명하며, 상품으로 받기를 원하는 자는 면포綿布 4백 필을 주고, 또 범인의 재산을 함께 줄 것이다. 모의에 참여하였던 자가 스스로 나타나서 고발을 해도 위와 같이 처리할 것이며, 주모자라 할지라도 자수하면 역시 면죄될 것이다. 또 앞으로 국사에 관한 익명서를 붙인 자를 체포 고발하는 자는 위와 같은 예에 의하여 논상論賞하라.

이번 익명서가 부도에 관한 것이라는 말은 철저히 수사하여 선악을 가리겠다는 뜻이다. 부도란 십악十惡 중의 하나로 죽여야 할 죄가 없는 사람 셋을 살해했거나, 타인의 사지四肢를 찢거나, 산 사람의 귀, 코, 창자 등을 베어 내거나, 독충毒蟲의 독기나 독액毒液을 길러 남을 해치려 들거나 방조幇助하는 행위를 단죄할 때 쓰는 말이다. 형조에 내린 전지에 부도란 말이 있음은 잡혔을 때의 형벌 또한 극형에 못지않을 것임을 뜻한다.

익명서에 관한 처벌과 논상 규정이 알려지자 궁 안팎으로 큰 관심거리가 되기 시작한다. 과연 누가 범인일까? 과연 어느 누가 고변할까, 아니면 자수를 해 올까? 이 일에 전혀 관련이 없는 궁중 나인들이나 궁 밖 백성들에게는 오랜만에 신나는 화젯거리가 되고도 남는다.

"누가 대왕대비마마를 내쫓으려 했을까?"

"조정의 신진 세력들이 아닐까?"

"아니야, 중전 자리를 노리는 후궁들일걸."

갖가지 추측이 난무하고 있었지만 윤곽은 쉽사리 잡히지 않는다. 그저 막연한 풍설만이 미궁 속을 나돌고 있을 뿐이다.

4.

성종이 들어와 용상에 자리하고 앉는다. 원상들과 대소 신료들이 몸을 일으켜 상체를 굽힌다.

"대왕대비마마 듭시오."

내관의 목소리는 언제나 맑고 길다. 성종의 등 뒤로는 촘촘하게 짜여진 발이 쳐져 있다. 대왕대비 윤씨는 협문으로 들어와 청정의 자리에 앉는다. 발을 통해 보이는 대왕대비의 모습은 위엄이 넘친다기보다는 차라리 아름답고 자애롭게 보인다. 원상들이나 대소 신료들은 이 모임의 뜻을 알고 있다.

"처음에 주상이 유충하고, 대신들이 나의 참결參決을 청하므로 내가 사양하지 못하여 매양 조심하고 힘썼다. 하나, 이젠 주상의 춘추가 스물이나 다름이 없는데, 아녀자인 내가 청정을 할 까닭이 없질 않은가."

이미 도승지를 통해 이 같은 대왕대비의 뜻이 전해져 있었기에 따로 놀랄 사람은 없다. 선정전 안은 침통한 적막이 쌓여 가기 시작한다. 아무도 입을 여는 신료가 없었기 때문이다. 마땅히 청정의 폐지가 불가하다는 것을 주청해야 할 일이었으나, 지난번 익명서의 일로 심기가 상해 있을 대왕대비의 면전이라 쉽사리 입을 열 수가 없지 않겠는가.

대왕대비 윤씨는 자신의 의향은 이미 전해 두었던 탓으로 중신들이 먼저 입을 열기를 기다리고 있다. 오랜 침묵을 깨고 원상 김국광金國光이 나선다.

"원상 김국광 아뢰옵니다. 오늘날의 태평한 정치는 모두가 대왕대비마마의 보도保導한 힘을 입었음이옵니다. 더구나 수렴청정의 고사가 있는데 또 무엇을 혐의스럽게 여기시오니까. 청정을 폐하신다는 분부 거두어 주오소서."

김국광의 주청이 끝나자 청정 폐지 불가론이 여기저기서 튕겨지듯 쏟아져 나온다.

"우리 조정에서는 세종께서 승하하시고 문종께서 일찍 승하하셔서 노산군(단종)이 왕위에 오르니 나랏일이 그릇되므로 세조께서 정난하셨지만 오히려 성삼문의 변고가 있었으며, 예종조에 이르러서는 남이의 난이 있었는데, 주상 전하께서 즉위한 이후로 아무 일도 하시지 않아도 저절로 다스려진 정치에 이를 수 있게 된 것은 모두가 대왕대비마마께서 청정하신 힘이오니, 청컨대 정사를 돌려주시지 않아도 좋을 것이옵니다."

세조 내외를 사저 때부터 모셔 오며 대왕대비 윤씨를 오늘날의 지위에 오르게 한 장본인이나 다름없는 한명회의 간곡한 소청이다. 뒤이어 정창손, 조석문曹錫文 등이 차례로 아뢴다.

"만조백관 이하 만백성들의 뜻을 저버리지 마오소서."

"정사를 돌려주심은 불가한 일이옵니다, 대왕대비마마."

원상들의 뜻은 그대로 발 뒤의 대왕대비 윤씨에게 들린다. 그때마다 대왕대비는 강경한 뜻을 펼치곤 한다.

"경들을 모은 것이 가부可否를 취하고자 함인 줄 아는가? 단지 이 일을 중앙과 지방에 알릴 방도를 취해 보라 이르는 뜻인 줄 어찌 모르는가!"

대왕대비의 어조에 무게가 실리기 시작한다. 아무리 여인의 몸이지만 지난 7년여를 수렴청정 해 온 위엄이 아닐 수 없다.

"대왕대비마마, 소손 아직 어리옵고 학문 또한 이루지 못하였사옵니다. 거두어 주오소서."

성종이 발이 쳐진 쪽으로 몸을 돌리며 간곡히 사양하자 대왕대비의 어조는 인자한 할머니의 타이름으로 변한다.

"주상의 춘추 열아홉이면 어리달 수 없어요. 또 주상의 학문이 이미 고명해 있음을 나는 알고 있어요. 이젠 할미에게 의지하지 마시고 만기를 친재해 가시도록 하세요."

"대왕대비마마, 전하의 춘추 아직은 성년에 이르지 아니하였사옵니다.

거두어 주오소서!"

대왕대비의 뜻이 굽혀지지 아니하자, 신료들은 '아직은 성년이 아니다'라는 것을 명분으로 삼고 나선다. 팽팽한 줄다리기가 계속된다.

결국 수렴청정의 폐지는 끝을 맺지 못한 채 해를 넘기게 된다. 시대는 이미 태평성대의 문안으로 들어서 있었던 까닭으로 대왕대비가 선정전에 나와 청정을 하지 않아도 조정으로서는 아무 탈이 없다.

1476년이면 성종 7년이다. 대왕대비 윤씨의 춘추 59세, 그리고 성종은 20세를 맞는다. 문자 그대로 성년이 된다. 대왕대비는 선정전으로 나와 호통 치듯 원상들을 나무란다. 성종이 성년이 되었는데도 수렴청정의 폐지 주청이 없다는 노여움이자 힐문이다.

"경들은 대체 주상을 어찌 보고 잠자코 있는 게요! 주상의 춘추가 스물에 이르지 않았습니까. 사가로 치면 벌써 손을 여럿 보았을 가장의 나이가 아니오. 한데도 경들은 내게 서로 충성됨을 자랑하기 위해서 이미 왕재로서의 자질을 두루 갖춘 주상에게 정사를 주면 안 된다 하니, 이것이 될 법이나 한 소리요? 주상은 왕실의 기둥인데 어찌 경들이 주상이 어리다 할 수 있소? 이는 왕실을 욕되게 하는 일이며 이 나라 종사를 가벼이 여기는 처사가 아니오!"

노기등등하다 할 정도의 질책이다. 조정 중신들에게는 사소한 일에 명분을 내세우다가 큰일을 놓치는 나쁜 버릇이 있는데, 이 점이 바로 대왕대비 윤씨의 지아비인 세조가 가장 싫어했던 일이다.

세조가 일으킨 피바람은 그런 중신들의 나쁜 버릇으로부터 왕실을 구해 내고자 한 데서 비롯된 것이 아니던가. 그런데 그 버릇이 대왕대비 면전에서 다시 재현되고 있는 듯한 느낌을 주자 울화가 치밀지 않을 수 없다. 마지막 선포인 듯한 대왕대비의 호령이 쏟아지자, 한명회가 입을 연다.

"대왕대비마마께옵서 정사를 내놓으신다면 이는 동방의 백성들을 버리시는 일이옵니다. 신이 평상시에 대궐에 들어와 안심하고 술을 마셨는데 이제는 그럴 수 없게 되었으니, 이 아니 슬픈 일이오니까. 거두어 주오소서."

바로 그 순간이다. 대왕대비의 노성일갈이 선정전을 쩌렁쩌렁 울린다.

"상당군은 말을 삼가시오. 술이라니! 경은 어찌하여 조정의 막중대사를 논하는 자리에서 음주를 입에 담는 게요!"

사정전의 분위기가 싸느랗게 식어 간다. 한명회는 대왕대비와의 친분을 기화로 부드러운 비유를 썼으나, 그것이 대왕대비의 노여움을 불러일으킬 줄을 어찌 짐작이나 했으랴.

"그 무슨 망언입니까. 그게 어찌 원로 중신이 입에 담을 소리랍니까. 이 나라의 조정 대사가 어찌 경의 술타령과 비교될 수가 있어요. 당장 거두시오!"

준엄한 문책이 아닐 수 없다. 대왕대비와 한명회의 관계를 잘 알고 있는 신료들은 얼굴을 들 수가 없다. 당사자인 한명회의 등판으로 식은땀이 흘러내린다. 사석이라면 농을 주고받을 수 있는 두 사람이었으나 공석에서의 대왕대비는 이를 용인하지 않았다. 천성은 부드러웠지만 내유외강한 대왕대비에게는 왕실의 큰 어른으로서의 위엄이 당당하게 살아 있었음에랴.

"당장 거두라고 하질 않았습니까!"

"신이 실언을 하였사옵니다. 용서해 주오소서."

"내가 어디 틀린 얘기를 했습니까. 주상이 성년이 되었음을 안다면 내 뜻을 가볍게 여길 수가 없을 것이오. 다시는 두말하지 마세요. 청정은 당연히 폐해야 합니다!"

한명회를 그토록 호되게 꾸짖었다면 다른 신료들에게도 위협이 되고도 남는다. 자칫하면 대왕대비의 노여움만 더해 갈 것이고, 더구나 성년이 된 성종의 면전이다.

"주상은 어서 친정을 선포하세요."

성종은 할머니 정희왕후를 향해 상체를 굽혀 보이고 신료들을 향해 돌아앉는다. 그리고 침중한 옥음을 토해 낸다.

"경들은 들으세요. 대왕대비마마의 심중이 저리 굳으시다면 더는 불효를 고집할 수 없는 일이 아닌가 합니다. 내 비록 어리기는 하지만 이제 정사를 물려받아 종사의 막중대사를 받들어 가렵니다. 경들이 보좌하는 데 따라 내가 큰 힘을 얻을 수 있을 것이니 이 점 각별히 유념해 주시오"

"신등은 신명을 다해 주상 전하를 받들어 보필할 것이옵니다."

원상들은 드디어 성종 앞에서 상체를 꺾는다. 조선왕조 최초의 수렴청정은 이렇게 막을 내린다. 섭정의 세월이 장장 7년, 마침내 성종은 윗전의 치마폭에서 벗어나 자신의 시대를 열어 가게 되었다. 청정의 발은 걷혔다.

세조가 피를 흘리며 다져 온 왕업은 이제 성종이 이어받아 가꾸고 꽃 피워 나가야 한다. 어느 왕조이고 역사의 굴곡은 있게 마련이다. 태종의 악업이 왕조의 터전을 마련하자 그 위에서 세종의 태평성대가 펼쳐졌고, 그 뒤이어 다시 왕실이 허약해져 왕권이 흔들리자 세조의 악업이 이어진 다음, 그 터전 위에 성종의 태평성대가 열릴 시기가 도래한다.

성종은 종묘에 정사를 물려받았음을 고하고 도성과 지방에도 이 사실을 알린다.

내가 어린 나이로 대통을 계승하였으니 깊은 못가에 간 듯, 얇은 얼음을 밟는 듯 조심스럽고 두려워 성취할 바를 알지 못했다. 우러러 생각하건대 자성慈聖 대왕대비마마께서 타고난 자질이 깊고 아름다웠으니, 모후母后의 의범儀範이 일찍부터 나타날 뿐만 아니라 조종祖宗의 전고典故(전례典禮와 고사故事)도 갖추어 체험하였으므로 이에 국정을 들어 우러러 지획指劃을 받은 지가 이제 7년이 되었다. 아아! 대왕대비마마의 보조하는 힘이 있지 않았다면 어찌 지금의 편안함에 이르렀겠는가! 내가 바야흐로 우러러 힘입어 그 성취하는 법을 영원히 받으려고 하였었다. 그러나 바로 금년 정월 13일에 삼가 의지를 받았는데, 내가 나이 장성하고 학문이 성취하였다 하여 군국軍國의 모든 정무를 나의 혼자 결단에 맡긴다고 하셨다. 명을 듣고는 매우 두려워하고 있는데, 어찌 능히 감내하겠는가? 고개를 숙이고 엎드려 이를 청하기를 두세 번에 이르고 승지와 원상들도 또한 이를 청하였으나 되지 않았다. 내가 생각하건대 온 나라의 번거로운 사무로 성체聖體를 수고롭게 하는 것도 또한 봉양하는 도리가 아니므로, 이에 마지못해서 지금부터는 무릇 국가의 모든 정사는 내 뜻으로써 결단하고 다시는 대왕대비마마께 아뢰어 처결하지는 않을 예정이다. 다만 덕이 적은 몸이 또 받드는 데가 없게 되면 하루 동안에 온갖 정사를 능히 미치지 못한 점이 없지 않겠는가? 이에 나는 더욱 조심하고 더욱 힘써서 잠자고 밥 먹는 일까지 잊고서 조가祖家의 어렵고 중대한 부탁과 신민들이 우러러 바라는 마음을 저버리지 않기를 바라고 있으니, 중앙과 지방의 신료들도 또한 나의 지극한 회포를 본받아서 그 직무에 조심하고 근실하며 함께 다스림에 이르게 하라. 그대 의정부에서는 중앙과 지방에 알아듣도록 타이르라.

이같이 길고 간절한 교지를 내림으로써 성종은 명실 공히 이 나라의 주상으로 홀로 선다. 국가의 어떤 중대사도 그의 손에 달려 있었으니, 그의 손끝이 닿는 어떤 것이든, 그의 목소리가 닿는 어떤 것이든 그의 명에 부복하고 따라야 한다.

성종의 친정이 시작되는 첫날, 그러니까 성종 7년 1월 14일이다. 이날은 성종에게 찬란한 새 아침이나 다를 바가 없다. 그는 아침 일찍 편전을 둘러본다. 지난 7년 동안 드리워져 있던 발은 걷혔고, 대왕대비가 앉았던 섭정의 자리에는 용상이 옮겨져 있다.

5.

청명한 새 아침이다. 지난밤을 근심과 걱정으로 지새운 성종은 아침 일찍 대왕대비전으로 발걸음을 옮긴다. 어린 나이로 만기를 친재하게 된 송구함을 여쭙고자 하는 것이지만, 수렴청정의 발을 걷어 낸 것이 성종에게는 설렘과 두려움으로 가득할 뿐이다.

춘추 스물이라고는 해도 만기로 종사를 경영한다는 것이 어찌 손쉬운 노릇이던가. 그는 걸음걸이에까지 마음을 써야 할 만큼 상기되어 있다. 그런 성종을 인도하고 있는 내시 김처선金處善이 뒤돌아보면서 덕담을 입에 담는다.

"전하, 세 분 대비마마께서 흡족해하실 것이옵니다."

"세 분 대비마마라니?"

"전하의 친정 첫 문후인지라 함께 받으신다는 전언이 계셨사옵니다."

"오."

성종은 잠시 어보를 멈추며 목덜미를 붉힌다. 세 분 윗전들이 함께 문후를 받을 것이라는 전언이 더욱 그를 가슴 조이게 했을 것이리라.

"모두가 전하의 심려를 덜어 주시려는 자애로우신 배려일 것으로 아옵니다."

그렇다면 오히려 다행일지도 모른다. 성종은 조심스러운 발걸음을 다시 내딛는다. 같은 말을 세 번씩이나 되풀이하느니 한 번에 끝내 버린다면 번거로움을 면할 수도 있음이 아니겠는가.

대왕대비전에서는 세 분 대비의 화사한 웃음소리가 새어 나오고 있다. 김처선의 전언이 있자, 정중히 모시라는 대왕대비 윤씨의 목소리가 들린다. 성종은 안으로 든다.

대왕대비와 안순왕대비 그리고 인수대비의 자애로운 시선들이 성종에게로 일제히 집중된다. 성종은 고동치며 울려오는 긴장을 애써 진정하며 정중히 예를 올린다.

"대왕대비마마, 소손 아침 문후 여쭈옵니다."

성종의 목소리는 떨려 나온다. 대왕대비 윤씨가 티 없는 웃음을 입가에 담으면서 치하의 덕담을 내린다.

"호호호, 오늘은 주상의 모습이 전에 없이 의젓해 보이질 않습니까."

"망극하오신 분부십니다. 소손은 대왕대비마마께옵서 오래도록 청정을 하시어 이 나라를 태평성대로 이끌어 주시기를 간절히 바라고 있었사온데, 갑자기 막중한 대임을 맡게 되어 두렵기 한량없사옵니다."

"당치 않아요. 내 그동안 늙고 쇠약한 아녀자의 몸으로 정사를 보살펴 사리에 닿지 않는 허물이 하나 둘이 아니었던 것으로 압니다. 하나, 이제는 마음이 놓입니다. 주상과 같은 늠름한 성군이 있으니 말입니다, 호호호."

애써 웃고는 있었지만, 그 웃음 속에서 얼핏얼핏 드러나는 허허해진 그늘을 지우지 못하는 대왕대비.

"비록 청정은 아니 하시더라도 소손의 정사를 항시 지켜 주시고 허물을 꾸짖어 바른 길로 인도해 주오소서."

"그 일이야 나보다 여기 계시는 모후께서 더 자상하게 보살펴 주셔야지요. 아니 그렇습니까, 대비?"

대왕대비와 성종의 시선은 약속이나 한 듯 인수대비에게로 옮겨진다. 대왕대비의 지적은 천만 번 지당하다. 비록 나랏일의 표면에 나선 적은 한 번도 없었지만 언제나 두 사람에게 막강한 영향력을 행사해 왔던 인수대비가 아니던가. 청정이 끝난 지금이라면 누구보다도 성종의 정사에 관여하고 나설 사람이 바로 인수대비라는 사실을 부정할 사람은 아무도 없다. 이윽고 인수대비가 입을 연다.

"주상, 이제 지존의 위엄과 체통을 한시라도 잊어서는 아니 됩니다. 항상 바르고 곧게 정사에 임하시어 왕실과 조정은 물론 만백성들이 모두 주상을 귀감으로 삼아서 우러러볼 수 있도록 하셔야 합니다."

"명심하겠사옵니다, 어마마마."

바르고 곧게, 그 말의 이면에는 후궁들을 잘 다스려 중전 간택에 모범을 보이라는 뜻이 담겨져 있음을 성종은 모르지 않는다. 발설은 삼가고 있지만 필시 인수대비는 흐지부지 끝나 버린 익명서의 일을 언젠가는 밝히려 들 것이라는 생각도 든다. 그러나 그 또한 성종에게는 의지해야 할 엄한 어머니의 채찍질이 아니겠는가.

대왕대비의 부연이 잔잔히 흘러나온다.

"이 나라 삼천리강토는 모두가 주상의 것입니다. 주상의 천하다마요. 주상의 다스림이 곧 이 나라의 흥망성쇠를 좌우하게 됩니다. 주상의 어질고 착한 성품이면 능히 이 나라를 태평성대로 이끌어 나갈 수 있을 것으로 알아요."

"망극하옵니다. 소손 신명을 다하여 이 나라 종사를 바른 길로 이끌어 나가겠사옵니다."

대답을 마친 성종은 비로소 힘이 솟는지 자신도 모르게 주먹을 불끈 쥐게 된다. 이젠 나의 나라이다. 이젠 내가 가는 길이 이 나라가 나아가는 길이다. 성종의 옥체는 가볍게 떨린다.

성종은 문후를 마치자 홀가분하게 일어선다. 대왕대비가 따라 일어서며 성종의 손을 잡는다.

"호호호. 믿음직합니다, 주상. 하루속히 중전 간택을 하시어 새 국모를 맞아 왕실의 위엄을 갖추셔야지요."

"그러하옵니다. 이제 이처럼 늠름한 주상을 내조할 중전이 있어야지요."

안순왕대비가 옆에서 덧붙인다. 중전을 간택하는 일은 물론 대비들과 의정부의 몫이지 성종 자신이 나설 일은 아니다. 그럼에도 두 대비가 중전 간택을 강조하는 것은 정 소용을 내세우기 위해서다.

그러나 성종은 윤 숙의와 정 소용 두 사람을 놓고 마음의 결정을 내리지 못하고 있다. 단지 대비들이 정 소용을 두둔하며 윤 숙의의 허물을 꼬집고 있는 처지라 가끔은 윤 숙의가 가엾다는 생각이 드는 것도 사실이다. 성종은 중전 책봉에 대한 생각으로 조금은 우울한 기분이 되어 대왕대비전을 물러 나온다.

편전으로 돌아오자 대사헌 윤제겸과 사간원 정언 이세광李世匡이 함께 올린 상소가 처분을 기다리고 있다.

'이제 시작이구나.'

성종은 첫 정무에 임하는 각오를 가다듬는다. 가벼운 전율 같은 것도 가슴을 스쳐 간다.

"소의 내용을 말하시오."

성종은 부복해 있는 도승지 유지에게 자신감 넘치는 옥음으로 하문한다.

"한명회가 대왕대비마마의 청정 폐지가 불가하다고 아뢸 때, 대궐에서 편안히 술을 마시게 해 달라는 등의 불공한 말을 하였으므로 이는 마땅히 중벌을 내려야 한다는 상소이옵니다."

성종은 눈앞이 캄캄해지는 것을 느낀다. 만기를 친재하게 된 첫 정무가 할아버지 세조대왕의 장자방이면서, 게다가 자신의 빙부이자 후견인 격인 한명회를 논죄해야 하는 것이라면 불길한 예감이 드는 것은 당연하다.

"일찍이 세조대왕께서 말을 함부로 한 양정을 불경죄로 다스리시고, 정인지와 정창손 또한 귀양을 보냈사오니 한명회 또한 꼭 같이 국문하여 죄상을 밝히고 벌을 내림이 옳다 하였사옵니다."

성종은 잠시 미간을 찌푸리고 있다가 또렷한 옥음으로 자신의 의지를 개진한다.

"그때의 일과 이번의 상당군의 언사는 다르질 않소. 상당군은 일찍이 세조대왕의 잠저 시절부터 재담으로 충언의 뜻을 밝히던 버릇이 있던 훈신이오. 비록 국가 대사를 두고 술 얘기를 하여 대왕대비마마의 노여움을 샀다고는 하나 그 속뜻이 어디 그렇던가요? 모두 청정을 오래 하여 종사의 안위를 도모하고자 했던 것이 아니요. 그 상소는 그것으로 덮어 두도록 하세요."

"분부대로 거행하겠사옵니다."

"이는 상당군에게 국구의 예우를 하는 것이 아니라, 진실로 잘못이 없음을 말하는 것이니 각별히 유념들 하시오."

겨우 나이 스물인 성종의 단호하고도 정연한 논리에 유지는 압도당하고 만다. 성종의 어의를 전해 들은 신료들은 경탄을 금하지 못한다. 대왕대비의 수렴청정을 넘어서는 명쾌한 조처를 내렸다고 생각한 때문이다.

대간, 즉 사간원과 사헌부에서 올라온 한명회의 탄핵 상소는 그렇게 폐기되고 만다. 그러나 호사다마라고 했던가. 뒤이어 또 한 장의 상소가 올라온다. 바로 무령군 유자광이 한명회를 탄핵하고 나섰다.

"무엄하지 않은가. 이미 양사의 상소를 불가하다 일렀거늘, 어찌 또 같은 상소란 말이오!"

성종의 옥음에는 노기가 서려 있다. 한명회를 다시 탄핵하는 유자광의 상소도 단호하게 물리쳐진다. 그러나 성종의 보령이 유충함에 틈이라도 보았음인가, 유자광은 또 다른 상소를 적어 들고 면대까지 청하고 나선다. 뒷전으로 밀려나고 있는 자신의 처지에 초조감을 느낀 모양으로, 타고난 오만을 날 세우면서 일대승부를 걸고 있는 것과 무엇이 다른가.

"전하, 좌의정 한명회의 불경함을 어찌 그냥 덮어 두시려 하시옵니까? 종사의 대사를 앞두고 궁중에 들어 술을 편안히 마시느니 어쩌니 하는 것은 필시 한명회가 발호跋扈할 뜻이 있어서이옵니다. 전하, 한명회를 하옥하시어 추국하오소서."

발호, 그것은 제멋대로 날뛴다는 뜻이다. 그러니까 한명회가 왕실을 우롱하고 제 마음대로 세도를 부리고자 한다는 뜻이다.

한명회를 탄핵하고 있는 유자광의 객기는 정말로 볼 만하다. 한명회의 나이 이때 62세, 유자광은 38세다. 한명회가 세조 때부터 3대에 걸쳐

역사를 주도해 왔던 대훈신이요 당대 제일의 세도가였다면, 유자광은 세
조 말에 '이시애의 난'을 빙자하여 자천 상소를 올리고, 편법으로 출세가
도를 달려 왔던 서출의 신진이다. 만약 예종이 일찍 승하하지 않았더라면
유자광은 한명회의 세력을 궁 밖으로 내몰고, 국정에 깊이 관여할 수 있
는 실력자가 될 수 있었을지도 모른다. 그러나 성종 즉위 후 유자광은
대왕대비, 인수대비 그리고 한명회 등 훈신들로부터 소외되어 한직으로
만 맴돌고 있다.

유자광은 한명회의 불경한 말을 전해 듣고 기사회생의 기회로 삼기
위해 분연히 상소를 올렸고, 그것이 기각되자 다시 상소를 써 들고 입궐
까지 했다. 그것은 경거망동이거나 중대한 착각이 아닐 수 없다. 성종은
대비들의 청정 밑에서 정치적 역량을 키워 왔고, 정인지, 한명회, 신숙주
등의 원상, 훈신들의 영향을 받으며 왕도를 닦아 온 임금이 아니던가.
한명회를 탄핵하는 유자광의 음흉함이 마음에 들 까닭이 없다.

"한명회가 발호할 뜻이 있다니요? 내게는 귀가 없고 눈이 없는 줄 아
시오? 내 비록 청정 아래 있었으나 신료들의 충정과 간사함을 구분할
줄은 알아요. 날 능멸하려 들지 마시오!"

아무 수식도 없는 성종의 직설적인 토로에 유자광은 아찔해질 수밖에
없다. 그는 타고난 성품대로 재빨리 말머리를 돌려 댄다.

"아, 아니옵니다. 신은 그저 한명회의 불충을 추국하십사…."

"말을 삼가시오! 내가 듣기엔 무령군이 상당군을 무고하거나 모함하고
있는 것이 분명하오. 당장 물러가 근신하시오!"

"저, 전하!"

"어허! 선대의 은혜를 입은 무령군이 그만한 이치를 모른대서야 말이
되는가. 당장 물러가서 근신하라!"

유자광의 얼굴이 사색으로 변한다. 무슨 말이든지 해서 이 위기를 벗
어나야 했으나 성종의 총명 앞에서는 어찌해 볼 도리가 없다. 그러나 유

자광은 한명회를 향해서 당겨진 활줄을 늦출 생각은 없다. 성종이 그의 자존심에 상처를 냈기 때문이다.

성종은 홀로 서기를 당차게 시작하고 있다. 대왕대비의 청정에서 배우고 느낀 대로, 대비의 가르침에서 얻은 지혜대로, 그리고 스스로 섭렵해 온 많은 서책에서 얻은 지식을 행동으로 옮기며 복잡하고 어려운 정무를 명쾌하게 처결해 나가려 애쓴다.

성품이 온화하고 선량한 성종이다. 그는 경서經書, 성리性理의 학문에 두루 눈을 뜨고 있었고, 아직 통달은 못했다 하더라도 백가百家의 글과 역법曆法, 음악까지 가까이하고 활쏘기, 글씨, 그림에까지 조예가 깊다. 청정 당시에도 위의 세 대비에 대한 조금도 빈틈없는 효성을 보여 왔으며, 또한 마땅히 임금이 되었어야 할 형님인 월산대군에게도 항시 은혜와 예절로 대해 왔다. 이 같은 까닭으로 대왕대비의 청정하에서도 이미 세종대왕에 비유되곤 했던 성종이다.

성종의 보령이 유충하다는 것을 기화로 기사회생만을 생각한 나머지 멋모르고 한명회를 탄핵하려다가 마침내 그 화살이 유자광 자신에게로 밀려들 것이라는 사실을 어찌 짐작이나 했던가.

"전하, 무령군의 불경한 언동을 중벌로 다스려 주오소서."

"그러하옵니다. 무령군은 아무 혐의도 없는 원상 한명회를 미워하여 탄핵하였사오니 엄히 다스려야 하옵니다."

"전하, 유자광 같은 자가 조정 가까이 있으면 종사의 앞날을 예측하기 어렵사옵니다."

여기저기서 유자광을 탄핵하는 소리가 쏟아져 나온다. 유자광으로서는 스스로 잔꾀에 의지하려다가 액운을 자초한 셈이다. 성종은 고심 끝에 명을 내린다.

"무령군은 양 대에 걸쳐 총애를 받아 온 사람이 아닌가. 그가 비록 실언은 하였으나 국문을 할 만한 대죄는 아닐 것이오. 다만 파직하여 후일을 경계하도록 하겠소."

　파직. 유자광은 그렇게 성종의 첫 정사에서 된서리를 맞게 된다. 신료
들은 모두 혀를 내두른다. 춘추 어린 성종의 친정이 성군의 자질을 빈틈
없이 보여 주리라고는 아무도 짐작하지 못했기 때문이다.

연산군의 탄생

1.

　구설은 화근의 시초다. 특히 공인公人의 경우가 그렇다. 구설에 오르게 되는 요인에는 대체로 두 가지가 있다. 첫째는 당사자의 삶이 가지런하지 못하면 구설의 대상이 되고, 둘째는 난세를 주도한 실세들에게 불어오는 무고의 바람이다.

　한명회의 삶은 구설의 세월이었다고 해도 과언이 아니다. 그만큼 한명회는 시기의 대상으로 이름이 나 있다. 대왕대비 윤씨의 수렴청정 철회를 반대하면서 사용한 어휘가 잘못된 것은 성종의 지적처럼 무심히 뱉어낸 비유가 경솔했던 탓이지만, 신료들은 그것을 빌미로 탄핵을 시도했고, 이를 기사회생의 기회로 노렸던 유자광의 방자한 도전은 한명회를 실의에 빠지게 하고도 남을 일이다.

　"처음 겪으시는 일이 아니질 않습니까. 의연히 대처하소서."

　정경부인 민씨는 지아비 한명회에게 금관조복을 대령하며 위로의 말을 건넨다.

"나이 든 탓일 테지요. 하나 오늘은 어쩐지 심란합니다."

한명회의 참담해진 심기는 꼭 구설에 오른 것 때문만은 아니다.

성종 7년(1476) 8월 9일. 새 중전을 책봉하는 날이다. 당연히 경축해야 할 일이었지만 한명회의 심중은 그렇지가 못하다. 딸인 공혜왕후가 세상을 떠남으로써 비어 있던 국모의 자리가 숙의 윤씨로 메워지는 것이 한명회에게 형언할 수 없는 착잡함을 안겨다 준다. 성종의 춘추 아직 어리고 성군의 자질이 충만하다면 당당히 금혼령을 내리고 명문의 규수로 중전을 맞아야 하지 않겠는가.

초가을로 접어든 하늘은 그지없이 높다. 하얀 손수건을 던지면 푸른 물이 묻어날 것만 같은 창공이다. 숱한 구설로 인해 근신을 거듭하고 있던 한명회는 참으로 오랜만에 창덕궁으로 들어서고 있다.

선정전의 뜰은 금관조복의 물결로 출렁거린다. 한명회는 느릿한 걸음으로 자신이 서야 할 정1품의 품석 뒤로 다가가 선다. 영의정 정창손이 한명회의 심란해하는 심기를 알아차리고 수인사를 건넨다.

"서운하시겠어요."

"당치 않아요. 좀 더 일찍 맞았어야 할 경사가 아니오이까."

"고맙습니다, 상당군."

"오히려 제가 드릴 말씀이에요."

일세를 풍미해 온 한명회답게 가장 듣기 좋은 대답을 하면서도 가슴이 허허하게 비어 오는 것을 가늠할 수가 없는 모양이다.

'공혜왕후께서 살아만 계셨어도….'

한명회는 마음속으로 중얼거리면서 하늘을 본다. 한 점 흰 구름이 흘러가고 있다. 한명회에게는 그 구름이 중전의 자리에서 세상을 버린 여식의 혼백으로 보인다.

"하나, 상당군께서는 분명한 국구예요."

정창손이 웃으며 다시 위로한다. 한명회는 무슨 말인가 했다.

"새 중전마마의 아버님은 아니 계시질 않습니까."

"아, 예. 킬킬킬."

두 사람은 소리 나지 않게 나지막이 웃는다. 설사 그렇기로 이제 와서 국구의 행세를 하랴만, 그것은 엄연한 현실이기도 하다.

"중전마마 납시오."

내시 김처선의 목소리가 길게 울린다. 대소 신료들은 자리를 고쳐 선다. 수많은 상궁, 내시들의 인도를 받으며 윤 숙의가 모습을 드러낸다. 윤 숙의의 아랫배가 예사롭게 보이질 않는다. 임신 7개월의 몸이기 때문이다. 임금이 무치無恥(부끄러움이 없다)인데 무슨 대수랴마는 그 또한 구설의 대상인 것만은 분명하지 않겠는가.

인수대비는 윤 숙의의 인품을 대수롭게 여기지 않았으므로 정 소용으로 중전을 삼고자 하였으나, 윤 숙의가 회임한 몸이라면 달리 할 말이 없다. 결국 윤 숙의는 회임을 했던 탓으로 강력한 경쟁자를 물리치고 국모의 자리에 오르게 된다.

이어서 중전 윤씨에게 교명教命이 내려지고 책보冊寶가 전해진다. 장중한 의식이 아닐 수가 없다. 바람이 불어온다. 새 중전의 옷깃을 날리는 맑고 싱그러운 바람이다.

정창손이 나이답지 않은 낭랑한 목소리로 전문箋文을 올려 하례의 뜻을 표한다. 조선왕조 5백 년 역사에서 가장 참담했던 비극의 씨앗(연산군)을 잉태한 중전 윤씨의 책봉은 사치의 극을 이루는 호화로운 행사로 끝난다.

중전 윤씨의 눈언저리에 물기가 젖어 있다. 그것은 회한의 눈물이기도 하다. 찌든 가난에서 벗어나 국모의 자리에 올랐는데도 눈물을 흘리는 것은 사가의 어머님인 부부인 신씨를 생각해서다.

'어머님, 어머님의 따뜻하신 돌보심이 계셨기에 소녀는 국모의 자리에

올랐사옵니다.'

그때 태아가 크게 요동치며 발길질을 한다. 중전 윤씨에게는 모든 시름을 씻어 내는 희열이 아닐 수 없다.

장엄하고도 화려했던 중전 책봉 의식이 끝나자 중전 윤씨는 대왕대비전으로 든다. 안순왕대비와 인수대비도 동석해 있다. 중전 윤씨는 상궁들의 도움을 받으며 세 분 대비에게 큰절을 올린다. 이때도 민망하리만큼 눈물이 흘러내린다. 참아도 참아도 눈물이 멈추지 않고 쏟아져 내린다.

"그만 눈물을 거두세요, 중전."

안순왕대비가 따뜻하게 위로한다. 중전 윤씨는 그와 같은 윗전의 은혜가 고맙기만 하다. 대왕대비 윤씨가 차분한 목소리로 덕담을 내린다.

"중전, 내가 지금껏 살아서 새 중전의 의연한 모습까지 대하게 되었으니 이제 죽어도 아무 여한이 없습니다."

"당치 않으신 분부시옵니다."

중전 윤씨는 들릴 듯 말 듯한 목소리로 대답한다. 그것이 대왕대비의 마음을 더욱 흡족하게 한 모양이다.

"아니에요, 중전. 중전도 아시고 계실 테지만 무슨 연유에서인지 선대의 왕비가 모두들 단명하여 내 몹시도 면구스럽던 참이었는데, 오늘 왕실의 혈손을 회임한 새 중전을 맞이하게 되었으니 만 가지 시름을 덜게 되지를 않았습니까."

"그러하옵니다, 대왕대비마마. 이제야 왕실의 위엄이 갖추어지려나 봅니다."

왕대비가 부연한다. 여기에 무슨 사심이 있으랴. 모든 것은 사실이요, 엄연한 현실이다. 대왕대비는 그제야 중전 윤씨를 쏘아보듯 싸느랗게 살피고만 있는 인수대비를 향해 동의를 구하듯 조심스럽게 입을 연다.

"모두가 대비의 홍복이에요. 아니 그렇습니까?"

"망극하옵니다."

인수대비의 짧막한 대답이 좌중을 긴장하게 한다. 특히 중전 윤씨에게는 소름이 끼쳐질 만큼 섬뜩하게 받아들여질 수밖에 없다. 인수대비는 자신이 국모의 자리에 오르는 것을 끝까지 탐탁하게 여기지 않았기 때문이다.

"며느님을 보신 대비께서 한 말씀 하셔야지요."

대왕대비의 재촉이 있고서야 인수대비는 자세를 가다듬는다. 역시 무서운 윗전이라고 중전은 생각한다.

"중전, 대왕대비마마께서 분부하신 것처럼 나 역시 새 중전이 책봉된 오늘이 기쁘기 한량없어요."

의외로 부드러운 음성인데도 중전 윤씨는 짓눌러 오는 심중을 가늠할 길이 없다. 중전은 더욱 몸을 사리며 인수대비의 태도에 신중하게 맞서 나가리라고 다짐한다.

"하나, 오늘부터는 중전의 책무가 막중하다는 것을 한시라도 잊어서는 아니 될 것으로 압니다. 예로부터 이르기를 군왕의 선정은 그 비의 내조로부터 비롯된다고 하지 않았습니까. 중전이 주상의 뜻을 받들어 보필하는 일은, 곧 이 나라 종사의 안위에 관계되는 일임을 잊어서는 아니 됩니다. 또한 국모의 자리는 내명부와 외명부의 귀감이 되어 그 기강을 다스려야 하는 막중한 소임이 주어져 있습니다. 중전이 일순간이라도 체통을 잃으면 그때껏 따르던 사람들도 모두 중전을 가벼이 여기게 됩니다. 숙의에서 중전이 된 기쁨에만 들뜨지 말고 한시바삐 중전이 행해야 할 바를 모두 익혀 그간 공백이 컸던 자리를 힘써 메워 나가는 데 모든 정성을 다해야 할 것입니다. 내 말 아시겠습니까?"

"예, 명심하겠사옵니다."

인수대비의 당부에는 중전이 삼가고 지켜야 할 많은 일들이 담겨져 있다. 처음에는 반대하는 편에 서긴 했었지만, 곤위에 오른 다음에는 그때의 일에 연연해 있을 수가 없다. 어질고 영명한 국모가 있어야 하는 것은 이들만의 소망이 아니라 종사의 바람이었기 때문이다.

그러나 중전 윤씨의 생각은 그렇지 않다. 인수대비가 당부한 말이 고깝게만 들려온 것을 어찌하랴. 중전의 나이 어려서만은 아니다. 오늘 중전으로 책봉이 되기까지 얼마나 많은 우여곡절을 겪어 왔던가. 그것이 인수대비의 완강한 참견과 고집으로 빚어졌던 지난날의 일이라면, 쉽사리 지워지지 않는 것이 인지상정이다.

2.

중전 윤씨의 책봉 의식이 끝나자 모두들 시름을 더는 듯한 기색이었지만 오직 한명회만은 중전 윤씨로 인한 환란이 있을 것이라는 불길한 예감에 빠져 들고 있다. 그 연유는 너무도 명백하다.

성종의 총애를 받았던 세 여인, 다시 말해 윤 숙의, 정 소용, 엄 소용의 투총은 수많은 상궁들과 내시들의 눈살을 찌푸리게 했다. 게다가 인수대비는 정 소용과 엄 소용 중의 한 사람을 중전의 재목으로 점지하고 있었지만, 윤 숙의의 회임으로 뜻을 이루지 못하지 않았던가. 사정이 이와 같고 보면 인수대비의 후광을 등에 업은 정 소용과 엄 소용의 투기가 도질 것은 불문가지가 아니고 무엇이겠는가.

불행하게도 국모의 자리에 오른 중전 윤씨는 그것을 슬기롭게 극복할 수 있는 여건을 갖추지 못하고 있다. 첫째는 사가의 가세가 빈한하고 특출한 인물이 없었던 까닭으로 중전 윤씨를 옹위할 수 있는 세력이 없었고, 둘째는 성품에서 오는 용렬함으로 정 소용과 엄 소용의 투기에 저돌적으로 맞설 위험이 있다.

한명회의 고심은 헤아릴 길이 없다. 자칫 잘못되는 날이면 종사를 뒤흔들 액운을 불러들일 가능성이 있었기 때문이다. 그는 며칠을 혼자서 노심초사한 끝에 성종의 탑전으로 나아간다. 그러나 중궁의 일을 직설적으로 거론할 수가 없었기에 우회의 방법을 택한다.

"전하, 전하의 성덕으로 태평성대의 문이 열렸사오나, 기필코 유념하셔야 할 일이 있사온 줄로 아옵니다."

"말씀해 주세요, 상당군."

신하들이 배석하지 않은 면대였으므로 성종은 한명회를 빙부로서 깍듯이 예우한다.

"태평성대에는 아녀자들의 기강이 무너지는 일이 허다함을 유념하소서."

"…?"

"세종조 초기에 감동甘同의 음란이 있었고, 후대에 이르러서는 사방지 舍方知의 변이 있었사옵니다."

그랬다. 세종조와 같은 태평성대에는 정치적인 사안이 현저하게 줄어드는 대신 백성들의 기강이 해이해진다. 감동은 기녀의 신분이었지만 수많은 사대부와 간통하여 엄청난 파문을 일으켰고, 사방지는 양성兩性의 여인이었던 탓에 낮에는 여자였고, 밤에는 남자가 되어 어처구니없게도 승방僧房의 비구니들을 윤간했다.

성종은 용안을 붉히는 수치감에 젖으면서도 용기를 잃지 않는다.

"말씀해 주세요. 상당군의 진언에 따를 것입니다."

"전하, 경사를 비롯한 많은 전적을 간행하시어 먼저 왕실과 아녀자들의 기강부터 세우셔야 할 줄로 아옵니다."

한명회의 주청은 이렇게밖에 되어 나오지 않는다. 중전을 비롯한 내명부들의 기강이 무너지면 백성들의 기강도 함께 무너진다는 사실을 따끔하게 지적하고 싶었는데, 차마 거기까지는 입에 담지 못하고 있다.

"참으로 옳으신 말씀입니다. 나는 상당군의 뜻을 받들어서 많은 전적을 인출할 것이오."

"성은이 망극하옵니다."

화제는 더 구체적으로 진행되지 못한다. 성종이 지체 없이 한명회의 뜻을 가납했기 때문이다. 한명회는 아쉬움이 남았으나 총명한 성종이었으므로 자신의 진의를 헤아려 주기만을 바랄 뿐이다.

성종은 원상과 삼공육경의 입시를 명한다. 한명회는 시임 좌의정으로 탑전에 동참한다. 성종의 옥음이 낭랑하게 흘러나온다.

"잠시 전 상당군의 진언이 있어 과인은 참으로 깨우친 바가 많았어요. 대국에서는 이 나라 조선을 일러 동방의 예의지국이라 하지 않소. 과인은 많은 경서를 새로이 인출하여 모든 백성들의 윤기倫氣를 바로 세울 것이며, 그 이전에 과인의 주변부터 가지런히 할 것이오."

"성은이 망극하옵니다."

대소 신료들은 감읍에 감읍을 거듭한다. 자신을 거명하면서 선정의 뜻을 밝히는 성종이 한명회에게는 흐뭇하기 한량없다.

"의정부와 승정원에서는 서둘러 새로 간행할 전적을 선별하여 한시도 지체 없이 인출에 필요한 모든 조처를 취하도록 하시오."

신료들은 목청을 돋우어 아름다운 성은에 화답한다. 그때 도승지 유지가 참담한 목소리로 입을 연다.

"전하, 신 도승지는 불충의 말씀 여쭙고자 하옵니다."

"이같이 뜻 깊은 일에 불충이라니요?"

"차마 입에 담기 민망하오나, 호조의 재정이 열악하여 인출을 감당할 수 없음을 유념해 주오소서."

성종은 목덜미까지 붉히면서 어쩔 줄을 몰라 한다. 호조의 재정이 열악하여 책을 찍어 낼 돈이 없다는 대답이기 때문이다. 신료들이라 하여 다를 바가 없다. 그들은 술렁거릴 만큼 당혹해하다가 자책의 침묵 속으로 잠겨 들고야 만다.

대왕대비 윤씨가 수렴청정에 임했던 장장 7년여의 세월을 연회에만 연연했던 탓으로, 조정은 어느새 재정조차도 확보하지 못하는 안일무사에 빠져 들고 말았다.

성종은 노기가 어린 옥음으로 뱉어 내듯 말한다.

"내탕금內帑金으로라도 충당하시오!"

내탕금이란 임금이 사사롭게 쓸 수 있는 재정을 말한다. 더러는 임금의 사유재산이라고도 하지만 그 또한 조세로 충당되는 조정의 재산이 아니고 무엇이랴. 그런데도 도승지 유지는 죽은 듯이 앉아만 있다.

"도승지는 왜 대답이 없소!"

"…"

"하면 내탕금마저도 바닥이 났다는 말인가?"

성종의 힐문이 있고서야 도승지는 내탕금에도 여유가 없다는 사실을 실토한다. 참으로 어처구니없는 일이 아닐 수 없다. 백성들의 염치를 깨우치고 아녀자들의 윤기를 세우기 위해 전적을 인출하고자 하는 성종의 선정을 뒷받침할 수 있는 재정이 없대서야 말이 되는가. 신료들은 대죄를 지었다는 가책으로 몸을 움직이지 못한다.

"전하, 신 좌의정 한명회 아뢰옵니다."

좌중의 시선은 일제히 한명회에게로 쏠린다. 입이 있다 해도 말을 할 수 없는 난감한 처지였기에 모두는 그의 목소리에 귀를 세울 수밖에 없다. 만에 하나라도 그가 해당 부서의 수장들에게 중벌을 내릴 것을 주청한다면 어찌 되는가. 한명회의 지위나 성품으로는 능히 그럴 수 있었기에 긴장감이 고조되는 것은 당연하다.

"전하, 신의 사재私財를 종사에 바칠 것이옵니다. 경서의 간행만은 뒤로 미룰 수 없음을 유념하소서."

성종은 놀란 시선을 거두지 못한다. 전율감 때문이다. 신료들 또한 뒤통수를 얻어맞은 사람처럼 넋을 잃은 몰골이 된다.

"전하, 미신은 재물을 탐한 바가 없었사오나, 알게 모르게 축재가 된 것만은 엄연한 사실이옵니다. 이제 나이 들고 노쇠하여 살아서는 쓸 수 없는 재물이옵니다. 그것이 전하의 치세에 작은 씨앗이 된다면 신에게 그보다 더한 광영은 없을 것이옵니다. 신의 사재로 전적을 간행하여 주오소서."

선정전은 물을 뿌린 듯 조용해진다. 모두들 미동까지 멈춘 채 숨을 죽이고 있을 뿐이다. 이윽고 성종이 참담하게 입을 연다.

"상당군, 면목이 없을 뿐이오."

"당치 않으신 분부시옵니다. 나라의 재정이나 왕실의 내탕금은 시일을 두고 마련할 수 있사오나, 무너지는 기강만은 잠시도 두고 볼 수가 없사옵니다. 원하옵건대 신의 소망을 가납하여 주오소서."

성종은 눈을 감으며 시름에 잠긴다. 중전의 자리에 있던 여식을 잃은 한명회가 아니던가. 더구나 유자광의 탄핵으로 심란해 있을 한명회가 사재를 털어서 경서를 간행하겠다는 집념을 보인 것이 성종의 가슴을 뭉클한 감동 속으로 빠져 들게 했기 때문이다.

'빙부, 고맙소.'

성종은 내심 몇 번이고 되뇌어 보고서야 단행을 다짐한다.

"참으로 염치없는 말이나, 과인은 상당군의 소청을 가납할 것이오. 그리고 경의 충의 또한 잊지 않을 것이오."

"성은이 망극하옵니다, 전하!"

"의정부와 승정원은 상당군의 높은 뜻을 받들어 경서의 인출을 서두르시오."

"예."

성종은 한명회의 의연한 모습에서 눈을 뗄 수가 없다. 세상을 등진 공혜왕후의 모습도 눈앞을 어지럽힌다.

신료들은 전신의 맥이 풀린 채 선정전을 물러 나온다. 아무도 나란히 걷고 있는 한명회에게 말을 걸거나 가까이 다가가지를 못한다. 멀고 먼 미지의 세계에서 온 사람과 같이 느껴졌기 때문이다.

조선왕조 창업 이래 명신과 현신의 이름을 남긴 사람들은 수없이 많았으나, 사재를 털어서 나라의 간행물을 인출하는 데 충당하게 한 사람은 아직 없다. 한명회는 아무도 흉내 낼 수 없는 일을 실행해 보임으로써 명리에만 집착하는 신료들을 쥐구멍으로 밀어 넣는다.

누가 일러 세상만사를 호사다마라고 했던가. 후일에 이르러 사관史官들로부터 극찬을 받게 될 눈부신 경륜도 처음에는 세인들을 감동하게 했으나, 시일이 흐르면서 그를 의심하는 부류가 생겨나기 시작한다. 특히 한명회의 탄핵으로 설자리를 잃게 된 유자광이 그랬다.

"그것이 축재한 재물이 아니고 무엇인가!"

유자광은 한명회를 비방하는 일에 열을 올린다. 마치 성종의 귀에까지 들리라는 듯 목청을 높이고 다닌다.

"부당하게 모은 재산인데 아무려면 둘러메고 갈 텐가!"

아무리 정승의 자리에 있다 해도 없는 자리에서는 '놈'으로 전락된다지만, 유자광의 능란한 변설이면 사실로 들리기가 십상이기에, 한명회의 충의는 나날이 퇴색할 수밖에 없다.

"헛, 흑심이 아니고서야…!"

중전이 된 여식을 잃게 되자 다시 왕실의 신임을 얻기 위해 사재를 헌납했다는 풍문은 난이를 통하여 속속들이 한명회에게로 전해진다.

"킬킬킬, 괘념치 말게나. 어차피 재물이란 남겨 놓고 가는 것을…."

"하오나 세상인심이 너무 야속하지를 않사옵니까."

"야속하긴, 소이부답심자한笑以不答心自閑인 것을…."

한명회는 이백李白의 「산중문답山中問答」의 한 구절인 '웃으며 응답치 않는 것이 차라리 마음 편하다'는 대목을 킬킬거리며 중얼거린다. 이날 따라 칠삭둥이 당나귀 상이 티 없이 밝아 보인다. 그는 대범을 넘어서는 거인이 분명하다.

3.

성종 7년(1476) 11월 7일. 중전 윤씨에게 산기가 있은 것은 지난밤부터다. 난산의 조짐이 보이면서 궐 안은 극도의 긴장 속으로 빠져 들고 만다. 산실청에서 울려 나오는 중전 윤씨의 비명 소리는 처절하기만 하다.

"왜 이리 더디다더냐!"

대왕대비 윤씨는 발을 구르며 초조해한다. 성종은 대전에서 산실의 소식을 기다리고 있다. 내시들은 등촉을 밝히고 이리 뛰고 저리 뛴다. 산실의 기쁜 소식을 윗전에 알리기 위해서다.

밤은 깊어 가고 있다. 마침내 자시로 접어든다. 성종은 대전의 문을 열고 툇마루로 나선다. 그때 뒤뚱거리는 걸음으로 달려오는 내시의 모습이 보였다. 김처선이다.

"전하, 원자 아기씨께서 탄생하셨사옵니다."

"…!"

"전하, 하례드리옵니다."

"수고가 많았다. 몇 점이나 되었는고?"

"삼경三更 오점五點이라 사료되옵니다."

삼경 오점, 지금의 시간으로 말한다면 자정이 조금 지나 있음이다.

"초이레더냐?"

"그러하옵니다, 전하."

궁중에서 왕자가 태어나면 권초지례捲草之禮를 행해야 한다. 산실에 깔았던 거적자리를 걷어치우는 것을 말한다.

성종조의 명신이었던 성현成俔은 그의 『용재총화慵齋叢話』에서 원자(연산군)가 태어나던 날의 권초지례를 아주 소상하게 기록하고 있다.

탄생한 날 다북쑥으로 꼰 새끼를 문짝 위에 걸고, 자식이 많고 재화가 없는 대신에게 명하여 3일 동안 소격전에서 제를 올리고 초제醮祭를 베풀게 하는데 상의원에서는 오색 채단을 각각 한 필씩 바쳤고, 아들이면 복두, 도포, 홀, 오화烏靴, 금띠요, 딸이면 배자(덧옷), 비녀, 신발 등의 물건을 노군老君 앞에 진열하여 장래의 복을 빌었다. 밤중에 제사가 끝나면 헌관이 길복을 입고 사람을 시켜 포단과 관복을 메게 하여 앞세우고, 궐내에 가서 방문 앞에 이르러 탁상에다 진열하고 향불을 피우고 재배하면 나인이 받들고 갔으며, 헌관은 다북쑥새끼를 걷어 푸대 속에 넣어 이것을 옻칠한 함에 넣고 붉은 보자기에 싸서 문밖으로 나가 조심스럽게 그 함을 봉한 다음, 내자시內資寺의 정正에게 주면 정하게 이를 받들고 가서 내자시의 창고에 넣어 두는데, 만약 딸이면 내섬시內贍寺에서 이를 주관한다.

성현이 주도한 권초지례를 마치자 동녘 하늘이 희붐하게 트여 온다. 원자가 태어난 새 아침이 밝는다. 실로 얼마 만의 경사이던가. 덕종과 예종은 모두가 잠저에서 태어났다. 단종이 비록 궐 안에서 탄생했어도 어머니를 잃는 비극이 있었다. 성종도 궐 안에서 태어났으나 원자는 아니었다. 그러므로 이날의 경사는 왕실 최대의 기쁨이고도 남는다.

아침이 되자 종친과 대신들이 앞을 다투어 하례차 입궐한다. 그들은 한결같이 목청을 높이며 주청한다.

"전하, 일찍이 오늘과 같은 경사는 없었사옵니다. 청컨대 경내에 대사령을 내리시어 무릇 혈기 있는 사람들로 하여금 널리 기쁜 마음을 일으키게 하소서."

"그대로 시행하시오."

"성은이 망극하옵니다."

대사령은 그날로 내려진다. 기쁘지 않을 수가 없다. 이날부터 사흘 뒤인 11일은 대왕대비 윤씨의 생일이다. 원자의 탄생이 있었던 뒤끝이라 경사가 겹친 것이나 다름이 없다.

조정 안팎을 떠들썩하게 하며 태어난 원자, 이 핏덩이가 누구던가. 몇 년 뒤에 융懪이라 이름 붙여지고, 그보다 더 몇 년 후에 세자로 책봉된다. 그리고 마침내 성종의 뒤를 이어 보위에 오르게 되면 조선왕조의 열 번째 임금이 될 연산군燕山君이 아니던가. 얼마 뒤에 이 나라 조정에 참혹한 피바람을 불러일으킬 참극의 씨앗인 연산군은 이렇게 만인의 축복을 받으면서 태어났다.

온 궐 안의 시선이 중궁전으로 쏠린다. 대왕대비를 비롯한 세 분 대비의 발길은 연일 중궁전으로 향한다. 원자의 탄생은 그대로 왕실의 활력이 된다. 중전 윤씨는 해쓱한 얼굴로 세 분 윗전의 위안을 받는다. 위안이라기보다는 칭송이라는 편이 옳을지도 모른다.

"중전께서 이 나라 왕실의 큰 짐을 덜어 주셨질 않습니까. 조종들께서도 크게 기뻐하실 일입니다."

"모두가 대왕대비마마의 홍복이신 줄로 아옵니다."

"당치 않아요. 어디 미편한 곳은 없으시구요?"

"모두가 윗전의 자애로우심이 계셨기 때문이라 사료되옵니다."

"호호호."

대왕대비는 중전 윤씨의 마음 씀까지도 흡족해한다. 중궁전에서는 밤낮으로 아낙들의 웃음소리가 흘러나온다. 원자를 생산한 중전처럼 탄탄한 지위가 되기는 쉽지 않다. 중전 윤씨는 책봉된 지 넉 달 만에 아무도 넘볼 수 없는 국모의 위엄을 갖추게 된 것이나 다름이 없다.

4.

성종은 경연 때문에 태어났고 경연을 위해 보위에 오른 사람처럼 보인다. 여기에는 두 가지 까닭이 있다. 남달리 학문을 숭상하는 임금이라는 것과 조정이 태평하다는 것이다. 아침에는 조강, 낮에는 주강, 그리고 저녁에는 석강에 나간다. 여간 부지런하지 않고는 될 일이 아니었으나 성종은 스스로 나서서 채근할 정도다.

이때의 경연관이 김종직金宗直이다. 김종직의 부친인 김숙자金叔滋는 야은 길재에게 성리학을 배운 유학자이다. 그는 세조가 왕위에 오르는 것을 보고 관직에서 물러날 만큼 곧은 성품을 지녔다. 김종직은 이런 아버지에게서 학문과 성품을 이어받은 강직한 인물이다.

김숙자는 어린 종직에게 학문하는 방법부터 가르쳤다.

학습에 임함에는 반드시 순서가 있는 법이니 그 순차를 무시하고 무궤도한 학습 태도를 갖는 것은 옳지 못하다. 『동몽선습』에서 시작하여 『유학자설정속편儒學字說正俗編』을 완전히 암송한 후에 『소학』을 읽어야 하며, 그다음에 『효경』, 『대학』, 『논어』, 『맹자』를 탐독하고, 그다음에 『중용』을 읽어야 한다. 사서四書를 끝맺은 연후에 『시경』, 『서경』, 『춘추』, 『주역』, 『예기』의 순차로 학습하되 오경五經을 끝낸 연후에 『통감通鑑』 등의 사서류史書類와 제자백가서諸子百家書를 읽어야 할 것이다. 또한 궁술을 익히는 것도 잊어서는 안 되니, 그것은 때에 따라 자신을 보호할 수 있기 때문이다.

그야말로 빈틈을 용인하지 않는 철저한 교육이다. 후일 연산군에 의해 참담한 비극을 겪게 될 김종직이 성리학에 뜻을 둔 것이 18세, 그리고 5년 뒤에 진사시에 합격한다. 그는 과거에 낙방하는 쓰라린 경험을 맛보면서 학문에 정진하여 세조 4년에 이르러서야 비로소 문과에 올랐다. 그의 나이 29세 때의 일이다. 그는 승문원 박사, 홍문관 수찬, 춘추관 기주관, 교서관 교리, 예문관 응교 등 초입사자初入仕者들이 부러워하는 관서에서 일찍부터 문명을 떨친다.

김종직은 성종 즉위 초에 19명의 경연관 중 한 사람으로 선발되었는데, 그의 학풍과 문장이 단연 돋보였다는 기록이 보인다. 성종이 이 같은 김종직을 가까이하지 않을 까닭이 없다. 그의 호는 점필재佔畢齋다.

"점필재, 역사를 살펴보면 선행과 악행이 있는데, 어느 쪽이 더 중하다고 봅니까?"

"사람들이 흔히 선행은 높여서 취하고, 악행은 얕게 보아 버리고자 하옵니다만, 이는 잘못된 생각이옵니다."

"악행은 버려야 하는 것이고, 선행은 취해야 하는 것이 아니오?"

"그러하옵니다. 하오나 역사에 기록된 악행은 선행 못지않게 중히 보셔야 하옵니다. 악행을 바로 보지 않는다면 선행이 보이지 않는 법이옵니다. 그것은, 선행은 역사에 없다 해도 선행일 것이오나, 악행을 살핌으로써 경계를 삼아 그것을 되풀이하지 않게 되는 것이기에 역사가 중한 것이옵니다."

성종은 김종직의 얼굴을 지그시 살펴본다. 김종직은 한순간의 흐트러짐도 없이 그의 역사관을 담담히 펼쳐 가고 있다.

"일찍이 세종대왕께서 『치평요람治平要覽』의 편찬을 정인지에게 명하실 때, 선행과 악행을 고루 적어서 후세의 사람들에게 거울이 되게 하라 하셨음은 그 때문이옵니다."

"하면, 악행도 숨기지 말아야 함이 아니오."

"그러하옵니다. 대저 역사에 적힌 악행이란 같은 것이온데 그것이 끊임없이 되풀이되는 것은, 악행을 살펴서 경계로 삼는 일을 게을리 하였기 때문이라 사료되옵니다."

"고맙소. 점필재가 내게 큰 깨우침을 주었어요."

"당치 않으시옵니다."

성종은 김종직의 종횡무진한 강론을 듣고 있노라면 막혔던 가슴이 열려 오는 것과 같은 시원함을 느끼곤 한다.

"선정이란 무엇이오?"

"순리를 따름이옵니다."

"순리란 무엇이오?"

"흐르는 물과 같다고 보시오소서. 한 방울의 물이 솟아올라 샘이 되는
것이옵고, 그 샘이 모여 내가 되는 것이옵니다. 내란 낮은 곳으로만 흐를
뿐, 높은 곳으로 거슬러 오르지는 못하는 것이옵니다. 이를 두고 순리라
하옵니다."

"…."

"내가 비록 낮은 곳으로 흐르나, 그것이 곧게만 흐르는 것이 아니옵고
때로는 바위 사이를 소리 내어 흐르다가, 또 때로는 폭포와 같이 쏟아져
흐르옵니다. 뿐만이 아니오라 때로는 한곳에 괴어 소를 이루는가 하면,
또 어느 때는 큰 강이 되어 그 흐름을 도도하게 하기도 하옵니다. 선정이
란 폭포만일 수도 없고, 소만일 수도 없사오며, 꼭 도도한 흐름만일 수도
없사옵니다. 전하, 어느 하나만을 보시거나 유념하지 마시고 전체를 보오
소서. 그것이 지나가면 역사가 되는 것이옵니다."

"…."

"그것이 곧 선정이옵니다."

"고맙소, 점필재."

이때의 김종직이 46세. 그의 학문이 절정을 향해 치닫고 있을 때다.
김종직과 같은 경연관을 마주할 수 있었던 성종, 그가 세종대왕과 곧잘
비견되는 것도 큰 스승이 있었기에 가능했던 일이다. 거기에 성종의 부지
런함이 있었으니 그의 시대가 태평성대가 되는 것은 당연한 일이다.

조용하기만 하던 조정에 뇌물 수수로 바람이 인 것은 그해 섣달 초하
루다. 그날도 성종은 주강을 마치고 편전으로 돌아와 있다가 도승지 현석
규가 사간원 대사간 최한정崔漢禎 등이 올린 차자箚子(간단한 서식으로 된
상소문)를 접한다. 성종은 무심히 그 차자를 읽어 가다가 몸을 움츠린다.

심상치 않은 구절이 보였기 때문이다.

신등이 보건대, 지금 세상에서 탐욕한 풍습이 날로 성하고 염치의 도
리가 없어진 것은 일찍이 대신으로부터 비롯되었으니, 어찌 세도世道가
한심하다고 하지 않겠습니까? 엎드려 바라옵건대, 뇌물을 추징하여 대
신이 재물을 탐내는 마음을 그치게 하소서.

성종의 용안이 창백하게 바래진다. 선정하려 했던 그의 소망이 일시에
무너져 내리는 참담함 때문이다.

"어찌 된 일이오? 대체 어느 대신이 재물을 탐하였단 말이오?"

"전하, 아뢰옵기 황공하오나, 상당부원군과 상락부원군인 줄로 아옵
니다."

성종은 눈을 감는다. 상당부원군이 누군가. 자신의 빙부인 한명회가
아니던가. 그리고 상락부원군은 김질이다.

"더 소상히 아뢰시오."

사연은 복잡하게 얽혀 있다. 칠원현감漆原縣監 김주金澍가 한명회에게
깨 두 섬을 뇌물로 바쳤고, 김질에게도 그만한 물량을 뇌물로 바쳤다는
것이다. 또 그는 만나는 사람마다 한명회 등의 이름을 거론하여 조정에
믿을 만한 정승들이 있음을 과시하고 다닌다는 것이다.

김주의 아비 김달전金達全은 오랫동안 한명회의 이웃에 살면서 온갖
아양을 다 떨어 한명회 대하기를 마치 부형과 같이 했으며, 한명회는 이
들을 노복처럼 대했다. 이 같은 까닭으로 김주는 선전관과 감찰을 거쳐
칠원현감이 되었는데, 그 승차가 도를 지나쳤다는 소문이 이미 파다하게
퍼져 있다.

"그것을 어찌 한명회와 김질의 소행이라 하겠소. 다시 거론하지 마
시오."

성종은 우선 그렇게 말하며 이 사실을 덮어 두기로 한다. 당장은 믿을 수가 없어서다. 사재를 털어서 경서를 간행하게 했던 한명회가 아니던가. 게다가 한명회는 축재에 뜻을 둔 바가 없다고 누누이 밝힌 바가 있었기에 성종은 그에게 죄책감을 느끼고 있었던 터이다.

"전하, 상당부원군의 자식인 한보韓堡도 연루되어 있다 하옵니다."

"우선은 내게 맡겨 두시오."

성종은 되도록 이 일을 거론하지 않으려 한다. 기회를 보아 해당 훈구들에게 친히 경계하는 글을 내리려는 마음에서다. 성종은 말썽을 빚지 않고 수습할 수 있다면 언제나 그쪽을 택하는 현명한 군주다.

눈이 내리고 있다. 하루 만에 무릎에 찰 만큼 내리는 큰 눈이다. 그는 원자를 안고 나비 떼와 같은 눈송이를 바라보고 있다. 주강을 마치고 잠시 중궁전에 들렀던 참이다. 뇌물 수수에 대한 논란이 잦아들고 있었으므로 오랜만에 한가한 망중한을 즐기고 있다. 성종의 망중한은 오래 지속되지 못한다. 그가 잠이 든 원자를 중전에게 맡기고 편전으로 돌아왔을 때, 뇌물을 받은 한명회를 국문해야 한다는 차자가 다시 올라와 있었다. 이번 차자에는 한명회의 비행이 지난번 것보다 더 소상하게 적혀 있다. 더구나 의금부에서 올린 차자다.

충청도절도사 이종생李從生과 홍주목사 최호, 판관 이의석은 상당부원군 한명회의 호노戶奴 도치都致의 장고에 따라 공사가 아닌데도 관원 여섯 사람과 30여 명이 무뢰배를 거느리고 죄 없는 고극공高克恭을 잡아다가 여러 날을 가두었고, 또 김성金成이 가졌던 여러 가지 물건을 빼앗았다 하옵니다. 청컨대 이에 관련한 자를 모조리 잡아들여 국문하게 하여 주오소서.

성종은 잠시 몸을 떤다. 그리고 얼마 후 이종생을 파직하라 명한 다음 한명회를 부른다. 한명회가 노구를 이끌고 편전으로 든 것은 저녁 무렵이다. 한명회가 비록 훈구대신이며 사사로이는 빙부의 지위에 있었으나 그냥 지나칠 일은 아니었다. 성종의 옥음은 잔잔했으나 천 근의 무게가 실려 있다.

"정승의 종들이 세력을 믿고 폐단을 일으켰어요. 절도사 이종생이 호노의 장고에 따라 제 직무가 아닌데도 홍주에 이첩하여 남의 재물을 몰수하였다니 이게 어디 될 법이나 한 일입니까?"

"전하."

"들으세요. 나는 이 일을 상당부원군께서 시킨 것이라고 보지는 않아요. 하나, 종의 무리가 상전의 세도를 믿고 행패를 부리는 것은 정승들에게 허물이 있었음이 아닙니까! 정승이 먼저 경계하지 않으니까 그 같은 종의 무리가 생기는 것입니다."

"…"

"지난번 종사에 바친 재물이 이렇게 모아진 것이었습니까?"

"그것이 아니옵고, 신은 오직…."

"상당군의 처신이 가지런했다면, 감히 종들이 이같이 날뛸 수가 있다고 보십니까? 대체 무엇이 수신제가랍니까!"

스무 살 홍안의 성종이다. 그는 지금 예순이 넘은 훈구대신이자 자신의 장인인 한명회의 등판에 식은땀을 흘리게 하고 있다.

"속은 세를 따라 움직이는 법이지요. 하나, 정승의 일을 어찌 속이라 하며 세라고 하겠습니까. 대체 어찌 된 연유오이까?"

"전하, 신이 중벌을 받아 마땅한 일이오나, 다소의 착오가 있은 듯싶사옵니다."

"말씀해 보세요."

"물건의 임자인 김성이 신의 구사노丘史奴임은 분명하옵니다."

구사노란 임금이 종친이나 공신들에게 내려준 노비를 한정해서 말한다.

"그자가 신을 믿고 남의 재물을 탐한다는 소문이 있기에 신이 몹시 미워하며 책망하고 있었던 차에, 이종생이 글을 보내 그자가 정녕 신의 종이냐고 물어 왔으므로, 신은 감사에게 이첩하여 다스리는 것이 옳다고 했사옵니다. 이것이 신의 진심이온데, 수령이 사리를 모르고 일을 그르친 것으로 아옵니다."

"…."

"하오나 불미한 일에 신의 이름이 거론되었으니 중벌을 받아 마땅할 것으로 아옵니다."

"알겠어요."

성종은 나이 든 빙부를 위해 다시 이 일을 덮어 두려 하였으나, 이번에는 중신들이 가만히 있지를 않는다. 사헌부 대사헌 윤계겸이 다시 상소를 올린다. 대사간과 대사헌이 앞장서고 나선다면 성종으로서도 어쩔 수 없는 일이다. 성종은 마침내 파직된 이종생을 잡아들여 국문하라고 명한다.

이종생을 국문하고 보니 한명회는 얼굴을 들고 다닐 수 없을 만큼 난감해지고 만다. 그의 말년은 끝없이 이어지는 구설 속에서 허둥거리고 있는 셈이다.

"한명회가 서신을 보내 말하기를, '나의 구사노 김성이 면포 1백 필을 싣고 제주로 갔는데, 오래도록 나타나지 않다가 홍주에서 산다고 하니 그 물건을 다시 찾으라.'고 했사옵니다."

"그 서신을 누가 전했는가?"

"도치가 전했사오이다."

의금부에서는 도치를 국문한다. 도치의 대답은 엉뚱하다.

"편지를 받았는데, 도중에서 잃었으므로 말로 전했을 뿐이옵니다."

세도 주변의 추악상은 예나 지금이나 조금도 다름이 없다.

몇몇 종들이 정승의 이름을 팔고 다녔고, 여기에 절도사가 함께 놀아난 꼴이다.

"다시 엄중히 문초하렷다!"

마침내 성종은 진노한다. 자신의 치세에 기강이 무너지고 있음을 분개하고 있다. 의금부에서는 이종생을 다시 국문하고 그 결과를 서면으로 올렸다.

> 구사노 김성이 면포 1백 필을 팔기 위해 제주에 갔다가 5년 동안이나 돌아오지 않았는데, 이제 소문을 듣자 하니 광천포廣川浦에 배를 대었다 하니, 곧 잡아서 다스리게 하고 가진 물건을 관가에 맡기도록 하라.

한명회의 이 같은 편지를 받은 것이 6월 12일이었고, 이종생은 15일에 답서를 올렸다는 내용이다. 그리고 며칠 후에 이르러서는 그 편지가 한명회의 것이 아니라, 한명회의 아들인 보의 것이었다고 이종생이 횡설수설하기에 이르자, 조정 중신들은 일제히 한명회를 국문하자고 나선다.

이 같은 풍문을 전해 들은 한명회는 서둘러 사직 상소를 올리고 자리에 눕고 만다. 어찌 이 같은 수모를 겪으면서까지 살아 있어야 하나. 그는 통한에 사무치는 수치감을 씹으며 먼저 간 혈맹들의 얼굴을 떠올리며 비감에 젖는다.

성종은 이 사실을 모후인 인수대비에게 고하고 자문을 청했다.

"입에 담기조차 부끄럽고 민망한 일이 아닙니까."

"망극하옵니다."

"그러나 없었던 것으로 하세요."

"…?"

"이는 상당부원군이 주상의 빙부이어서가 아닙니다. 한 도의 절도사가 세도가의 종들에게 놀아났다는 것이 알려지면 종사에 누가 되면 되었지 이로울 것이 없습니다."

"하오나 대비마마, 신료들은 지난날에 있었던 상당부원군의 비행까지 입에 담고 있사옵니다."

한명회를 탄핵하는 상소에는 지난날 '이시애의 난'과 '남이의 옥사'가 있었을 때 역모에 연루되었던 사실과, 대왕대비가 수렴청정을 폐하고자 할 때 실언한 사실까지 들추어내면서 마땅히 중형을 내려야 한다고 주청하고 있다.

"그거야 선묘에서 이미 용서한 일이 아닙니까. 주상께서 다시 그 일을 거론하면 불효가 되는 것임도 유념하셔야지요."

"……."

"상당군의 성품은 대왕대비께서 알고 또 내가 압니다. 게다가 지난번 사재를 털어서 경서를 간행한 일도 있지 않습니까. 명리를 밝힐 분이 아니라니까요. 주상, 더 이상 거론하지 마세요. 누워서 침 뱉는 일이 되기 쉽습니다."

"명심하겠사옵니다."

"상당부원군께는 친서를 내리시어 아랫것들을 경계하라고 따끔하게 이르시고요."

성종은 후련해진 마음으로 대비전을 물러 나왔다. 모후의 자문을 얻기를 잘했다는 생각이 든다. 그는 편전으로 돌아와 화롯가에 앉아 손을 녹인다.

"지필묵 차비하렷다."

내시 김처선이 들어와 연상을 옮겨 놓으며 먹을 간다. 성종은 붓을 든다. 묵향이 방 안 가득 번진다. 성종은 한명회에게 내릴 친서를 써 가기 시작한다.

이번에 대간이 도치의 일로 죄 없는 경을 일러 죄를 있게 하려 하였으나, 사실이 그렇지 않은데 다시 무엇을 걱정하겠는가. 설혹 경이 이종생에게 서신을 보냈고 그가 이에 답신을 보냈다 해도 그 시비가 이미 분명한데 대간들은 집요하게 스스로 옳게 여기고 있으니, 과인은 마땅히 천둥 같은 위엄을 써야 하겠으나 그리 되면 언로言路에 방해되므로 노함을 억제하고 낯빛을 부드럽게 해 온 지가 3일이나 되었다. 설사 그런 일이 있었다 해도 공으로 허물을 덮어야 하지 않겠는가. 태산이 숫돌처럼 평평해지고 황하가 띠처럼 가늘어지도록 변하지 않을 훈맹勳盟은 전고에 없애기 어려울 것이니, 경은 터럭만큼도 두려워하지 말고 다만 종들을 경계하도록 하라.

쓰기를 마친 성종은 내시 김처선에게 명한다.

"이 편지를 상당부원군에게 전하되 선온도 함께 가지고 가도록 하라."

"전하, 성은이 망극하옵니다."

김처선은 허리를 굽히고 편전을 나선다. 그는 소주방에 들러 술 한 병을 받아 들고 한명회의 집으로 달린다. 차가운 바람이 마디마디에 스며드는 겨울날이다.

김처선으로부터 성종의 준엄하기까지 한 어서를 받아 읽은 한명회는 피눈물을 흘린다. 3대를 걸쳐 입는 성은이라 해도 뼛속으로 스며드는 수치감만은 감당하기 어려웠기 때문이다.

'진작 죽고 없어야 할 것을…!'

한명회는 자신의 삶에 때가 묻고 있음을 탄식한다. 손자나 다름이 없는 어린 춘추의 성종으로부터 호된 꾸지람을 당하고 말았으니, 견딜 수 없는 괴로움이 아닐 수 없다. 그것도 자식과 종들에 의해 갈고 다듬어 온 삶이 더럽혀지고 있었으니 감독 불찰의 통한을 주체할 수가 없다. 어찌 살아서 이 같은 수모를 겪으리라 짐작인들 했으랴.

'잘들 갔지.'

한명회는 자신보다 먼저 세상을 떠나간 사람들을 생각하며 성종이 친히 내려 준 술잔을 비웠다. 권람, 신숙주, 홍윤성, 홍달손, 양정 등의 얼굴이 그의 눈앞을 어지럽혔다.

문풍지가 세차게 울었다. 추위가 올 모양이다.

5.

원자를 생산한 중전 윤씨의 위엄은 채 2년도 이어 가지를 못한다. 한명회가 예감했던 대로 중전 윤씨는 자신을 무고하려는 정 소용과 엄 소용을 해치기 위해 방양서(비방을 적은 책)와 비상을 마련해 두었다가 발각된다. 그로 인해 성종의 총애까지 스스로 앗아 내고 만다. 이름뿐인 중궁전에서 이름뿐인 중전으로 있으면서 성종을 기다리며 살아야 하는 중전 윤씨의 모습은 애처롭기 그지없다.

'야속한 어른!'

중전 윤씨의 넋두리를 휘감고 흐르는 세월은 빠르기만 하다. 봄이 가면 여름이 오고, 낙엽 지는 가을이 지나면 눈발이 흩날린다. 이 같은 세월은 중전 윤씨에게 어느 때는 한없이 길었고, 또 어느 때는 눈 깜짝할 사이에 흘러가곤 한다. 중전 윤씨에게는 가늠할 수 없는 아픈 세월이었어도 조정은 조정 나름으로 분주하기만 하다.

성종 9년 4월이 되자, 임사홍은 통정대부 승정원 도승지의 자리에 오른다. 다음 시대인 연산조에서의 세도 기반을 구축한 셈이다. 아버지 임원준이 시임 좌참찬이고 아들인 임광재가 부마도위라면, 임사홍에게 주어진 도승지의 지위는 막강하달 수밖에 없다. 이것은 또 대소 신료들의 시새움을 받고도 남을 일이다.

이 무렵 무령군 유자광이 연석錬石을 써서 집을 꾸몄다 하여 대간들의 탄핵을 받게 된다. 연석이란 돌을 곱게 갈아서 그림을 새긴 건축자재다. 유자광의 집이 사치의 극을 이루는 호화주택으로 고발된 셈이다. 대간들은 연석을 철거하고 유자광을 죄주어야 한다고 주청한다. 성종은 유자광을 불러 사실 여부를 따져 묻는다.

"대간들의 상소가 사실인지 아닌지를 말하시오."

"신의 집이 연석으로 치장되어 있는 것은 사실이오나, 그 연석은 신의 집에서 다듬었을 뿐이옵니다. 사실이 그렇다 하더라도 신에게 죄가 있음이옵니다. 통촉해 주오소서."

이미 성종의 눈 밖에 나 있던 유자광은 자신에게 과실이 있었음을 솔직하게 털어놓는 것으로 환심을 사고자 한다. 성종은 잠시 망설이다가 단안을 내린다.

"경은 마땅히 대소 신료들의 귀감이 되어야 할 것이오. 경이 스스로 연석을 철거한다면 죄를 묻지 않을 것이오."

"전하, 성은이 망극하옵니다."

성종의 선정으로 유자광의 부정부패는 간단히 매듭지어졌으나, 자신을 탄핵한 무리들을 극도로 미워하고, 또 그들에 대한 보복을 하고서야 직성이 풀리는 유자광의 성품에 불씨를 댕긴 것이나 다름이 없다.

유자광이 사소한 일로도 탄핵의 대상이 되는 것은 그의 오만한 성품 때문이다. 그의 가슴에는 서얼이라는 한이 서려 있었고, 당시의 풍속과 법도를 뛰어넘으면서 이룩해 놓은 자수성가에 대한 자부심이 컸던 것도 엄연한 사실이다.

'못된 것들! 언젠가 내 손으로 쓸어 내고 말리라.'

유자광의 마음속에서 꿈틀거리며 자라고 있는 보복의 욕망은 예사로운 것이랄 수가 없다. 물론 연산조에 이르면 그것은 피바람을 불러일으키며 터져 오르게 된다.

임사홍의 성품은 유자광과는 다르다 해도 세도 기반을 구축하기 위해 물불을 가리지 않는다는 점에서는 흡사한 곳이 있다. 자기 마음에 들지 않는 상대가 있으면 무고의 방법으로라도 밀어 내고야 만다는 점이 특히 같다.

초여름의 날씨는 가뭄으로 애를 태우고 있다. 그런 탓으로 도성 안에서는 화재가 자주 일어난다. 가뭄이 지나칠 때쯤이면 흙비가 쏟아져 내리기도 한다. 중국에서 날아오는 황사비가 내렸다는 뜻이다. 성종은 이 점을 몹시 우려하면서 대소 신료들에게 금주령을 내려 근신하게 하는 것이 어떠냐고 묻는다.

"흙비는 재이災異가 아니오니 두려워하시어 근신할 바가 아니오며, 장차 풍년이 들 것이오니 금주령을 내릴 필요도 없을 것으로 아옵니다."

임사홍의 이 대답이 탄핵의 불씨가 된다. 이와 같은 언동은 간신배의 아첨으로 고발된다. 여기에는 물론 명리에만 밝은 임사홍의 비열함과 오만함을 제거하려는 반감도 작용되었을 게 분명하다. 양사는 물론이요, 홍문관과 예문관에서까지 이를 트집 잡고 나섰다면 예사로운 일이 아니다. 도승지 임사홍만을 탄핵하는 것이 아니라 그의 아버지 임원준까지도 탐탁貪濁의 으뜸이라고 몰아붙이고 나섰기 때문이다.

'임사홍은 간사한 말로 주상을 현혹했고, 그 아비 임원준도 탐탁의 으뜸이니, 이들을 버리느냐 아니 버리느냐로 이 나라 종사의 안위가 결정될 것이다.'

참으로 무서운 질타가 아닐 수 없다. 이 같은 상소가 산처럼 쌓이기에 이르자, 임원준, 임사홍 부자는 사직 상소를 올려 물러나고자 했으나 성종은 이들을 포용하듯 품에 안는다.

대간들은 다시 상소를 올렸고 심회, 한명회 등의 훈구대신들까지도 대간들과 합세하기에 이르자 성종은 난감해진다. 이런 와중에서 급기야 임사홍의 치밀한 반격이 시도된다. 임사홍은 자신을 따르는 대간과 승지를 부추겨서 전임 도승지 현석규를 탄핵하게 한다. 공교로운 것은 이때 유자광, 김언신 등도 같은 내용의 상소를 올렸다는 사실이다.

대간들은 임사홍과 유자광을 붕당으로 몰아간다. 성종으로서도 붕당이라는 말에는 진노를 아니 할 수가 없다.

"저들을 파직, 하옥하고 엄히 문초하렷다!"

당대의 세도로 등장하면서 그 위세를 날로 더해 가고 있던 임사홍 부자와 유자광은 삭탈관직을 당해 의금부에 하옥되어 문초를 받는다. 여론이 극형에 처해야 한다는 쪽으로 모아진다면 문초가 혹독해지지 않을 수 없다.

'유자광이 임사홍이 지시한 뜻을 받고 김언신과 부동한 것을 자복하였는데, 오직 김언신만 아직 불복하고 있다.'

국안鞠案이 여기에 이르자 이들은 죽어 마땅한 대죄를 뒤집어쓸 수밖에 없다. 이럴 즈음 임사홍이 옥중에서 지었다는 시 한 수가 성종에게 전해진다.

地位天光近
君恩海水深
竟無毫髮報
空負聖明心
子罪父還辱
雪頭霜更侵
(하략)

지위가 임금에 가까우니
임금의 은혜는 바닷물처럼 깊었네.
마침내 털끝만 한 보답도 못하고
부질없이 임금의 마음만 저버렸네.
아들의 죄로 아비가 욕을 당하니
흰머리에 서리가 침노하노라….

성종에게는 임사홍이 대죄를 뉘우치고 있는 것으로 보인다. 임사홍의 아들인 풍천위 임광재가 연일 탑전에 엎드려 아비의 죄를 빌었고, 임사홍의 처 이씨도 성종에게 글을 올려 지아비의 무죄를 탄원했다. 마땅히 이들을 극형에 처해야 한다는 여론이 들끓었으나, 성종은 이들의 사형을 감하고 외방에 부처하라 명한다.

그 후에도 여론은 가라앉지 않는다. 그러나 성종은 이로부터 4개월 후다시 이들을 도성에서 살게 하는 관대한 처분을 내림으로써 성군의 자질을 과시한다.

유자광과 임사홍 부자는 죽음 직전에서 기사회생한 셈이지만, 이때 있었던 파직이 후일 자신들을 위해 얼마나 다행한 일이었는지는 아직 아무도 모른다.

이 점을 앞당겨 설명한다면, 후일 중전 윤씨가 폐비되고, 다시 사약이 내려지는 일대 참사가 벌어지는 동안 임사홍과 유자광은 환로에 없었다. 연산군은 모후가 폐위되고 사사될 때 조정의 고위 관직에 있었던 사람들을 무자비하게 살해하는데, 임사홍과 유자광이 연산군의 총신이 되어 있었다면 이때의 파직은 역사의 물줄기를 돌리는 또 다른 의미를 내포하고 있음이 아니고 무엇이랴.

6.

성종을 기다리며 독수공방으로 살아온 지난 2년은 중전 윤씨에게는 20년에 버금가는 야속하고도 암담한 세월이었다. 바람이 불어 나뭇가지가 흔들리는 소리만 들어도 그것이 성종이 찾아오는 발자국 소리로 착각할 만큼 귀를 세우고 살아온 세월이다.

'무심한 어른!'

이젠 흘릴 눈물도 없다. 한숨을 쏟을 기운도 없다. 넋이 나간 듯 앉아 있는 중전 윤씨의 눈빛은 허허롭게만 보인다. 세 분 대비의 관심도 중전 윤씨에게서 멀어질 수밖에 없다.

"원자가 보고 싶구나."

중전 윤씨가 이제 네 살이 되어 있을 원자가 보고 싶다 해도 상궁이나 무수리 아이들은 그저 망극하다고만 대답할 뿐 누구도 일점혈육인 원자를 데려다 주는 사람이 없다. 중전의 뼈저린 고독은 이미 삶이라 할 수 없을 만큼 납빛으로 바래져 있다.

절기는 한여름으로 들어서 있다. 움직이지 않아도 땀이 흐르는 무더운 여름이다. 악을 쓰듯 울어 대는 매미 소리도 중전 윤씨에게는 시원하게 들리지 않는다.

6월 1일. 중전 윤씨는 생일을 맞는다. 그러나 아무 즐거움도 의미도 없는 생일이다.

"대소 신료들이나 내외명부의 하례는 아니 받겠다고 일러라!"

중전 윤씨는 싸늘한 어조로 명한다. 중전이 탄일을 맞으면 대소 신료들과 내외명부들은 탄신 하례를 올려야 한다. 중전의 몸이 편치 않거나, 왕실이나 종사에 근심거리가 있지 않고서는 중지될 수 없는 큰 행사였음에도 중전이 이를 스스로 중지하게 한 것은, 이래야만 성종이 찾아올지도 모른다는 하나의 비책으로 생각한 때문이다. 그러나 이 같은 소식에 접한 성종의 분부는 냉랭하기만 하다.

"중전의 몸이 편치 않은 것 같다. 하례는 정지하더라도 표리는 올리도록 하라."

표리란 옷의 겉감과 안집을 말한다. 이를테면 생신 선물인 셈이다. 하례를 중지했다 하더라도 표리를 올린다면 중궁전이 한가로울 수 없다. 이 상궁과 김 상궁이 쌓이는 표리를 정리하면서 올린 사람들의 이름을 거론했어도 중전 윤씨는 허허로운 모습으로 아무 대답도 하지 않는다.

'오늘은 들러 주시겠지.'

중전 윤씨는 오직 이 한 생각에만 몰두해 있다. 만일 성종이 찾아만 준다면 지난날에 있었던 모든 불미한 일을 눈물로 속죄하며 새 출발을 다짐하리라고 마음을 굳히고 있다.

성종은 이날도 바쁜 하루를 보낸다. 낮에는 경연에 나가 경서의 강론에 임하고, 경연을 마치고는 정무를 살핀다. 그리고 저녁에는 다시 야대에 나가 대소 신료들과 함께 국사를 의논한다.

밤이 이슥해졌는데도 성종의 모습이 보이지 않자, 중전 윤씨는 초조한 마음을 가눌 길이 없다. 그 초조는 차츰 분노로 변해 가기 시작한다. 그러나 참았다. 아직은 야대가 끝나지 않았을지도 모르기 때문이다.

'오늘만은 오시겠지.'

중전 윤씨는 무수리 홍이를 경연청으로 보낸다. 야대가 끝나면 어디로 납시는지를 알아 오라고 당부했다. 그리고 자신은 손수 성종과 잠자리를 함께할 금침을 살핀다. 이 상궁과 김 상궁이 소담한 주안상을 마련해 왔다. 이로써 성종을 맞을 모든 채비가 끝난 셈이다.

"홍이는 왜 이리 더디다더냐?"

"아직 야대가 끝나지 않은 것으로 아옵니다."

"그럴 리가 있느냐? 누구 한 사람 다시 가 보라 일러라."

중전 윤씨의 초조함은 점점 더해 간다. 안절부절못하면서 중궁전을 서성거리기 시작한다. 몸소 경연청으로 달려가 성종의 손을 잡아끌고 싶은 충동까지 일어난다.

촛불이 하늘거린다. 중전은 안석에 몸을 던지듯 기대앉는다. 흐트러진 옷매무새를 다시 고쳐 보기도 한다.

"쇤네, 홍이옵니다."

"오, 그래, 어서 들라."

중전 윤씨의 가슴은 두근거린다. 야대가 끝났음이 분명했기 때문이다.

홍이가 들어와 앉는다. 홍이의 목소리가 떨리고 있다. 중전은 불현듯 밀려드는 불길한 예감을 떨쳐 내지 못한다.

"중전마마, 아뢰옵기 황공하오나, 야대를 마치신 주상 전하께서는 내간內間에 있는 시첩侍妾의 거처로 드셨사옵니다."

"아니 뭐라!"

순간 중전 윤씨는 몸을 가눌 수 없을 만큼 아뜩한 현기증에 휩싸인다. 어찌 이럴 수가 있단 말인가. 설사 미움을 받고 있는 중전이라 하더라도 생일을 맞질 않았던가. 더구나 대소 신료들이나 내외명부의 하례까지 중지하게 했다면 그것이 무슨 까닭인지 궁금해서라도 한 번쯤 들러 보는 것이 지아비의 도리가 아니겠는가.

생각이 여기에 미친 중전 윤씨는 창백해진 얼굴로 뱉듯이 토해 낸다.

"내간의 시첩이라니! 대체 어느 년이란 말이더냐?"

"일홍一紅이라는 아인 줄로 아옵니다."

"고얀 년! 그 못된 년이 중전의 가슴에 한을 심으려 들다니!"

중전은 벌떡 몸을 일으킨다. 잠시 휘청하더니 이내 중심을 잡으면서 소리친다.

"일홍인가 하는 년의 거처로 갈 것이니라!"

"중전마마!"

"당장 앞장서렷다!"

홍이는 중전의 눈빛에서 살기를 느낀다. 홍이는 더 이상 만류할 용기가 나지 않는다. 중전이 홍이보다 먼저 중궁전을 박차고 나선다. 댓돌 밑에 서 있던 이 상궁과 김 상궁이 중전의 앞을 버티듯 막아선다.

"중전마마!"

"물러서렷다!"

"중전마마, 지금 납시는 일은 궐내의 법도가 아닌 줄로 아옵니다."

"용서할 수 없음이니라. 감히 중전의 생일날에 시비 따위가 주상을 모시려 들다니!"

"중전마마, 그와 같은 일은 밝은 날에 다스릴 수도 있을 것이옵니다. 고정하소서."

"그렇게는 못한다. 당장 물러서렷다! 홍이는 무얼 하고 있느냐, 어서 앞장서질 않고!"

중전 윤씨의 목소리는 추상같다. 이 상궁과 김 상궁은 길을 낼 수밖에 없다. 중전의 동태가 이미 정상이 아님을 눈치 챘기 때문이다. 이 상궁이 눈짓하자 홍이가 등촉을 들고 앞장서 걷는다. 중전 윤씨가 빠른 걸음으로 홍이의 뒤를 따른다.

칠흑 같은 밤이다. 후텁지근한 바람이 중전의 온몸을 땀으로 젖게 한다. 중전 윤씨의 숨소리는 몹시 거칠게 들린다. 앞장을 선 홍이는 중전의 숨소리에서 전율을 느낀다.

정말 심상치 않은 일이다. 중전 윤씨의 마음이 변하지 않는다면 경천동지할 사건이 터지고 말 것이 아니겠는가. 아무리 중전의 지위기로 어찌 임금이 침수 든 방을 범할 수 있단 말인가. 그러나 중전 윤씨의 걸음은 더욱 거칠어지고 있다.

일홍의 거처는 대낮같이 밝혀져 있다. 중전 윤씨는 중문 안으로 들어선다. 두 사람의 상궁이 사색이 된 얼굴로 중전 윤씨의 앞을 가로막고 선다.

"어인 거동이신지요?"

"주상 전하께서 드셔 계시옵니다."

"당장 물러서렷다!"

두 사람의 상궁은 중전 윤씨의 거친 숨소리에서 이미 자신들이 나설 수 없음을 깨닫게 된다. 그들은 양쪽으로 갈라서며 길을 낸다.

중전의 발걸음은 거침이 없다. 댓돌을 오르며 방문 앞으로 다가선 중전은 무엄하게도 세차게 방문까지 열어젖힌다. 지켜보고 있던 두 상궁은 못 볼 것이라도 본 듯 몸을 돌리며 외면하는데, 벼락같은 성종의 옥음이 들린다.

"이 무슨 해괴망측한 짓이오!"

어쩌면 중전의 포악함을 제지하지 못한 이들 두 상궁에게까지 중벌이 내려질지도 모를 일이 아니겠는가.

일홍의 방에는 주안상이 들어 있다.

"당장 물러가시오!"

일홍을 안고 있던 성종이 다시 한번 호통쳤으나, 중전은 성큼 방 안으로 들어서며 날카롭게 소리친다.

"네 이년! 썩 이리 나서지 못하겠느냐!"

일홍은 성종의 품에서 황급히 빠져나오면서 휘청거리듯 몸을 떤다. 중전은 웅크리고 서 있는 일홍의 곁으로 성큼성큼 다가선다. 중전의 불같은 눈초리는 이미 사람의 눈빛일 수가 없다.

"네 이년, 오늘이 무슨 날인지 알고 있으렷다! 어찌 너 따위가 중전의 가슴에 비수를 꽂으려 든단 말이더냐! 너같이 요망한 것은 죽어 마땅할 것이니라."

"무엄하오! 이 무슨 광태란 말이오!"

성종이 벌컥 몸을 일으키며 다가오려는 순간이다. 중전은 일홍의 목덜미와 볼때기를 싸잡아 후린다. 일홍은 주안상 옆으로 쓰러진다.

"중전!"

성종의 용안에 마침내 분노가 일렁이기 시작한다. 그러나 중전은 쓰러진 일홍의 머리채를 휘감아 쥐고 흔들며 발악하듯 소리친다.

"고얀 년! 요망한 년! 천벌을 받을 년! 어찌 그냥 두리. 내 네 년의 사지를 찢고야 말리라!"

"멈추시오, 중전!"

성종은 중전의 팔을 비틀듯 세차게 낚아챈다.

"놓으소서!"

"물러서라지 않았소!"

"못하옵니다!"

"허어, 중전!"

실랑이는 중전과 성종에게로 옮겨와 있다. 중전 윤씨는 성종의 가슴을 마구 밀치며 몸부림친다.

"비키소서! 비켜 주오소서!"

중전은 울부짖는 목소리로 악을 쓰며 성종의 몸에까지 손찌검을 가한다. 제정신이랄 수가 없다. 바로 그때다.

"앗!"

성종이 짧은 비명을 지르며 두 손으로 용안을 가린다. 모든 동작이 일시에 멎은 것은 그때다. 중전 윤씨는 그제야 온전한 정신으로 돌아와 숨을 멈춘다. 성종이 얼굴을 가렸던 손을 내린다.

"전, 하!"

중전 윤씨의 입에서 비명이 새어 나온다. 성종의 용안에 손톱자국이 나 있었고 핏발이 맺혀 있기 때문이다.

"전하, 신첩의 용렬함을 용서해 주오소서!"

"듣기 싫소이다!"

성종은 노성을 뱉어 내며 방을 나서고 있다.

"전하, 전하!"

중전 윤씨는 울부짖으며 쓰러진다. 그리고 통렬히 흐느낄 뿐이다. 피바람 몰아칠 연산조의 비극은 이렇게 잉태되어 가고 있다.

성종은 진노한 걸음으로 침전에 들어서며 소리친다.

"당장 입직 승지를 들라 이르라!"

"예."

내시의 대답이 채 끝나기도 전에 성종은 자신의 어명을 다시 고친다.

"아니니라. 내일 아침 일찍 삼정승과 상당부원군, 청송부원군, 광산부원군을 입궐하라 이르렷다!"

용안에 난 상처가 아리다. 성종은 견딜 수 없는 통분을 씹고 있다. 일홍의 뺨을 후려치고 낚아채던 중전의 포악한 모습이 성종의 뇌리를 수없이 어지럽힌다.

'못된 것!'

성종은 어금니를 악물기도 했고, 고개를 절레절레 흔들기도 했으나, 악귀와 같았던 중전의 모습은 지워지지 않는다. 그는 치미는 분노 때문에 연상을 두 번이나 쾅쾅 내려치기도 했다.

성종의 춘추 23세. 그간에 대왕대비의 수렴청정이 7년간이나 계속되었다 하더라도 보위에 오른 지가 어언 10년이다. 그에게 임금으로서의 위엄이 없을 수가 없다.

날씨는 무척도 덥다. 게다가 화가 나 있다. 온몸이 땀으로 흥건히 젖어든다. 아무리 밤이 늦었기로 당장 중신들을 부르지 않은 것이 몹시 후회되기도 한다.

'폐비하리라!'

성종은 그렇게 마음을 굳히고 있다. 지난번에 있었던 비상과 방양서의 일이 다시 뇌리에 떠오른다. 그때도 성종은 폐비를 주장했었다. 강등에서 복위로 이어졌던 그때의 일도 무척 후회가 된다. 그때 자신이 뜻했던 대로 폐출을 시켰다면 오늘과 같은 불행은 없었을 것이 아니겠는가.

동녘 창문이 희붐하게 밝아 오고 있다. 성종은 침전에 앉은 채 꼬박 밤을 보냈다.

7.

지칠 만큼 지루한 밤을 보냈으면서도 이상하리만치 성종의 머리는 맑다. 그리고 얼마의 시간이 흐르자 내시의 전언이 들려온다.

"전하, 재상들이 등청했사옵니다."

"선정전으로 들라 이르렷다!"

성종은 몸을 일으킨다. 선정전으로 가기 위해서다.

밤새 갑작스러운 어명을 받고 입궐한 사람들은 영의정 정창손을 비롯해 좌의정 한명회, 윤필상, 심회, 김국광 등이다. 지난밤의 어명이 심상치 않았던 탓으로 승지들도 배석해 있었고, 주서注書와 사관들까지 들어와 있다. 모두들 긴장된 눈빛이다. 입궐하여 빈청에서 대기하는 동안 오고가는 말들을 종합하여 간밤에 있었던 어이없는 일을 어렴풋이나마 짐작하고는 있었지만, 성종이 그처럼 진노했다면 사태는 짐작보다 한층 심각한 것이 아니겠는가.

침묵을 깨는 성종의 마른기침 소리가 있은 다음, 조금은 고조되고 떨리는 성종의 옥음이 이어진다.

"과인이 종사를 다스리는 몸으로 집안을 잘못 다스린 것이니 경들을 부른 것도 체신이 말이 아닙니다. 하나, 오늘의 일은 사사로이는 제가齊家하지 못한 일일지 모르나, 크게는 나라의 기강이 흔들리는 일이라 차마 그냥 덮어둘 수 없어 말하는 것이니, 경들은 과인의 뜻을 새겨 바르게 행해 주길 바라오."

짐작대로 중전의 일이 분명하다. 그러나 정승들은 어느 정도의 심각함인지를 예측하기가 쉽지 않다. 귀를 한껏 열어 성종의 다음 말을 기다릴 수밖에 없다. 성종의 다음 말은 계속될수록 더욱 격해진다.

"어제 입직한 승지들만 불러서 통고하고자 했으나 너무 중대한 일이라 경들을 부른 것이오. 경들도 알다시피 내간에는 시첩의 방이 있는데, 과인이 마침 어젯밤 한 시첩의 방에 침수 들고자 들어갔는데 중궁이 아무런 연고도 없이 들어왔어요. 이 일만으로도 이미 법도를 어긴 것인데, 중궁은 내게 호통까지 쳤고, 내가 큰 소리로 나무라고 나가려는데 나를 가로막으며 얼굴에 손톱자국을 내기에 이르렀습니다."

성종은 스스로의 강변에 말려들기라도 한 듯 용안을 들어 볼에 난 상처를 내보이고 있다.

"이럴 수가…."

재상들은 자신도 모르게 탄식을 쏟아 놓는다. 몇몇 재상들은 얼굴을 들어 성종의 용안에 난 상처를 확인해 보려는 자세까지 취한다. 용안에 새겨진 상처, 핏자국으로 말라 있다고는 하더라고 선명하게 그어진 손톱자국은 도저히 믿어지기 어려울 만큼 엄청난 사건이 아닐 수 없다.

"전하, 그 불경이 정말이시옵니까? 신등은 믿기가 어렵사옵니다."

성종이 진노해 있는 줄 알면서도 굳이 한명회가 나서서 확인하려 든다. 성종은 연상을 탁 내려친다.

"이것들 보세요. 경들은 전에도 내 말을 따르지 않고 고집을 피워 중궁을 그대로 두자고 하지 않았소! 한데 이제 와서 내 말을 의심까지 하려 들다니, 경들이 어찌 나의 신하라 할 수 있겠소!"

"황공하옵니다, 전하. 용안에 손톱자국을 남겼다는 기록은 중국의 역사에도 없기에 잠시 의심한 것이옵니다. 통촉해 주오소서."

한명회가 재빨리 발뺌을 했으나, 그것은 성종의 진노를 더하게 했을 뿐이다.

"들으세요! 내 말을 소상히 들으시오!"

성종의 옥음이 높아지자 훈구대신들은 숨을 죽일 수밖에 없다. 성종의 진노는 이 일을 폐비로 몰고 갈 것이 분명하다. 만일 그와 같은 어명이 있다면 무엇이라고 주청을 해야 할지 생각해 두어야 할 일이 아니던가. 성종은 잠시 노기를 가라앉히고는 천천히 말을 이었다.

"과인이 전에 중궁의 실덕함이 컸을 때 이를 폐하고자 하였으나 경들이 모두 불가하다 하였고, 나 또한 마음을 고쳐 중궁이 스스로 깨우치기를 바랐는데, 지금까지도 고치지 아니하고 과인을 능멸하기에 이르렀습니다. 이것은 비록 과인이 제가하지 못한 소치라 하겠으나, 종사의 대계를 위해서 더 이상 참고 있을 수 없는 일이기에 이리 통분해하는 것이오. 경들은 과인의 심기를 헤아릴 수 있으시겠소?”

아무도 나서는 사람이 없다. 성종은 좀 더 자신의 뜻을 확실히 해 두고자 한다. 어느 순간에는 몸이 부들부들 떨리기도 했지만 이제는 서두를 필요가 없다.

“옛날에 한나라의 광무제光武帝와 송나라의 인종仁宗이 모두 왕후를 폐하였는데, 광무제는 한 가지 일의 실수를 분하게 여겼고, 인종도 작은 허물로 인하였던 것이지만, 과인에게는 그 정도가 아닌 게요. 중궁의 실덕은 한두 가지가 아니니, 만일 일찍 내치지 않았다가는 뒷날 반드시 후회하게 될 것으로 압니다. 예법에 칠거지악이 있으나 중궁의 일은 자식이 없어 버림이 아니에요. 말이 많은 것이 첫째요, 순종치 않은 것이 둘째요, 투기한 것이 셋째입니다. 이제 마땅히 중궁을 폐하여 서인으로 삼아야 하지를 않겠소.”

격분한 중에도 성종은 중국 역사까지 예로 들 줄 알고, 예법에 해당하는 일을 두루두루 지적할 줄도 안다. 성종의 성숙함을 엿볼 수 있는 일이기도 한 반면에, 이번에야말로 폐비의 뜻을 관철시키고야 말겠다는 의지가 선명하게 드러나 있다.

“말들을 해 보라지 않소이까!”

여전히 서로 얼굴만 쳐다볼 뿐 말을 못하는 재상들에게 일침을 놓자, 그제야 정창손이 나선다.

“중전마마께옵서 승순承順하는 도리를 잃어서 종묘의 주인이 되는 것이 불가하다는 전하의 어의를 어찌 받들어야 할지 모르겠사옵니다.”

다소 말끝을 흐리는 정창손의 애매한 진언에 성종은 연상을 거듭 내려치면서 소리친다.

“경은 과인의 말을 어찌 듣고 있는 겝니까? 과인은 중궁을 폐서인하겠다 하지 않았소!”

이번에는 한명회가 성종의 통분을 가라앉히려는 듯 조심스럽게 입을 연다.

"전하의 어의를 능히 헤아릴 수는 있사옵니다만, 다만 원자 아기씨가 계시니 과연 폐비가 합당한지 가늠하기 어렵사옵니다."

"경은 발뺌만 하시겠다는 게요? 대사를 앞두고 이런 불충이 어디에 있답니까?"

"이는 발뺌이 아니옵고, 다만 후일의 일을 상량하는 것도…."

"상당군은 말을 삼가시오. 대체 무엇이 후일의 일이오?"

성종이 연상을 내려치며 진노하자 한명회는 몸을 움츠릴 수밖에 없다. 자신의 한마디가 국법과도 같았던 시절도 있었으나, 지금은 다만 허공을 울리기도 어렵다는 것이 비감을 더한다. 재상들도 한명회가 당하는 것을 보자 성종의 진노가 돌이킬 수 없는 지경에 이르렀음을 깨달으며 조금씩 폐비를 논의해 가기 시작한다.

"태종대왕께서 일찍이 원경왕후와 화합하지 못하여 한 전각에 피처하게 하고 그 담장을 높게 하였는데, 이것이 선처하는 도리이옵니다. 지금도 역시 별궁에 폐처廢處토록 함이 옳을 듯싶사옵니다."

심회의 말을 다시 성종이 맞받는다.

"경들은 사의事宜를 모르고 말하고 있어요. 한나라 성제成帝가 갑자기 붕어한 것은 누구의 소위였던가? 대저 부덕한 사람은 비의非義한 짓을 많이 행하는 것인데, 일의 자취가 드러나면 화는 이미 몸에 미친 이후인 게요. 만일 이번의 일도 가벼이 두었다가 그 화가 과인에게 미친다면 그때 경들이 과인을 비호하려 해도 때늦은 일이 아니겠소!"

"신 도승지 홍귀달이옵니다. 중전마마의 실덕은 폐하는 것이 마땅하옵니다. 하오나 원자 아기씨를 생산하신 옥체이시라 폐서인은 옳지 못하옵니다. 위호를 깎아 별궁에 안치하심이 어떠하겠사옵니까?"

"강봉하면 이는 처로써 첩을 삼는 것이니, 이것이 어찌 옳단 말인가!"

성종의 논조는 빈틈을 보이지 않는다. 좌부승지 김계창金季昌이 또 나서서 성종의 어의를 여리게 하려고 시도해 본다.

"중전마마의 명命은 이미 중국으로부터 받았사옵고, 원자를 생산하시었으며, 나라의 근본과도 크게 관계되옵니다. 옛날 송나라 인종은 곽후郭后를 폐하여 옥청궁玉淸宮에 두었으니, 원컨대 별궁에 옮겨 두시어 그 허물을 뉘우치기를 기다리오소서."

"옳사옵니다. 별궁에 두심이 옳은 일이옵니다."

"그러하옵니다, 전하."

"뒷날 원자 아기씨가 세자로 봉해진 연후의 일을 상량하오소서."

좌승지 김승경金升卿, 우승지 이경동李瓊仝, 우부승지 채수蔡壽 등의 승지들이 폐비 불가에 동조하고 나서자, 성종은 의논을 넘어서는 왕명을 뱉어 내고야 만다.

"여러 말 할 것 없어요. 어서 중전을 출궁케 할 채비를 갖추도록 하시오."

그러자 이번에는 재상들이 나서서 폐비의 불가함을 주청한다.

"하루아침에 강등시켜 서인을 만들어 사제로 돌아가게 하면 사론士論이 어떠하겠사옵니까."

"별궁에 두심이 옳사옵니다."

"별궁에 안치하소서."

정창손, 심회, 윤필상 등 누구 하나 성종의 뜻을 받드는 사람이 없다.

"그만들 두시오!"

성종은 우락부락하게 용안을 붉히며 벌떡 몸을 일으킨다.

"어서들 물러가 중전의 출궁 채비를 서두르라 이르지 않았소!"

"전하!"

홍귀달이 차비문 안쪽을 막아서며 다시 엎드리자, 몇몇 승지들도 따라 엎드린다.

"어허, 어서들 물러가라 이르지 않았던가!"

성종의 호통에 재상들과 동부승지 변수邊脩만이 물러났을 뿐, 다른 승지들은 엎드린 채 물러서질 않는다.

"전하, 경솔히 판별치 마시옵고, 대왕대비전에 아뢰어 보심이 어떠할는지요."

"그리 하오소서."

홍귀달 등 승지들은 자신의 뜻이 관철될 때까지 한 발짝도 물러설 수 없다는 듯이 차비문 안에서 버티고 있다. 대왕대비를 만나게 하는 일, 그 일이 중전의 폐출을 막는 유일한 길이라 여겼기 때문이다. 성종의 진노는 마침내 머리끝까지 치밀어 오른다.

"너희들이 정히 그러하다면 내 지금 당장 대왕대비전으로 나아가 품할 것이니라. 만일 대왕대비마마의 뜻이 내 뜻과 다름없다면, 그 이후에도 나서서 반대하는 자가 있을 때는 내 엄중히 다스릴 것이니라."

성종은 성큼성큼 어보를 옮기기 시작한다. 임금의 뜻에 사사건건 꼬투리를 잡는 중신들의 버릇, 이는 언제고 엄히 다스려 나갈 일이다. 대왕대비의 허락을 받고 폐출을 정한 다음에 중신들의 이러한 악습을 근절시킬 것이라고까지 다짐하는 성종이다.

한명회는 눈을 감는다. 그가 예견했던 큰 불행이 이제 눈앞으로 다가와 있다. 아들을 둔 지어미를 내치는 일은 여염에서도 금기로 삼는데, 원자를 둔 중전을 내친대서야 말이 되는가.

'살아서 그 수모를 겪어야 하는가.'

한명회는 장탄식을 쏟아 낸다. 그는 진실로 살아 있음을 두려워하고 있다.

부관참시

1.

"아니 주상, 용안에 난 그 상처가…!"

"이런 변이…."

대왕대비와 안순왕대비는 성종의 용안에 그어진 손톱자국을 보며 경악을 금치 못한다.

"황공하기 그지없사오나, 중전의 광태가 여기에 이르렀사옵니다. 지난번에 폐출을 논할 때 대왕대비마마께옵서 후환이 없게 하라 하셨사온데, 바로 그 후환이 이리 나타났사옵니다."

"허어, 저런 괘씸한 노릇이 있나!"

대왕대비는 억척이 무너지는 탄식을 토한다. 성종이 어떤 임금인가. 그 용안에 감히 상처를 남겼다니, 이는 죽어 마땅할 중죄이고도 남는다.

"중전의 그 같은 소행을 어찌 그냥 두고 볼 수 있으리까."

안순왕대비는 분노하듯 말했으나, 대왕대비에게는 7년이나 수렴청정을 했던 경륜이 있다. 원자를 생산한 국모를 벌하는 일이 얼마만큼의 중대사인지를 대왕대비는 잘 알고 있다.

"하면, 주상은 폐비를 해야 한다고 여기십니까?"

"마땅히 그래야 할 줄 아옵니다."

"중신들이 반대하고 있음일 테지요?"

대왕대비 윤씨는 이처럼 모든 정황을 세세히 점검한다.

"그러하옵니다, 대왕대비마마. 소손은 마땅히 폐비를 명하고자 하였으나 원임, 시임 재상들 이하 모든 대소 신료들이 대왕대비마마의 허락이 있은 연후에라야 폐비할 수 있다고 하였사옵니다. 대왕대비마마, 윤허하여 주오소서."

성종은 단호한 어조에 애원하는 뜻을 담아서 말한다. 대왕대비는 침중한 모습으로 고개를 절레절레 흔든다.

"내가 허락할 것이 무엇이겠어요. 종사가 주상의 의지에 달려 있는데요."

후일의 액운을 예견하고 있음인가, 대왕대비는 폐비라는 말을 입에 담지 않는다. 그것은 중신들의 생각이 틀리지 않았음을 잘 알고 있기 때문이다. 섣불리 폐비의 명을 내렸다가 중신들과 유림의 반발을 사게 되면 다른 모든 국사에도 영향을 미치는 불행한 사태를 빚을지도 모른다.

그러나 성종의 의지는 단호하다. 그는 폐비를 완강히 고집한다. 성종의 의지에 처음 동조한 사람은 인수대비다. 처음부터 중전 윤씨를 국모의 자질로 보지 않았음에랴. 인수대비의 찬동이 있고 보면 대왕대비나 왕대비의 처지로서도 반대할 명분이 없어진다. 마침내 대왕대비 윤씨가 단안을 내린다.

"만기를 친재하시는 주상이 아니십니까. 주상의 어의라면 따를밖에요."

"감읍하옵니다, 마마."

그제야 성종의 마음이 홀가분해진다. 세 분 대비로부터 허락을 얻었으니 더 이상 망설일 것도 없다. 성종은 빠른 걸음으로 선정전으로 돌아와 단호하게 말한다.

"어서 중궁을 사제로 내치도록 하라. 동부승지 변수를 제외한 전 승지를 하옥시키고, 교서를 써 올리도록 할 것이며, 종묘에 고할 절차를 갖추어 아뢰도록 하라!"

당당한 목소리다. 연산조에 피바람을 몰고 올 중전 윤씨의 폐비 소동은 일단 이렇게 끝난다. 중전은 소교小轎에 태워져 궐 밖으로 쫓겨났고, 폐비 불가를 지나치게 외치던 승지들은 모두 하옥되었으며, 그 자리는 육조의 참의들로 메워진다.

그리고 폐비의 교서가 반포된다.

바르게 시작하는 길은 반드시 내치內治를 먼저 해야 하는 것이니, 하夏나라는 도산塗山으로써 일어났고, 주周나라는 포사褒姒(주나라 유왕의 비)로써 패망하였다. 후비后妃의 어질고 어질지 못함은 종사의 성쇠가 매인 것이니, 돌아보건대 중하지 아니한가. 왕비 윤씨는 후궁으로부터 드디어 곤극坤極의 정위正位가 되었으나, 음조陰助의 공은 없고 도리어 투기하는 마음만 가지어, 지난 정유년에는 몰래 독약을 품고서 궁인을 해치고자 하다가 음모가 분명히 드러났으므로 내가 이를 폐하고자 하였다. 그러나 조정 대신들이 합사해서 청하여 개과천선하기를 바랐으며 나도 폐출은 큰일이고 허물은 또한 고칠 수 있으리라고 여겨 감히 결단하지 못하고 오늘에 이르렀는데, 뉘우쳐 고칠 마음은 가지지 아니하고, 실덕함이 더욱 심하여 일일이 열거하기가 어렵다. 그러니 결단코 위로는 종묘를 이어 받들고, 아래로는 국가에 모범이 될 수 없으므로 이에 성화成化 15년 6월 2일에 윤씨를 폐하여 서인으로 삼는다.

아아! 법에 칠거지악이 있는데, 어찌 감히 조금이라도 사사로움이 있겠는가. 이 일은 반드시 여러 번 생각하는 것이니, 만세를 위해 염려해야 되기 때문이다.

성종 10년(1479)의 길고 긴 여름 하루, 중전의 생일 바로 다음 날인 6월 2일은 아직도 끝나지 않았다. 자신이 폐비가 되었음을 알지 못하는 중전 윤씨는 지난밤의 악몽을 되새기면서 마음 둘 곳을 찾지 못한다. 온몸은 사시나무 떨리듯 후들거린다.

"어찌 되었는지 알아보라지 않았더냐!"

중전 윤씨는 아예 내정에까지 나와 편전의 일을 궁금해하는 지경이다. 중궁전의 상궁, 나인들은 치맛자락에 불이 날 지경으로 대전과 중궁을 오가고 있다.

"중신들이 반대를 하고 있다 하옵니다. 너무 심려 마시고 거처로 드시오소서."

김 상궁은 중전을 부액한다. 중전의 온몸은 흔들릴 만큼 후들거리고 있다. 이 상궁이 중전의 다른 한쪽을 부액한다. 이들이 채 중궁전의 댓돌을 오르기도 전에 동부승지 변수가 내금위의 병사들을 거느리고 들어선다.

"폐비 윤씨는 주상 전하의 교지를 받으시오!"

"아!"

중전 윤씨는 외마디 비명을 내뿜으며 휘청거린다. 부액한 두 상궁이 온 힘을 다하여 중전 윤씨의 몸을 바로 세우려 했으나, 중전은 어느 사이가 마루에 주저앉듯 무너지고 있다.

"중전 윤씨를 폐하여 서인을 삼고 사저로 내치노라!"

짐작하지 못한 일은 아니다. 혼절이나 다름없는 상태에 빠진 폐비의 귓가에 다시 아득히 먼 곳인 듯한 곳에서 다른 영이 들려온다.

"상궁, 나인들은 어서 서둘러 폐비를 소교에 태우도록 하시오!"

작은 가마 하나가 눈앞에 서 있다. 폐비의 몸은 갑자기 둥둥 뜨는 듯하면서 가마 안으로 들어간다.

"원자를… 원자가 보고 싶구나."

폐비 윤씨의 목소리는 입 밖을 울리지 못한다. 폐비는 두 손을 휘저으면서 뭔가를 애써 말하고자 하지만, 처참하기만 한 몸짓에 불과하다.

가마가 흔들리기 시작한다. 성종의 지엄한 명이 있은 탓인지 눈 깜짝할 사이에 일어난 일이다. 중궁전에서는 통곡 소리가 울려 나온다.

"중전마마!"

"중전마마, 흐흑."

어디선가 아이 우는 소리가 들려온다. 폐비는 정신이 번쩍 든다. 자신을 태운 가마가 중궁전 밖으로 나서기 전에 원자를 만나야 한다는 생각, 지금 떠나면 영영 만나지 못할지도 모른다는 불안함이, 그런 염원을 모은 안간힘이 솟구치며 일어난다.

"원자야, 원자야! 우리 원자를, 원자의 얼굴을 한 번만 보게 해 다오. 원자야, 원자!"

가마 안에서 폐비는 발버둥친다. 가마가 잠시 멈춰 선다. 폐비는 재빨리 휘장을 걷고 밖으로 나오려고 했으나 갑사들이 막아선다.

"아니 되옵니다. 서둘러 출궁케 하라는 주상 전하의 어명이 계셨소이다. 얘들아!"

갑사들 사이로 김 상궁의 얼굴이 얼핏 보인다. 폐비는 몸부림치며 소리친다.

"김 상궁, 원자를 부탁해요, 원자를…. 흐흑, 원자를…!"

가마는 다시 흔들리기 시작한다. 중궁전은 뒤로 뒤로 멀어지고 있다. 눈물이 비 오듯 쏟아졌지만, 몸부림도 부질없는 미련에 불과하다. 이제는 어찌해야 하는지 눈앞은 온통 칠흑 같은 어둠일 뿐이다.

궁에 든 지 6년, 곤위에 오른 지 4년. 그 현란하고 아름다웠던 부귀영화는 이제 다시 돌아오지 못한다는 말인가.

"원자야!"

그래도 원자가 있지 않은가. 아직은 실오라기 같은 꿈이 있음이 얼마나 다행인가. 원자가 더 자라서 세자가 되면 폐위되어 쫓겨난 어미를 기억해 낼 것이리라. 그때가 되면 어미를 다시 옛 지위로 올려놓을 것이며, 이 원수를 갚아 줄 것이다 아아, 원자야!

폐비가 탄 가마가 당도한 곳은 어머니 신씨가 사는 명철방 사저다. 부부인의 직첩까지 잃은 신씨가 절치부심 복수의 칼날을 갈고 있는 그 집에 그나마 믿고 의지하던 딸 중전 윤씨가 폐서인이 되어 돌아온다.

"중전마마, 이 어인 지원극통한 일이란 말입니까?"

"어머님, 으흐흐."

통한의 눈물을 쏟을밖에, 달리 무슨 수로 이 쓰라린 순간을 감내할 수 있을 것인가. 그러나 2년여 동안 회한의 칼날을 세워 온 신씨는 의외로 빨리 눈물을 거둔다.

"중전마마, 실의에 빠져서는 아니 됩니다. 비록 폐서인이 되어 사가에 오셨다 하나, 주상 전하의 총애를 받으시며 이 나라의 국모로 군림하시던 옥체가 아니십니까. 게다가 원자 아기씨의 생모이십니다. 설사 주상 전하께서 부르시지 않더라도 원자 아기씨가 보위에 오르시는 날에는 반드시 옛 지위로 복위될 것입니다. 심려치 마시고 기다려야지요. 마마, 어서 눈물을 거두세요."

신씨는 손수 수건을 꺼내 폐비의 백랍 같은 얼굴을 닦아 준다.

"어머님, 제가 이 지경에 이르렀는데 원자가 무사할지요? 궁 안에는 간악한 무리들이 날뛰고 있어요. 어찌 원자가 무사히 보위에 오를 수 있겠어요. 으흐흐 어머님!"

곁에서 지켜보기에 너무도 안쓰러운 몸부림이다.

"어머님, 마지막 소원이니 원자를 한 번 보게 해 주세요, 네? 어머님!"

"그런 말씀 마시라니까요. 살을 찢고 뼈를 깎아서라도 참고 기다려야합니다. 서둘면 화를 자초하게 된다니까요."

"어머님, 으흐흐흐, 이 불효자식은 이제 어찌한답니까."

"당치 않사옵니다, 중전마마. 이 에미가 다 알아서 할 테니 예서 꾹 참고 기다리세요."

"고맙습니다, 어머님."

비운의 두 모녀는 어느새 손을 굳게 잡고 있다. 그들은 기사회생의 기회를 하늘에 기구하고 있음일 것이리라.

2.

한명회의 일생에서는 언제나 6월이 잔인하다. 무더위가 기승을 부리는 여름으로 접어들 때마다 크고 작은 일들이 피바람을 몰고 오지 않았던가.

병자년의 옥사도, 신숙주의 죽음도 6월이 아니던가. 지난해 6월에는 중전 윤씨가 폐서인이 되어 사가로 쫓겨나더니 올 6월에는 또 다른 불상사로 조선 천지가 떠들썩해진다.

성 추문 사건. 어우동이라는 종실宗室의 여인이 동기간들을 유혹하여 근친상간을 저질렀다는 전대미문의 사건이다. 뿐만이 아니다. 어우동의 알몸을 탐닉한 사내들은 노비에서 천민, 아전과 중인, 그리고 사대부의 종친에 이르기까지 무려 열 손가락을 꼽고도 남을 지경이었으니 강상과 윤기를 내세우는 조선왕조로서는 수치스럽기 한량없는 노릇이다.

'기어이 오고야 마는가.'

한명회는 탄식을 토하지 않을 수가 없다. 그는 성종조 초 태평성대로 들어서는 기미가 보이면서부터 사회기강이 문란해질 것임을 예견하지 않았던가. 난이가 전하는 어우동의 음행은 탕녀의 도를 넘어서고도 남는다.

"방산수 나리와 수산수 나리도 관련이 되었다 하옵니다."

어찌 놀랍지 않으랴. 수산수 기驥는 정종대왕의 증손자이고, 방산수

난란瀾은 세종대왕의 손자다. 이들이 어우동의 깊은 늪에 빠져 들었다면 왕실의 지친들이 근친상간을 즐겼음이 아니고 무엇이랴.

추문의 주역인 어우동은 태종대왕의 증손자인 태강수 동소의 지어미, 다시 말하면 종실거문의 혜인惠人(정4품 종친의 아내)의 지체가 아니던가. 이들의 성적 유희는 중전 윤씨가 폐서인이 되던 지난해 여름에 절정을 이루었지만, 지금에 이르러 관련자가 체포되는 사태에 이른다.

"공경대부들도 관련이 되었다 하옵니다."

"이거야 원!"

"더러는 몸뚱이에 혜인의 이름을 자청刺青으로 새겨 넣었다고도 합니다."

"어디 한 곳 성한 데가 없지를 않나."

"대감께서 밤낮으로 우려하신 일이 아니옵니까."

"살아서 이 같은 변을 겪다니…. 원자의 모후는 폐서인이 되고, 또 다른 후궁은 국모의 자리에 오르는데, 왕실 사람들은 너도 나도 근친상간이라…."

이제 와서 한명회의 탄식이 있은들 무슨 소용이랴. 사람들은 성 추문 사건에서 즐거움을 찾는다. 그것이 권력의 상층부에서 일어났다면 마치 기다리고 있었다는 듯 고소해하는 것이 민심의 향배가 아니던가.

그랬다. 도성 안은 어우동의 음탕한 이야기로 들끓고 있다. 『조선왕조실록』은 그 이름을 어을우동於乙宇同이라고 기록하고 있다. 이런 경우 을乙자는 ㄹ자의 받침으로 쓰이는 경우가 많다. 소리 나는 대로 표기하자면 얼우동이라 해야 옳을 것이나, 실제로는 어우동이라 부른다. 같은 경우에 해당하는 것이 임어을운林於乙云이다. 세조가 잠저에 있을 때 손발처럼 부리던 장한이 바로 임어을운이다. 그러나 그 사람을 그냥 임운이라고 부르는 것은 그런 연유에서다.

명문 사대부가의 여식으로 태어나서 종실거문의 혜인이 되었다가 열

사람이 넘는 외간 남자와 간통을 하고, 그것도 모자라서 근친상간이 세 사람이나 되었다면 당시의 법도나 풍속으로 용인될 일이 아니다. 이런 불미하고 엄청난 일을 『조선왕조실록』이 소상히 기록해 두고 있다는 것은 수치스럽고 잘못된 일이라도 역사에 적어서 후일의 거울로 삼게 하고자 하는 경계의 뜻이 아니겠는가.

조선왕조에서 일어난 최대의 성 추문 사건이 최초로 『조선왕조실록』에 등재된 것을 인용하면 다음과 같다.

> 성종 11년(1480) 6월 13일. (전략) 의금부에서 전지하기를 "방산수 난이 태강수 동이 버린 아내 박씨를 간통하였으니, 국문하라." 하였다.
>
> 이틀 뒤인 6월 15일. 좌승지 김계창金季昌이 들어와 고하니 임금이 말하기를, "들으니 태강수 동의 아내 박씨(어우동)가 죄가 중한 것을 스스로 알고 도망하였다 하니, 끝까지 추포追捕하라." 하였다. 김계창이 말하기를, "박씨가 처음에 은장銀匠이와 간통하여 남편의 버림을 받았고, 또 방산수와 간통하여 추한 소문이 일국에 들렸으며, 또 그 어미는 노복과 간통하여 남편에게 버림을 받았습니다. 한 집안의 음풍淫風이 이와 같으니 마땅히 끝까지 추포하여 법에 따라 처치해야 합니다." 하니, 임금이 말하기를, "가하다." 하였다.

명을 내린 성종도, 방산수를 문초하던 의금부에서도 처음에는 대수롭지 않은 일이라고 여겼으나, 도주했던 어우동이 잡히면서부터는 사건의 전모가 확대일로를 치닫게 된다. 이에 조정은 논죄의 어려움을 겪게 된다. 정종, 태종, 세종의 혈손들이 근친상간으로 얽혀 있는가 하면, 어유소魚有沼, 노공필盧公弼과 같은 공경대부의 이름까지 거명되었기 때문이다. 또한 놀라운 것은 어우동의 언동이 어찌나 당당한지 국문에 임한 신료들의 얼굴이 붉어지는 지경이다.

여름 한철을 어우동의 국문으로만 보내고 있다. 어우동에게 아비가 누구인지 모르는 딸[番佐]이 있음이 밝혀지면서부터는 공연한 문초를 시작했구나 싶을 만큼 사태가 크게 번지기 시작한다. 짜증스러운 무더위와 입에 담기조차 민망한 부끄러움이 교차되는 가운데 어우동에 대한 문초가 매듭지어진 것은 10월도 중순에 접어들어서다. 장장 3개월에 걸친 실랑이다.

"허어, 이거야 원, 대체 이 일을 어찌하면 좋아. 이 엄청난 음행을 전하께 고해야 하는가?"

"어명을 받고 문초했음이 아닌가."

"아무리 그렇기로 종실거문이 쑥밭이 되는 일을 어찌 어전에서 논의할 수 있는가?"

"도리 없어요. 서둘러서 고할밖에."

문초에 가담했던 의금부 관원들은 얼굴을 붉히며 어우동의 음행을 문서로 꾸민다. 왕조의 기강이 무너지는 소리가 귓전을 울릴 만큼 충격적인 사건들이다.

의금부에서 만들어진 어우동의 죄안罪案은 마침내 승정원으로 넘겨진다. 승지들은 그것을 읽으며 한명회의 당나귀 상을 떠올리게 된다. 그의 예견은 시도 때도 없이 적중하기 때문이다. 동부승지 이공李拱이 성종을 배알한다.

"전하, 차마 입에 담기 민망한 일이오나, 어우동의 죄안이 마련되었사옵니다."

성종은 말없이 이공이 올린 죄안을 받아 읽는다. 그의 미간이 찌푸려지는 것은 당연하다. 사람의 탈을 쓰고서야 어찌 이럴 수가 있다는 말인가. 더구나 근친상간의 주역들은 자신의 삼종숙三從叔이 되는 척분이었음에랴.

'짐승이 아니고서야…!'

성종은 탄식한다. 태평성대가 되면 풍속이 문란해진다는 것은 한명회의 지론이다. 어우동이 저지르고 다닌 근친상간 또한 한명회의 예지를 떠올리는 사건이다. 설사 그렇기로 어우동의 행실은 또 어떠한가. 어우동은 아녀자만을 속박하는 조선의 법도가 잘못되었음을 통렬하게 비판했음에랴. 많은 후궁들을 거느렸던 성종은 쥐구멍으로라도 들어가고 싶은 심정이 된다.

여기에 성종 11년 10월 18일 조『성종실록』에 기록된 어우동의 죄안을 인용해 둔다.

어우동은 승문원지사承文院知事 박윤창朴允昌의 딸로 태어났다. 어렸을 때부터 미모가 뛰어나 뭇 사내들의 입에 오르내렸다. 나이가 차자 어우동은 태강수 동에게 출가를 하여 혜인의 예를 받았으나, 음탕한 행실을 삼가지 못하였다.

태강수 동은 일찍이 은장이를 집에 데려다 은기銀器를 만들게 하였다. 새로 시집을 온 어우동은 그 은장이를 좋아하였다. 그러나 사대부가 며느리의 처지로는 은장이를 만나기조차도 어려웠다. 샘솟듯 가슴을 출렁거리게 하는 성적인 충동을 어우동은 다스리지 못하였다.

'옳지! 여복女僕으로 변장하자!'

어우동은 은장이를 만나기 위해 하녀로 변장을 하였다. 허름한 옷으로 갈아입고 머리를 헝클어뜨린 어우동은 때로는 밥상을 들고, 때로는 술상을 들고 은장이 곁으로 다가가서 수작을 걸었다. 양가를 드나들며 은그릇을 만들고 있는 은장이의 처지라면 하녀쯤 건드리는 것은 식은 죽 먹기나 다름이 없다. 그런 일이 있고 나면 대접이 융숭해지는 것쯤 이미 겪어 본 터가 아니던가. 어우동의 이 같은 행실이 오래 지속될 수는 물론 없다. 지아비가 눈치를 챈 것이다.

"어찌 너 같은 계집을 종실대가의 아낙이라 하리. 어찌 너 같은 음탕한 계집을 지어미로 거느리리. 당장 물러가럿다!"

태강수 동은 어우동을 쫓아내고야 만다. 어우동이 저지른 행실은 용서받을 일이 아니다. 어우동은 태강수 동에게 쫓겨난 몸으로 어미의 집으로 갔다. 의지할 곳은 거기밖에 없다. 처음 얼마 동안 어우동은 눈물로 지샐 수밖에 없다. 그런 어느 날 계집종이 어우동에게로 다가와 은밀히 고한다.

"사람이 살면 얼마나 산다고, 상심하고 탄식하시기를 그처럼 하시옵니까."

"…."

"쇤네가 잘 아는 사람으로 오종년吳從年이라는 분이 계시온데, 일찍이 사헌부司憲府의 도리都吏(아전의 우두머리)가 되었고, 그 용모의 빼어남이 태강수 따위는 견줄 바가 못 되옵니다. 만일 마님께서 그분을 배필로 삼으시겠다면 쇤네가 인도해 드리겠사옵니다."

천성이 음탕한 어우동은 치미는 욕정을 참지 못하고 계집종에게 오종년을 데려올 것을 명한다. 어우동은 오종년과의 간통만으로는 성이 차지 않았다. 마침내 어우동은 허술한 옷차림을 하고 거리로 나선다. 참으로 이상한 것은 어우동과 눈이 마주친 사내들은 어우동의 몸에서 헤어나지 못하였다는 사실이다.

어우동이 태강수의 아우뻘인 방산수 난의 집 앞을 서성이다가 자비를 타고 돌아오는 난과 눈이 마주친다. 그날 밤 난은 어우동을 불러들여서 근친상간을 한다.

"허허허, 내 일찍이 너 같은 계집은 처음 본다. 다시 찾아와 주겠느냐?"

"날짜를 정해 주오소서."

어우동은 난의 집을 무시로 드나들면서도 또 다른 사내를 물색하는 일을 게을리 하지 않는다. 어느 해 단옷날에는 몸단장을 말끔히 한 어우동이 그네 터로 나갔다. 이때 걸려든 사람이 태강수와 방산수의 형님뻘인 수산수 기다.

"뉘 집 아낙이냐?"

수산수 기는 어우동이 거느린 계집종에게 묻는다.

"내금위의 소실댁이옵니다."

"오, 그래…."

수산수 기는 그날로 어우동을 낚아챈다. 이 또한 근친상간이다. 참으로 놀라운 것은 어우동이 또다시 다른 사내를 유인하였다는 점이다.

전의감典醫監 생도에 박강창朴强昌이라는 젊은 사내가 있었다. 강창이 종[奴]을 파는 일로 어우동의 집을 출입하게 되자, 어우동은 스스로 나와 꼬리를 치며 강창을 안으로 유인하여 간통을 하였다. 어우동은 이미 간통한 사내들 가운데서 특히 강창을 사랑하였다. 어우동은 마음에 드는 사내와는 간통을 계속하면서 사내의 팔뚝에 자신의 이름을 먹물로 새기게 하였다. 사내들은 어우동과 헤어지기 싫어서라도 팔뚝에 이름 새기기를 거절하지 않았다. 박강창은 물론이요, 방산수 난도 자청刺靑을 한 사람이다.

어우동의 음탕함이 이쯤에 이르면 한량들 사이에 그 이름이 오르내리게 마련이다. 지금까지는 어우동이 스스로 꼬리를 쳐서 사내들을 유혹하여 간통하는 것이었지만, 이제 사내들이 먼저 어우동을 찾아오는 경우도 허다해진다.

이근지李謹之라는 자는 어우동이 음탕하고 남다른 비기秘器를 간직하고 있다는 소문을 듣고 제 발로 찾아온 사내다. 그는 방산수의 심부름을 왔다는 구실로 어우동과 간통을 하였다. 내금위 구전具詮이라는 자는 어우동의 집과 담장 하나를 사이에 두고 살았는데, 어느 날 어우동이 마당을 거니는 것을 보고 상사병이 걸렸다가 담장을 뛰어넘어 갔다. 어우동은 구전을 행랑채로 데리고 들어가 간통을 하면서 구전의 소원을 풀어 준다고 생각할 정도다.

생원 이승언李承彦은 자신이 사는 집 대문 앞을 지나가는 어우동을 보고 한눈에 미쳐 버린 사람이다. 그는 재빨리 어우동을 따르며 호종하는 여종에게 물었다.

"지방에서 뽑아 올린 기생이냐?"

"그러하옵니다."

매사가 이런 식이다. 기생 하나쯤이야 어떠랴 싶었던 이승언은 어우동에게 다가서며 희롱한다. 어우동은 마치 유인이나 하듯 승언의 희롱을 받아 주면서 침방에까지 인도한다.

"함자를 무엇이라 하시옵니까?"

"이 생원일세."

"호호호, 장안에 이 생원이 얼마나 있는지 모르는데, 그래서야 어찌 뉘신지 안답니까?"

"춘양군春陽君(태종의 손자)의 사위 이 생원을 모르다니!"

어우동은 승언의 옷을 벗긴다. 그 후의 질탕함이야 짐작하고도 남는 일이 아니겠는가.

학록學錄 홍찬은 처음 과거에 올라 유가遊街를 하다가 방산수의 집을 지나면서 어우동을 보았다. 그때 홍찬은 어우동과 간통할 것을 결심한다. 며칠 후 홍찬은 길에서 어우동을 다시 만날 수 있었다. 그때 소매로 어우동의 얼굴을 슬쩍 건드려서 자신의 뜻을 전한다. 어우동이 홍찬을 그냥 둘 리가 없다.

서리書吏 감의향甘義享도 어우동을 길에서 만난 사내 중 하나다. 의향은 어우동을 만나는 순간 희롱을 걸어 본다. 어우동은 선뜻 이를 받아들여서 집으로 데려가 신비스럽기만 한 비기로 그의 넋을 앗아 냈다. 감의향은 간통으로 끝난 것이 아니라 어우동의 사랑을 받았다. 어우동은 감의향의 팔뚝이 아니라 등에다가 먹물로 자신의 이름을 자청하게 하였다.

밀성군密城君(방산수의 숙부)의 종인 지거비知巨非는 어우동과 통간하고 싶은 마음이 간절하였으나 자신의 신분이 미천한 탓으로 뜻을 이루지 못하고 있다가 마침내 크게 결심하였다.

'위협을 하면 응할 것이리라.'

지거비는 어우동이 야밤을 틈타서 간부姦夫들을 만나러 다니는 것을 알고 있다. 그는 어우동이 나다니는 길목을 지키고 있다가 어우동의 발길을 막았다.

"부인은 어찌하여 밤에만 나다니시는 게요! 내가 이 사실을 널리 알려 장차 큰 옥사를 일으킬 것이오."

어우동은 자신의 행실이 들통 날까 두려워 지거비를 침방으로 데려가서 간통한다.

어유소는 어우동의 이웃집에 피접하여 살다가 은밀히 사람을 보내어 유인하였는데, 간통한 장소는 놀랍게도 제사를 지내는 사당이었고, 김휘는 사직동에서 어우동을 만나 길가에 있는 인가人家를 빌려서 간통한다.

어우동의 음행이 이와 같은 것을 눈치 챈 사람들은 어우동의 의붓어머니인 정鄭씨에게도 음행이 있을지 모른다고 의심하자, 정씨는 태연히 말한다.

"사람이 누군들 정욕이 없겠는가. 내 딸이 남에게 혹하는 것이 다만 너무 심할 뿐일세."라고 태연히 말하였다는 어처구니없는 기록도 전해진다.

이상의 기록이 의금부에서 조사해 올린 공초의 내용이다. 『경국대전』의 완성으로 풍속, 제도가 자리 잡혀 가고 있을 무렵에 터진 일이라 부끄럽고 민망하기가 헤아릴 길이 없다. 성종은 대소 신료들을 불렀다. 신료들은 어우동을 논죄한다는 사실을 알고 있었으므로 더욱더 난감할 수밖에 없다. 어전에서 아녀자의 음행을 입에 담는다는 것이 얼마나 민망한 일인가.

동부승지 이공이 먼저 입을 연다.

"어우동이 전에 태강수 동의 처가 되었을 때 수산수 기와 간통한 죄는,

『대명률大明律』의 '남편을 배반하고 도망을 가서 바로 개가한 것'에 해당되오니 마땅히 교불대시絞不待時에 해당이 되옵니다."

그나마 근친상간이란 말은 입에 담지 못했으나, 성종은 미간을 찌푸린다. 곧 새 중전을 책봉해야 할 시기에 이 무슨 불길한 일이던가. 그는 정창손에게 묻는다.

"영상은 어찌 생각하시오?"

"태형이나 장형의 죄는 다른 형률에 비교하여 논할 수가 있을 것이오나, 사형死刑에 이르러서는 합당치 못한 것이라 사료되옵니다. 태종조 때 이와 비슷한 일이 있어 극형으로 다스린 바가 있으나 그것이 곧 율이 될 수는 없음이옵고, 게다가 전하께옵서는 중죄인도 살리기를 좋아하시는 터이라 덕으로 다스림이 옳은 줄로 아옵니다."

정창손이 관대한 처분을 주청하고 나서자, 도승지 김계창이 극형에 처할 것을 주청한다.

"어우동의 음행은 다른 음탕한 자와 비할 수 없는 것이옵니다. 종실의 처로서 근친과 통간을 하고, 또 지거비는 종의 남편인데도 그와 간통하였으니 극형으로 다스려 마땅한 줄로 아옵니다."

성종은 이들의 논죄를 듣고 난 다음 조용히 하교한다.

"지금 풍속이 아름답지 못하여, 아녀자들이 음행을 많이 자행한다. 만일 법으로 엄하게 다스리지 않는다면 사람들이 징계되는 바가 없을 것인데, 풍속이 어찌 바로 되겠는가. 옛사람들이 이르기를, '끝내 나쁜 짓을 하면 사형에 처한다'고 하지 않았던가. 어우동의 음행을 자행함이 그와 같았다면 어찌 중형으로 다스리지 않을 수 있으리!"

성종이 강경론 쪽으로 기울자 정창손이 다시 아뢴다.

"사형수에 대하여 복심覆審의 제도를 두는 것은 죄수를 개과천선케 하는 아름다운 제도인 줄로 아옵니다. 한순간의 노여움으로 경솔히 율 밖의 중형을 써서는 옳지 못한 것이옵니다. 풍속이란 형벌로 고쳐지는 것이 아닌 줄로 아옵니다."

"그렇지가 않아요. 형벌을 가하는 것은 교화敎化하고자 함이 아니던가. 만일 풍속을 고칠 수 없다면 나라를 다스림에 어찌 형벌을 쓰리! 지금 어우동을 중형으로 다스리지 아니한다면, 고려가 망할 무렵과 무엇이 다르겠는가. 어우동은 마땅히 교형絞刑에 처해야 할 것이오!"

성종의 어의가 강경하자 중신들은 다시 입을 열지 못한다. 희대의 미모와 비기로 근친상간을 서슴지 않았으며, 조선 여인의 속박을 온몸으로 깨부수려고 몸부림쳤던 어우동은 10월 18일에 이르러 교형에 처해진다.

사람들은 처단의 결과가 사필귀정이기를 바라고 있지만, 처단 여부를 떠나서 일어나지 말아야 될 일은 처음부터 일어나지 않는 것이 정도가 아니겠는가. 그러나 성종조의 태평성대도 중기로 접어들면서는 갖가지 불미한 일들이 생겨남으로써 한명회를 몹시 불안하게 하고 있다.

어우동 사건도 그러했지만, 원각사의 목불이 돌아앉았다 하여 운종 거리는 시주하는 선남선녀로 발 들여놓을 틈이 없었던 어처구니없는 사건도 있었다. 이 또한 새 중전의 책립을 눈앞에 두고 있는 시기였기에 그 같은 징후는 불길할 수밖에 없다.

'기어이 겪고 말려나.'

한명회의 노심초사는 헤아릴 길이 없다. 설혹 자신으로 인해 빚어진 일이 아니었다 해도, 언젠가는 종사에 파란을 몰고 올 것이기에 그는 살얼음을 밟고 선 듯한 불길한 말년을 보내고 있다.

3.

어우동이 처형되고 난 스무 날 뒤인 11월 8일에, 성종은 윤호尹壕의 딸로 중전을 맞아들인다. 중전 윤씨 또한 성종의 후궁으로 국모의 자리에 오른 여인이다.

중전 윤씨의 책립을 명나라에 알리기 위해 한명회는 노구를 무릅쓰고 주문사의 자격으로 명나라로 떠난다. 그에게 주어진 소임은 막중했다. 폐서인이 되었다 해도 세자의 모후가 살아 있었기 때문이다. 이 어려운 입씨름을 감당할 사람이 마땅치 않았기에 한명회는 종사를 위해 마지막 봉사의 기회로 삼고자 스스로 주문사의 소임을 자청한다. 여기서도 한명회의 진면목을 다시 한번 엿볼 수 있을 것이리라.

경사京師(명나라의 도읍 북경)에 도착한 한명회의 활약은 그야말로 종횡무진이다. 그럴 수밖에 없었던 것이, 명의 사신이 되어 조선을 내왕하던 정동鄭同이 먼저 말썽을 일으켰기 때문이다.

"황제가 나에게 묻기를 '왕비가 이미 아들을 낳았다는데 무슨 과실이 있어 폐하였는가?'라고 하셨소이다."

한명회에게는 청천벽력과 같은 일이다. 황제의 물음이 그와 같았다면 자신은 주문사의 책무를 다할 수 없을 것이기 때문이다.

'이놈이 야료를 부리고 있구나.'

이렇게 생각한 한명회는 뇌물로써 정동의 입을 막을 수밖에 없었다. 정동이 물러서자 이번에는 예부낭중禮部郎中 조선趙繕이 트집을 잡고 나선다.

"왕자가 있는 왕비를 폐하는 것은 심히 불가한 일이오!"

한명회는 눈앞이 캄캄해진다. 모든 일을 순리대로 처리하려다가는 아무 일도 안 될 것이라고 판단한 한명회는 예의 그 비상한 머리로 계책을 짜 내기 시작한다. 뇌물로 입을 막을 수 있는 자는 뇌물로 막고, 설득이 필요한 자는 변설(문장)로 입을 막았다. 그래도 설득이 되지 않는 자에게는 그와 친분이 있는 사람을 동원했다. 그리고 황제의 후궁인 인수대비의 고모들에게도 서찰을 올려 조선 조정의 사정을 간곡히 고하여 황제의 고명과 관복이 내려지기를 청했을 정도다.

'고얀 것들!'

한명회는 뒤틀리는 마음을 간신히 눌러 참으며 그가 할 수 있는 모든 경로를 통해 조선 조정의 소망이 이루어지기를 간청하고 다닌다. 마침내 한명회의 노심초사가 빛을 보게 되어 명나라의 황제는 폐비에 대한 고명도, 새 중전 책봉에 대한 고명도 모두 받아들이게 된다.

"대감, 대감이 아니 오셨다면 누가 이 어려운 일을 감당했으리까."

부사 이승소가 진심으로 고마움을 표했을 때, 한명회는 일그러진 듯한 당나귀 상에 활짝 웃음을 담으며 대답한다.

"언제 이같이 큰일을 다시 맡겠는가. 이 한명회의 평생에 마지막 충절을 이루어 놓음일세."

"기쁘기 한량없는 일이오이다."

"킬킬킬, 기쁘기로 하면 내가 더할 테지."

이들은 귀국길을 서둔다. 소임을 다한 발걸음이라 가볍기만 하다. 이들이 한양을 떠나갈 때는 눈보라 휘몰아치는 엄동설한이었으나, 돌아오는 길은 꽃피는 봄이다.

한명회가 도성에 당도한 것은 성종 12년 4월 19일이다. 이 일은 한명회 자신의 말년을 장식하는 하나의 쾌거랄 수도 있다.

"전하, 신 한명회 주문사의 소임을 무사히 마치고 돌아왔사옵니다."

"수고하시었소. 경의 노고를 어찌 치하해야 할지 말문이 열리지 않는 구려."

"당치 않으시옵니다, 전하. 이는 신의 힘이 아니오라 전하의 사대事大하심이 지극하셨기 때문인 줄로 아옵니다."

한명회는 겸손으로 일관한다. 주위에서 보고 듣는 사람들에게는 한명회의 이 같은 겸손이 아첨으로 들릴 정도다. 그러나 성종으로서는 난제를 해결한 일이기에 흡족할 수밖에 없다. 조선 조정의 골칫거리를 일거에 해결하고 돌아온 한명회가 다시없이 대견해 보이는 것은 당연한 일이 아니겠는가. 성종은 주위를 둘러보며 파격의 성은을 내린다.

"경이 아니면 누가 이 일을 해냈겠소. 경과 같은 신하가 다시없을까 두렵습니다. 여봐라, 주문사 한명회에게 노비 8구口와 전지田地 50결을 내리도록 하고, 부사 이승소에게는 노비 6구와 전지 40결을, 서장관 권건에게는 전지 12결을 내리도록 하라."

성종은 한명회 등의 노고를 크게 보상했다. 그러나 세상일이란 혼자만의 영화를 그냥 내버려두지 않는 모양이다. 성종의 치하가 채 가시기도 전에 명나라에서 있었던 한명회의 뇌물 사건을 문제 삼고 나선 중신들이 있다.

사헌부 대사헌 조간曹幹이 한명회를 탄핵하는 차자를 갖추어 올렸다. 조간이 한명회가 이루어 놓은 외교적인 성과를 모를 까닭이 있을까만, 그의 차자는 격렬하다.

　　한명회가 주문사로 북경에 갔을 때 정동에게 사사로이 뇌물을 바쳤으며, 또 돌아올 때를 당하여 흑각黑角(활)을 받아 왔사옵니다. 이는 한명회가 환시宦侍에게 아첨하고 대체大體를 돌아보지 않아 임금의 명을 욕되게 함이 심한 것이옵니다. 임금의 명을 욕되게 하고 사사로이 교제하는 죄는 의리상 용서할 수 없사오니, 청컨대 그 사유를 국문하여 죄를 바로잡으소서.

조간의 차자에 뒤이어 대사간 강자평姜子平, 집의執義 박숙달朴叔達 등이 다시 한명회를 국문해야 한다고 나선다.

"한명회가 주문사로서 북경에 갔다가, 정동으로 인연하여 사사로이 물건을 바쳤으니 매우 미편하옵니다."

"한명회를 국문케 하오소서."

성종은 고개를 세차게 가로젓는다.

"그 또한 내가 모두 알고 있는 일이 아닌가. 한명회가 사사로운 물건을 바친 것이지 사심을 품은 것은 아니질 않은가. 다시 거론하지 말라!"

성종은 그렇게 한명회를 옹호했지만, 한명회를 탄핵하는 차자는 거듭 올라온다. 한명회가 명에서 돌아온 그 무렵부터 6월에도 기회 있을 때마다 야기되는 중신들의 주청은 귀가 따가울 정도다.

한편 자신을 곤궁에 빠뜨리려는 움직임이 결코 단순한 것이 아님을 알면서도 한명회는 오만하리만큼 여유만만한 태도를 견지해 나간다.

"킬킬킬, 네놈들이 아무리 떠들어 봐라. 주상 전하가 날 추국하라 명하실 줄 아느냐. 얘들아, 오늘은 한강에 배를 띄우고 선상에서 놀자꾸나. 킬킬킬."

한명회는 좌우로 기녀들을 거느리고 한수를 떠도는 범선 위에서 노닐기까지 한다. 한강 가에서 가장 경치 좋은 곳에 정자를 지어 압구정이라 이름 하고, 그곳에서 음풍농월하는 것으로 하루의 일과를 삼는 사나이 한명회. 생각해 보면 그의 평생에서 처음으로 드러나는 오만이자 방탕이 아니고 무엇이랴. 당사자는 나라를 위한 일이었다고 강변하겠지만, 방관자는 나라를 빙자한 부정축재로 몰아붙이는 것이 권력 주변의 속성인 것이리라.

"오늘은 대사헌이 차자를 올리고, 내일은 대사간이 상소를 올리고, 모레는 병조판서가 한명회를 추국하자 주청하고, 글피에는 형조판서가, 그 다음엔 이조판서가, 좌의정, 우의정, 영의정이, 만조백관들이, 킬킬킬, 아무리 떠들어 봐라. 내가 눈 하나 깜짝하는가. 얘들아, 어서 노래를 불러라. 오늘은 바람이 아주 싱그럽구나."

기세당당한 한명회였지만 빛났던 삶에 상처를 내고 있는 것이 분명하다. 어찌 되었거나 그 자신의 말대로 만조백관이 모두 들고 일어난다 해도 감히 어찌지 못할 만큼 위세가 당당한 훈구대신이 아니던가. 그러기에 자신을 탄핵하는 차자와 상소가 올라갔다는 말을 전해 들어도 눈 하나 깜짝 아니하고 웃어젖힐 수 있다. 그러나 자신의 실책을 판별하지 못했다면 한명회도 늙어 가고 있음이 아니고 무엇이랴.

기녀들이 좌우에서 노래를 부르고 한명회는 흥겹게 술을 마시는 선상이다. 때는 6월, 무더운 여름이었지만 배 위에는 알맞게 장막이 처져 있어 햇빛은 강물 위에서만 눈부시게 부서지고 있을 뿐이다. 강바람은 땀이 흐를 틈을 주지 않고 시원하게 불어온다.

그런데 일순 강바람과 기녀들이 노랫소리를 가르며 들려오는 소리가 있다. 강구江口 쪽에서다.

"대감마님, 정경부인마님께서 갑자기 신열이 계시옵니다요."

"무엇이야!"

한명회는 소스라치게 놀란다. 그래도 가슴 한구석에 불안감이 도사리고 있던 터였지만, 들려온 소리는 자신의 탄핵보다 더한 비보가 아니고 무엇이던가.

"더위를 먹은 게지. 으험, 가자."

한명회는 애써 태연을 가장하며 연화방 사저로 향한다. 정경부인 민씨는 겸복의 말만큼 신열이 뜨겁지는 않다. 그러나 이제 민씨도 나이가 있다. 언제 죽음의 사자가 찾아들지 모를 일이 아니던가. 한명회는 몹시 불안하다. 서둘러 명의들을 동원하여 간병에 전념하게 한다.

그런데 정작 문제가 된 것은 민씨의 병이 아니라, 간병에 몰두하던 한명회 자신이 민씨의 병이 완쾌될 무렵부터 시름시름 앓게 된 것이다. 꼭 어디가 아프다기보다 몸과 마음이 찌뿌드드하다. 중전을 폐한 일, 어우동의 음행에서 비롯되는 기강의 해이, 그리고 자신을 향한 탄핵의 화살이 그의 뇌리를 짓눌러 왔기 때문인지도 모른다. 식욕이 떨어지고 모든 의욕이 사라진다. 통 일어나기가 싫다. 전에 없던 일이 아닐 수 없다.

한명회가 자리에 드러누워 지내고 있을 무렵, 중국 사신 정동이 다시 입경하여 압구정에서 놀고 싶다고 청한다. 정동은 한명회가 북경 길에 뇌물까지 주었던 터라 은밀한 관계가 유지되고 있는 사이다. 그러나 한명회는 자신의 탄핵을 몰고 왔던 사안이었으므로 단호히 거절한다.

"압구정은 너무 협소하여 여름에 놀 만한 장소가 아니니 응하기 어렵다고 전해라. 단지 정자 옆에 넓고 평평한 땅이 있는데 이곳에서 놀자면 보첨補簷(처마에 잇대는 장막)을 쳐야 한다고도 전하고…."

한명회는 며칠을 누워 지낼 성미가 아니다. 심기가 불편하여 며칠 자리에 누워 지내면서 한창 조급증을 느끼던 차에 정동의 청이 들어오자 순간 객기가 발동한다.

중국 사신의 청은 거의 명나라 황제의 명과 다름이 없다. 그것을 거절한다면 이후에 올 사태를 책임지기 어려워진다. 그런데도 한명회는 그 청을 거절하면서 슬쩍 보첨을 설비하면 가능하다고 덧붙여 놓았다. 이를 두고 한명회를 탄핵하던 중신들이 다시 웅성대기 시작한다.

"한명회가 사신의 청을 거절하면서, 보첨을 설비하면 되겠다고 한 것은 필시 나라에서 보첨을 설비해 줄 것을 바라고 한 말이옵니다. 한명회의 간사함이 이와 같사옵니다."

"그러하옵니다. 중국 사신의 청을 거절한 것도 심히 미편한 일이온데, 그것을 빙자하여 보첨의 설치를 바라는 것은 이만저만한 교만이 아닌 줄로 아옵니다."

"한명회를 추국해 주오소서."

성종은 당장에라도 중신들의 주청을 받아들이고 싶었으나, 명나라의 사신이 와 있는 때라 노기를 눌러 참으며 전교를 내린다.

"처마에 잇대어 장막을 치는 것은 심히 불가하다. 더구나 지금은 큰 가뭄을 당하였으므로 뜻대로 유관遊觀할 수 없을 것이며, 내 생각으로는 압구정은 헐어 없애는 것이 마땅하다. 사신들이 중국에 돌아가서 압구정의 경관이 아름답다는 사실을 발설하면 차후에 오는 사신들은 더욱 압구정에서 유관하고자 할 것이 아닌가. 이는 폐단이 되는 일이므로 나는 강

가에 정자를 짓는 것을 아름답게 여기지 아니한다. 다만 내일은 제천정濟
川亭에서 주봉배畫捧杯(낮참에 대접하는 술)를 차리되, 압구정에는 장막을
치지 말도록 하라!"

결국 명나라의 사신을 접대할 장소가 압구정에서 제천정으로 바뀐 셈
이다. 그렇다 하더라도 한명회는 제천정으로 나가야 하는 것이었으나,
그는 이를 다시 거역하고 나선다.

"신이 압구정에 장막을 치고자 한 것은 정자가 좁고 더위가 심하기
때문이었을 뿐이고, 지금은 신의 아내가 본래 숙질이 있는데 이제 또 도
졌으므로, 신이 그 병세를 살펴서 심하다면 제천정일지라도 신은 가지
못할 듯하옵니다."

신료들의 탄핵을 고깝게 여기고 있던 한명회는 마침내 어명까지 거역
하고 나선다. 누가 들어도 한명회의 이 같은 방자함은 용인될 성질의 것
이 아니다.

'이런 못된 늙은이가!'

성종은 두 주먹을 불끈 쥐며 몸을 떤다. 한때의 장인이 아니었다면 당
장에라도 잡아들여 혼찌검을 낼 일이 아니던가. 성종이 비록 내심으로
라도 이 같은 생각을 품었다면, 이 일을 신료들이 그냥 넘길 것이겠는
가. 승지들이 먼저 들고 일어난다.

"한명회의 말은 지극히 무례하고 방자한 것이옵니다. 중국의 사신이
가서 구경하려 하더라도 아내가 참으로 앓는다면 이것으로 사양함이 마
땅한데도 스스로 보첨을 쳐 주기를 청하였다가, 전하께서 이를 허락하지
아니하시자 새삼스럽게 아내에게 병이 있음을 빙자하여 제천정에 참례
치 못하겠다고 하였다면 이는 전하의 성의를 거역하고 나선 것이옵니다.
신하가 임금의 명을 받으면 천 리라도 사양치 말아야 하는데도, 간사한
한명회는 스스로 놀기를 청하고 나섰다가 도리어 사양하고 나섰으니, 마
땅히 중벌로 다스리심이 옳을 줄로 아옵니다."

성종은 눈을 감은 채 어금니를 씹고 있다. 신료들의 논죄가 틀리지 않았다면 한때의 장인에게 죄를 주어야 한다. 어찌 비통하지 않으랴.

"전하, 임금과 신하 사이에 어찌 이처럼 悖慢怛慢(도리에 어긋나고 거만함)할 수 있겠사옵니까. 서둘러 국문을 명하시어 신등이 소망하는 바를 시원하게 하소서."

"내가 주저해서 결단하지 못하는 것이 아니니라. 다만…."

성종은 여기서 말을 끊고 중신들의 입시를 명한다. 중대한 분부가 있을 것 같은 조짐이다. 잠시 후 중신들이 들어와 부복하자 성종은 무겁게 입을 연다.

"내가 듣건대, 재상 중에 강가에 정자를 지은 사람이 매우 많다고 한다. 지금도 중국의 사신들이 압구정에서 놀자고 하거니와, 뒤에 오는 사신들도 반드시 강가에 있는 정자에서 놀자고 할 것이니, 나는 강가에 세워진 정자를 헐고자 한다. 경들은 이를 어찌 생각하는가?"

누구랄 것도 없다. 모든 중신들은 일제히 상체를 굽히며 고한다.

"지당하신 분부이신 줄로 아옵니다."

"올해 안에 모두 헐어 없애도록 하라!"

성종의 명은 단호하다. 한명회의 교만한 말 한마디가 강가에 세워진 모든 정자를 헐어 내는 지경에 이른다. 중국에까지 이름을 떨치던 천하절경 압구정도 한명회의 퇴색과 함께 폐허로 변하고 만다.

급해진 것은 한명회다. 그가 어찌 이 위급한 사태를 모르겠는가. 한명회는 불편한 몸을 추스르며 입궐을 한다. 그는 성종 앞에 부복을 한다. 그의 목소리는 태어나서 처음으로 두려움에 떨려 나온다.

"중국의 사신이 압구정을 보고자 하므로 신이 계청을 하여 이를 알리고자 하였으나 뜻을 이루지 못하였사옵고, 신이 보첨을 청한 것은 정자가 좁기 때문이었으며, 신이 제천정으로 가지 않겠다고 한다면 중국의 사신도 오지 않을 것이라고 믿었기 때문이옵니다. 사실이 이와 같은데도 승정원에서는 신이 분한 마음을 품고 그리 하였다고 한다니, 신은 참으로 마음이 아플 따름이옵니다."

"한 가지 악행이 백 가지 선행을 쓸어 넘긴다고 했거늘, 이번 일에는 경에게 잘못이 있음을 알라!"

한명회는 흠칫 놀란다. 이제 헤어날 길이 없음을 알아차릴 수 있었기 때문이다. 성종은 어조를 높이며 외치듯 명한다.

"한명회의 무례가 진실로 방자하다. 당장 추국하렷다!"

"전하!"

한명회의 일생에 마지막으로 닥쳐온 액운이다. 이때 한명회의 나이 66세. 정난, 좌익, 익대, 좌리의 4공신에 영의정을 두 번 지냈고 지금도 영사領事의 자리에 있다면 시임 영의정에 버금가는 예우를 받고 있음이 아니던가. 게다가 성종은 자신의 사위였고, 성종을 보위에 올려놓은 한명회가 그 사위로부터 준엄한 심판을 받게 된다면 어찌 되는가.

이미 죄상이 드러나 있는 추국이라 문초를 할 것까지는 없다. 게다가 의금부의 추국이 아니라 사헌부의 추국이었으므로 육신의 괴로움은 없다. 그러나 치미는 좌절과 심적인 고통을 어찌 육신의 괴로움과 비할 수 있으랴.

한명회의 추국은 4일 만에 끝난다. 사헌부에서는 극형에 처해야 한다는 죄목을 정해 올렸으나 성종은 의정부에 전지를 내린다.

"한명회의 죄상은 진실로 크다. 그러나 누대에 걸친 원훈이고, 나에게도 구은舊恩이 있으니, 다만 직첩만을 거두고 성 밖에 부처하는 것이 어떠한가?"

한명회의 처벌을 놓고 조정은 두 갈래로 갈린다.

"한명회는 전하의 국구이옵고, 정난에 크나큰 공을 세운 원훈이옵니다. 부처를 낮추심이 옳을 것이옵니다."

이렇게 주청하는 것은 영의정 정창손을 비롯하여 좌찬성 한계희, 우찬성 강희맹이다.

"성상의 하교가 진실로 마땅할 것이옵니다."

이것은 우의정 홍응, 좌참찬 이철견, 우참찬 이승소 등의 주청이다.

성종은 잠시 망설인다. 그리 오래 지속되지 않은 침묵이었는데도 부복한 중신들은 가늠할 수 없는 위압감을 느낀다. 이윽고 성종이 매듭을 짓고자 입을 연다.

"한명회의 직첩만 거두도록 하라!"

좌부승지 이세좌李世佐가 이에 불복하고 나선다.

"전하, 지난날에는 불경한 일에 관계된 것이면 반드시 중죄를 주었사옵니다. 한명회의 불경함이 극심하온데 직첩만을 거두신다면 형률이 공평하지 않음이라 사료되옵니다. 다시 한번 상량해 주오소서."

"들으라, 한명회를 외방에 부처하였다가 중국의 사신이 이를 알고 용서해 주기를 청하게 된다면 이 또한 번거로운 일이 아닌가. 승지는 다시말할 것 없을 것이니라!"

중신들은 일단 탑전을 물러났으나 그것으로 한명회의 논죄가 끝난 것은 아니다. 대사헌 조간을 중심으로 한 젊은 대간들이 다시 어전으로 몰려든다. 한명회를 옹호한 영의정 정창손까지 추국으로 다스려야 한다는 주청이다.

"신하로서의 죄는 무례한 것보다 큰 것이 없는데, 이제 한명회의 직첩만을 거두셨사옵니다. 다시 큰 결단을 내리셔야 할 것이옵고, 또 한명회의 죄가 매우 크므로 공훈을 논할 수 없사온데, 정창손은 '큰 공훈이 있으므로 부처를 제감해야 한다' 하였으니, 이는 한명회를 감싼 것이옵니다. 정창손도 함께 추국하오소서."

성종의 당혹스러움은 이만저만이 아니다. 사간원과 사헌부가 신하들의 잘못을 탄핵하는 곳은 분명했으나, 아무 일이나 사사건건 문제 삼고 나서는 것을 늘 마땅치 않게 생각해 온 성종이다. 그는 이번과 같은 주청은 불쾌하리만치 지나치다는 생각을 한다. 성종은 모든 결정을 자신이 했음을 강조한다.

"나는 영의정의 의논을 따른 바가 없거니와 모든 단죄는 내가 정한 것이니 다시 거론하지 말라!"

성종의 어의가 이같이 단호한데도 대간들의 주청은 가라앉지 않는다. 그럴 수밖에 없는 것이 대사헌과 대사간이 앞장을 서고 있었으므로 대간들은 두려움을 모르고 덤벼든 형국이다.

"영의정 정창손은 수상의 지위에 있으면서 한명회의 불경을 두둔하고 나섰사옵니다. 백관의 우두머리로서 취할 바가 아닌 줄로 아옵니다. 원하옵건대 함께 추국하오소서."

"닥치지 못하겠는가! 너희가 어찌하여 내 마음을 이리도 모르느냐. 한명회의 직첩을 거두어 뭇사람을 경계하였거늘, 이제 와서 무엇을 더 하라는 것이더냐. 당장 물러가라! 다시 거론하지 말라!"

성종의 노성이 전각을 울리고서야 신료들은 민망한 얼굴로 어전을 물러간다. 그러나 그들은 다시 차자를 올려 한명회와 정창손을 탄핵하고 나선다. 일이 여기에 이르자 난처하게 된 것은 정창손이다. 하지만 그에게는 아무 잘못도 없지 않은가. 그가 말한 바와 같이 성종의 자애로움이 중형을 피하는 쪽에 있었으므로 성종의 뜻을 받들어 한명회의 부처를 낮추자고 했을 뿐이다.

'물러나리로다.'

정창손은 성종의 면대를 청한다. 사임의 뜻을 밝히기 위해서다.

"전하, 신의 사임을 거두시어 신의 노후를 편하게 해 주오소서."

"아니 됩니다. 나는 경의 사임을 허락할 수 없어요."

"전하, 노신의…."

"영상, 과인을 도와주시오."

"전하의 성의가 그러하오시면, 대간들의 탄핵이 잠잠해질 때까지만이라도 피혐避嫌하게 해 주오소서."

피혐, 그것은 헌사憲司의 탄핵을 받는 신하가 혐의가 풀릴 때까지 벼슬 길에 나가지 않는 것을 말한다. 또 그것은 관례이기도 했으나, 성종은 그것마저도 허락하지 않는다.

"피혐도 아니 됩니다. 종전과 다름없이 영의정의 소임을 다해 주세요."

"전하, 신은 이미 노쇠하였사옵니다."

"나에게는 경의 경륜이 필요합니다. 아무 심려 마시고 물러가세요."

성종이 정창손의 피혐까지 가납하지 않았다면 한명회의 일은 직첩을 거두는 것으로 매듭지어진 것을 뜻한다. 그럼에도 대간들의 상소는 그치지 않는다. 참으로 벌 떼와 같다는 말을 실감하게 된다.

불윤! 성종은 오직 불윤만으로 일관한다. 이런 경우 신하들의 떼는 오히려 한명회를 용서하게 하는 촉매일 수도 있다. 태종도 그랬고, 세종과 세조도 그랬다. 신하들의 주청이 임금을 귀찮게 할 만치 극렬해지면 임금은 신하들의 주청과 정반대의 조처를 내리는 것도 권도가 될 수 있을지….

아무튼 조선왕조의 정치사에는 그런 전례가 허다하게 많다. 그 대표적인 경우가 세종조 때 있었던 양녕대군의 논죄랄 수 있다. 그때 대소 신료들은 이미 죄인이 되어 있는 양녕대군을 세종이 우대한다 하여 이의 부당함을 수백 번 상소했다. 처음에는 세종도 신료들을 설득하고자 했고, 그다음에는 호통으로 신료들의 기를 꺾고자 했다. 그래도 신료들의 기승이 꺾이지 아니하자, 세종은 마침내 양녕대군으로 하여금 도성에 들어와서 살게 하지 않았던가.

성종이 이 같은 선대의 고사를 모를 까닭이 있을까. 대간들의 상소가 더 격렬해진다면 한명회의 직첩을 다시 돌려줄 수도 있는 일이었는데도 양사에서는 상소를 계속 올리고 있는 지경이다.

7월 초순, 찌는 듯한 무더위다. 성종은 편전을 나선다. 창덕궁은 짙푸른 나뭇잎에 둘러싸여 있다. 그는 문득 폐비 윤씨를 상기한다. 새 중전과는 두터운 정을 나누고 있으면서도 폐비 윤씨가 생각나는 것은 원자의 생모였기 때문이다.

'원자가 장성한다면….'

가끔씩 성종의 마음을 뒤흔들어 놓는 상념이다. 아직은 새 중전에게 소생이 없다. 설사 새 중전에게 소생이 있다 한들 원자의 지위가 흔들릴 까닭이 없다.

4.

한명회의 칠십 평생은 영욕의 세월이랄 수밖에 없다. 그 자신은 명리를 멀리했어도 지위는 언제나 권부의 정상에 있었고, 재물을 탐하지 않았어도 가산은 늘어만 갔다. 권력 주변의 속성이랄 수 있는 일들이 그를 탄핵하는 요인으로 밀려오는 것을 어찌 감내할 수 있으랴. 그의 길쭉한 당나귀 상에서 웃음이 가신 지는 이미 오래였지만, 실상 그의 시름은 다른 곳에 있다.

휘영청 달이 밝다. 한가위를 이틀 앞두고 있었기에 사람들의 마음은 들떠 가고 있었으나, 달을 보고 있는 한명회는 시름의 늪에서 헤어나지 못한다. 폐비 윤씨가 사가에 유폐된 지도 어언 3년, 폐비의 핏줄인 원자는 자라서 이미 일곱 살이 되었다. 별다른 액운이 없다면 원자가 보위를 이어 갈 것은 정한 이치다. 그때까지 폐비 윤씨가 살아만 있어 준다면 폐비로 인한 피바람을 피해 갈 수 있다.

'삼가야 했던 것을….'

모두가 삼가야 할 시기에 어우동의 추문으로 종실거문이 쑥밭이 되어 버리지 않았던가. 그런 일을 미연에 방지하기 위해 인수대비는 몸소 『내훈』을 찬술했고, 자신은 사재를 털어 경서의 간행을 도왔다. 태평성대란 민심의 해이를 몰고 온다는 사실을 한명회는 누누이 지적해 왔지만 그것이 시대의 흐름이라면 인력의 한계를 벗어나 있음도 분명하다.

내시 김처선이 성종의 왕명을 받들고 연화방을 찾아온 것은 한가위하루 전날의 승석 무렵이다.

"상당군 대감, 전하께서 선온을 내리셨사옵니다."

"아니, 이런 황공할 데가 있나."

한명회는 감동하지 않을 수가 없다. 얼마 전 자신이 탄핵을 받을 때만해도 진노를 거듭했던 성종이 아니던가. 그는 북향사배를 올리는 것으로성종의 선온을 수납하고 김처선에게 묻는다.

"상의 심기가 미편하시지는 않던가?"

"웬걸요."

김처선의 머뭇거림에서 한명회는 심상치 않은 기미를 읽는다.

예의 직감이 불타오르는 순간이기도 하다.

"폐비의 사사賜死던가!"

김처선은 당혹감을 감추지 못한다. 인수대비전에서 은밀히 진행되고있는 그야말로 극비의 사실을 연화방에 앉아 있는 한명회가 알고 있지않은가.

"어디까지 왔는가?"

한명회는 찌르듯 다시 묻는다. 왕실과 한명회의 관계를 알고 있는 김처선이었으므로 구태여 숨기려 하지 않는다.

"결행하는 날만 남은 것으로 아옵니다."

"아!"

순간 한명회는 눈앞이 캄캄해진다. 기어이 오고야 마는가. 정말로 폐비의 사사가 현실의 일이 되고 만다면 종사가 뒤틀리게 될 일이었으므로한명회는 지체할 수가 없다.

"입궐할 것이네!"

"대감!"

"종사가 휘청거리는 일일세. 보고만 있대서야 말이 되는가."

한명회는 입궐을 서두른다. 그는 성종의 배알을 무시한다. 폐비의 사사는 성종의 뜻이 아니라 인수대비의 의지일 것이기 때문이다.

"어서 오세요, 대감."

인수대비는 침중한 표정으로 사돈인 한명회를 맞아들인다. 사안이 중대한 만큼 서로 먼저 입을 열기를 꺼릴 수밖에 없다. 그런 어색한 침묵이 한참이나 지난 다음에야 인수대비가 탄식처럼 뱉어 낸다.

"폐비를 사사하기로 했습니다."

"아니 되옵니다, 대비마마."

"이미 정해진 일입니다."

"…!"

"그간의 우여곡절을 입에 담을 겨를이 없습니다. 왕실의 일이니 나서지 마세요."

인수대비의 목소리는 칼날과도 같다. 또한 인수대비의 눈초리에서는 인광 같은 살기가 뿜겨져 나오고 있다. 그러나 한명회로서도 물러날 수가 없다.

"원자 아기씨의 보령을 생각하소서!"

"그걸 모른대서야 말이 됩니까. 이 일에 관여하시면 다시 탄핵을 받게 될 것으로 압니다. 주상을 만나서도 이 일을 거론해서는 아니 됩니다. 그만 퇴궐하시고요."

한명회는 이토록 싸늘한 인수대비의 모습을 일찍이 본 일이 없다. 한명회와 의절을 시도하지 않고서야 어찌 이럴 수가 있다는 말인가.

"한 말씀만 더 여쭈어 올리는 무례를 용서하소서."

"듣지 않으렵니다."

"대비마마, 원자 아기씨의 보령을 헤아려 주오소서!"

"…"

"아뢰옵기 황공하오나…"

"물러가시라고 하지 않았습니까!"

"대비마마, 후일을 내다보셔야 하옵니다. 피로써 이루어 놓은 태평성대이옵니다. 폐비의 사사는 다시 피바람을 부르게 되옵니다. 그것이 역사의 흐름임을 유념하시고, 세조대왕의 허물 많았던 치세를 되풀이하시는 우를 범하지 마오소서!"

무서운 일갈이 아닐 수 없다. 그러나 인수대비의 왕방울 같은 눈초리가 한명회를 여지없이 쏘아보고 있다. 세조의 치세에 허물이 많았다면 그것이 바로 너의 허물이 아니냐고 힐문하는 시선이다. 한명회는 아무리 안간힘을 써도 몸 둘 바를 모르겠다. 그의 몸은 이미 식은땀으로 흥건히 젖어 있다.

"그만 물러가시라고 일렀습니다."

한명회는 휘청거리는 노구를 이끌고 대비전을 물러 나온다. 아무것도 보이는 것이 없다. 지나가는 내시나 상궁들의 몰골도 이미 수심으로 가득하다. 원자가 일곱 살이면 세자로 책봉되어야 한다. 그 원자의 모후를 사사한대서야 말이 되는가.

연화방 사저로 돌아온 한명회는 심란해지는 마음을 주체할 길이 없다. 이젠 이런 엄청난 일을 의논해야 할 상대도 없다.

'아, 내가 너무 오래 살았어!'

죽지 않고 살아 있는 것이 통한으로 다가오면서, 그의 뇌리에는 왕위에 오른 원자가 장검을 휘두르며 달려오는 모습이 선명하게 떠오른다. 당상관의 관복을 입은 사람들이 피를 토하면서 죽어 간다. 그게 어디 남자들만이겠는가. 모후를 투기했던 후궁도 쓰러져 가고, 아, 대비도 쓰러져 간다.

"안 돼!"

한명회는 손을 번쩍 들면서 소리친다. 그 순간 임금이 휘두른 칼날이 가슴을 쑤시고 들어온다.

"그래, 다시 죽어야지, 그때가 되면 다시 죽어야 해."

한명회는 식은땀을 흘리면서 중얼거린다.

폐비 윤씨의 생목숨을 앗아 내는 운명의 날인 8월 16일이 밝아 온다. 성종은 길고 지루한 새벽을 보내고 아침 일찍 편전으로 나와 승지들을 불러들인다.

"채수, 권경우의 직첩을 회수하라. 또한 윤구, 윤우, 윤후는 각기 장 1백 대를 때려 외방에 안치하렷다!"

진노한 듯한 성종의 옥음은 크고 단호하다. 승지들이 만류할 틈도 주지 않고 쏟아 내는 다음 어명은 청천벽력이나 다를 바가 없다.

"폐비 윤씨에게 사약을 내리도록 하라! 또한 그 어미 신씨는 염장이 끝나기를 기다려서 장흥에 유배토록 하렷다!"

"저, 전하."

"무얼 꾸물거리고 있느냐! 당장 시행하렷다!"

"…."

"좌승지 이세좌가 폐비를 사사할 것이며, 우승지 성준成俊은 지금 당장 이 사실을 세 대비전에 고하라!"

우승지 성준은 피하듯 어전을 물러 나간다. 더 머물러 있다가는 또 무슨 변을 당할지 모를 일이 아니던가.

잠시 뒤 사약을 받들고 나갈 좌승지 이세좌는 휘청거리는 몸을 추스르지 못하고 있다. 원자의 생모를 사사하라는 어명이 어찌하여 자신에게 내려졌는지 야속할 따름이다. 면하고 싶다. 이세좌는 떨리는 몸을 간신히 바로 하고 죽어 가는 소리로 주청한다.

"저, 전하, 신은, 신은 폐비의 얼굴을 모르옵니다. 통촉해 주오소서."

"내관 조진을 데리고 가면 될 것이니라!"

"아!"

이세좌는 사색이 된다. 이젠 더 피할 방도가 없어서다.

"당장 시행하라는데도!"

승지들은 쫓겨나듯 편전을 물러 나온다. 재론할 여지가 없다면 시행할 수밖에 없는 일이 아니던가. 특히 이세좌는 눈앞이 캄캄해진다. 후세에 남을 불미한 책무를 맡았다면 원자가 보위를 이었을 때 살아남기도 어렵다. 그러나 지금으로서는 거역할 수 없는 일이다. 그는 내의內醫 송흠宋欽을 불렀다. 목이 타는 듯 목소리도 제대로 나오지 않는다.

"어떤 약이 사람을 죽일 수 있는가?"

이세좌는 말도 되지 않는 소리를 묻는다. 사약은 부자附子를 달여서 만든다는 사실을 이세좌가 모를 까닭이 있을까. 이세좌의 물음만치나 송흠의 대답도 엉뚱하다.

"비상만 한 것이 없습니다."

"어서 차비하게."

모두들 제정신이 아닌 모양이다. 이러한 까닭으로 폐비 윤씨에게 내려질 사약은 부자가 아닌 비상으로 정해진다. 주서注書 권주權柱가 전의감으로 달려가 비상을 마련한다.

이 무렵 이세좌에게는 또 하나의 어명이 내려진다.

"이세좌는 돌아오지 말고 그 집에 유숙하라."

폐비 윤씨의 염장까지 확인하고 오라는 명이다. 아무리 종사의 일이기로 이세좌에게는 잔인하기 짝이 없는 왕명이다. 어쨌건 좌승지 이세좌, 내관 조진, 주서 권주 등이 죽음의 사자들이다.

폐비 윤씨의 사사. 여기에는 몇 가지 문제가 있다. 원자를 생산한 왕비를 폐하는 것은 중신들의 주청대로 지극히 부당한 일이다. 게다가 폐비가 된 지 3년이나 지난 다음에 사약을 내리는 것도 이해하기 어려운 일이 아닐 수 없다. 만일 꼭 사사해야 할 일이었다면 폐비함과 동시에 집행되었어야 했다. 사사의 이유만 해도 그렇다. 몸을 단장했다는 사실, 문밖출입을 했다는 것이 어찌 사약을 받아야 할 중죄이던가.

'원자를 위해서!'

명분이라곤 이것밖에 없다. 그러나 앞날의 일을 잠시 앞당겨서 생각해 보자. 원자가 자라서 임금이 된다. 그때 폐비 윤씨가 살아 있다면 다시 대궐로 데려와서 대비로 올려 모실 수 있으니 그것으로 그만일지도 모른다. 물론 이것은 역사의 결과를 놓고 생각해 보는 것에 불과하다. 그러나 분명한 것은 연산조에 불어 닥친 저 무서운 피바람은 폐비의 사사에서 비롯된 것이 아니던가! 그렇다면 원자를 위해 폐비를 사사한 것은 옳은 명분이 될 수가 없다.

죽음의 행렬이 폐비의 집으로 향하고 있을 때, 우승지 성준으로부터 폐비를 사사하라는 어명이 있었다는 전갈을 받은 세 대비는 장문의 언문諺文을 내려, 내관 안중돈安中敦으로 하여금 빈청에 있는 대신들에게 읽게 한다. 언문의 내용은 폐비의 사사가 종사의 안정과 직결된다는 내용이었고, 성종은 이와 별도로 폐비의 사사를 알리는 교지를 의정부에 전했으니 그 내용은 이러하다.

폐비 윤씨는 성품이 본래 흉악하고 위험해서 행실에 패역悖逆함이 많았다. 지난날 궁중에 있을 적에는 포악함이 날로 심해져서 이미 삼전三殿 (대비들)에 공손하지 못했고, 또한 과인에게도 흉악한 짓을 함부로 하였다. 그래서 과인을 경멸하여 노예와 같이 대우하며, 심지어는 발자취까지도 없애 버리겠다고 말하였으나 이러한 것은 다만 자질구레한 일들이므로 더 말할 것도 없다. 게다가 일찍이 역대의 모후들이 어린 임금을 끼고 정사를 마음대로 하였던 일을 보면 기뻐하고, 항상 독약을 가지고 다니면서 혹은 가슴속에 품거나 혹은 상자 속에 간수하기도 하였으니, 비단 그가 시기하는 사람을 제거하려는 것뿐만 아니라 장차 과인에게도

해로운 것이다. 항상 스스로 말하기를 "내가 오래 살게 되면 장차 할 일이 있다."라고 하였다. 이것은 부도한 죄로써 종묘와 사직에까지 관계되는 것이지만, 오히려 대의로써 차마 단죄하지 아니하고, 다만 그를 폐비하여 서인으로 삼아 사제에 있게 하였다. 그런데 이제 외부의 사람들이 원자가 점차 성장해 가는 것을 보고는 앞뒤에서 시끄럽게 떠들어 대면서 이 일을 말하는 이가 많다. 이는 비록 지금은 그리 깊이 염려하지 않아도 되겠지마는, 후일에 있을 화를 어찌 이루 다 말하겠는가. 그가 만일 흉악하고 위험한 성격으로 임금의 권세를 잡게 되면, 원자가 현명하더라도 그 사이에서 어떻게 하지를 못하여서 발호跋扈(세력이 강해져 제어하기 어려움)하는 뜻이 날로 더욱 방자하여질 것이다. 그리하여 한나라 여후呂后와 당나라 무후武后의 화를 열망하여 기다리게 될 것이니 나의 생각이 여기에 미친 것이 참으로 한심하다. 이제 만일 우유부단하여 큰 계책을 일찍이 정하지 아니하면, 나라의 일이 구제할 수 없는 데까지 이르러 후회하여도 미치지 못할 것이니, 내가 참으로 종묘와 사직에 죄인이 될 것이다. 옛날 구익 부인은 죄가 없었지만 한나라 무제가 오히려 만세의 계책을 위하여 그를 죽였는데, 하물며 이 흉악하고 위험한 사람에게는 용서하기 어려운 죄가 있음에랴! 이에 금년 8월 16일에 그 집에서 사사한다. 이는 종묘와 사직을 위하는 큰 계책으로 그렇게 하지 않을 수 없다. 이를 서울과 지방에 포교하라.

이 같은 교서를 내린 성종은 폐비의 형제들을 부처하라는 명도 함께 내린다.

"윤구는 장흥에 유배하고, 윤우는 거제에 유배하고, 윤후는 제주에 유배하라!"

중전을 배출했던 윤씨 일문은 이렇듯 풍비박산이 되고야 만다. 몰락도 이 같은 몰락이 다시 있을까.

찬란한 햇빛이었다. 눈부신 햇빛이었다. 폐비 윤씨는 검은 머리를 길게 늘어뜨린 소복 차림이다. 투명한 햇빛은 폐비의 온몸에 고르게 내려앉고 있다. 좌승지 이세좌는 떨리는 목소리로, 아니 울먹이는 목소리로 성종의 교지를 읽고 있다. 교지의 내용은 잠시 전 의정부에 내린 것과 같은 것이다. 신씨 부인의 흐느낌 소리가 간간이 들릴 뿐 사위는 조용하기만 하다.

이세좌는 읽기를 마친 교지를 거둔다. 폐비는 모든 것을 체념한 듯 조용히 고개를 든다. 빨간 보자기를 씌운 작은 소반에는 사약 사발이 놓여 있다. 사약 사발을 향해 손을 뻗는 폐비의 얼굴엔 두 줄기 눈물이 흘러내린다. 햇빛은 그 눈물 줄기로 빨려 들며 영롱히 빛난다.

"마마! 중전마마! 혼자서는 못 가십니다. 못 가십니다, 마마!"

울부짖듯 달려드는 신씨를 나졸들이 가로막는다. 약사발로 손을 뻗던 폐비가 주춤하고 있다. 그러나 차마 고개를 돌리지 못하는 폐비다.

"여보시오들! 나를 먼저 죽여 주시오 내가 사약을 먹겠소. 마마, 가시면 아니 되옵니다. 으흐흐 마마, 흐흑. 마마!"

처절한 몸부림이다. 윤씨 일문의 빛이며 꽃이던 폐비가 저렇듯 한을 품고 사라지게 할 수는 없다. 죽어야 한다면 차라리 신씨 자신이 죽어야 한다.

신씨의 울부짖음으로 이세좌도 폐비도 주춤하지 않을 수 없다. 이미 모든 것을 체념했던 폐비는 마치 어머니 신씨의 울부짖음을 달래기라도 하려는 듯이 이세좌를 향해 말한다.

"좌승지, 내가 사약을 마시기 전에 한마디 해도 되겠는가?"

죽으면서까지도 자신이 중전이라는 자부심을 잃지 않는 폐비의 말투가 이세좌가 듣기에는 매우 안쓰럽다.

"어서 말씀하시오."

이세좌의 허락이 있자 폐비는 더욱 꼿꼿이 얼굴을 쳐들고는 이세좌를 노려본다. 이세좌의 가슴이 철렁 하고 내려앉을 만큼 무서운 눈빛이 그 얼굴에 있다.

"내가 사약을 마시거든 죽어 가는 내 모습을 똑똑히 보았다가 주상 전하께 말씀 아뢰도록 하게. 내 전생에 무슨 업원이 있어 한때나마 가까이서 모셨던 주상으로부터 사약을 받는단 말인가. 이제 죽음이 눈앞에 다가오니 지난날 주상 전하를 모시던 시절이 꿈같이 피어오르는구나. 아무리 그렇기로 한때의 지아비요, 내 아이 원자의 부왕이신 주상께서 내리신 사약인데 이를 어찌 거역할 수 있으리. 죄 없이 죽어 가는 것이 원통하기는 하지만 기쁜 마음으로 사약을 받을 것이네. 주상께 말씀드려 주게. 늠름하고 영특한 원자를 잘 보살펴 주십사고 그리고 내가 죽거든 건원릉健元陵 가는 길가에 묻어 주시면 죽은 고혼孤魂이라도 주상 전하의 능행 길에 다시 뵐 수 있으니, 오직 그것이 소원이라 여쭈어 주게."

태조 이성계의 능침인 건원릉 가는 길가에 묻어 달라는 폐비의 마지막 소망, 그것은 죽어서도 원자를 만나겠다는 집념의 소원이다. 그러나 아무도 그 소원이 얼마나 무서운 결과를 가져오리라는 것을 예측하지 못한다.

말을 마친 폐비는 약사발을 뚫어져라 바라본다. 신씨의 울부짖음이 다시 들려온다.

"마마, 가지 마오소서. 이 못난 어미를 먼저 죽이시고 가시는 게 옳질 않사옵니까. 마마, 으흐흐."

신씨는 뛰어오려다 나졸의 팔에 걸려 땅바닥에 나뒹군다. 폐비는 그 모습을 돌아보지 않는다. 돌아보면 자신도 피눈물이 흐를 것 같아서다.

"어머니, 고정하시어요. 어명을 누가 어길 수 있어요. 부디 만수무강하오소서."

말끝이 흐려지는 폐비다. 울음을 애써 삼키고는 약사발을 든다. 따뜻하다. 이것도 마지막 온기려니 생각하니 저절로 눈물이 흘러내린다. 그러나 망설이지는 않는다. 폐비는 약사발을 들어 입술에 댄다.

"마마! 중전마마!"

신씨의 울부짖음이 허공을 울릴 때 폐비는 약사발을 비운다.

"중전마마, 으흐흐!"

신씨는 땅을 치며 통곡하고, 이세좌는 고개를 돌린다.

"워, 원, 원자!"

폐비가 중얼거린다. 붉은 피가 폐비의 입에서 쏟아지며 흐른다. 폐비는 재빨리 한삼汗衫으로 입을 막는다. 피는 하얀 한삼을 적시며 적삼으로 떨어져 흐른다.

"중전마마!"

신씨 부인이 달려들어 폐비의 몸을 안는다. 폐비는 온몸을 어머니 신씨의 품으로 던진다.

"어머님, 이 원통함을… 이 지원극통함을 우리 원자에게 꼭 좀 전해… 전해 주세요."

폐비는 눈앞이 몽롱해지는 것을 느낀다. 몸은 허공을 날고 있는 것 같다. 피는 멈추지 않고 쏟아져 흐른다. 그리고 잠시 후 고개를 떨어뜨린다.

"마마, 중전마마, 으흐흐."

신씨의 오열만이 허공을 울리고 있다. 비운의 왕비는 이렇게 세상을 떠나가고 만다.

"시신을 방으로 뫼시어라!"

이세좌가 문득 제정신으로 돌아온 듯 명하자, 내금위들은 폐비의 시신을 방으로 옮긴다. 이제 염장할 일이 남았으나 이 일을 주선할 사람이 없다. 폐비의 세 동생들이 장 1백 대씩을 맞고 부처되는 지경에 이르자, 많지 않은 하인 종속들이 앞을 다투어 달아났기 때문이다. 기막힌 것은 이세좌다. 그는 이 사실을 성종에게 고하고 선처를 청한다.

폐비 윤씨의 마지막 가는 길은 이같이 험난했다. 아무리 그렇기로 죽은 사람이야 무엇을 알리. 반듯하게 누워 있는 폐비의 모습은 오직 피에 물들어 있을 뿐이다.

5.

폐비를 사사하고 난 다음, 성종은 그 일이 발설되어 원자가 알게 될까 두려워서 엄명을 내린다.

수여백년지후 영불개역 이준부지雖予百年之後 永不改易 以遵父志.

비록 성종이 '백년 후에도 고칠 수 없는 아버지의 뜻'임을 되풀이 강조했다고 하더라도, 폐비의 핏줄로 왕위가 이어지게 되고 보면 언젠가는 폐비의 사사가 피바람을 몰고 올 것은 자명한 이치가 아니겠는가. 어쩌면 자신의 손으로 다듬어 온 40여 년의 왕정王政이 수포로 돌아갈지도 모른다. 한명회의 삶도 거기에 휘말리며 퇴색한다는 사실, 그것이 한명회의 철인과도 같았던 의지를 좀먹고 있다.

세월은 누구 한 사람을 위해 흐름을 멈추어 주지도 않거니와 그 흐름을 늦추어 주지도 않는다. 폐비 윤씨가 백옥 같은 옷자락을 피눈물로 적시면서 지원극통한 종말을 맞은 지도 어언 5년, 명망名望에 때를 묻혀 가면서도 살아 있다면 끈질긴 목숨일 수밖에 없으리라. 한명회는 그 짧지 않은 세월을 지옥을 헤매듯 살고 있다.

이젠 칠십을 넘긴 노구다. 정경부인 민씨와도 사별을 했다. 그의 의식 세계는 고립무원의 벌판을 내왕하고 있었고, 그의 외관은 마른 삭정이 가지에 매달린 마지막 나뭇잎과도 같다.

한명회는 숱한 우여곡절을 겪으면서도 권부의 정상에서 내려선 일이 없다. 그것도 단종, 세조, 예종, 성종의 4대를 거치는 장장 35년여의 세월을…. 그러나 죽음을 눈앞에 두고 병석에 누워 있는 그에게는 아무것도 남아 있는 것이 없다. 사재를 털어서까지 종사를 도왔지만, 왕비가 되었던 두 딸은 스물을 넘기지 못한 채 세상을 버렸으며, 외아들 보는 아직도 미관말직에서 헤어나지 못하고 있다.

얼핏 비참한 종말로 보여도 한명회에게는 후회 없는 삶이 분명하다.

자신이 있음으로써 4대의 왕업이 이어 오지 않았던가. 그 자부심 하나만으로도 한명회의 삶은 왕조의 씨앗이고도 남는다.

연화방 한명회의 집은 적막강산과도 같다. 아무도 찾아오는 사람이 없다. 그의 외로운 병상을 지키고 있는 사람은 수진방에서 옮겨온 난이다.

"대감, 이제야 제 곁으로 돌아오신 듯하옵니다."

"그래, 그렇구먼. 자네와 함께 여기까지 흘러왔어."

난이의 간병은 눈물겹도록 지극하다. 한명회의 파란을 지켜보면서 살아온 세월이었기에 난이는 마지막이 될지도 모르는 순간순간들을 무척도 소중히 하고 있다.

"자네는 어찌 생각하는가? 무거운가, 가벼운가?"

"무슨 말씀이신지요?"

"내 죽음이 말일세."

"대감."

"킬킬킬, 죽음은 기꺼이 맞아들이는 게 온전하지 않겠나. 어차피 비켜갈 수 없는 것이라면 말일세."

"받잡기 민망하옵니다, 대감."

"이 사람아, 사람마다 한 번의 죽음은 있는 법이지. 다만 태산泰山처럼 무거울 때와 홍모鴻毛처럼 가벼울 때가 있지. 죽음은 같은 것이나 뜻이 다르다는 것이야."

한명회는 달관한 사람처럼 사마천司馬遷의 한 구절을 읊조린다.

"태산일 것이옵니다."

"킬킬킬, 고맙군. 하나 아직은 끝나질 않았어."

"…?"

"살아서 겪었으면 여한이 없는 것을…."

한명회의 뇌리에는 폐비의 사사가 응어리져 있다. 그것이 피바람이 되어 소용돌이치는 액운으로 다가온다면 자신이 나서서 가로막고 싶다. 목

격자로서의 소임을 다하려는 한명회 나름의 명분론일 수도 있다.

찬바람이 불면서 한명회는 기동이 어려워진다. 그의 철인 같았던 정신력도 노쇠한 환 중이기에, 끝없이 오므라드는 육신조차도 가누지 못한다.

"대감, 탕제이옵니다."

난이의 간병도, 명의들이 처방한 탕제도 이젠 아무 효험이 없다. 한명회는 날로 쇠진해 가는 눈망울을 허허하게 굴리면서 세조를 비롯하여 권람, 신숙주, 홍윤성, 홍달손 등 지난날의 혈맹들의 모습을 그려 본다. 임금을 두 사람씩이나 만들어 냈던 천하의 한명회지만 죽음에 직면한 다음부터는 한낱 초로草露에 불과하다. 무엇이 사는 것이며, 무엇이 죽는 것인가? 한명회는 미궁 속을 헤매고 있다.

앙상한 나뭇가지가 바람에 실리면서 소리 내어 운다. 다른 해에 비해 일찍 다가온 추위라 을씨년스럽기 그지없다. 동짓달이 되면서 대궐 안 여러 마당에도 사각사각 마른 잎이 구르는 소리로 스산하기만 하다.

"전하, 상당부원군께서 위중하시다 하옵니다."

사람이 죽고 사는 것을 천명이라고 하지 않았던가. 그러나 한명회가 위중한 지경에 있다는 비보는 성종에게도 남의 일 같지 않은 충격이다. 더구나 인수대비의 비통함은 성종의 그것에 비길 바가 아니다.

"주상, 돌보아 드리도록 하세요. 왕실로 보나 종사로 보나 예사롭게 대하실 어른이 아닙니다. 한때는 주상의 국구가 아니셨습니까."

"잘 알고 있사옵니다."

"종사에 대공을 세운 원훈이지만, 그 어른에게 남아 있는 것이 무엇이 있습니까."

그랬다. 한명회에게 남아 있는 것이라고는 아무것도 없다.

"다른 분이라고 생각을 해 보세요. 지금쯤은 부러운 것이 없을 게 아닙니까."

인수대비는 눈물을 흘리면서 회한에 젖어 든다. 인수대비에게는 시아버지 세조 못지않은 의지처가 되어 주었던 한명회가 아니던가.

성종은 좌승지 한언韓堰을 한명회의 집에 보내어 문병하게 하고 그의 소망을 듣고 오게 한다. 전의가 따른 것은 물론이다. 한언이 한명회의 집에 당도했을 때, 그는 초췌한 모습으로 일어나 앉아 있다.

"주상 전하의 어명 받들었습니다. 좀 어떠신지요?"

"이런 황공할 데가 있나. 나이 든 사람의 지병이 아닌가. 하늘의 부름이 있기를 기다리고 있을 따름일세."

"받잡기 민망하옵니다. 주상 전하께옵서는 대감의 마지막 소망을 들어오라 하셨습니다."

"글쎄, 마지막 소망이라…."

한명회는 잠시 눈을 감고 깊은 생각에 잠기는 듯하다. 한언은 한명회의 그런 모습에서 비장함을 느낀다.

"전해 올리시게."

한명회가 눈을 뜨며 무겁게 입을 연다.

"성상께서는 백왕百王의 으뜸이신데, 종사의 일에 대하여 내가 어찌 감히 말하겠는가. 다만 천광天光을 다시 가까이할 수 없는 것이 내가 마음 아파하는 바이네."

한명회는 다시 소생할 수 없음을 알고 있다. 그러면서도 사사로운 당부나 허튼소리를 입에 담지 않는다.

성종과 인수대비는 한언으로부터 한명회의 마지막 말을 전해 듣고 감동하지 않을 수 없다. 어찌 죽음에 임한 사람이 그리도 의연할 수가 있는가. 인수대비는 찢어지는 아픔을 감내할 수가 없다.

"다시 하문하세요. 상당군도 사람일 것입니다. 그 어른의 소망을 알아서 반드시 받아들입시다. 그것이 우리가 해야 할 도리가 아닙니까."

"…."

"아드님 한 분이 아직 변변한 벼슬자리 하나 못 하고 있질 않습니까."

성종은 모후의 심기를 헤아리고도 남는다. 그러기에 사사롭게는 빙부에 대한 예우를, 공적으로는 원훈에 대한 예우를 아끼지 않으리라고 다짐한다.

　"좌승지."

　"예."

　"과인을 대신하여 하루에 한 번씩 문병을 하되, 마지막 소망이 무엇인지도 기필코 알아오도록 하라."

　성종은 한명회에게 마지막 소망이 있다면 그것이 무엇이든 가납하리라고 다짐한다. 또한 그것은 모후가 바라는 소망이기도 하다.

　좌승지 한언은 하루에 한 번씩 한명회의 집에 들러 성종의 문병을 대신했고, 그때마다 마지막 소망이 무엇이냐고 물었으나 한명회의 대답은 언제나 한결같을 뿐이다. 성종은 그와 같은 한명회의 심회를 인수대비에게 전한다.

　"참으로 훌륭하신 어른이 아니십니까. 하다못해 자식의 일이라도 당부할 수 있을 터인데…."

　"그러하옵니다. 끝까지 소자를 다시 만나지 못하는 것만을 안타까이 여기고 있다 하옵니다."

　"어떻습니까, 주상께서 친히 한번 납시어 보시는 것이요?"

　"짬을 내도록 하겠사옵니다. 우선은 좌승지와 김처선으로 하여금 상당부원군의 용태를 지켜보게 하겠사옵니다."

　"그래 주세요. 이 어미에게는 은인이십니다."

　성종은 애통해하는 인수대비의 참담한 모습을 뒤로하고 창경궁에서 돌아와 한언과 김처선을 한명회의 집으로 다시 보낸다. 용태가 위중하다면 알려줄 것을 당부하면서.

　두 사람이 한명회의 집에 당도했을 때, 한명회는 난이의 도움을 받으면서 관복을 입고 있었다. 창백한 모습인 채 땀을 뻘뻘 흘리는 한명회의

모습은 정말 목불인견이다. 마지막 작별 문후를 드리기 위하여 혼신의
힘을 다하고 있음이 아니겠는가. 주위에서 감히 만류할 수조차 없는 처연
한 광경이 아닐 수 없다. 한명회는 귀기 서린 눈빛을 빛내며 몸을 부르르
떨면서 일어서고 있다.

"전, 전, 하!"

입술은 이미 말라 터져 있다. 거친 숨소리가 그의 뜻을 온전하게 전하
지 못한다. 한명회는 삭정이 같은 손을 들어 북쪽을 향해 사배를 올린다.
탈진한 듯이 절을 마친 그는 옆으로 쓰러지고 만다.

"대감, 대감."

한언과 김처선이 난이를 도와 부액했으나 그의 눈동자는 이미 죽음
쪽으로 몰려 있다. 한명회는 난이에게 안긴 채 손을 허공에 내젓는다.

"대감, 말씀하소서. 승지께서 나와 계시옵니다."

난이의 젖은 목소리가 비명같이 울려 나온다. 한명회는 가쁜 목소리로
마지막 말을 입에 담는다.

"주, 주, 주상 전하께, 처음에는 부지런하고 나중에는 태만해지는 것이
사람의 상정常情이니, 원컨대 나중을 삼가기를 처음처럼… 처음처럼 하
소서."

얼마나 기막힌 말인가. 그것이 어찌 성종에게만 해당되는 당부랴. 오
늘을 사는 우리에게도 가슴에 새겨 둘 명언이 아닐 수 없다.

시근종태 인지상정 원 신종여시始勤終怠 人之常情 願 愼終如始!

처음에는 근면하고 나중에 태만해지는 것이 인지상정이니, 끝까지 신
중하기를 처음과 같이 하라!

자신의 손으로 만들어 낸 임금이자 막내 사위 성종에게 주는 마지막
말을 마친 한명회의 눈동자는 멎어 있다.

성종 18년 11월 14일. 한명회는 파란으로 점철되었던 삶을 마감한다.
향년 73세. 그의 죽음은 문종, 단종, 세조, 예종, 성종으로 이어지는 5대

에 걸친 격동의 시대를 주름잡던 주역이 사라지는 것을 의미한다. 그의 일생을 돌이켜본다는 것은 그가 겪어 온 한 시대의 역사를 돌이켜본다는 의미를 가질 만큼 거인의 발자취가 아니고 무엇인가.

『성종실록』은 한명회가 죽던 날의 '졸기卒記'를 다음과 같이 적고 있다.

　　상당부원군 한명회가 졸하였다. 철조輟朝하고, 조제弔祭하며, 예장禮 葬하기를 예와 같이 하였다. 한명회의 자는 자준子濬이고, 청주인淸州人 이며, 증贈 영의정 한기韓起의 아들이다. 어머니 이씨가 임신한 지 일곱 달 만에 한명회를 낳았는데, 배 위에 검은 점이 있어 그 모양이 태성台 星(북극성)과 두성斗星(북두칠성) 같았다. 일찍이 어버이를 여의고 가난하 여 스스로 떨쳐 일어나지 못하였으며, 글을 읽어 자못 얻는 바가 있었 으나 과거에 응하지 아니하였다. 이에 권람과 더불어 망형우忘形友(서로 의 용모나 지위 등은 문제 삼지 않고 마음으로 사귀어 교제하는 벗)를 맺고, 아름 다운 산이나 수려한 물이 있다는 말을 들으면 문득 함께 가서 구경하고 간혹 한 해를 마치도록 돌아올 줄 몰랐다.

　　경태景泰 임신년(문종 2)에 경덕궁직에 보직되어 일찍이 영통사에 놀 러 갔었는데, 한 노승이 사람을 물리치고 말하기를, "그대 머리 위에 광 염光焰이 있으니 이는 귀징貴徵이다."라고 하였다. 이때 문종이 승하하 고 노산(단종)이 나이 어리어 정권이 대신에게 있었는데, 한명회가 권람 에게 이르기를, "지금 임금이 어리고 나라가 위태로운데 간사한 무리들 이 권세를 함부로 부리고, 또 안평대군 용이 마음속으로 다른 뜻을 품 고 대신들과 친밀하게 교결交結하며, 여러 소인들을 불러 모으니 화기禍 機가 매우 급박하네. 듣자니, 수양대군이 활달하기가 한 고조와 같고, 영무英武하기가 당 태종과 같다 하니, 진실로 난세를 평정할 재목이다. 그대가 필연筆硯(문필)에 종사하는 즈음에 모신 지가 오래인데, 어찌 은 밀한 말로 그 뜻을 떠보지 아니하였는가." 하였다. 권람이 한명회의 말로써 아뢰니 세조가 한명회를 불러 함께 이야기하였는데, 한 번 만나 보고 의기가 상통하여 마치 옛날에 사귄 친구와 같았다.

　　마침내 무사 홍달손 등 30여 명을 천거하고 계유년(단종 원년) 겨울 10월 10일에 세조가 거의擧義하여 김종서 등을 주살하고, 한명회를 추천하여 군기녹사로 삼고, 수충위사협책정난공신의 호를 내려 주고, 곧 사복시소윤으로 올렸다. 갑술년(단종 2)에 승정원 동부승지로 초배되고, 을해년(단종 3) 여름에 세조가 선위받자 여러 번 승진하여 좌부승지가 되고 가을에 동덕좌익공신의 호를 내려 주고 우승지로 올렸다.

　　병자년(세조 2) 여름에 성삼문 등이 노산을 복립할 것을 꾀하고 은밀히 장사將士들과 교결하여, 창덕궁에서 중국 사신을 위하여 연회하는 날에 거사하기로 약속하였는데, 이날에 이르러 한명회가 아뢰기를 "창덕궁은 좁고 무더우니, 세자가 입시하는 것은 불편하고 운검의 제장諸將도 시위侍衛하는 것이 마땅치 않습니다." 하니 임금이 모두 옳게 여겼다. 장차 연회가 시작되려 하자 성삼문의 아비 성승이 운검으로 들어가려 하니 한명회가 꾸짖어 저지하기를, "이미 제장들로 하여금 입시하지 말게 하였소." 하니, 성승이 마침내 나갔다. 성삼문 등이 일이 이루어지지 못할 것을 알고 말하기를, "대사를 이루지 못하였는데, 한명회를 제거한다 한들 무슨 이익이 되겠는가." 하였다. 이튿날 일이 발각되어 모두 복주되었다.

　　이해 가을에 좌승지로 오르고 도승지로 올랐다. 천순天順 정축년(세조 3) 가을에 숭정대부 이조판서로 뛰어서 임명되고, 상당군에 봉해졌으며, 겨울에 병조판서로 옮겼다. 기묘년(세조 5)에 황해·평안·함길·강원도 체찰사가 되고 경진년(세조 6)에 숭록대부가 가해졌으며, 신사년(세조 7)에 보국숭록대부가 가해지고, 상당부원군에 봉해져서 판병조사를 겸하였다가, 임오년(세조 8)에 대광보국숭록대부 의정부 우의정에 가해지고, 계미년(세조 9)에 좌의정에 올랐으며, 성화成化 병술년(세조 12)에 영의정에 올랐다가 곧 병으로 인하여 사임하였다.

정해년(세조 13) 길주인吉州人 이시애가 반란을 일으켜 터무니없는 뜬소문을 만들어 말하기를, "한명회가 신숙주와 더불어 불궤를 꾀한다."라고 하자, 한 재상宰相이 이르기를, "옛날에 칠국七國이 반反하자 한나라의 조조를 죽이니 칠국이 평정되었으므로, 두 사람을 마땅히 속히 가두소서." 하여 임금이 그대로 따랐는데 곧 죄가 없는 것을 알고 석방하였다.

무자년(세조 14) 가을에 세조가 승하하고 예종이 유교명遺敎命(임금이 죽을 때 남긴 명령)을 받들자, 한명회가 한두 대신과 더불어 승정원에서 윤번으로 숙직하며 서정庶政에 참여하여 결정하였다. 이때 혜성이 나타나자 한명회가 아뢰기를, "성문星文(별의 현상)의 변變을 보였으니, 그 응험應驗이 두렵습니다. 창덕궁에 성城이 없으니 마땅히 중신들로 하여금 군사를 거느리고 숙위하게 하소서." 하니 그대로 따랐다. 얼마 아니 되어 남이 등이 반역을 꾀하여 복주되자 추충보사병기정난익대공신의 호가 내려지고, 기축년(예종 원년) 봄에 다시 영의정에 제수되었다가 가을에 사임하였다.

예종이 승하하고 금상(성종을 이름)이 즉위하자, 정희왕후가 임시로 함께 청정하며 한명회에게 명하여 이조판서와 병조판서를 겸하게 하니 극력으로 이를 사양하였다. 정희왕후가 전교하기를, "세조께서 경을 사직지신社稷之臣(나라의 안위를 맡은 충신)이라고 하셨소. 지금 국상이 잇따라 인심이 매우 두려워서 당황하니 대신이 자신만 편할 때가 아니오." 하니 한명회가 눈물을 흘리며 말하기를, "재주는 없고, 임무는 중하여 국사를 그르칠까 두렵습니다." 하자, 다만 병조판서만 겸하도록 명하고, 신묘년(성종 2) 여름에 순성명량경제홍화좌리공신의 호를 내려 주었다. 이해에 혜성이 또 나타나자 한명회가 군영을 대궐의 동쪽, 서쪽에 설치하기를 청하고 자신이 서영西營을 거느렸다.

하루는 소대召對(왕명으로 입대入對하여 정사에 관한 의견을 상주上奏함)에서 흥학興學(학교를 융성하게 하는 일)을 진술하고, 이어서 아뢰기를 "성균관에 서적이 없으니 마땅히 경사經史를 많이 인쇄하고, 각閣을 세워 간직하게 하소서." 하여 임금이 그대로 따랐는데, 한명회가 사재를 내어 그 비용을 돕게 하였으므로 사림에서 이를 훌륭하게 여겼다.

갑진년(성종 15) 봄에 나이가 많은 이유로 치사致仕하기를 청하니 윤허하지 아니하고 궤장几杖을 내려 주었다. 이때에 이르러 병으로 자리에 눕게 되었는데, 임금이 내의內醫를 보내어 치료하게 하고 날마다 중관中官을 보내어 문병하게 하였으며, 병이 위독하여지자 승지를 보내어 하고 싶은 말을 물으니, 시중드는 사람으로 하여금 대帶를 몸에 가하게 하고 후설喉舌을 놀려 입 속으로 말하기를, "처음에는 부지런하고 나중에는 게으른 것이 사람의 상정이니 원컨대 나중을 삼가기를 처음처럼 하소서." 하고 말을 마치자 운명하였는데 나이가 73세였다. 임금이 매우 슬퍼하여 음식을 들지 아니하고, 특별히 내신內臣을 보내어 제사祭祀를 내렸으며, 또 백관에게 명하여 회장會葬하게 하였다. 시호를 충성忠成이라 하였으니, 임금을 섬기어 절개를 다한 것을 충忠이라 하고, 임금을 보좌하여 능히 잘 마친 것을 성成이라 하였다.

한명회는 성품이 관홍寬弘(마음이 너그럽고 큼)하고 도량이 침착하여 소절小節에 구애하지 아니하고 항상 지론持論을 화평和平에 두고, 일을 결단함에서는 강령綱領을 들어서 행하였으므로, 세조가 일찍이 말하기를, "한명회는 나의 자방子房이다."라고 하였다. 아들은 한보韓堡이고, 딸은 장순왕후(예종의 첫 번째 비)와 공혜왕후(성종의 첫 번째 비)이다.

『조선왕조실록』은 훈구대신이 세상을 뜨면 그의 일생을 되돌아보는 기사[卒記]를 싣는 것이 관례로 되어 있다. 위에서 본 바와 같이 한명회에 관한 기사는 비교적 소상하고, 또 대범한 사람으로 적혀 있다.

역사를 소중히 하고, 역사를 두려워하는 우리의 선현들은『조선왕조실록』의 기사를 비판한 또 다른 기사를 같이 등재함으로써 사관史官의 양식을 선명하게 보여 주고 있다는 사실을 간과해서는 안 된다.

다시 말하면 '사신史臣 왈曰'이라 하여 통상적인 행장(앞에 인용한) 뒤에 비판이 가미된 행장을 다시 등재해 놓았다는 것이다.

사관이 적은 한명회의 비판적인 '졸기'는 다음과 같다.

한명회는 젊어서 유학을 업으로 삼아 학문을 이루지 못하고 충순위忠順衛에 속하여 뜻을 얻지 못하고 불우하게 지내다가, 권람과 더불어 물경지교勿頸之交(죽고 살기를 같이하여 목이 떨어져도 마음이 변치 않을 만큼 친한 사귐)를 맺고, 권람을 통하여 세조가 잠저에 있을 때 뜻 깊은 만남을 가진 뒤 대책大策(세조가 단종을 몰아내고 왕위를 빼앗은 것을 이름)을 찬성하여 그 공이 제일을 차지하였으며, 10년 사이에 벼슬이 정승에 이르렀고, 마음속에 항상 국무國務를 잊지 아니하고 품은 바가 있으면 반드시 아뢰어서 건설한 것 또한 많았다. 그러므로 권세가 매우 성하여 따르며 붙는 자가 많았고 빈객이 문에 가득하였으나, 응접하기를 게을리하지 아니하여 일시에 재상들이 그 문에서 나왔으며, 조관朝官으로 채찍을 잡는 이까지 있기에 이르렀다.

성격이 번잡한 것을 좋아하고, 과대하기를 기뻐하며 재물을 탐하고 즐겨서 전민田民(토지와 노비)과 보화 등의 뇌물이 잇따랐고, 집을 널리 점유하고 희첩姬妾을 많이 두고 그 호부함이 일시에 떨쳤다. 여러 번 사신으로 명나라의 서울에 갔었는데 늙은 환자 정동에게 아부하여, 가지고 간 많은 뇌물을 사사로이 황제에게 바쳤으나 부사가 감히 말리지 못하였다.

만년에 권세가 이미 떠나자 빈객이 이르지 않으니 초연히 적막한 탄식을 하곤 하였다. 비록 여러 간관이 논박하는 바가 있었으나, 소박하고 솔직하여 다른 뜻이 없었기 때문에 그 훈명을 보전할 수 있었다.

보라. 논조가 다르지 않은가. 사관의 논평인 까닭으로 그를 비방하는 구절도 눈에 뜨이나, 다른 사람들의 예와 비교한다면 찬사가 많은 편인 데다가 특히 마지막 구절인, '비록 간관이 논박하는 바가 있었으나, 소박하고 솔직하여 다른 뜻이 없었기 때문에 그 훈명을 보전할 수 있었다'는 대목은 음미해 보고도 남을 것이리라.

칠삭둥이 한명회. 천재도 준재도 범재도 자신이 만든 운명의 축적이듯이, 한명회의 삶은 그와 같은 하늘의 이치를 유감없이 보여 준 삶이 아니고 무엇인가.

한명회의 파란은 육신의 고통을 끝내는 것으로 마감되지 않는다. 그는 무덤 속에서 또다시 죽어야 하는 두 번째 죽음을 당해야 할 정도로 파란이 중첩된다.

6.

역사는 역사를 관장하는 신의 섭리 안에서 흐른다. 세종조의 태평성대를 이끌어 낸 성종의 치세는 아깝게도 재위 25년으로 끝난다. 그는 1494년 12월 24일, 춘추 38세의 젊은 나이로 세상을 등진다. 폐비 윤씨의 핏줄인 세자가 성종의 뒤를 이어 왕위에 오르니 그가 바로 조선왕조의 열 번째 임금인 연산군이다.

연산군이 왕위에 있은 재위 12년 동안의 파란곡절을 여기에 소상히 적을 수 없는 것이 유감이지만, 그것은 피눈물을 쏟으면서 죽어 간 모후를 그리는 사모思母의 세월이자, 복수의 일념을 불태운 광란과 패덕의 세월이다.

물론 연산군이란 호칭은 그가 폐위된 다음에 붙여진 군호君號이다. 연산군이 패덕했다 하여 군으로 강등되었으므로 조祖나 종宗 자를 쓰는 묘호묘號가 없다. 그런 까닭으로 그의 치세를 기록한 왕조실록도 『연산군 일기』라고 적혀 있다.

한명회가 그토록 애원하며 만류했던 폐비 윤씨의 사사는 마침내 폐비의 아들인 연산군에 의해 피바람의 회오리를 몰고 온다. 어찌 놀랍지 않으랴. 폐비의 사사를 주도했던 인수대비는 살아서 그 엄청난 도륙의 현장을 지켜보면서 목숨까지 잃게 된다. 역사의 도도한 강물은 한 치의 어긋남도 없이 준엄하게 흘러가고 있음이 아니겠는가.

연산군이 폐비의 참혹한 최후에 눈뜨기 시작한 것은 전 창원부사昌原府使 조지서趙之瑞가 진주에서 올린 한 통의 봉사封事에서 기인된다.

> 폐후廢后가 임진년(성종 13) 가을에 서거하자 풀밭에 장사하여 이제까지 14년 동안 길 가는 사람들이 슬퍼하옵거니와, 지금으로서는 산릉(성종의 장례)의 일이 있으므로 아울러 거행할 수는 없사오나, 상喪이 끝난 뒤에는 마땅히 별전別殿을 세우고 자릉慈陵을 높여서 어머님의 은혜에 보답함이, 어찌 심상心喪으로 자처하여 은혜를 위하는 전칙典則에 맞는 일이 아니겠사옵니까.

말이 되는가. 자식이 임금의 자리에 있는데 그 모후의 시신이 풀밭에 묻혀 있다는 것이. 이때 연산군의 춘추는 감성이 예민한 열아홉 살이다. 폐비의 대죄는 백 년이 지나도 고칠 수 없다는 성종의 엄명도 아무 소용이 없다. 그는 경연도 정무도 포기한 채 오직 모후의 일에만 매달린다.

대왕대비의 지위에 오른 인수왕후도 대소 신료들도 모두 살얼음을 딛고 선 위기의 나날을 보낼 수밖에 없다. 연산군은 신료들의 반대를 매질로 물리치고, 모후의 사당을 지어서 효사묘孝思廟라 하고, 황폐한 무덤을 고쳐서 회묘懷墓라고 했다. 그 이름만 보아도 연산군의 뼈저린 효성이 얼마나 애틋한 것인지는 짐작하고도 남는다.

천만다행이라는 말이 이런 경우에도 허용이 된다면, 폐비의 참담했던 최후만이 연산군에게 알려지지 않았을 뿐이다. 그것은 인수대왕대비의 서슬 때문이기도 했다. 이 무렵 모친상을 당하여 향리에 머무르고 있던 서출 유자광이 상경하여 무령군의 군호를 되찾게 되고, 훈신들의 부서인 충훈부忠勳府에 배치되면서 이상二相의 지위에 복귀한다. 즉 종1품의 당당한 반열로 종사의 중대사를 논의하는 자리에 동참하게 되었다면 화려한 복귀가 아닐 수 없다.

원한으로 사무친 유자광은 연산군에게 가까이 다가서기 위해 몸부림치기 시작한다. 그의 간특한 성품을 알고 있는 사람들에게는 숨을 멈추어야 하는 위기감이 아닐 수 없다. 또한 유자광은 폐비의 사가가 있는 명철방明哲坊을 드나들면서 폐비의 식솔들까지 돌보는 지경에 이른다. 요즘의 표현으로 말하자면 움직이는 화약고로 등장한 셈이다. 그런 유자광과 보조를 맞추고 있는 사람이 그와 함께 파직과 유배의 길을 걸어왔던 임사홍이었다면 어찌 되는가.

그들에 의해 주도된 것이 연산군 4년에 있었던 무오사화戊午士禍다. 이른바 영남학파嶺南學派의 씨를 말리는 이 사화로 연산군은 폭군의 길로 들어서게 된다. 게다가 연산군은 시인(그는 모두 125편의 시를 남겼다)이었으므로, 이성보다 감성이 앞선 임금이었기에 모후를 그리는 사모의 정은 잠시도 사그라지지 않았다.

세월이 흘렀다고 해도 끝내 불행은 닥쳐오고야 만다. 연산군 10년 4월, 마침내 연산군은 귀양에서 풀려난 외조모(폐비의 어머니) 신씨로부터 모후의 절통한 혈흔이 배어 있는 적삼을 전해 받는다. 온몸의 피가 거꾸로 솟구치는 충격을 받은 것은 물론이다. 그는 피 묻은 모후의 적삼을 가슴에 안고 짐승처럼 운다.

사람에게는 누구에게나 수성獸性이 있는 것일까. 연산군의 광태는 짐승을 넘어서는 포악함으로 변해 간다. 연산군은 모후를 투기하여 죽음에 이르게 한 정 소용과 엄 소용을 자루에 쑤셔 넣고, 그들의 아들인 안양군安陽君과 봉안군鳳安君으로 하여금 몽둥이로 때려죽이게 한 다음, 그들의 멱살을 잡아끌고 인수대왕대비의 면전에 패대기친다.

아, 살아서 이런 꼴도 보아야 하는가. 조선왕조 최고의 지식인 여성으로 칭송받는 인수대왕대비의 모습은 애처롭기 그지없다.

"술상을 대령하렷다!"

누구의 명이던가. 살기등등한 연산군이다. 누구도 그의 명을 거역하지 못한다. 곧 술상이 들어온다. 연산군은 친할머니인 인수대왕대비에게 명을 내리듯 폭언한다.

"헛, 그 잘난 손자들이 아니오이까! 술이라도 한 잔씩 내려야지요."

인수대왕대비는 눈을 감는다. 대왕대비는 이미 죽고 없는 한명회의 모습을 떠올린다. 어찌 이같이 참담한 변괴를 그토록 명확하게 예견하고 있었다는 말인가. 대왕대비는 한명회의 간곡하고 애틋했던 주청을 생생하게 떠올려 본다.

"대비마마, 후일을 내다보셔야 하옵니다. 피로써 이루어 놓은 태평성대이옵니다. 폐비의 사사는 다시 피바람을 부르게 되옵니다. 그것이 역사의 흐름임을 유념하오시고, 세조대왕의 허물 많았던 치세를 되풀이하시는 우를 범하지 마오소서!"

인수대왕대비는 신음을 토하며 살기로 가득한 연산군을 쏘아본다. 그리고 위엄으로 가득한 목소리를 토해 낸다.

"주상, 아바마마의 유지를 받드셔야 합니다."

"닥치시오! 내 어머님을 죽여 놓고도 30년 세월 동안 나를 속여 오지 않으셨소. 대왕대비도 대비도 재상들도 대신들도 쉬쉬하면서 지존을 속여 오지 않았소. 무슨 연유요? 어미 잃은 임금에게 불효를 강요하고서도 살기를 바란답니까!"

"주상, 그것이 아니라…."

"아니긴 무엇이 아니야! 대왕대비도 능지처사를 해야 하나, 명색이 지친이기에 용서하는 것임을 명심하시오!"

"주상은 말을 삼가라!"

인수대왕대비는 연산군의 패덕을 더는 지켜볼 수가 없다. 대왕대비의 노성일갈이 칼날같이 터져 오르자, 연산군은 술상을 치켜들어서 조모의 가슴팍으로 내던진다.

'툭!'

둔탁한 소리를 내면서 술상은 인수대왕대비의 가슴팍을 때리고 튕겨져 나온다. 대왕대비는 혼미해지는 기력을 안간힘을 다해 가다듬는다.

"대왕대비, 들어 두시오! 오늘 이후, 단 한 번이라도 내가 하는 일에 왈가왈부한다면, 그땐 정말로 살아남지 못할 것이오. 내 어미에게 사약을 내린 원수들, 그들이 어찌 살기를 바라!"

연산군의 발악하는 목소리가 점차 멎어지면서 인수대왕대비는 스르르 무너지고야 만다.

"대왕대비마마!"

통곡도 소용이 없고 간병도 아무 소용이 없다. 이날로부터 채 열흘도 지나지 않은 4월 26일 술시에 인수대왕대비는 세상을 떠난다. 향년 68세. 대왕대비에게 내려진 휘호는 인수휘숙명의소혜왕후仁粹徽肅明懿昭惠王后다. 이로써 계유정난의 피바람은 또 다른 피바람을 불러일으키며 역사의 뒷장으로 묻히게 되었지만, 연산군의 광분은 무덤을 파헤치는 지경으로 치닫고 있다.

이른바 '갑자년 흉사정죄안甲子年凶邪定罪案'이라는 부관참시자部棺斬屍者의 명단이 임사홍의 주도하에 유자광의 도움으로 만들어진다는 사실이 무엇을 뜻하는가! 역사를 관장하는 신이 운명의 회기를 수없이 되풀이해 보여 주는 것이 아니고 무엇이랴. 이 죄안에 적힌 사람들은 정창손, 한명회, 한치형, 어세겸, 심회, 이파, 김승령 등이다.

갑자년 5월, 충청도 청주 교외. 비가 내리고 있다. 당도한 의금부낭청과 병사들은 한명회의 무덤을 바라본다. 무덤은 크다 못해 웅장하기까지 하다.

"영의정상당부원군청주한공명회지묘領議政上黨府院君淸州韓公明澮之墓."

오욕으로 얼룩진 그의 삶을 닦아 내고 있는 것일까. 화강암으로 잘 다듬어진 관을 쓴 검은 오석의 거대한 비석에 빗물이 흐르고 있다. 살아서도 죽어서도 위세 당당했던 칠삭둥이 한명회는 부관참시로 두 번 죽는 운명의 순간을 맞고 있다.

"어서 저 비석부터 뽑으라!"

땅 속에 뿌리 깊이 박혀 서서 한명회의 인생을 기리던 비석이 순식간에 뽑혀진다. 병사들은 비와 땀으로 흠뻑 젖어 있다.

"어서 무덤을 파렷다!"

천둥 번개가 세차게 인다. 융단같이 곱던 뗏장이 벗겨지며 붉은 황토는 빗물에 씻기며 흐른다. 빗줄기는 창칼처럼 세차게 쏟아져 내린다.

거세게 몰아치는 비바람은 멈추지 않는다. 죽어서도 영생을 구하려 했음이던가. 한명회의 관은 한 뼘이나 되는 석회석으로 둘러싸여 있다. 그렇다고 성해 남을 수 있는 일은 아니다. 석회석은 깨지고 이미 썩은 관재는 푸석거린다. 한명회가 땅 속에 묻힌 지 17년, 마침내 그의 뼈는 지상으로 다시 올려진다. 빗물에 씻겨진 한명회의 하얀 뼈는 비에 젖은 병사들에 의해 토막이 처지고 있다.

아득히 멀어 보이는 산자락 너머에서 우르르르 천둥소리가 들린다. 병사들에게는 그 소리가 칠삭둥이 한명회의 울음소리로 들린다.

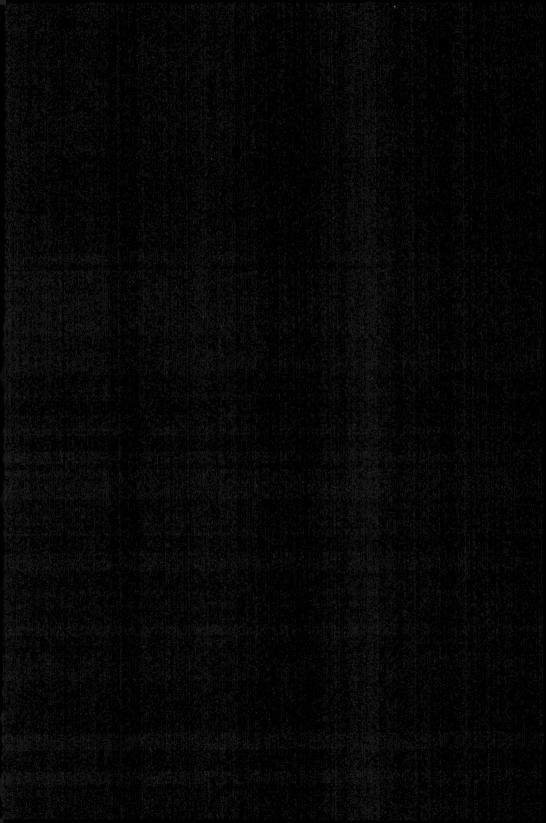